N·É·O

1- LA CHUTE DU SOLEIL DE FER

L'auteur

Professeur de géographie à l'université de Rouen, Michel Bussi a écrit de nombreux romans pour adultes. Il est le deuxième auteur français le plus lu en France et ses ouvrages sont traduits dans trente-cinq pays et adaptés au cinéma, à la télévision, et en BD. Après avoir publié *Les Contes du réveil matin* ainsi que trois albums, *Le grand voyage de Gouti*, *Le petit pirate des étoiles*, et *Le petit chevalier Naïf*, il nous livre enfin avec *N.É.O.* sa première grande saga pour adolescents.

MICHEL BUSSI

N·É·O·

1- LA CHUTE DU SOLEIL DE FER

POCKET JEUNESSE
PKJ·

À paraître en juin 2021 :
Tome 2 : *Les deux châteaux*

Loi n° 49956 du 16 juillet 1949 sur les publications destinées à la jeunesse : octobre 2020.

ISBN : 978-2-266-30621-8
Dépôt légal : octobre 2020

À Malou

QUELQUES PERSONNAGES DE CETTE HISTOIRE

Ceux du tipi

Zyzo : espion agile, curieux et courageux
Akan : chef du tipi, le plus grand et le plus fort du clan
Mordélia : mystérieuse et inquiétante guérisseuse
Agnel : meilleur ami de Zyzo, passionné d'oiseaux
Chrysanthe : inséparable de Laly, sa poupée de paille
Bill : qui aime Mordélia autant qu'il déteste ceux du château

Mais aussi Vanylle l'organisatrice des corvées, *Gulo-Gulo* toujours affamé, *Noam* le chasseur muet, *Cheyenne* et sa veste à franges, *Wain* et son chapeau en cuir, *Suzette* la bavarde, *Pépin* le trouillard, *Mouk* et *Kamélian* les musiciens, *Nadir* le tisseur

Ceux du château

Alixe, reine, malgré elle
Ogénor : conseiller de la reine, supérieurement intelligent, cloué sur son fauteuil roulant

– ***Le Pavillon des Savants***

Liu : délégué et membre du conseil

Lunella : jumelle de Solario, chimiste, spécialiste des savons, crèmes et shampoings

Solario : jumeau de Lunella, physicien et explorateur

Valère : historien, amoureux de Saby

Mais aussi Osman le cartographe, *Moébia* la spécialiste en anatomie, *Coriolis* le météorologue, *Pastor* le physicien

– ***Le Pavillon des Singes***

Isa-Lys : déléguée et membre du conseil

Saby : meilleure amie d'Alixe, rebelle et farceuse

Mais aussi Honorat le cuisinier, *Olympe* et *Minerva* les chouchoutes d'Isa-Lys, *Soutïm* le chanteur, *Estive* la Lollygirl, *Donatello* le peintre

– ***Le Pavillon des Soldats***

Jean-D'arc : délégué et membre du conseil

Novak : champion beau, courageux et prétentieux

Mais aussi Elios le crâneur, *Idriss* et *Jango* les gardes du corps d'Ogénor, *Diana* et *Florentine*, manieuses de bôs

CELUI DE LA FORÊT

Luponéro, l'enfant-loup

Saison 1

L'été

1

JOYEUX ANNIVERSAIRE !

— Joyeux anniversaire, Zyzo.

Joyeux anniversaire ? Zyzo n'avait jamais rien entendu de plus idiot !

D'ailleurs il n'y avait pas de gâteau, pas de bougie, pas de cadeau, juste Akan et Mordélia qui le regardaient avec un sourire inquiétant.

Zyzo détourna les yeux et observa les dernières ombres de la ville, au-delà des immenses poutres de fer du tipi. Ils se trouvaient tous les trois sur la plateforme du dernier étage, le plus petit, le plus haut, à près de trois cents mètres au-dessus du sol, l'endroit le plus élevé de toute la ville. Il était rare de monter si haut, seuls Akan et Mordélia s'y rendaient régulièrement. À travers la lueur des torches enflammées, Zyzo repérait leur matelas, les couvertures par terre, les fourrures accrochées aux barres de fer. Quand Akan et Mordélia convoquaient un garçon ou une fille du tipi au quatrième étage, ce n'était pas pour lui souhaiter son anniversaire mais plutôt pour lui faire passer un mauvais quart d'heure, parce qu'il n'avait pas respecté les règles de la tribu, qu'il avait gaspillé des graines ou de l'eau, qu'il s'était éloigné des chemins de chasse, ou qu'il s'était approché des endroits interdits : le château ou le Sanctuaire.

— Joyeux anniversaire, répéta Akan.

Une nouvelle fois, Zyzo s'étonna de ces deux mots. Akan n'était pas habitué à parler pour ne rien dire, et encore moins à répéter des phrases aussi stupides. De tous les enfants du tipi, Akan était le plus respecté, pas seulement parce qu'il était le plus grand et le plus fort. À douze ans, Akan mesurait déjà un mètre soixante-dix et dominait tous les autres garçons et filles d'une tête. Les enfants respectaient Akan, l'écoutaient, lui obéissaient, et même acceptaient de se faire disputer par lui, parce qu'il était calme, parce qu'il ne se mêlait jamais aux bagarres mais trouvait toujours des punitions justes, parce qu'il prenait toujours les bonnes décisions, parce qu'il savait être sévère quand il le fallait. Sans doute comme le faisaient les parents, avant.

C'est ce que pensait Zyzo. Les parents devaient être ainsi, sévères et distants, tout en veillant sur eux. Puisqu'ils n'avaient plus de parents à qui obéir, ils obéissaient à Akan, et à Mordélia parfois. C'est grâce à Akan s'ils avaient tous survécu, si les enfants du château restaient cachés sous terre, si le soleil de fer les protégeait et si aucun d'entre eux ne s'était fait dévorer par le Luponéro.

Akan avança sur la plateforme, Zyzo admira la peau noire de leur chef, aussi fort et musclé que les silhouettes de pierre qu'on apercevait par les fenêtres du château. Akan n'était pourtant pas plus vieux qu'eux, s'amusa à penser Zyzo, puisqu'ils avaient tous le même âge. Strictement le même âge, au jour près.

Ils étaient tous nés le même jour.

Aujourd'hui !

Akan le fixait comme s'il attendait une réponse.

— Merci, répondit Zyzo, à toi aussi, Akan. Joyeux anniversaire. Heu à toi aussi, fit-il en s'adressant à Mordélia. À tous les enfants du tipi... Heu désolé, je n'ai pas apporté de cadeau. Je... Je ne voulais pas faire de jaloux.

Ils étaient une centaine d'enfants dans le tipi.

Mordélia sourit. Elle était petite, aussi petite que Akan était grand, et pâle, aussi pâle que la peau d'Akan était noire. Mais comme pour lui ressembler, elle portait des habits très noirs, aussi noirs que ceux d'un corbeau, ou d'un autre oiseau plus noir encore ; il demanderait à Agnel si ça existait. Mordélia tenait dans ses mains sa longue-vue. Difficile de croire qu'elle avait douze ans comme eux tellement elle paraissait sérieuse et mystérieuse. Chrysanthe aimait bien raconter que Mordélia était une sorcière qui s'était transformée en petite fille. Certains enfants du tipi la croyaient ! Mais certains enfants auraient cru n'importe quoi ! À croire qu'ils avaient encore six ans.

Mordélia jouait à agrandir et rétrécir la longue-vue entre ses mains.

— Nous t'avons demandé de monter jusqu'au quatrième étage pour une raison sérieuse, Zyzomys, tu t'en doutes...

Oui, pour qu'on l'appelle Zyzomys, son prénom entier, ça devait être sérieux ! Personne ne l'appelait jamais ainsi !

Zyzo baissa les yeux vers la ville noire. Il ignorait l'heure exacte, mais on approchait sans doute de minuit, car il entendait les enfants du tipi parler et rire au premier et au deuxième étage. D'ordinaire, à cette heure, tout le monde dormait. Toute cette agitation n'avait qu'une explication : bientôt minuit ! Les douze coups du Birth Day allaient être frappés. Il resta quelques secondes à écouter les cris joyeux aux étages inférieurs, puis leva les yeux vers les étoiles. La lune éclairait faiblement le ciel. À l'exact opposé, on apercevait le petit point rouge clignotant du soleil de fer.

— Avec Akan, poursuivit Mordélia, nous avons beaucoup discuté, hésité, et c'est toi, Zyzomys, que nous avons choisi.

— Moi ?

Zyzo semblait sincèrement étonné, et un peu inquiet, même s'il n'avait aucune idée de ce qu'on allait lui demander. Le choisir lui ? Qu'avait-il de particulier ? Il n'était ni plus grand, ni plus rapide, ni plus malin, ni plus intelligent qu'un autre. Peut-être juste plus doué que les copains pour jouer à Loup-pas-vu autour du tipi (d'ailleurs ils y jouaient de moins en moins souvent), pour se faufiler dans des trous de souris, pour retenir le nom des rues aussi, et le nom de tous les -M-, ceux sous lesquels se cachaient les enfants du château. Il était capable de reconstituer le plan entier des -M- dans sa tête, avec leur nom et leur place exacte dans la ville. Ça l'étonnait toujours que les autres ne puissent pas y arriver. Un peu comme Agnel était capable de reconnaître chaque oiseau alors que lui les confondait tous depuis qu'il était né.

— Nous avons besoin de quelqu'un, expliqua Mordélia. Nous ne sommes plus en sécurité au tipi.

Elle laissa passer un court silence avant de continuer :

— Nous sommes inquiets...

Elle tint un instant sa longue-vue ouverte, pointée dans le ciel vers le soleil de fer, comme si, grâce à elle, Mordélia pouvait observer au-delà des étoiles.

— Quelque chose est en train de changer, Zyzomys, on ne le voit pas encore, mais je le sens. C'est dans l'air. La course des nuages n'est plus la même. Ni la caresse du vent, ni la brûlure du soleil. Quelque chose se modifie. Nous ne pouvons pas attendre les grands froids de la Veillée du Sanctuaire. Nous devons nous préparer. Il nous faut être prêts. Il nous faut des informations.

« Quelles informations ? », allait demander Zyzo. Il n'en eut pas le temps. Akan prit à son tour la parole. Tout de suite, Zyzo préféra son discours. Akan ne prédisait pas les menaces dans la forme des nuages.

Les menaces dont parlait leur chef étaient beaucoup plus réelles.

— Mordélia a raison. Nous avons besoin d'informations ! Tu seras notre espion.

Akan tourna son regard vers le grand fleuve, suivit sa courbe, délaissa le Sanctuaire et s'arrêta sur les bâtiments carrés, tous éclairés, du château.

— Eux aussi grandissent, poursuivit Akan. Les enfants du château ne se contenteront pas toujours de vivre enfermés, bientôt ils voudront sortir, et pas seulement dans le Sanctuaire. Peut-être demain jusqu'au pied du tipi. Ils gagnent en force, en ruse. Nous devons savoir combien ils sont. À quoi ils jouent. Ce qu'ils mangent, puisqu'ils ne chassent jamais. Ce qu'ils font de leur journée… Ce qu'ils…

Le premier coup de cloche de la tour du Sanctuaire résonna dans la nuit.

Dong

Zyzo entendit la clameur aux étages du dessous. Les enfants du tipi criaient, chantaient, tapaient des mains.

Dong dong dong

Près du fleuve, Zyzo vit la pyramide du château, d'un coup, s'illuminer. Il aperçut de minuscules silhouettes aux fenêtres éclairées.

Dong dong dong dong

Un brouhaha montait de là-bas aussi, alors que tout le reste de la ville restait noir et silencieux. Zyzo se dit qu'il n'y avait pas besoin de s'approcher des enfants du château pour les espionner, il suffisait de prendre la longue-vue de Mordélia et de les compter.

Dong dong dong

Un silence ponctua l'avant-dernier coup de cloche. Les enfants retenaient leur souffle. Les lumières du Birth Day s'allumaient une fois par an depuis qu'ils étaient nés, mais leur mémoire ne remontait pas si loin. Ils ne gardaient le souvenir que des cinq ou six derniers anniversaires. Un spectacle dont ils se remplissaient les yeux pour se le rappeler ensuite tout le reste de l'année. Le plus merveilleux qu'ils aient jamais vu !

Dong

Le douzième coup annonçait le début du Birth Day.

Une immense clameur remonta le long des trois cents mètres du tipi, à en faire trembler les barres de fer, vibrer les peaux cousues entre les poutres. Tous les yeux se tournèrent vers le ciel, vers le petit point rouge clignotant.

Presque aussitôt, le soleil de fer s'alluma.

Il projeta des rayons verts, jaunes et bleus, qui se mirent à danser, tels des éclats de soleil soudain devenus visibles. Ils parurent éclairer la ville au hasard. Zyzo était hypnotisé par le spectacle, comme tous les autres filles et garçons du tipi, comme Akan et Mordélia, tout chefs qu'ils étaient.

Les flèches de lumière dessinaient des traits éphémères sur chaque bâtiment de la ville, suivaient les méandres du fleuve en sautant par-dessus chaque pont, et l'instant d'après allaient dessiner des formes étranges sur les murs de l'église blanche sur la colline, puis partaient très loin, là où le fleuve disparaissait dans un dernier virage et où même Zyzo n'était jamais allé. Les rues scintillaient sous le déluge d'un orage arc-en-ciel, sans pluie ni tonnerre. Juste des milliers d'éclairs inoffensifs. Et magnifiques.

Le spectacle durait trente minutes. C'était ainsi chaque année. Pas une minute de plus ni de moins.

Un dernier rayon bleu dansa, chatouilla les monstres de pierre du Sanctuaire, puis un dernier rayon rouge remonta sur la tour noire, la seule presque aussi haute que le tipi. Un dernier rayon vert se dirigea droit sur eux, et sous les cris des enfants à tous les étages, éclaira la flèche au-dessus de leur tête, avant de repartir courir jusqu'au sommet de la place de l'Aiguille, de suivre les allées des jardins du château, de traverser la pyramide, rebondir sur les façades de pierre blanche, franchir le fleuve pour retourner au Sanctuaire, et s'y arrêter. Le rayon rétrécit, puis rejoignit le soleil de fer qui resta vert un instant avant de redevenir rouge et de clignoter à nouveau telle une étoile presque ordinaire.

Des bruits, des rires retentirent au premier et au deuxième étage, saluant la fin du spectacle. La nuit du Birth Day ne faisait que commencer. La plus belle de toute l'année !

Akan, qui avait assisté au spectacle sans un mot, recommença à parler, comme si le silence n'avait duré qu'une seconde. Il fixait la pyramide du château près du fleuve, sans regarder Zyzo.

— Tu partiras demain matin, fit-il. Tu devras t'approcher le plus près possible du château. Tu devras trouver s'il existe un moyen d'entrer. Tu ne devras pas prendre de risques. Tu devras revenir chaque soir nous rapporter ce que tu as découvert, et repartir le plus tôt possible le lendemain matin.

Demain ? Le plus tôt possible ? Zyzo avait prévu de jouer avec Agnel et Gulo à une partie de Loup-pas-vu dans la savane sous le tipi. Zyzo savait qu'Akan et Mordélia ne participaient presque jamais à leurs jeux, mais les autres enfants occupaient la plus grande partie de leur temps à s'amuser. Qu'y avait-il d'autre à faire, toute la journée, à part jouer, une fois que l'on avait cueilli, chassé, qu'on s'était lavé et qu'on avait mangé ?

— C'est important, Zyzomys, ajouta Akan, en se tenant juste à côté de Mordélia, nous comptons tous sur toi.

Quand Zyzo redescendit au deuxième étage, il était presque une heure du matin. Aucun enfant ne dormait. C'était bien la seule nuit de l'année où personne n'était couché à cette heure. La quarantaine d'enfants de son étage riaient en frappant des mains au son du tambour de Mouk et des flûtes de Kamélian. Ils chantaient la chanson du Birth Day en grignotant des noix, des noisettes et des graines de tournesol ramassées presque un an avant et conservées précieusement pour cette nuit, à l'exception de celles prélevées pour la Grande Battue. Gulo et Noam écrasaient des fraises et des framboises au fond de grandes bassines remplies d'eau, puis transvasaient le liquide rouge d'une bassine à l'autre à travers un tamis recouvert de feuilles de menthe. Le soir du Birth Day, on buvait de l'eau sucrée ! Le sirop coloré passait de lèvres en lèvres, les bouches étaient rouges, les yeux pétillaient.

Zyzo se glissa directement sur son matelas de paille, sous son drap, et s'efforça de fermer les yeux.

Agnel s'approcha. Son matelas était collé au sien, c'était ainsi depuis qu'ils étaient en âge de se souvenir, sans doute depuis qu'ils étaient nés.

— Ça va, Zyzo ? Qu'est-ce qu'ils te voulaient au quatrième ?

— Ça va. Je t'expliquerai demain.

— T'es sûr ? insista Agnel.

— Oui, oui. Pourquoi ça n'irait pas ? Akan et Mordélia ne veulent que notre bien. Faut que je dorme, Agnel. Je dois me lever tôt demain.

Debout sur la plateforme du quatrième étage, Akan scrutait la nuit. Mordélia s'approcha de lui.

— Tu crois que Zyzomys est la bonne personne ? demanda l'enfant-géant. Tu crois que nous avons bien fait de le choisir, juste parce qu'il est champion à Loup-pas-vu ?

— Il est trop tard pour regretter, répondit la fille habillée de noir, en se hissant sur la pointe des pieds. Nous savons tous les deux pourquoi on l'envoie là-bas. Le piège qu'on lui tend. Lui ou un autre, est-ce important ? S'il échoue, on enverra un nouvel espion le lendemain. C'est tout. On ne prend aucun risque.

Akan observait toujours le fleuve. Il se pencha un peu plus pour écouter les airs de flûte qui montaient le long des poutres de fer.

— Si. Lui, Zyzo, en prend.

Mordélia se retourna, cassante, comme si la musique l'exaspérait.

— Des risques, nous devrons bientôt tous en prendre.

— Réveille-toi, Zyzo. Réveille-toi.

Agnel se tenait au-dessus du lit. Zyzo écarquilla les yeux. Agnel chuchota encore :

— Réveille-toi. Je croyais que tu devais te lever tôt !

Tôt ?

D'après la position du soleil, tout rouge entre les deux tours du Sanctuaire, il ne devait pas être plus de six heures du matin. À l'étage, tous les enfants dormaient, épuisés par la trop courte nuit. Des feuilles, des fruits et des coquilles vides gisaient un peu partout par terre.

— Allez viens, Zyzo.

Agnel lui prit la main. Zyzo se leva en titubant, incapable de résister à l'enthousiasme de son meilleur ami. Agnel faisait partie des plus grands enfants du tipi, mais était de loin le plus maigre. Avec son visage fin, son nez pointu, ses cheveux ébouriffés et ses gestes toujours amples et élégants, il ressemblait à un grand oiseau, un échassier. Parfois, Zyzo avait l'impression que son ami n'avait pas besoin de descendre les escaliers ou de se pendre aux cordes et aux filets pour sortir du tipi, qu'il pouvait simplement passer les barrières du deuxième étage et s'envoler. D'ailleurs, il s'approcha au plus près du vide. Le vent réveillait doucement Zyzo. Le matin était doux.

— Alors ?

Zyzo lui raconta les ordres d'Akan et de Mordélia. Sa mission commençait dès ce matin. S'approcher du château. Il n'en savait guère plus. Agnel resta longtemps silencieux, comme s'il hésitait à parler, à lui dire que c'était dangereux. Ils le savaient tous les deux. Zyzo allait prononcer un mot pour rassurer son ami quand Agnel serra sa main.

— Regarde !

Il dirigea ses yeux à l'exact opposé du château, vers la forêt.

— Regarde, un roitelet.

Zyzo suivit le vol de l'oiseau qui ressemblait à n'importe quel moineau.

— Et regarde encore, là-bas, un rouge-gorge, et là, près du toit, une mésange bleue.

Agnel conservait sous son matelas un livre sur les oiseaux. Il l'avait lu des milliers de fois. Agnel pouvait rester des heures à les observer. Il était capable de les reconnaître à des kilomètres. Il refusait qu'on les chasse, il tolérait juste qu'on attrape les canards et les poules d'eau des lacs de la forêt, mais ne les mangeait jamais. Agnel pouvait même entrer dans des colères terribles si des enfants du tipi montaient dans les arbres, après le Birth Day, pendant la Trêve, pour récupérer des œufs.

Le regard d'Agnel s'émerveillait à suivre la course de dizaines d'oiseaux dans le ciel, quand soudain une vilaine grimace déforma son visage. Il fronça les sourcils, ce qui rendait encore plus long son nez en forme de bec.

— Qu'est-ce qui ne va pas ? s'inquiéta Zyzo.

Il ne voyait rien d'autre que le calme et paisible vol des pigeons et des moineaux au-dessus des toits.

— Les oiseaux ne volent pas droit ? ajouta Zyzo pour essayer de faire sourire son ami.

Raté ! Agnel se retourna vers lui. Jamais il ne lui avait semblé aussi sérieux. Il le fixa dans les yeux.

— Toi aussi, tu as remarqué ?

Une petite heure plus tard, les enfants du tipi étaient presque tous réveillés. Akan était descendu distribuer quelques ordres et répartir les tâches de la journée, avant de remonter au quatrième étage. Il avait jeté un regard sévère sur les restes de la nuit de fête, sans formuler aucune critique.

Après tout, songea Zyzo, Akan avait exactement leur âge, il devait avoir les mêmes envies de s'amuser, il devait être encore plus malheureux, les jours de fête, de regarder les autres rire sans pouvoir y participer.

Ou sans oser y participer ?

Qu'est-ce qui l'en empêchait ? Akan pensait peut-être qu'on lui obéirait moins s'il venait faire avec les enfants une partie de Loup-pas-vu, de Balle-d'autruche, ou de Un-deux-trois-soleil-de-fer.

À deux mètres de Zyzo, une fille et un garçon, Cheyenne et Wain, ramassaient un grand sac en roseau tressé. Tous les deux avaient peint leur corps de cendre noire et de teinture verte de feuilles macérées. On aurait dit des arbres qui auraient appris à marcher ! C'était leur tour de chasser, et il y avait une bonne heure de marche avant d'atteindre la forêt. Quelques enfants s'étaient assis en rond, les lèvres encore rougies des boissons de la nuit, et avaient étalé une longue peau de cerf qu'ils cousaient à l'aide d'un fil de crin de poney. Plusieurs des tentures de cuir protégeant le tipi des intempéries, entre le deuxième et le troisième étage, commençaient à se déchirer, et il fallait profiter des jours les plus beaux pour tout inspecter, puis réparer les fuites. Il valait mieux ne pas attendre le froid et la neige pour s'apercevoir que la tente était percée.

Suzy, une fille aux cheveux frisés qui d'habitude ne cessait jamais de parler, soupirait ce matin en observant les tonneaux renversés, encore remplis de fruits écrasés. Zyzo se souvenait que Suzy était de corvée d'eau aujourd'hui. Il pourrait l'aider à descendre les seaux jusqu'au fleuve, mais pas à les remonter.

Il devait partir maintenant. Il devait se concentrer. Comment s'approcher du château sans se faire repérer ?

— Où tu vas, Zyzo ?

Zyzo se retourna. Il avait reconnu la voix de Chrysanthe, une des filles du tipi qui dormait au même étage que lui. Chrysanthe-la-collante, comme la surnommait Agnel.

— Je ne peux pas te le dire, Chrys.

Chrysanthe serra fort sa poupée. Sa Laly chérie. Une poupée de paille avec deux boutons bleus pour les yeux et un vieux torchon pour l'habiller.

— C'est Akan et Mordélia qui t'ont demandé ?

— Je ne peux rien te dire. Désolé.

Chrysanthe lui tourna le dos, comme si ce n'était pas important, puis se pencha vers sa poupée pour lui chuchoter un secret. Sauf qu'elle parlait assez fort pour que tout l'étage l'entende.

— Tu vois, Laly, Zyzo ne veut pas nous parler. Il fait son crâneur, il se croit important parce qu'il a été invité au quatrième étage, alors maintenant, il ne nous connaît plus, toi et moi…

Zyzo haussa les épaules et prit son sac. Il observa les deux chasseurs, Cheyenne et Wain, qui ne prenaient pas la peine de descendre par les escaliers et se laissaient directement glisser par les lianes qui pendaient du deuxième étage jusqu'à la savane sous le tipi.

Wain avait enfoncé sur ses cheveux roux un chapeau de cuir qui ne le quittait jamais, même pour dormir. Cheyenne, elle, serrait un petit poignard de silex qu'elle glissa sous sa veste à franges.

— Dommage que ce petit prétentieux de Zyzo ne nous écoute plus, continuait de confier Chrysanthe à sa poupée. Il devrait pourtant savoir qu'on a toujours raison, toutes les deux. Pas besoin de longue-vue pour ça, on voit plus loin que cette vieille sorcière de Mordélia. Beaucoup plus loin. On voit ce qui se passera après…

— Qu'est-ce qui se passera après ? demanda Zyzo, incapable de se taire plus longtemps.

Occupé à déposer des graines de blé dans les mangeoires suspendues aux poutres du tipi, Agnel soupira. Chrysanthe afficha un petit sourire, en continuant de tourner le dos à Zyzo, comme si elle ne l'avait pas entendu.

— Mais il ne nous écoutera pas, Laly. Le grand Zyzo n'écoute pas Chrysanthe, Chrysanthe-le-bébé, Chrysanthe-qui-joue-encore-à-la-poupée. Pas comme la belle Mordélia, pas comme l'Akan qui se prend pour un roi parce qu'il fait vingt centimètres de plus que nous, qui se prend pour un adulte, qui croit qu'il peut tous nous protéger. Ah ah ah, nous ne sommes qu'une bande de petits sauvages qui allons tous bientôt finir dévorés… Sauf toi, Laly !

— Tu m'énerves, Chrys !

Zyzo se mit en route, il descendit les premières marches de l'escalier de fer, il devait penser à sa mission, uniquement à sa mission, trouver un moyen de s'approcher du château. Il entendit Chrysanthe prononcer les derniers mots à sa poupée. Sa voix s'était un peu cassée, on devinait qu'elle se retenait de pleurer.

— Dis au revoir à Zyzo, Laly.

La poupée agita son bras de paille.

— Dis-lui au revoir, continua Chrysanthe, parce que, malgré ce qu'il croit, il ne reviendra pas ce soir.

Agnel ne put contrôler un mouvement de surprise. Les graines qu'il versait tombèrent en pluie du troisième étage du tipi.

Chrysanthe conclut, les yeux embués de larmes, mais parvint à sourire à sa poupée.

— Je crois même qu'il ne reviendra jamais.

2

LA FILLE À LA COURONNE DE FLEURS

Zyzo préféra s'éloigner du fleuve et s'aventurer dans les petites rues, le chemin était plus court et il rejoindrait le bord de l'eau un peu plus loin, bien avant le Sanctuaire, par le pont de la place de l'Aiguille. Le soleil brillait déjà au-dessus de la ville, sans le moindre nuage dans le ciel. Zyzo, comme tous les autres enfants du tipi, aimait plus que tout les journées chaudes qui suivaient le Birth Day.

Elles étaient les plus longues de l'année, le soleil se levait encore plus tôt qu'Agnel le matin et ne semblait jamais avoir envie de se coucher. Les petites rues possédaient deux autres avantages : elles permettaient d'échapper au soleil brûlant en marchant à l'ombre des bâtiments, et elles fournissaient des cachettes plus sûres. En s'y faufilant, Zyzo risquait moins d'être repéré. Il savait que les enfants du château, pour protéger leur refuge, s'avançaient parfois sur les ponts les plus proches et surveillaient les alentours.

Du coup, la plupart des enfants du tipi hésitaient à s'aventurer loin dans la ville : par peur des mauvaises rencontres... ou de se perdre.

Se perdre ? pensait Zyzo. C'était une crainte ridicule ! La flèche de fer du tipi se voyait de partout, si haute qu'elle dépassait toutes les maisons, il n'y avait qu'à lever les yeux et marcher vers elle. Pourtant, les compagnons de Zyzo continuaient d'explorer les bois et ne s'enfonçaient dans la ville que lorsque Akan les y obligeait, en restant alors en groupe.

Zyzo, à l'inverse, sans qu'il sache vraiment pourquoi, aimait la ville. Il l'explorait seul, souvent, et parvenait toujours à s'y repérer. Ça lui semblait simple, au fond, il suffisait de mémoriser les noms de tous les -M-, puis d'afficher dans sa tête une grande carte, dont les -M- étaient des points reliés à des lignes invisibles qui se croisaient, celles qu'il devinait sous terre et où il ne s'était jamais aventuré. Pour faciliter encore son orientation, il avait d'ailleurs remarqué que tous les -M- de la même ligne possédaient une couleur identique. C'était comme tresser un panier ou un tapis avec des feuilles séchées de différentes teintes. Nadir, le meilleur tisseur du tipi, devait faire ainsi, voir les couleurs entrelacées et laisser ensuite ses mains faire.

Zyzo, lui, visualisait la tresse des -M- dans sa tête et laissait ensuite ses pieds faire.

La Tour-Maubourg, Invalides.

Il traversa en courant le grand champ d'herbes, à découvert, presque aussi large que celui sous le tipi, sans même jeter un œil au Gland d'Or, l'interminable bâtiment qu'il longeait et qu'il avait surnommé ainsi à cause de sa tour arrondie.

Il s'arrêta dans la première rue face à lui, un instant, pour souffler. Le soleil de fer se tenait pile au-dessus de lui, moins dangereux que celui de feu ! Rien qu'à sprinter cent mètres pour traverser le champ, Zyzo était couvert de sueur.

Ne pas traîner ! Il s'épongea le front d'un revers de main et se remit en route. Tout en marchant de nouveau à l'abri dans l'ombre des maisons hautes, Zyzo ne cessait de se poser des questions. C'était avant tout pour ça qu'il aimait s'aventurer pendant des heures dans la ville. Tout était étrange. Rien n'avait de sens. Ou alors un sens qui lui échappait.

La vie se trouvait dans les bois autour de la ville, l'eau, les animaux, les plantes, les fruits. Rien ou presque ne vivait dans les rues, à part les oiseaux, les insectes, des chats sauvages, quelques chiens errants et les arbres prisonniers de grilles de fer. Tout était mort ici, mais Zyzo savait que d'autres hommes, des adultes, avaient construit la ville il y a longtemps. Ils avaient dû passer toute leur vie à la bâtir, à empiler les pierres des murs du château ou assembler les barres de fer du tipi.

Zyzo n'avait aucune idée des outils fantastiques que ces adultes, avant qu'il naisse, avaient dû utiliser pour parvenir à un tel résultat : ces tours qui touchaient presque le ciel, ces pierres sculptées à des dizaines de mètres de hauteur, mais après tout, il s'en fichait. Il y avait toujours des enfants ingénieux pour trouver des solutions à tout, construire des échelles de branches plus solides, recouvrir des peaux avec de la graisse pour que la pluie glisse dessus, retenir la chaleur du feu dans des fours de pierre, faire cuire de la terre rouge jusqu'à ce qu'elle soit aussi dure qu'une brique... Non, ce qui l'intéressait, ce n'était pas comment les hommes d'avant avaient fait pour construire la ville. C'était pourquoi ? C'était ce que signifiait chaque détail. Et il y en avait des milliers.

Par exemple, que signifiaient ces lignes blanches peintes au milieu des rues ? Zyzo en découvrait partout, généralement quand les rues se croisaient, mais pas seulement, parfois une seule ligne, parfois plusieurs parallèles quand les rues étaient plus larges. Ces peintures blanches ressemblaient aux signes de guerre que les enfants du tipi se traçaient sur les joues quand ils jouaient. Pourquoi les avoir dessinées sur toutes ces rues grises ? À quoi pouvaient-elles servir ?

Un nouveau trou de -M-.

Assemblée nationale.

Zyzo continuait d'avancer en prenant soin de rester caché dans l'ombre des bâtiments, du côté le moins ensoleillé de la rue. Une question, parmi mille, tournait dans sa tête. Le long des rues, certains murs étaient faits de pierres, de briques, avec des portes et des fenêtres, mais d'autres n'étaient constitués que de grandes vitres de verre, du sol au plafond. On pouvait donc tout voir à l'intérieur de certaines maisons, et c'était impossible pour d'autres. Dans certaines rues, presque toutes les maisons étaient transparentes, et dans d'autres, aucune !

Pourquoi ? Certains habitants d'avant avaient-ils envie qu'on les voie, et d'autres non ?

Zyzo n'avait trouvé aucune explication dans les quelques livres qui circulaient dans le tipi. Il savait que Mordélia en conservait quelques-uns au quatrième étage, ou dans le sac qu'elle traînait partout. Elle était quasiment la seule ! Presque tous les enfants du tipi, à part Agnel et son livre de dessins d'oiseaux, se fichaient bien de lire. La plupart avaient même oublié petit à petit comment déchiffrer les lettres, et n'y voyaient rien d'autre que des pattes d'insecte écrasées.

Lui non ! Zyzo en était convaincu, savoir lire était utile. Il ne fallait jamais l'oublier. Ne serait-ce que pour se repérer !

Musée d'Orsay.

Le fleuve était à nouveau en vue. Il allait devoir le traverser ! Le château se trouvait juste en face, précédé de son immense champ d'arbres parfaitement alignés. Tous étaient en fleurs, roses et blanches, ces fleurs qui dans quelques mois se transformeraient en pommes, en poires, en cerises. C'était incroyablement joli. *Trop joli*, pensa Zyzo, *comme un piège, comme ces fleurs qui se servent de leur couleur pour attirer les abeilles*. C'était Agnel qui l'avait remarqué : les abeilles et les papillons se posent toujours en premier sur les fleurs les plus colorées.

Zyzo devait maintenant traverser le fleuve, passer sur le pont de pierre, pour rejoindre la grande place de l'Aiguille. Il écarquillait les yeux, guettant le moindre signe de vie entre les arbres. Rien ne bougeait pourtant.

Il commençait à comprendre pourquoi Akan et Mordélia l'avaient choisi, lui. Aucun de ses amis du tipi n'aurait osé s'approcher aussi près du château. Leur domaine était là, de l'autre côté du fleuve. Même s'ils ne connaissaient presque rien, au fond, des enfants du château, les pires rumeurs couraient sur eux.

Par exemple, on ne savait pas de quoi ils se nourrissaient puisqu'on ne les voyait jamais chasser ou pêcher. On ne les croisait jamais dans la forêt, alors certains, comme Chrysanthe, prétendaient qu'ils dévoraient les garçons et les filles qui s'approchaient trop près de chez eux, ou se mangeaient entre eux s'ils n'en attrapaient pas. D'autres racontaient qu'ils n'avaient pas d'yeux, ou ne voyaient rien à la lumière, comme les taupes, les vers de terre, toutes ces bêtes qui vivent sous terre, puisqu'on ne les apercevait presque jamais en surface. Ils vivaient, se déplaçaient, uniquement dans le -M-.

C'était stupide ! Les enfants du château voyaient très bien, au point de se sauver et de disparaître dans un trou dès que, de très loin, ils se sentaient repérés. *Comme des lapins rentrent dans leur terrier*, pensait Zyzo. Il avait plutôt l'impression que ceux du château avaient peur d'eux, craignaient les filles et les garçons du tipi qui vivaient à l'air libre, dominant la ville dans leur immense tour de fer. Mais aussi courageux qu'était Zyzo, jamais il n'aurait imaginé essayer de les apprivoiser. Cela aurait été aussi fou que de chercher à caresser un loup.

Ça y est ! Zyzo avait traversé le pont et atteint l'autre rive.

Toujours aucune trace de vie ! Même pas un seul de ces chiens sauvages qui s'aventuraient parfois jusqu'au cœur de la ville. Zyzo avait appris à les faire fuir avec un caillou ou un bâton quand ils étaient seuls, et à leur échapper en grimpant dans un arbre ou en escaladant une maison quand il croisait une meute.

Il se trouvait maintenant au bord du long champ qui bordait le fleuve, et apercevait le château et sa pyramide tout au bout, au loin. Zyzo bloqua sa respiration, surveilla une dernière fois les alentours, et sprinta d'un coup pour traverser la place de l'Aiguille, à découvert. Il savait que c'était l'une des plus grandes places de toute la ville, et qu'il ne serait à l'abri que parvenu en face, dans cette grande rue droite bordée de dizaines de colonnes de pierre derrière lesquelles on pouvait facilement se cacher.

Tout en courant, Zyzo ne put s'empêcher de jeter un coup d'œil à l'Aiguille, et surtout à ses dessins étranges qu'il était incapable de déchiffrer. Encore un mystère à percer ! Qui les avait dessinés ? Les hommes d'avant ? Ceux qui avaient fabriqué le soleil de fer ? Ceux qui programmaient le spectacle de minuit à chaque Birth Day ? Ceux qui avaient décidé qu'il durerait trente minutes et pas une de plus ? Qui étaient ces hommes ? Où étaient-ils ? Que voulaient-ils ?

Zyzo souffla. Il avait atteint la rue opposée. Il aimait bien son nom. *Rivoli*. Facile à retenir. Il ne lui restait qu'à avancer à saut de grenouille, colonne après colonne, en restant dans l'ombre. Les murs du château se trouvaient un peu plus loin, juste la rue à traverser. Jamais il ne s'était aventuré aussi près.

Tout en progressant, Zyzo ne cessait de fixer le mur d'en face, haut de trois étages, beaucoup moins haut que le tipi. Combien d'enfants pouvaient vivre ici ? En tout cas, il ne repérait toujours aucun signe de vie, ni dans les rues ni derrière les fenêtres fermées par des barres de fer. Au fur et à mesure que Zyzo avançait, pilier après pilier, son regard s'hypnotisait sur le mur opposé. Des dizaines de statues grises étaient sculptées entre chaque fenêtre. Il pouvait en lire les noms. *Lafayette*, *Macdonald*, *Murat*.

C'était la première fois que Zyzo voyait autant d'adultes ! Même si ce n'était que des blocs de pierre, c'était donc à ça qu'il ressemblerait dans quelques années ? C'était la taille qu'il atteindrait ? Porterait-il lui aussi des poils autour de la bouche et sur le menton ? Son visage deviendrait-il aussi ridé ? Et les filles ? Est-ce que les filles ne devenaient jamais adultes, puisqu'il n'y en avait aucune parmi cette galerie d'hommes statufiés puis accrochés aux murs, comme s'ils avaient pris un bain de boue et qu'ils avaient séché sur place sans jamais tomber en poussière ?

Zyzo avançait toujours, colonne après colonne, laissant derrière lui des maisons aux murs de verre, contrastant, en face, avec la façade de pierre du château. Mystère...

Zyzo s'arrêta soudain.

Une des fenêtres était ouverte ! Au troisième étage face à lui. Ou plutôt, l'une des rares fenêtres qui n'étaient pas protégées par des barreaux était brisée. Le vent s'y engouffrait et faisait voler le tissu à l'intérieur. Une idée folle naissait dans sa tête.

Traverser la rue. Escalader le mur du château. Passer la tête, seulement la tête, par la fenêtre. Regarder, une seconde, puis se sauver à toutes jambes et aller tout raconter à Akan et Mordélia.

C'était l'occasion, l'occasion rêvée !

Peut-être cette ouverture serait-elle réparée dans la journée, comme sur le tipi, ils ne laissaient jamais une toile ou une peau décousue, de peur que le vent ne s'engouffre et n'en déchire un pan entier. C'était déjà arrivé, l'année dernière, après la Grande Battue, au premier étage, les enfants qui y dormaient avaient failli mourir de froid.

Zyzo n'eut aucune difficulté à escalader le mur du château : il prit appui sur le socle d'un homme en uniforme, attrapa ses deux bottes, s'accrocha à son épée, pour se hisser au balcon de la fenêtre. Il resta un instant le nez collé au trou de la vitre brisée. Ce qu'il découvrit le stupéfia : une grande salle, très blanche, très haute de plafond, dans laquelle étaient disposées une dizaine de statues géantes. Des hommes, toujours. Mais rien à voir avec ceux du mur de la rue. Les hommes de cette pièce étaient nus, entièrement nus, et musclés, incroyablement musclés. Ils ressemblaient à Akan, pensa Zyzo, à Akan quand il serait adulte, à la différence près que les statues étaient toutes blanches.

Les hommes semblaient être des guerriers, l'un combattait un lion, un autre étranglait un serpent, un autre encore portait un casque, et le dernier, le plus grand, se tenait sur un cheval cabré.

Étrange.

Zyzo se demanda si, en grandissant, il deviendrait un homme aussi fort. Il avait du mal à croire que le petit Zyzomys, « la souris du tipi », comme tout le monde l'appelait, puisse lui aussi un jour être capable de combattre des bêtes sauvages.

Le jeune garçon était partagé entre l'envie de s'approcher encore, et la peur qui lui faisait battre le cœur. Il essayait de se raisonner, de ne pas céder à la curiosité ; entrer dans la pièce aurait été trop risqué. Le vent dans son dos le poussait pourtant. Ainsi qu'une autre étrange question. Est-ce que Mordélia, du haut du quatrième étage du tipi, au bout de sa longue-vue, le regardait ? C'était tout à fait possible, et il trouva cette impression désagréable, tellement désagréable qu'il ne réfléchit pas davantage et se faufila par le trou de la fenêtre pour aussitôt se cacher derrière le socle de la statue la plus proche, celle du soldat qui se battait avec le serpent.

Dans la seconde qui suivit, il entendit un rire, un rire joyeux qui le surprit, puis des bruits de pas qui couraient sur le sol si lisse et brillant qu'on aurait cru la surface d'un lac. Une fille surgit par la porte et se dissimula aussitôt derrière la statue du cheval cabré.

Bizarrement, presque toute trace de peur avait disparu dès que cette fille était entrée. Zyzo ne la voyait que de dos. Elle avait son âge, douze ans donc. Elle n'était ni grande ni petite, ni forte ni maigre. Ses cheveux n'étaient ni blonds ni bruns, ni longs ni courts, rien de particulier si ce n'étaient cette étrange couronne de fleurs qu'elle portait sur la tête, uniquement composée de roses, et cette respiration forte et essoufflée de petite fille farceuse.

— Alixe, t'es où ? cria une voix lointaine.

La fille pouffa, mais ne répondit rien. Zyzo comprit, crut comprendre du moins, que la fille à la couronne de fleurs se cachait pour s'amuser. Ça le stupéfia. Les enfants du château, eux aussi, jouaient à Loup-pas-vu ?

Des pas s'approchaient dans le couloir, à l'extérieur de la pièce. Zyzo retint son souffle. La fille devant lui, toujours debout derrière la statue du cheval cabré, fixa la porte et bougea d'un mètre, sans quitter sa cachette, sans provoquer le moindre bruit pour ne pas se faire repérer.

Zyzo, dont le cœur s'était remis à cogner très fort, découvrit de trois quarts ses yeux mauves qui pétillaient de malice, les petites taches de rousseur sur ses joues et, surtout, la grâce avec laquelle elle se déplaçait. Elle semblait glisser sur le sol, un peu comme les cygnes à la surface du grand étang de la forêt quand il était gelé après la Veillée du Sanctuaire. En la regardant ainsi, Zyzo avait l'étrange impression que la fille n'était pas tout à fait humaine, ou plutôt non, c'était le contraire, qu'elle était beaucoup plus humaine que lui, plus évoluée, plus intelligente, et que c'était lui qui n'était qu'une sorte d'animal sauvage, que la différence entre cette fille et lui devait être à peu près aussi importante que la différence entre lui et un chien errant sur les rives du fleuve.

Zyzo en avait assez vu ! Il savait qu'il devait silencieusement reculer vers la fenêtre, et rentrer au tipi. Il reviendrait, il explorerait plus loin. Demain.

Il avait d'ailleurs déjà fait un pas en arrière quand un détail l'intrigua. La statue du cheval cabré bougeait ! Sur le moment, il pensa que c'était l'effet du vent, mais c'était idiot, le vent ne pouvait pas être assez puissant pour faire trembler un tel bloc de pierre. Il pensa alors que c'était peut-être parce que la fille à la couronne s'appuyait sur le socle, mais était-elle assez forte pour cela ?

Il n'en avait aucune idée, il constatait juste que le cheval cabré tanguait de plus en plus… et que la fille, occupée à scruter la porte de la pièce, ne s'en était pas aperçue.

Une dernière fois, Zyzo se dit qu'il devait sortir, des picotements parcouraient ses jambes et ses bras, puis tout alla très vite ensuite. La fille fit un pas en avant et se recroquevilla à nouveau, croyant être bien cachée, au moment même où la gigantesque statue, au-dessus d'elle, sans un craquement, s'apprêtait à basculer.

Alors Zyzo, sans hésiter, sans se poser de questions, rompant avec toutes les règles de Loup-pas-vu, oubliant même qu'il ne jouait plus mais se trouvait au cœur d'un territoire ennemi, fit la pire bêtise de sa vie.

Il cria si fort que tous les enfants du château durent l'entendre, il cria avant que la statue blanche n'écrase la fille en basculant sur elle. Il cria à s'en déchirer les poumons.

— ATTENTION !

3

LE POULAILLER D'AGNEL

Akan jeta un coup d'œil à la ville avant de descendre les premières marches de l'escalier.

La nuit commençait à tomber. Le soleil, de plus en plus bas et rouge, semblait enflammer les bâtiments et faire bouillir l'eau du fleuve sous ses derniers rayons d'or. Le soleil de fer, au-dessus de sa tête, brillait comme une étoile d'argent. La vue était splendide du haut du quatrième étage du tipi, comme chaque soir.

— Où tu vas ? demanda Mordélia.

— Je descends marcher, je suis inquiet !

— Parce que Zyzo n'est pas revenu ?

— Oui.

— Ne t'en fais pas pour lui. La nuit n'est pas encore tombée. Et qu'il fasse noir, qu'il pleuve ou qu'il neige, cette petite souris arrivera à retrouver son chemin.

Zyzomys a plus le sens de l'orientation qu'une hirondelle avant la Trêve.

— Tu as raison. À condition qu'il ne soit pas enfermé.

Akan avait répondu d'une voix triste. Mordélia serra nerveusement sa longue-vue.

— Tu crois que… ?

Akan la coupa brusquement :

— Ne joue pas aux innocentes, Mordélia. Nous savons toi et moi pourquoi nous avons envoyé Zyzo là-bas. Nous avons repéré tous les deux, à travers ta foutue longue-vue, cette vitre cassée à la fenêtre du château. Nous savions parfaitement que, s'il s'en approchait, il la découvrirait et qu'il n'hésiterait pas à escalader le mur pour passer sa tête par la vitre. S'il n'est pas revenu, c'est qu'il ne s'est pas contenté de passer le cou ! Il est forcément entré…

Mordélia se força à sourire.

— Tant mieux alors ! Il est entré dans le château, il se cache, il espionne et il reviendra demain tout nous raconter.

— S'il est encore vivant !

Akan marqua un long silence, hésitant à prononcer les mots suivants. Il osa enfin parler :

— Si les enfants du château ne l'ont pas mangé !

Mordélia éclata de rire.

— Tu ne vas pas croire à ces histoires ! Pas toi, Akan ! Ce sont des légendes qui nous effrayaient quand on était petits. Mais plus maintenant. On a douze ans ! Et n'oublie pas que c'est toi qui as choisi Zyzo. Le plus malin, c'est ce que tu disais, il se faufilerait dans un trou de souris. Je comprends maintenant pourquoi tu ne voulais pas envoyer un espion plus gros... pour ne pas exciter l'appétit des enfants du château.

Akan lança à Mordélia un regard noir. Il détestait quand elle était méchante gratuitement, même s'il devinait que cet humour sinistre n'était qu'une façon de dissimuler qu'elle aussi s'inquiétait.

— Tu te souviens, Akan ? Je t'avais prévenu. Il n'était pas assez intelligent pour une telle mission. Zyzo est un gamin trop sûr de lui et sans cervelle. S'il ne revient pas, ce sera ta faute... Moi j'aurais choisi quelqu'un d'autre !

— Qui, par exemple ?

Akan n'attendit pas la réponse et descendit cette fois les marches sans s'arrêter. Il eut juste le temps d'entendre Mordélia crier une dernière recommandation :

— Surtout, ne leur parle pas du trou dans la fenêtre du château. Pas encore, c'est trop tôt.

Akan marchait entre les quatre immenses pieds de fer du tipi. L'odeur et le bruit étaient épouvantables. Il observa les barrières de branches qui formaient un grand enclos au milieu duquel quelques poules voltigeaient. Un nuage de poussière, de plumes et de crottes empestait l'air.

Agnel était agenouillé au centre du poulailler, occupé à étaler de la paille sur une longue planche de bois. C'était lui qui avait insisté pour capturer des poules sauvages et tenter de les enfermer. Pour quelles pondent des œufs et qu'on puisse les manger, avait-il expliqué. Akan avait trouvé l'idée astucieuse, c'était tellement plus simple que de les guetter pendant des heures pour espérer trouver leur nid. Il avait confié le soin de compter les poules et les œufs à Vanylle, l'une des filles les plus dégourdies du tipi. Elle avait les cheveux blonds comme le sable, détestait se salir, courir ou chasser dans la forêt, mais adorait dresser des listes de tout ce qu'elle trouvait en gravant des petits bâtons sur des écorces de bois. Vanylle trouvait généralement passionnantes toutes les tâches les plus ennuyeuses, et sans intérêt toutes les activités les plus amusantes. C'était elle qu'Akan chargeait d'organiser les repas, le stock de provisions et les corvées pour le tipi.

Sauf que pour les poules et les œufs, rien ne se passait comme prévu. Sitôt capturées, les poules se sauvaient. Lorsqu'on leur coupait les ailes, elles se battaient entre elles jusqu'à ce que les plus fortes tuent les plus faibles. « C'est une histoire de mâles et de femelles », prétendait Agnel, mais ils étaient incapables de les différencier. Alors Agnel poursuivait ses expériences avec des canards, des pintades, des perdrix, tout ce que les chasseurs pouvaient rapporter, tout en maudissant Agnel de ne pas pouvoir immédiatement les manger. Si Akan n'avait pas donné des ordres précis, s'obstinant à faire confiance à l'apprenti éleveur, tous les oiseaux auraient fini plumés, cuits et dévorés dans la soirée.

— Toujours pas de nouvelles de Zyzo ? s'inquiéta Agnel en se retournant vers le chef du tipi.

Akan entra dans l'enclos. Une poule passa en lui frôlant la tête. Il détestait ces volatiles stupides. Il tentait comme il pouvait d'éviter les crottes de poule tout en avançant.

— Non. Aucune.

— Ce n'est pas normal, répondit Agnel. Je n'aime pas ça...

Trois autres enfants, Bill, Wain et Cheyenne, s'activaient dans le poulailler et semblaient plus s'amuser que travailler. Ils couraient après une pintade qui détalait en zigzag pour leur échapper.

Au moins, ça les occupait !

Bill, le plus trapu et le plus large des enfants, s'arrêta enfin, aussi rouge que le soleil, laissant Wain et Cheyenne continuer seuls leur course. Il s'épongea le front avec de la paille ramassée par terre.

— Foutues bestioles à deux pattes ! Si ça se trouve, Zyzo, les enfants du château l'ont bouffé, un point c'est tout. Ou ils l'ont mis dans un enclos, et comme il ne court pas aussi vite que ces bêtes à plumes, et surtout qu'il n'y a pas d'œufs qui sortent de ses fesses, ils ne vont pas attendre longtemps avant de le faire griller en brochette...

Akan pensa que Bill avait beau être le protégé de Mordélia, il n'était pas loin d'être le plus stupide de tous les enfants du tipi. D'ailleurs, Agnel le regardait comme si les pintades avaient plus d'intelligence que lui. Le garçon amoureux des oiseaux esquissa même un petit sourire de vengeance. Ce gros balourd de Bill ne s'était pas aperçu que des crottes de poule avaient coulé sur la poignée de paille qu'il avait ramassée, et plus il s'épongeait le front, le cou et les bras, plus il étalait la fiente.

Bill, sans comprendre, répondit au sourire amusé d'Agnel par un air de défi.

— Si t'étais vraiment ami avec ton Zyzo, monsieur Qui-parle-aux-oiseaux, tu ne resterais pas ici à compter les plumes. Tu te remuerais les fesses, on se rassemblerait et on irait le chercher nous-mêmes. On n'a plus six ans, ni même dix. On sait se battre, maintenant. Je crois qu'il est temps d'aller faire sortir les bébés châtelains de leur trou et de leur faire comprendre à qui appartient la ville.

Akan garda le silence. Bill était idiot, mais de plus en plus d'enfants du tipi pensaient comme lui.

Une petite voix s'éleva dans leur dos :

— Ça pue ici, tu ne trouves pas, Laly ?

Chrysanthe.

Elle était occupée à tasser de la paille propre pour former un lit à sa poupée. Elle continua de parler à Laly comme si les garçons n'existaient pas autour d'elle.

— Tu vas voir, Laly, le courageux Bill va aller tout seul casser la figure à tous les enfants du château. Il a beau être dodu et appétissant, vu son odeur, il ne craint rien ! Je ne pense pas que les enfants du château mangent du putois.

Bill comprit enfin, il jeta sa paille, dégoûté, et s'apprêtait à sortir du poulailler pour aller s'expliquer avec Chrysanthe. Akan s'interposa :

— Doucement, Bill.

— Waouh, tu as vu, Laly ? Le grand Akan lui-même est descendu de son quatrième étage pour venir nettoyer la chambre des poules ! Incroyable, non ? Pourtant d'habitude, il ne s'occupe que des bagarres. C'est le grand chef des bagarres. Tu ne trouves pas, Laly, que les garçons aiment la bagarre ? Certaines filles aussi, c'est vrai. À force de se battre entre eux, ils ne trouvent plus ça tellement drôle, tu comprends. Et se battre avec les poules, ce n'est pas pareil. Ce qu'ils aimeraient vraiment, c'est se battre avec de nouveaux enfants… C'est ce qui va se passer, Laly. Ils ne m'écouteront pas mais je sais ce qui va se passer. Parce qu'ils se croient les plus forts. Et ça aussi, je sais que ce n'est pas vrai.

Agnel écouta Chrysanthe avec intérêt, tout en regardant au loin vers le fleuve, celui au-delà duquel son ami avait disparu. Il s'agenouilla à nouveau pour confectionner le nid dans lequel il espérait que les volatiles pondent. Bill se frottait avec de la paille qui semblait propre, mais les marques sur sa peau passaient de verdâtres à rouge framboise.

Quelques mètres derrière lui, Gulo et Pépin, qui revenaient de la pêche, deux poissons accrochés à l'épaule, l'observaient en riant et se bouchant le nez. Vexé, Bill se baissa pour ramasser d'autres crottes et leur lancer, mais il ne fit que les écraser davantage entre ses doigts. Les rires des deux garçons redoublèrent. Akan se préparait à intervenir, pour éviter qu'une nouvelle bagarre éclate, lorsque la voix douce de Chrysanthe s'éleva à nouveau. Hésitante et tremblante, comme si elle retenait encore ses larmes.

— Et puis tu sais, Laly, les garçons ne sont jamais très courageux. Ils... Ils s'attaquent toujours à ceux qu'ils croient moins forts qu'eux. C'est pour ça qu'ils croient que Zyzo a été mangé par les enfants du château. Parce qu'ils n'ont pas peur d'eux. (Elle posa sa main sur les yeux de Laly pour que sa poupée ne soit pas effrayée.) Alors que, si ça se trouve, Zyzo a été mangé par le Luponéro.

4

AKELA

On aurait pu croire que le loup dormait. Il respirait doucement, les yeux fermés, le vent lissant comme un peigne invisible ses magnifiques poils gris. Le loup était pourtant en train de mourir.

Il ouvrit les yeux quand il entendit le bruit, incapable d'effectuer le moindre autre mouvement. Il grogna un peu, paraissant économiser ses ultimes forces pour mordre qui s'approcherait.

L'ombre avança vers lui. Elle chuchotait presque.

— Du calme, du calme.

L'ombre se pencha sur le loup blessé, sans hésitation, sans aucune peur de ses coups de crocs. D'ailleurs, curieusement, le loup n'ouvrit même pas la gueule. Il ne marqua aucune agressivité, docile comme un malade qui voit avec soulagement arriver son médecin.

— Il faut que tu te retournes. Je vais t'aider.

Deux bras forts saisirent le loup et le firent pivoter pour qu'il se retrouve couché de l'autre côté.

Sa plaie était béante, une large entaille, du cou jusqu'aux pattes avant, sans doute provoquée par une chute contre des rochers acérés. Les poils avaient été arrachés et la peau ouverte sur une quinzaine de centimètres. Le loup, souffrant atrocement, avait dû chercher à atténuer la douleur en frottant sa blessure à tout ce qu'il trouvait : herbe, sable, troncs d'arbre. Ça n'avait fait que l'infecter, l'ouvrir davantage, saigner. L'empêcher de cicatriser.

— Ce n'est rien. Ce n'est rien, disait la voix. Elle n'est pas si profonde, tu vas guérir, il faut seulement que tu te laisses soigner.

Deux mains posèrent à côté du loup des feuilles, de l'eau, de la terre séchée, des branches coupées, puis caressèrent son encolure. Longuement. Le loup semblait aussi affectueux qu'un chien envers son maître.

Pourtant, il dressa soudain les oreilles.

Un bruit, tout près. Des branches craquèrent.

Deux jambes se redressèrent, deux bras entourèrent le pin sylvestre le plus proche, et plus rapide qu'un singe, l'ombre grimpa. Elle s'immobilisa à mi-tronc, observa entre les branches, avec un regard mauvais, le soleil de fer dans le ciel, puis baissa les yeux vers les quatre enfants, deux garçons et deux filles, qui marchaient le long du lac et portaient, accrochés à leur taille, trois lapins qu'ils venaient d'attraper.

Ils se rapprochaient. Ils venaient droit vers le loup. Droit vers le pin sylvestre aussi.

D'un bon fantastique, l'ombre sauta d'un arbre à l'autre, entre les branches d'un chêne assez touffu pour la cacher, et dans le même élan, poussa un cri qui ressemblait à celui d'un chat sauvage. Immédiatement, des dizaines d'étourneaux surgirent de la cime des arbres et s'envolèrent en direction de l'étang, rasant le crâne des enfants, pour se poser un peu plus loin, sur l'eau calme.

Des cibles idéales pour de jeunes chasseurs !

Aussitôt, tous les quatre se retournèrent vers le lac, espérant que quelques-uns des oiseaux, au moins, se laisseraient piéger. Il était rare, exceptionnel même, qu'une volée soit aussi hardie et s'approche si près d'eux. Les chasseurs s'éloignèrent des arbres pour avancer le plus silencieusement possible vers les berges de l'étang.

L'ombre en profita pour sauter à nouveau au sol. Le loup lui lança un regard implorant, comme s'il craignait d'être abandonné. L'ombre caressa sa fourrure épaisse.

— Tu ne vas pas mourir, Akela. Dans quelques jours, tu seras sur pattes. Il faut juste te cacher. Aller plus loin, beaucoup plus loin dans la forêt. Je ne pourrai pas toujours te protéger. Je ne pourrai pas tous vous protéger. Je ne suis pas un des tiens. Je suis comme eux. Je suis un humain.

5

TROIS PAVILLONS ET UNE PRISON

— Merci.

Zyzo ouvrit les yeux, les frotta pour s'assurer qu'il était bien sorti de son sommeil, se redressa un peu sur le lit, et se demanda un long moment qui était cette fille qui se penchait sur lui. Il ne voyait d'elle que deux yeux clairs et rieurs comme deux fleurs mauves au milieu d'un champ de taches de rousseur.

— Merci, répéta la fille en se penchant encore davantage.

Elle rattrapa au dernier moment la couronne de roses qu'elle portait sur sa tête. Zyzo pensa bêtement qu'elle devait se piquer aux épines, mais la fille ne semblait rien sentir. Il examina la pièce sombre autour de lui, laissant courir son regard sur les étranges murs de pierre arrondis, sans aucune fenêtre, tout l'inverse du tipi d'où l'on voyait le ciel partout. Il avait l'impression que la pièce où il se trouvait avait été creusée sous la terre.

— Sans toi, je serai morte, continua la fille.

Zyzo ne répondait toujours pas. Il réfléchissait. Il commençait à parvenir à trier entre ses souvenirs et ses rêves, entre le trou noir de la nuit et ce qui s'était passé avant, l'enchaînement si rapide des événements. Il se rappela son cri, juste avant que la statue du cheval cabré ne bascule, le bond de côté de la fille à la couronne, le vacarme terrible de la statue qui se fracasse, les enfants du château qui arrivent de partout, sa panique et sa tentative pitoyable de fuite entre les grandes statues.

Il n'avait même pas eu le temps de se faufiler dans un trou, de bousculer un ou deux enfants, que des mains cherchaient déjà à l'attraper, comme lorsqu'il jouait à Balle-d'autruche dans le champ près du tipi. Il se souvenait aussi de son dérapage sur les pavés dès qu'il avait voulu feinter et changer brusquement de direction, jamais il n'avait senti sous ses pieds un sol aussi glissant, même quand il faisait froid à geler les étangs. Il ressentait encore l'horrible sensation de perdre l'équilibre, de glisser, de ne rien trouver pour s'agripper, et de sa tête qui va cogner contre la statue de l'homme combattant le lion.

Puis plus rien.

Instinctivement, Zyzo toucha son front. Il sentit une bosse.

— T'inquiète pas, t'as rien ! On t'a mis de l'arnica par précaution, mais t'as rien.
— De quoi ?
— De l'arnica ?
— C'est quoi ?
— Un médicament.
— Un quoi ?
— Une plante, si tu préfères. Une plante qui soigne.
— Ah… d'accord. Ça, je comprends.

Zyzo sentait que la conversation avec cette fille allait être compliquée. Pourtant, étrangement, il n'avait pas peur. Si ceux du château avaient voulu le tuer, ils l'auraient déjà fait. Et cette fille avec sa couronne sur la tête n'avait pas l'air méchante, même s'il n'aimait pas trop la façon dont elle l'observait. Il avait l'impression d'être une sorte de bête curieuse. La fille le regardait de la même façon qu'Agnel regardait les pigeons avant d'essayer de leur apprendre des trucs élémentaires, comme picorer dans sa main ou retrouver leur chemin entre deux maisons. Un regard gentil. Agnel n'avait jamais fait de mal à un animal avec un bec et deux ailes. N'empêche, Zyzo n'aurait pas aimé être le pigeon et passer pour un abruti.

Il prit le temps de réfléchir. Il avait dormi longtemps visiblement. Peut-être toute une journée puis une nuit. Les enfants du tipi devaient être inquiets. La mission confiée par Akan et Mordélia était de rentrer, chaque soir, et d'être prudent.

Zyzo se leva.

— C'était un plaisir de te sauver la vie ! Je peux te dire que ça n'a pas été facile d'arriver pile dans ton château au moment où le cheval n'en pouvait plus de se tenir sur ses pattes arrière… Mais faut que je parte maintenant, tu comprends, on m'attend.

Il fit trois pas vers l'épaisse porte de bois. Ceux du château l'avaient soigné, l'avaient laissé se reposer, ils n'étaient pas du tout les monstres que Mordélia et les autres croyaient ; il avait hâte de raconter tout cela à ses amis du tipi. La fille aux roses dans les cheveux en profita pour s'asseoir sur son lit.

— Ne dis pas de bêtises !

Zyzo sursauta.

Ça se confirmait, cette fille lui parlait exactement comme à un pigeon !

— Quelles bêtises ?

— Bah, tu te doutes bien que tu es prisonnier !

Un pigeon en cage ! pensa aussitôt Zyzo. Et il savait que, dès qu'Agnel avait le dos tourné, les pigeons finissaient déplumés et rôtis entre les mains des autres enfants du tipi. Et si Mordélia avait raison, et si ceux du château étaient vraiment des bêtes féroces et rusées ?

— Vous allez me manger ? demanda Zyzo.

La fille le regarda bizarrement, sembla réfléchir, puis répondit :

— Oui… Mais j'hésite encore comment… Avec des champignons ? Des carottes et une sauce aux oignons ? Mijoté pendant des heures… Par contre, je crois que mes copines te préféreraient bien grillé, à vif, avec juste un peu de salade.

Ils restèrent un long moment à se dévisager, la fille semblait très sérieuse… jusqu'à ce qu'elle éclate de rire ! Zyzo comprit qu'elle plaisantait. Ouf ! Il tourna la poignée de la porte. Fermée ! Il soupira et s'appuya contre le mur.

— D'accord. Je suis vraiment prisonnier. J'ai le droit de connaître ton nom avant d'être transformé en brochette ?

— T'as le droit. Moi, c'est Alixe.

— Et c'est quoi, ce truc sur ta tête ?

— Une couronne ! Je vais te confier un secret, et surtout tu ne le répètes pas : je suis la reine de ce château. Normalement, tu devrais m'appeler Majesté, ou ma reine, ou Sire, ou Votre Altesse… Mais comme tu m'as sauvé la vie, t'es un petit privilégié, alors appelle-moi comme tu veux.

Zyzo aimait bien, finalement, écouter cette fille. Même si ce qu'elle racontait avait l'air complètement dingue, il avait l'impression qu'elle n'inventait rien. Sauf quand elle disait qu'il allait finir embroché avec des champignons. Du moins il l'espérait…

Alixe lui fit signe de s'approcher, de venir s'asseoir sur le lit. Il ne bougea pas.

— Et toi, tu t'appelles comment ?

— Zyzo. Enfin, mon nom complet, c'est Zyzomys, mais tout le monde m'appelle Zyzo.

— Ça te va bien ! Tu sais que zyzomys, c'est le nom d'une souris en Australie ?

— En quoi ?

La reine éclata encore de rire.

— Mais peut-être qu'on aurait plutôt dû te donner le nom d'une grenouille. Rainette, ou Têtard. Dès que je dis un mot, tu réponds : « Quoi ? Quoi ? Quoi ? Quoi ? »

Zyzo haussa les épaules, puis essaya à nouveau, frénétiquement, de tourner la poignée de la porte.

— Ne te vexe pas. Je rigole. Je sais bien qu'il y a plein de trucs que tu ne peux pas connaître, que t'es un enfant de la tour Eiffel.

— De la qu…

Zyzo s'arrêta à temps et ne put s'empêcher de sourire. Il laissa Alixe continuer.

— La tour Eiffel. Le truc en fer plus haut que les plus hauts immeubles et que vous avez transformé en tente avec vos tissus et vos peaux. Elle a été construite il y a… pfou… des siècles je crois, mais je suis nulle en histoire. Ils pourront t'expliquer ça mieux que moi au pavillon des Savants. Vous n'avez pas de livres dans votre… heu… dans votre tente géante ?

— Notre tipi. On dit tipi.

— D'accord, vous n'avez pas de livres dans votre tipi ?

— Si, quelques-uns. Surtout des livres d'animaux.

— Mais pas d'atlas, de dictionnaire ?

— Des qu… ?

Un silence passa. Une nouvelle fois, Zyzo regarda la porte, et Alixe regarda Zyzo. Il eut le sentiment qu'elle avait pitié. Elle tira une grosse clé de fer de la poche de sa robe.

— Allez, on bouge. Après tout, t'es mon protégé... et je suis la reine.

— Je croyais que je n'avais pas le droit de sortir...

— Vrai ! Interdit de mettre un pied dehors. Par contre, tu as le droit de visiter l'intérieur ! Donc, tu vois ici, tu es au pied du vieux donjon, la partie la plus ancienne du château avant qu'on en reconstruise un autre par-dessus. Je te rassure, moi je ne l'ai pas connu non plus. Et ici, on n'y vient pratiquement jamais, franchement quel intérêt ? C'est froid, humide et noir, on le réserve aux araignées... et à nos invités préférés !

Elle tourna la clé dans la serrure de fer, ouvrit la lourde porte du bas et fit signe à Zyzo de passer en premier.

— Merci, Majesté. Je peux te dire que je ne suis pas près de te sauver à nouveau la vie !

Zyzo monta des marches assez raides. L'escalier était éclairé, comme par magie, par de drôles de bougies accrochées aux murs, mais qui ne semblaient pas brûler : aucune flamme, aucune chaleur, seulement de la lumière. Il évita de poser la question et fit comme s'il était tout à fait normal qu'on puisse attraper des morceaux de soleil et les coller dans des tubes de verre pour éviter de se casser la figure dans un escalier sans fenêtres.

— Ne t'inquiète pas, fit Alixe, on va bientôt retrouver le jour. Je te fais les présentations ? Notre château a un peu servi à tout depuis qu'il a été construit, il y a une éternité. Il paraît que c'était la maison des rois avant, car figure-toi que seuls les garçons pouvaient devenir rois, pas de reines, tu y crois à ça ?

Zyzo continuait de gravir l'escalier, d'écouter Alixe qui poursuivait son récit d'une voix joyeuse.

— Puis d'après les Savants, le château est devenu une prison. Tu vois, ça va te consoler, t'es pas le premier ! Et enfin, il a été transformé en musée, le plus grand musée du monde à ce que les Singes racontent, mais ils ont tendance à exagérer, le Louvre, c'est son vrai nom, même si on dit tous le château.

Zyzo ne comprenait qu'un mot sur deux, il ignorait par exemple ce qu'était un musée. Il continuait d'observer, fasciné, les torches sans flamme. Désormais, la curiosité l'emportait sur toute forme de peur. D'ailleurs, il n'était pas au bout de ses surprises. Parvenu sur le palier, il tomba nez à nez avec la statue la plus bizarre qu'il ait jamais vue : une tête d'homme posée sur un énorme corps de lion ! Partout, aux murs, étaient gravés des symboles semblables à ceux de l'Aiguille sur la grande place ronde.

Alixe s'avança à côté de lui.

— Je te présente le Sphinx. C'est le gardien du pavillon des Savants. Il commence ici si tu continues de monter les escaliers. Allez, je vais t'expliquer en quelques mots, ce n'est pas compliqué. Le château est construit en forme de U, trois côtés si tu veux, avec une grande cour au milieu. Mais ici on ne dit pas côté, ou couloir, ou galerie, on dit pavillon. Donc il y a trois pavillons. Les trois S, si tu préfères, c'est un moyen simple pour te le rappeler. Juste derrière le Sphinx, donc, c'est le pavillon des Savants. Les premiers de la classe tu vois, les intellos, les grosses têtes, ils vivent au milieu des vieilles antiquités égyptiennes comme ce Sphinx. On trouve aussi des sarcophages, des dieux animaux, des bijoux, et même une momie. Je te montrerai, ça fout un peu les jetons.

Alixe fit signe à Zyzo de prendre un couloir sur le côté.

— Quand on va remonter, à droite, vers la rue, celle où tu as escaladé le mur, là où il y a toutes les statues, c'est le pavillon des Soldats. Tu te doutes qu'on regroupe là les enfants les plus costauds, les plus sportifs, les plus rapides. Entraînement, entraînement, entraînement, ça ne rigole pas plus chez eux que chez les Savants. Et si tu prends l'aile gauche, le long du fleuve et du Sanctuaire, c'est le pavillon des Singes. Me demande pas pourquoi ce nom, je ne sais pas, mais on y retrouve tous ceux qui ont soi-disant un talent pour jouer de la musique, par exemple, ou pour écrire, et avant tout pour dessiner et peindre ! Tu comprendras pourquoi quand tu visiteras... Tu vois, c'est pas sorcier !

Zyzo trouvait une telle organisation bien étrange. Au tipi, à part obéir aux ordres d'Akan et parfois de Mordélia, et respecter les tours de corvées, de pêche et de chasse calculés par Vanylle, tout le monde faisait ce qu'il voulait, quand il le voulait.

— Les enfants doivent rester dans leur pavillon ?

Ils parvenaient dans un gigantesque hall. Zyzo n'avait jamais rien vu d'aussi beau. Le ciel se dévoilait derrière une immense pyramide de verre. On distinguait chaque détail de chaque nuage, sans rien sentir du froid ou du vent.

— Bien sûr que non ! On n'est pas en prison ! On peut se promener dans tout le château et dans les jardins, mais tous les enfants doivent suivre des cours, manger, se laver, dormir dans l'un des trois pavillons. Et ça, depuis qu'on a six ans ! Depuis ces foutus tests. Je te préviens, je déteste les tests !

Zyzo n'avait aucune idée de ce qu'était un cours, et encore moins un test, mais il commençait à apprendre à bloquer les « quoi » dans sa gorge. Les mots inconnus finissaient par s'expliquer tout seuls.

— Et toi, demanda-t-il, tu es dans quel pavillon ?

Alixe se redressa en riant. Ils se retrouvèrent sous la pyramide. Le soleil jouait sur les centaines de petits losanges de verre collés pour former quatre grands triangles, reliés en un seul sommet, si pointu qu'il paraissait capable de découper les nuages aussi facilement qu'un silex aiguisé tond la laine des moutons.

— Moi je suis reine, mon petit garçon. Je ne dors pas dans un pavillon… Je possède mes appartements !

Elle ne put retenir une grimace, et Zyzo devina qu'elle mentait, ou qu'au moins elle ne disait pas toute la vérité.

Dans une verrière gigantesque, sur leur droite, de nouvelles statues étaient exposées, plus gigantesques encore que les précédentes. Des chevaux cabrés, des géants casqués, des guerriers barbus et armés, Zyzo se sentait minuscule à côté.

— Voilà l'entrée du pavillon des Soldats ! annonça Alixe. Je te rassure, même s'ils se prennent tous pour Hercule, y compris les filles, ils sont beaucoup moins balèzes que ces guerriers sculptés ! Et mes appartements sont tout au bout, mais tut tut tut, c'est privé, interdit aux étrangers !

Zyzo laissa traîner son regard sur les statues. Il eut une sensation étrange devant tous ces adultes, hommes et femmes, presque toujours entièrement nus. À travers les larges fenêtres, il reconnaissait la rue par laquelle il était arrivé hier matin, les maisons aux murs de verre, les piliers de pierre.

S'il courait très vite, brisait l'une des vitres, pourrait-il se sauver ?

Non, analysa-t-il à toute vitesse, toutes les ouvertures étaient protégées par de solides barreaux, toutes sauf celle par laquelle il était entré, mais il ignorait où elle se situait, et sans doute l'avaient-ils déjà réparée.

Alixe semblait réfléchir, Zyzo eut l'impression qu'elle hésitait à lui confier un secret. Il apercevait sur les murs des panneaux avec des flèches, et déchiffra « Appartements Napoléon III ».

— Oh et puis mince, fit d'un coup Alixe en lui attrapant le bras, je peux bien te le dire, après tout. C'est vrai, je dors au bout du couloir, dans les appartements de la reine, mais le reste du temps, je fais partie du pavillon des Soldats. Comme les autres, depuis que j'ai six ans. Et je vais te faire une autre confidence : je déteste le pavillon des Soldats ! Depuis toujours. Je n'ai jamais compris pourquoi je me suis retrouvée là-bas ! Mon rêve à moi, ce serait d'être au pavillon des Singes !

— Et tu ne peux pas changer ? Ce n'est pas toi la reine ?

— Je ne suis reine que pour une année... enfin, sauf si je suis réélue. Donc dans moins d'un an, je redeviens une fille ordinaire, un bon petit soldat.

— Comment on devient reine ?

— C'est une longue histoire. Comme t'es prisonnier à vie ici, je te la raconterai plus tard.

Ils grimpèrent un nouvel escalier et se retrouvèrent derrière une nouvelle baie vitrée. Devant eux, de l'autre côté des murs de verre, s'ouvraient les jardins du château : un long champ bordé de haies de roses s'étendait entre le fleuve et la rue de Rivoli, jusqu'à la place de l'Aiguille, planté d'arbres fruitiers, de rangées de blé et de maïs, de parterres de légumes. Les pétales des arbres en fleurs tombaient en une pluie rose et blanche, se mélangeant aux pétales rouge sang des roses. Une autre question brûlait les lèvres de Zyzo.

— Et vous ne sortez jamais ? Comment vous faites pour manger ? Je connais par cœur cette ville, et on ne vous voit jamais chasser ni pêcher... Et si vous ne mangez même pas vos prisonniers...

Alixe le regarda avec de gros yeux gourmands, ouvrit la bouche en grand pour lui montrer ses dents, puis s'avança vers son épaule pour faire semblant de le mordre goulûment à travers le tissu de sa tunique.

À la façon, pensa Zyzo, *dont Bill dévorait un lapin sans même prendre le temps de le laisser cuire.* Alixe s'arrêta à temps et éclata à nouveau de rire.

— Tout est là, jusqu'à l'Obélisque là-bas (Zyzo comprit qu'elle parlait de l'Aiguille), tout ce qu'on mange est devant toi.

Cette fois, c'était à Zyzo d'ouvrir de grands yeux.

— On mange des fruits, expliqua Alixe. Et des légumes. On sème, on plante, on cultive, on récolte, on stocke des graines, des féculents, des fruits secs, on fait des conserves, des confitures, des sirops. On est des végétariens, c'est comme ça que l'on dit. On ne mange jamais de viande. Ça fait partie des règles de base enseignées par Marie-Lune. Ne jamais tuer un animal !

Zyzo ne comprenait rien. Il ignorait évidemment qui était Marie-Lune. Et ne manger que des fruits, des fleurs et des tiges ne lui donnait pas vraiment envie.

— Même pas un poisson ? fit Zyzo. Ou des grenouilles grillées ? Ou une tranche de cochon sauvage ?

Alixe fit une terrible grimace et Zyzo réalisa à quel point la seule idée de manger un animal mort la dégoûtait. *Et dire*, pensa Zyzo, *que les enfants du tipi sont persuadés que ceux du château les dévoreront s'ils les attrapent...* Ils n'étaient donc pas si dangereux... même s'ils le retenaient prisonnier.

— Je reconnais qu'à la longue, avoua Alixe, les pommes de terre au chou et les haricots verts, on peut en avoir un peu marre. Mais on a bien mieux que ça, et tu vas adorer.

Elle sortit de sa poche, enveloppée dans un papier, une boule rose.

— Les Lollipops ! La friandise des reines. Et des enfants très sages ! Dans le pavillon des Singes, en plus des peintres et des musiciens, il y a aussi des pâtissiers… Honorat, le cuisinier le plus doué du pavillon, en fabrique à mille parfums. Lavande. Fraise. Myrtille. Miel. Caramel. Noisette, ma préférée.

Elle rangea la Lollipop dans sa poche.

— Et hop, je te ferai goûter ! Si t'es sage et que tu ne cherches pas à t'évader !

Zyzo haussa les épaules, comme s'il s'en fichait. Même si ce n'était pas vrai, il était intrigué. Alixe s'engagea dans un nouveau grand escalier sur leur gauche. Il la suivit. Une nouvelle question le taraudait. Ils n'avaient croisé aucun enfant depuis qu'ils étaient remontés de son cachot au pied du donjon. Ils avaient pourtant longé les trois pavillons.

— Il m'a tout de même l'air plutôt vide, ton château. T'es sûre que t'es pas la reine des courants d'air ?

— Ah ah, monsieur l'espion prend ses renseignements ? Tu voudrais savoir combien il y a d'autres enfants ? (Elle regarda une horloge accrochée au mur à côté d'eux.) Ne t'en fais pas, ils vont bientôt arriver.

— Ils sont où ?

— En cours !

— En quoi ?

Ce « quoi »-là, Zyzo n'avait pu le retenir. Alixe le dévisagea, amusée.

— Quoi quoi quoi, monsieur le crapaud, quoi quoi, c'est quoi, un cours ? Sauve-toi vite alors, petit sauvage, t'as trop de chance de ne pas savoir ce que c'est, et mieux vaudrait pour toi que tu l'apprennes jamais !

— C'est quoi, un cours ? insista pourtant Zyzo.

Au même moment, une trentaine d'enfants descendirent en courant le grand escalier, sortant sans doute, si Zyzo avait bien suivi, du pavillon des Singes. Tous passèrent devant eux en riant et criant, des garçons et des filles, exactement de son âge, une douzaine d'années, sans s'arrêter, sans même lui jeter un regard.

Seule une fille ralentit. Elle était habillée d'une jupe courte qui volait comme une fleur autour de sa taille et d'un haut rose très près du corps, qui dévoilait son nombril et se collait à sa poitrine beaucoup plus formée que celles de toutes les autres filles de son âge. Elle s'adressa à Alixe en riant :

— Déjà en train de draguer, ma vieille !

Puis elle accéléra à nouveau.

— Je vais chercher une Lollipop Pimento et je reviens. Honorat m'a demandé de les tester. Je l'ai bien mérité ! Marie-Lune nous a gavés avec l'histoire des vitraux du Sanctuaire pendant presque deux heures.

La fille en rose avait déjà disparu en bas de l'escalier. Alixe pensait sûrement que Zyzo allait lui demander ce qu'était un vitrail, ou qui était Marie-Lune, ou même ce que voulait dire draguer. Le jeune garçon se contenta au contraire de lui adresser un énorme sourire.

— Ma vieille ? Eh bé ! Je croyais que tout le monde devait t'appeler Votre Majesté ?

— Heu, fit Alixe, gênée, tout en triturant sa couronne de roses. Elle, c'est ma meilleure amie… Saby ! Elle est… Comment te dire… Elle est complètement cinglée ! Heu, viens, j'ai une dernière chose à te montrer.

Ils continuèrent à grimper les marches. Par la grande fenêtre qui éclairait le palier, Zyzo apercevait le fleuve bordant les murs du château, puis de l'autre côté de la rive, les deux tours de l'île du Sanctuaire, et au-dessus, dans le ciel, le point rouge du soleil de fer. Zyzo gravit encore quelques marches et remarqua sur sa droite une étrange pièce ronde, aux murs couverts d'or et au plafond en forme de bol entièrement peint de dessins anciens. Sur le sol en damier blanc et gris, une centaine de chaises étaient posées, en rangs serrés. Plus étrange encore, sur un côté de la pièce ronde, un grand drap blanc accroché au plafond était tendu, occupant presque un tiers de l'espace.

Sur le drap blanc s'affichait le visage géant d'un adulte !

Une femme.

Et le visage de la femme bougeait !

Elle n'était pas vivante, Zyzo l'avait compris, ce n'était qu'une image, une autre peinture, un dessin, mais celui-ci était animé, comme si des enfants s'étaient dissimulés derrière le drap pour agiter chaque partie de ce tableau dans un mouvement parfaitement coordonné.

— C'est la rotonde d'Apollon ! expliqua Alixe. La salle de conférences, si tu préfères, celle où les enfants des trois pavillons se réunissent quand Marie-Lune veut nous dire à tous la même chose en même temps.

Alixe ne laissa toujours pas le temps à Zyzo de demander qui était Marie-Lune ni par quel prodige cette image géante s'animait.

— Et celui que tu vois, avec les lunettes en argent, le seul dans la rotonde, c'est Ogénor.

Zyzo s'aperçut alors que la pièce ronde n'était pas vide. Parmi la centaine de chaises, une seule était occupée, une chaise étrange, en fer, avec des roues. Le garçon assis dessus était très blond, très pâle, très maigre, encore davantage qu'Agnel.

— Et lui n'est pas en cours comme les autres ?

Zyzo ne savait toujours pas ce qu'était un cours, mais il avait compris que c'était une chose obligatoire pour tous les enfants, comme les corvées au tipi : chercher de l'eau, entretenir le feu, réparer les toiles, coudre les habits.

— Pas aujourd'hui. Lui, il a choisi. Il est le seul enfant qui a le droit. Pour t'expliquer en deux mots, lors de ces fameux tests, quand on avait tous six ans, on devait aller dans le pavillon où l'on avait les meilleures notes, ou les moins mauvaises, c'est Marie-Lune qui calculait tout. Mais lui, Ogénor, a eu les meilleurs résultats aux tests des trois pavillons, donc il a été autorisé à suivre des cours dans les trois pavillons à la fois, et il peut ne rester que cinq minutes en cours au lieu d'une heure s'il veut, il a déjà tout compris. Alors le plus souvent, il préfère rester tout seul à écouter Marie-Lune.

Alixe reprit son souffle, Zyzo parvint enfin à demander :

— C'est elle, Marie-Lune ? La femme sur ce drap ?

— Elle-même ! Notre maman à tous ! T'inquiète, tu vas bientôt la connaître. Et ce n'est pas un drap mais un écran !

Zyzo regarda le grand visage qui semblait parler à Ogénor. Marie-Lune ? Une adulte ? Une adulte vivait dans le château ? Zyzo n'arrivait pas à le croire. Il fallait qu'il en sache davantage, mille questions tournaient dans sa tête, il allait poser la première quand une main collante se posa sur son poignet.

— Délchieux, les Pimento... Honorat est un chénie... Chelle à la menthe chauvage est une tuerie...

Saby !

Trois bâtons de Lollipop sortaient de sa bouche.

Elle s'essuya les mains sur sa jupe, regarda tour à tour Alixe et Zyzo, sembla follement s'amuser, puis s'arrêta sur Zyzo et retira les trois Lollipops pour mieux articuler.

— Mes hommages, petit barbare. Merci d'avoir sauvé notre reine adorée. (Elle mima une révérence moqueuse.) Et au passage ma meilleure copine.

Même si Saby le fixait avec la curiosité qu'aurait eue Agnel s'il s'était trouvé nez à nez avec un perroquet (un oiseau dessiné dans le livre d'Agnel dont Zyzo doutait qu'il puisse exister), il ne pouvait s'empêcher de lever les yeux vers Marie-Lune. Il n'avait qu'une envie : entrer dans cette pièce et écouter ce qu'elle racontait à cet Ogénor assis sur sa chaise roulante.

— Holà ! fit Saby. On dirait que c'est la première fois que tu vois la lune ! Et cette petite princesse d'Alixe ne t'a rien expliqué. Alors première info, question de survie ! Si tu tournes à gauche après la rotonde, tu arrives aux cuisines et à la cantine ! Ici on l'appelle le salon des Sept Cheminées. Mais en attendant le prochain repas, suis-moi, on va chez les Singes. On va te faire un topo express.

Elle leva les yeux au ciel, vers le soleil de fer, juste au-dessus de la pointe de la pyramide. Zyzo regarda cette fois dans la même direction. Saby lui prit la main, puis celle d'Alixe, et les entraîna. Joyeuse et excitée.

— Vous les petits sauvages, vous passez votre temps à grimper aux arbres et à dormir au soleil, bande de veinards. Pas de journées entières de classe avec Marie-Lune à vous coltiner ! Mais vous devez quand même vous poser quelques questions de temps en temps, non ? Comme ce que fiche au-dessus de nos têtes ce deuxième soleil qui crache des éclairs de lumière deux fois par an ?

Ils montèrent en haut d'un nouvel escalier, emportés par l'énergie de Saby. Ils bifurquèrent à droite, vers une haute et large galerie.

— La galerie d'Apollon, commenta Saby. Avant il paraît qu'il y avait les plus beaux bijoux du monde, ici, mais personne ne sait ce qu'ils sont devenus.

Zyzo en resta sans voix.

Il n'avait jamais rien vu d'aussi beau.

Le plancher était fait d'un bois si brillant qu'on l'aurait cru peint avec de la poussière d'étoile. Les murs étaient décorés, du sol au plafond, de sculptures monumentales couvertes d'or. Il n'eut pas le temps de s'arrêter pour se frotter les yeux et vérifier qu'il ne rêvait pas, Saby l'entraîna dans une nouvelle galerie. Elle était aussi stupéfiante que la précédente ! Ils passaient sous des arches tenues par des colonnes de la même teinte marbrée que des peaux de serpent abandonnées. Sous les colonnes, les plafonds voûtés étaient composés de pierres plus scintillantes que des écailles de poisson. Partout aux murs étaient accrochés des tableaux deux fois plus hauts que Zyzo, représentant des hommes et des femmes portant des bijoux, des couronnes, des tissus si bien rendus qu'on aurait cru des vrais, si ce n'est qu'il n'avait jamais vu des rouges aussi rouges, des bleus aussi bleus, des noirs aussi noirs. Comme si ses yeux découvraient de nouvelles couleurs.

C'était cela, le château ? Un endroit où tout était beau ?

— Mon école, fit sobrement Saby en lâchant la main de Zyzo pour retirer les sucettes de sa bouche. Le pavillon des Singes. Tu sais qu'Alixe, toute reine qu'elle est, crève de jalousie de ne pas être en classe ici !

Elle adressa un clin d'œil à Zyzo alors qu'Alixe lui tirait la langue.

— Et moi je donnerai mon poids en Lollipops pour faire partie du pavillon des Soldats. (Elle observa, devant elle, en soupirant, la peinture d'un homme barbu portant une étrange assiette blanche au-dessus de la tête.) Tu sais comment j'appelle ce couloir avec toutes ces peintures préhistoriques ? La galerie des Poussières ! Comment peut-on préférer tous ces vieux types aplatis dans leur cadre aux statues des héros tout en muscles du pavillon d'en face ? Hum... En prime, les plus beaux garçons du château sont tous là-bas !

Saby passa sa langue sur ses lèvres. Zyzo n'arrivait pas à déterminer si elle plaisantait ou non. Puis elle enfila à nouveau les trois bâtons sucrés dans sa bouche, et reprit la main de Zyzo.

Ils marchaient de front, tous les trois. Alixe ne disait rien, mais son regard ne perdait pas une miette des tableaux, des dorures, comme si elle était tout aussi subjuguée que Zyzo.

Saby s'arrêta soudain pour esquisser une petite révérence, qui manqua de les faire tous glisser sur le parquet, devant une minuscule peinture sombre représentant le visage d'une femme.

— Faut jamais oublier de saluer Mona, plaisanta Saby, sinon elle rapporte tout à Marie-Lune. Regardez ce petit sourire de fourbasse.

Zyzo avait de plus en plus de mal à comprendre, entre les tableaux qui bougeaient et parlaient et ceux peints, immobiles et silencieux, qu'il fallait saluer.

— On est bientôt arrivés, annonça Saby.

Ils entrèrent dans une nouvelle galerie, aux hauts murs rouges, où les tableaux atteignaient cette fois une taille démesurée. Des milliers d'hommes et de femmes peuplaient les immenses fresques, certains dévêtus, d'autres portant armes et armures, une femme aux seins nus brandissait un drapeau tricolore, des hommes sur un bateau en train de couler agitaient leurs mains ou des tissus. Zyzo reconnut le Sanctuaire sur un troisième tableau géant.

Saby s'arrêta enfin, et proposa à Zyzo et à Alixe de s'asseoir.

— Celui-ci, c'est mon préféré. *Les Sabines*. Comme mon prénom, t'as remarqué ? Il m'a toujours intriguée, ce tableau.

Zyzo observait sur le grand tableau face à lui une scène de combat très violente. Des hommes et des femmes, presque nus, armés d'épées, semblaient prêts à s'entre-tuer, au milieu d'enfants et de bébés posés à leurs pieds.

— Pourquoi, continua Saby en fixant le tableau, pourquoi ces femmes si belles, au lieu de protéger leurs bébés, les laissent entre les guerriers qui risquent de les écraser ? Mystère ! Bon, on verra ça plus tard, conclut-elle, ce n'est pas le sujet. Ma reine, c'est à vous, je vous en prie, ce jeune barbare doit tout savoir, puisqu'il va devoir passer le reste de sa vie ici !

Alixe se leva et fit glisser son regard sur les différentes fresques peintes.

— Tu vois, Zyzo, tous ces gens habitaient la terre avant. Je suis nulle en histoire, mais tous ces tableaux nous racontent le passé, il y a des milliers d'années ou seulement quelques centaines, je ne sais plus.

Elle regarda successivement un vieux tableau représentant un couple nu, l'homme tenait une pomme et la femme parlait à un serpent, puis un autre où une fille aux cheveux courts brûlait sur un bûcher, puis un dernier où un homme en robe posait une couronne sur la tête d'un autre, agenouillé.

— Enfin bref, continua Alixe, ce sont ces gens qui ont habité la terre avant nous, qui ont construit tout ce qu'on voit dehors, les maisons, les ponts, les rues, les sanctuaires, ce château, ton tipi ; des parents, leurs enfants, les enfants de leurs enfants, et ainsi de suite pendant des générations et des générations… Et puis un jour… (Elle fit le geste d'un oiseau qui s'envole.) Pffttt, tout a disparu.

— Comment ça, disparu ? demanda Zyzo.

— Si tu as besoin de détails plus précis, il faudra demander à Ogénor, lui connaît tout ça par cœur, moi je n'ai que les grandes lignes.

Elle réajusta sa couronne.

— Il y a douze ans, douze ans exactement, des milliards d'êtres humains vivaient encore sur terre. Adultes, enfants, bébés. Tous en bonne santé, respirant à pleins poumons l'oxygène produit par toutes les plantes de la terre…

Zyzo avait déjà du mal à suivre. Respirer, il comprenait. Mais l'oxygène ?

— Personne, poursuivit Alixe, pas un seul être humain, pas un seul savant ne s'est aperçu qu'un poison s'était glissé dans l'oxygène. On ignore combien de temps, quelques heures peut-être, ou quelques jours, avant qu'il ne se disperse. Un poison inodore, incolore, indétectable, qui se mélangea à l'air. Personne ne sut d'où il était venu, sans doute d'une autre galaxie, des poussières d'étoiles mortes poussées par le vent bien au-delà du ciel, c'est ce qu'on nous a raconté, mais d'autres parlent de l'expérience secrète d'un fou. On ne saura sûrement jamais... Peu importe, le résultat est le même, un gaz toxique s'est mêlé à l'oxygène, et tous ceux qui le respirèrent, c'est-à-dire tous les êtres vivants sur terre, humains, mais aussi tous les animaux, étaient condamnés à mourir. Le gaz attaquait leur organisme, plus ou moins rapidement, sans aucune chance d'en réchapper. Il accélérait la vieillesse, si tu veux, au lieu de mourir en une centaine d'années, ça prenait quelques mois pour la plupart des gens, parfois un an, ou quelques années, quatre ou cinq, pour une toute petite poignée de chanceux.

Zyzo commençait à comprendre. Ça lui rappelait la fois où ces étourdis de Mouk et Kamélian s'étaient endormis dans une cabane dans la forêt après avoir fait du feu, malgré les recommandations d'Akan. Ils avaient respiré de la fumée pendant leur sommeil. On les avait retrouvés, au matin, inanimés. On les avait même cru morts, avant que Mordélia ne parvienne à les sauver. Il comprenait pourquoi tout le monde était mort sur terre. Personne ne peut se retenir de respirer plusieurs heures, encore moins plusieurs jours, surtout si l'on ne sait pas que l'air est empoisonné. Mais, alors, une question toute bête se posait :

— Du coup, qu'est-ce qu'on fait là ? On devrait être morts, nous aussi, comme nos parents, comme tous les autres. On était forcément déjà nés quand le nuage mortel est passé.

Saby fixait, sur son mystérieux tableau, les bébés posés par terre entre les lances et les épées des guerriers. Elle sembla impressionnée par le raisonnement de Zyzo, sifflant entre ses dents pour souligner qu'elle le trouvait moins bête qu'elle ne l'aurait pensé.

— Presque, répondit Alixe. Presque né, mais pas tout à fait. Sais-tu quels sont les seuls êtres vivants sur terre qui ont réussi à ne pas respirer cet oxygène contaminé ?

Zyzo secoua la tête.

— Les bébés ! Les bébés dans le ventre de leur mère ! Les bébés chats, les bébés chiens, les bébés rats et les bébés humains. Protégés dans le ventre de leur maman, les bébés ne respirent pas avant de naître. Et si leurs mamans survivaient assez longtemps pour accoucher, ils étaient sauvés.

Zyzo ne comprenait plus bien. Il ignorait comment naissaient les bébés. Il avait juste une vague idée de la façon dont on les faisait, et avait toujours cru qu'ils étaient tous nés le même jour, lors du Birth Day, il y a douze ans.

— Voilà, tu sais tout, conclut Alixe. Les seuls survivants sur la terre furent les bébés nés quelques mois après le passage du nuage, dont les mamans n'étaient pas mortes aussitôt. Avec le nuage, les hommes et femmes adultes étaient devenus stériles, et tous allaient mourir. Tu comprends maintenant pourquoi on a tous le même âge, à quelques semaines près. Je ne sais pas combien nous sommes sur terre, combien d'enfants sont nés à Paris, en Afrique, en Chine ou en Australie, mais je sais juste qu'on a tous douze ans. Et qu'il n'y a plus aucun adulte de vivant !

Zyzo ne trouvait rien à dire. Il ignorait tout de ce monde d'avant, le monde des adultes. Saby enchaîna :

— Mon petit sauvage, même si tu n'as aucune idée d'à quoi ressemble un bébé, ou un accouchement, tu dois te douter qu'un bébé ne survit pas tout seul dans la nature sans grande personne pour s'occuper de lui. Alors les quelques adultes qui étaient encore en vie se sont organisés. Vous, les petits sauvages, je ne sais pas qui vous a servi de nounou, ça a dû se faire plus ou moins à l'arrache... Improvisation totale, genre, je vais bientôt crever, les mômes, alors faites pas chier... Mais pour nous, ceux du château, c'était vachement organisé...

— Ce que Saby veut dire, reprit Alixe, c'est qu'une centaine d'enfants ont été réunis dans le château. J'ignore comment nous avons été sélectionnés, qui étaient nos parents et d'où nous venons, je sais simplement, Marie-Lune nous l'a dit et redit, que nous étions les privilégiés, les élus, les gardiens de l'humanité.

Le regard d'Alixe se perdit à nouveau dans la foule des personnages peints sur les fresques.

— Tu vois, soupira Saby, le genre de truc qu'on nous répète en boucle depuis qu'on est nés ! L'humanité dépend de vous. Vous êtes les seuls survivants éduqués, les seuls à connaître la vérité, les seuls à vous souvenir, tous les autres enfants qui survivront, dehors, vont oublier, mais pas vous, et bla bla bla et bla bla bla... Tu te rends compte de la responsabilité ? Vous êtes peinards, vous, les sauvages, vous n'avez pas la terre à sauver ni dix mille ans d'histoire conservés dans ce musée à protéger !

Zyzo contemplait en silence la beauté des lieux, sans oser contredire Saby. Oui, tout cela méritait d'être sauvé, il en avait la certitude.

— Tout a été planifié, expliqua Alixe. Marie-Lune a tout coordonné. Tout. D'après Ogénor, elle a survécu quatre ou cinq ans après le passage du nuage, elle nous a élevés, certains prétendent même se souvenir d'elle du temps où elle était encore vivante. Moi, je suis incapable de faire la différence entre un vrai souvenir de Marie-Lune et les films qu'elle nous a laissés. Avant de mourir, Marie-Lune, sans doute aidée de beaucoup d'autres adultes, a laissé des instructions, des règles précises auxquelles on doit obéir, comme apprendre à lire, écrire, compter, suivre des tas d'autres cours enregistrés à l'avance, passer des tests qu'un ordinateur analyse.

— Des tonnes de règles, soupira Saby. On les appelle les commandements. Ne pas fabriquer d'armes, à part les bôs, bien entendu. C'est le premier commandement ! Le deuxième, c'est ne pas manger de viande. Puis il y en a des dizaines. Ne pas tuer d'animaux. Se coucher tôt. Se lever en même temps que le soleil. Respecter les quatre saisons et les rituels débiles, le Sanctuaire, ces foutus jeux de l'Étoile, le Birth Day et ses douze coups de carillon.

Le Birth Day, pensa Zyzo, *les éclairs lancés après minuit par le soleil de fer !*

— Le soleil de fer, c'est eux ? Ce sont les adultes qui l'ont fabriqué ? Avant de mourir, pour nous protéger ?

— Oui, fit Alixe. C'est grâce à lui que chez nous fonctionnent la lumière, les ordinateurs, les écrans de télé, le chauffage en hiver. C'est lui qui protège le Sanctuaire. Ce sont eux, les hommes d'avant, qui ont organisé le Birth Day, pile le 21 juin, le jour du solstice. (Zyzo ouvrit des yeux ronds.) Le jour le plus long de l'année, si tu préfères, pour qu'on se souvienne, pour que la terre entière se souvienne que les nouveaux bébés devaient faire renaître la terre. Les éclairs que tu vois, ce sont des lasers. Le soleil de fer fonctionne à l'énergie solaire. Les petits génies du pavillon des Savants pourraient t'expliquer ça précisément. Ils sont l'avenir de l'humanité. Les Singes en sont la mémoire, et les Soldats les protecteurs.

— Contre les sauvages, murmura Zyzo.

Le soleil de fer avait été construit pour protéger les enfants, mais pas tous les enfants. Seulement ceux du château.

— Tu as tout compris, fit une voix dans leur dos.

Ils se retournèrent tous les trois. Ogénor se tenait derrière eux et les observait avec un regard trop sérieux pour celui d'un enfant de douze ans. Il avançait silencieusement sur son fauteuil roulant, tournant les roues à l'aide de ses mains. Autant ses jambes étaient maigres, autant ses bras paraissaient musclés.

Avait-il écouté toute la conversation ?

Il fixa un instant Zyzo dans les yeux, regarda Saby, puis le tableau des *Sabines*, et s'arrêta sur Alixe.

— Tu es attendue, réunion d'urgence dans la salle du conseil. Dépêche-toi, Alixe.

Sans discuter, elle le suivit.

Décidément, pensa Zyzo, *encore un qui ne l'appelle pas Majesté !*

6

LUPONÉRO

Cheyenne courait. Jamais elle n'avait couru aussi vite. Des gouttes de sueur coulaient de ses cheveux coupés très court, dégoulinant sur son maquillage noir et vert de chasseuse. Elle courait en s'obligeant à ne pas se retourner, même si elle savait que Gulo traînait derrière elle. Tant pis. Elle n'allait pas l'attendre, pas plus que Pépin le trouillard ou sa grande amie Suzy, qui tous les deux sprintaient dix mètres devant elle, ne l'attendaient. Ils formaient une patrouille de quatre mais ça ne servait à rien de rester en troupeau ! Tous les animaux se dispersent quand ils sont poursuivis, les lapins comme les sangliers.

Cheyenne essaya d'accélérer encore, faisant voler les franges de sa tunique. La longue rue jusqu'au fleuve lui semblait interminable. Son cœur battait de plus en plus vite mais ses pensées, elles, petit à petit, se calmaient.

Elle était sortie de la forêt. Ils étaient tous sortis de la forêt !

Vivants.

S'ils atteignaient le fleuve, ils seraient sauvés.

— Le Luponéro, hurlait Suzy devant elle, sans ralentir. Le Luponéro !

Pépin, à ses côtés, progressait aussi vite, même s'il tenait sa main, paniqué. Des gouttes de sang giclaient de la morsure à son poignet.

Encore quelques mètres, pensa Cheyenne en grimaçant, résistant à la douleur du poignard de silex glissé dans l'étui à sa ceinture, qui cognait contre sa cuisse chaque fois qu'elle la levait. Elle serra les dents. Traverser la place. Rejoindre le fleuve. Se reposer, enfin.

Sans réfléchir, en écho aux cris de Suzy et de Pépin, elle hurla à son tour :

— Le Luponéro ! Le Luponéro !

— Attendez-moi, cria la voix de Gulo derrière elle.

Une voix suppliante d'animal malade.

Cheyenne hésita en entendant l'appel au secours. De tous les enfants du tipi, Gulo, était celui qui courait le moins vite. Trop gourmand, trop lent ! Son nom complet était d'ailleurs Gulo-Gulo, le nom d'un petit ours glouton. Gulo-Gulo était l'un des meilleurs chasseurs, mais seulement parce qu'il avait toujours faim ! Pourtant, contrairement à Pépin, il n'avait été ni mordu ni blessé, alors pour une fois, il pouvait bien se servir de ses grosses jambes pour avancer !

— Attendez-moi ! supplia encore Gulo-Gulo.

En un éclair, Cheyenne se demanda si elle devait se retourner ou pas.

Non, pas encore !

Elle continua de courir, tirant sur ses jambes, fixant le tipi qui grossissait face à elle, entre les arbres, dépassant les maisons. Maintenant, les guetteurs du deuxième et troisième étage devaient les apercevoir, les entendre au moins. Ils interviendraient s'il le fallait. Cheyenne n'allait pas se laisser rattraper par le monstre de la forêt si près du but. Elle conserva son rythme malgré la fatigue.

Quelques secondes plus tard, elle repérait enfin le pont.

Ne pas se relâcher ! Elle ne serait sauvée que lorsqu'elle aurait atteint le fleuve. Elle sprinta encore sur une centaine de mètres avant de s'arrêter, épuisée, au beau milieu du pont. Suzy et Pépin, arrivés les premiers, avaient stoppé leur course, eux aussi, et tentaient de reprendre une respiration normale. Derrière eux, ils entendaient Gulo-Gulo gémir, et ses pas lourds et lents résonner.

Bill fut l'un des premiers à entendre les cris de panique.

— Le Luponéro ! Le Luponéro !

Il pêchait des écrevisses, avec une vingtaine de filles et de garçons, sur les berges de l'île aux Cygnes, cette petite île étroite et tout en longueur qui coupait le fleuve en deux, presque au pied du tipi, reliée à la terre par deux ponts. Les enfants se rendaient toute l'année sur l'île (leur île !) pour pêcher, ou tout simplement pour jouer, construire des cabanes dans les arbres, ou juste rêver en observant l'eau couler. Ils s'y sentaient en sécurité, protégés par le fleuve de chaque côté, et surveillés par les guetteurs postés à chaque étage du tipi.

Après le Birth Day, la tradition était aussi de venir sur l'île aux Cygnes pour se baigner. Une dizaine d'enfants barbotaient dans l'eau.

— Le Luponéro ! Le Luponéro !

Suzy avait repris son souffle et s'était remise à crier, suivie de Pépin qui tenait en grimaçant sa main ensanglantée, puis de Cheyenne, terrifiée. Presque toute la patrouille, envoyée ce matin chasser dans la forêt, s'égosillait.

Bill, accompagné de Wain, grimpa le plus rapidement possible les quelques marches qui menaient de l'île au pont.

Suzy parlait trop vite. Tout le monde au tipi la surnommait Suzette-la-pipelette. Ses mots se bousculaient.

— On... On a vu le Luponéro, près du lac. Dans... Dans un arbre... Enfin, caché derrière les feuilles et...

— Vous êtes certains ? demanda Bill en lui coupant la parole.

— On a entendu des... des hurlements de loup. On s'est approchés. Puis les oiseaux se sont envolés. Mais Cheyenne et Pépin ont quand même regardé dans la direction des cris. Le loup continuait de hurler, comme s'il était blessé.

Pépin se tenait le poignet, sans parvenir à empêcher le sang de couler.

— J'ai voulu grimper dans un arbre, expliqua-t-il, pour les surprendre, mais le Luponéro a été plus rapide. Je ne l'ai pas vu arriver. Il m'a mordu. J'ai eu de la chance, ma main aurait pu y rester, ou mon bras.

Le garçon montra aux enfants les traces de morsure sur son poignet, là où les veines étaient apparentes. Gulo-Gulo arrivait enfin sur le pont, en sueur, épuisé. Il s'appuya sur la rambarde de fer, le regard hagard.

— La forêt est maudite, hoquetait-il, il ne faut plus y retourner.

— Idiot, grogna Bill. Comment on fera pour manger ?

L'argument parut impressionner Gulo-Gulo. Bill se retourna, observa le tipi qui les dominait de toute sa hauteur, puis baissa les yeux vers la dizaine d'enfants qui nageaient dans le fleuve. L'un d'eux sortait de l'eau en gravissant quelques marches, entièrement nu, trempé et visiblement frigorifié.

— Ne te rhabille pas, ordonna Bill. Fonce chercher Akan et Mordélia, ça va te réchauffer.

Quelques minutes plus tard, Akan, Mordélia et presque tous les autres enfants du tipi s'entassaient entre les fines colonnes soutenant le second étage du pont de fer, celui d'où les plus courageux s'amusaient à plonger dans le fleuve.

Mordélia ordonna à la foule de s'écarter pour que Pépin puisse respirer. Les rumeurs avaient couru aussi vite que les fuyards, et elles continuaient de circuler, murmurées de bouche à oreille : toute la patrouille avait été encerclée par une meute de loups, le Luponéro avait failli arracher le bras de Pépin, puis le monstre les avait poursuivis jusqu'à la lisière de la forêt. La prochaine fois, il traverserait le fleuve pour s'aventurer jusque dans la ville !

Mordélia, indifférente aux chuchotements inquiets, se pencha sur Pépin. Elle tira son bras sans ménagement, retourna son poignet, le serra, puis déclara à haute voix :

— C'est une morsure d'écureuil !

Un nouveau murmure parcourut l'assemblée, et même quelques rires fusèrent parmi les enfants qui venaient d'arriver.

Une morsure d'écureuil ? L'avait-il vraiment vu, ce trouillard de Pépin, le Luponéro ?

Tous les enfants parlaient du Luponéro, de cette créature insaisissable de la forêt, mais personne ne l'avait jamais vraiment croisé ! Certains avaient seulement aperçu une ombre, une silhouette de leur taille, un peu plus grande peut-être, habile à monter aux arbres, aussi rapide qu'un singe, capable de se fondre en un instant dans les feuillages sombres, au point qu'on doutait de l'avoir réellement vue.

Le Luponéro était-il un homme ou un animal ? Une véritable créature ou une histoire inventée et ensuite amplifiée par l'imagination des garçons et filles apeurés dans la forêt ? Une patrouille qui avait la trouille pouvait vite prendre le vent entre les branches pour un hurlement de loup, un tronc mort pour un corps, un écureuil surpris dans son nid pour un monstre assoiffé de sang.

— La blessure n'est pas profonde, commenta Mordélia. Mais une veine a été touchée. N'arrête pas d'appuyer dessus.

Pendant que Pépin serrait son poignet, Mordélia ouvrit le sac qu'elle portait à l'épaule. Il contenait trois livres dont elle ne se séparait jamais et dont personne n'avait jamais vu les titres. Mordélia continua de fouiller dans son sac et attrapa plusieurs petites boîtes. Elle en ouvrit une, puis en sortit des petits cailloux de couleur blanche, de la taille d'un grain de maïs.

— Avale ça !

Pépin ne discuta pas. Il savait que Mordélia maîtrisait cette magie-là. Guérir la souffrance. Repousser le mal. Elle avait soigné Wain quand il avait glissé de la liane du premier étage du tipi, et Mouk et Kamélian quand ces idiots s'étaient brûlés en se battant avec des bâtons enflammés. Ou Noam le jour où il avait failli se noyer. Tous les enfants du tipi respectaient Mordélia pour cela. Dans quelques minutes, Pépin irait mieux, tous le savaient. Tous supportaient ses allures de sorcière, ses habits noirs de corbeau, ses crises de colère, sa façon de les regarder comme s'ils étaient des vers de terre, uniquement pour ça : un jour, n'importe lequel d'entre eux pouvait avoir besoin de sa magie.

— Je… Je ne me sens pas bien non plus.

Gulo-Gulo, assis sur les marches entre l'île et le pont, se tenait le ventre. Une grimace de douleur défigurait son visage.

— C'est à cause des oiseaux, expliqua Cheyenne. (Elle avait la responsabilité de la patrouille de chasse du matin.) On les a suivis quand ils se sont envolés vers l'étang. D'habitude, lorsqu'on cherche à les attraper, ils s'enfuient. Mais là, ils sont restés immobiles, comme s'ils n'étaient pas effrayés. Ou comme s'ils ne pouvaient plus bouger. On les a ramassés, presque une dizaine, ils ne se débattaient pas. Mais ils n'étaient pas morts, ils respiraient, on aurait juste dit qu'ils dormaient. Je croyais pourtant qu'un oiseau ne dormait jamais… Alors Gulo a dit que c'était bizarre et a voulu en goûter un.

Elle regarda la foule pour repérer si Agnel était parmi eux. Elle l'aperçut au bout du pont, avec Vanylle et Chrysanthe. Ils ne seraient là que dans quelques secondes. Cheyenne poursuivit son récit :

— Gulo a fracassé la tête d'un oiseau contre une pierre, et il a goûté son sang, en suçant ses doigts. Il lui a trouvé un goût bizarre, puis a ressenti une impression de froid dans son ventre, comme quand on avale de la neige.

Gulo-Gulo confirma en grimaçant. Mordélia, après avoir tâté le gros ventre du garçon, lui fit ouvrir la bouche pour examiner son palais, puis sortit de nouvelles graines d'une boîte de son sac, roses cette fois.

Suzy, la première des enfants chasseurs parvenus sur le pont, la première à avoir hurlé « Le Luponéro, le Luponéro », attendit que Mordélia ait terminé ses soins, pour s'écrier :

— Les animaux sont devenus immangeables ! Quelqu'un les a empoisonnés !

Elle jeta de rage la dizaine d'oiseaux de sa besace sur le sol. Tous les étourneaux semblaient paralysés. Ils étaient vivants mais incapables de battre des ailes, à peine d'ouvrir leur bec. Leurs yeux avaient pris une teinte jaunâtre.

Agnel venait de les rejoindre. Il se pencha vers les oiseaux avec autant d'attention que Mordélia sur les enfants malades.

Des enfants commentaient la scène, s'inquiétaient, échafaudaient des hypothèses, mais ce fut la voix de Bill qui couvrit toutes les autres.

— On veut nous affamer ! Qui ? Qui d'autre que ceux du château ?

Agnel soulevait les ailes flasques des oiseaux.

— Rien ne le prouve, dit-il doucement.

— Tu les défends toujours, continua Bill, d'une voix plus forte encore. Qu'est-ce qu'il te faut de plus ? Ils ont attrapé ton copain. Si ça se trouve, ils l'ont déjà dévoré. Et maintenant ils empoisonnent notre gibier. Je croyais que Zyzo était ton ami…

Agnel se leva d'un coup. Sa maigre carrure ne faisait pas le poids face à celle, massive, de Bill.

— Ça suffit ! lança soudain une voix autoritaire.

Tous les enfants, sur l'île et sur le pont, se figèrent.

Leur chef, Akan, silencieux depuis de début, s'était enfin exprimé. Sa grande carrure noire les dominait.

— Attendez, ordonna-t-il. Ne touchez pas à ces oiseaux et attendez ! Mordélia, viens avec moi.

Le chef de la tribu et Mordélia descendirent les marches vers l'île. Elle n'était large que de vingt mètres, mais longue de près d'un kilomètre, permettant une grande promenade sous les arbres. Une fois qu'ils furent suffisamment éloignés, Akan demanda :

— Tu en penses quoi, Mordélia ?

— Bill n'est peut-être pas intelligent, mais il a raison, on doit se préparer à la guerre. Peu importe si ce sont eux, ceux du château, qui empoisonnent les oiseaux, la nourriture risque de manquer. La nourriture et le reste. Nous grandissons, Akan. Nous serons bientôt des adultes. Le territoire ne sera pas assez grand pour deux tribus.

Akan fixait le reflet du soleil qui dansait sur l'eau du fleuve.

— On n'a jamais vu les enfants du château manger ou pêcher. Et ils nous laissent la ville, les forêts. Jusqu'à aujourd'hui, nous avons toujours vécu en paix.

— Jusqu'à aujourd'hui. Quelqu'un a empoisonné ces oiseaux ! Et ils ont emprisonné Zyzo.

— Ou il se cache. Il espionne. Attendons qu'il revienne…

Mordélia s'arrêta. Elle se tenait sous l'ombre d'un saule pleureur. Elle fixa Akan avec un air de mépris.

— Et c'est toi que nous avons choisi pour être notre chef ? Tu es le plus fort de nous tous, mais tu es surtout le plus lâche !

Akan ne baissa pas les yeux.

— Je ne veux pas être celui qui conduira ma tribu à la guerre.

— J'ai peur qu'elle n'ait déjà commencé…

Akan continua de soutenir le regard de Mordélia. Il savait que les enfants du tipi respecteraient la décision qu'il prendrait. Ils craignaient Mordélia, mais ils ne lui faisaient pas confiance, elle était trop différente. Et puis, qui pourrait avoir envie de partir se battre ?

— On va envoyer une nouvelle expédition en forêt, décréta Akan. Elle enquêtera sur ce poison qui touche les oiseaux, et cherchera si d'autres animaux sont contaminés.

— Ils n'oseront pas y retourner. Regarde Gulo-Gulo, il a les yeux épouvantés dès qu'il se tourne vers la forêt, comme si à tout moment pouvait en sortir le Luponéro !

— Le Luponéro n'existe pas ! tonna Akan. Le Luponéro est une légende, et on enverra des enfants courageux…

Mordélia comprit qu'Akan ne céderait pas. Elle serra nerveusement la bandoulière de son sac.

— Bill, fit-elle. On enverra Bill, il est assez courageux pour cela.

— Bill est stupide, répondit Akan. C'est une mission importante et compliquée.

— Bill est dévoué et obéissant. Il fera ce qu'on lui dira. Il suffira de lui associer un enfant intelligent. Je ne vois personne d'autre qu'Agnel…

Akan ne put réprimer un mouvement de surprise.

— Agnel ? Il est plus fragile qu'une brindille. Il est incapable de courir, de nager, de soulever un tronc. Il ne tiendra pas deux heures dans la forêt.

— Bill veillera sur lui, répliqua sèchement Mordélia. Et on fera d'une pierre deux coups. C'est une bonne chose d'éloigner Agnel du tipi. Sinon il va commencer à nous poser des questions sur Zyzo. Ils sont comme des jumeaux. Il finira par nous demander des comptes, s'il ne revient pas. Par soupçonner des choses. Mieux vaut l'occuper en attendant que Zyzo pointe à nouveau le bout de son museau…

— Tu crois toujours qu'il va revenir ? Tu crois toujours que l'envoyer était une bonne idée ?

Mordélia, cette fois, sourit franchement.

— Tout se passe comme prévu, non ? Ceux du château le retiennent. Il en apprendra beaucoup plus sur eux qu'il ne leur en dira sur nous. Nous pourrons nous battre à armes égales quand il reviendra.

— À condition qu'il revienne !

— Il reviendra…

Mordélia tourna le dos à Akan et s'éloigna à pas lents sur la longue allée centrale de l'île. Elle savait que tous les enfants du tipi l'épiaient. La blessure de Pépin ne devait plus saigner, le ventre de Gulo ne devait plus le faire souffrir, ça leur suffisait pour croire en sa magie.

Mordélia avait besoin d'être seule maintenant, comme elle l'était si souvent au quatrième étage du tipi, comme elle l'était dès que le soleil revenait, après le Birth Day, jusque tard le soir. Elle adorait se sentir différente des autres enfants. Elle l'était, différente !

Elle se sentait tellement plus intelligente, si supérieure à tous ces gamins. Elle parvenait de moins en moins à lutter contre le mépris qu'ils lui inspiraient. Et pourtant, tout ce qu'elle entreprenait, c'était pour eux. Pas pour elle, pour eux ! Personne ne la comprendrait jamais, pas même Akan.

Elle marcha jusqu'à l'extrémité de l'île. Elle aimait s'asseoir tout au bout, sous cette énorme sculpture de femme de pierre couronnée d'épines, qui levait haut son bras, hissant vers le ciel sa flamme d'or, et surtout, portant, entre son bras replié et les plis de sa robe, des livres.

Mordélia soupesa le poids des trois volumes dans son sac.

Sans ces trois livres, elle ne serait rien.

Ils contenaient toute sa magie. Ils contenaient tout ce à quoi elle croyait.

La vérité.

Sa liberté.

Akan avait remonté les marches de l'île jusqu'au pont. Tous les regards des enfants convergèrent vers lui. Leur chef !

— Une expédition partira en forêt, annonça-t-il d'une voix forte. Demain. Bill en assurera la sécurité, Agnel examinera les animaux ; les autres, Cheyenne, Wain et Suzette, les aideront. Vous devrez d'abord rester en bordure de forêt, puis jour après jour, avec prudence, vous devrez vous aventurer de plus en plus loin. Malgré la Trêve.

Bill et Agnel se regardèrent en se défiant du regard. L'un petit et musclé, et l'autre maigre et tout en os. L'un la tête rentrée dans son cou comme un sanglier entêté, l'autre au long cou de héron, sans cesse inquiet. L'un plus garçon que les garçons, l'autre presque aussi fille que les filles. Les autres membres de l'expédition, Wain, Cheyenne et Suzette, n'en menaient pas large non plus et fixaient tour à tour Bill le sanglier et Agnel l'échassier.

Akan haussa encore la voix.

— Il n'existe aucune preuve que les enfants du château aient quelque chose à voir avec l'empoisonnement des oiseaux du lac, mais nous devons rester méfiants. Personne ne doit plus jamais partir seul sur l'île aux Cygnes, ni n'importe où ailleurs dans ville... Et...

Et nous avons toutes les raisons de penser qu'ils retiennent Zyzo prisonnier.

Il y eut un long silence. Personne n'osa ajouter quoi que ce soit. Quelques rares enfants commentaient à voix basse les paroles de leur chef.

Seule Chrysanthe, assise sur la première marche de l'escalier descendant sur l'île, ne se donna pas la peine de chuchoter. Elle essayait de faire tenir sur la tête de sa poupée un petit chapeau de toile à carreaux.

— Ou peut-être, Laly, qu'il n'est pas du tout prisonnier. Peut-être qu'il préfère la vie de château à notre tipi ouvert aux quatre vents. Peut-être que tout simplement, Zyzo nous a abandonnés !

7

LA REINE, LE CONSEILLER ET LES TROIS DÉLÉGUÉS

— Elle se trouve où, la salle du conseil ? demanda Zyzo en regardant, au bout du couloir de la grande galerie, Ogénor s'éloigner dans son fauteuil roulant.

Alixe, debout derrière lui, le poussait.

— Dans les appartements de la reine, répondit Saby. Enfin, dans la grande pièce tout au fond. On appelle ça les appartements de Napoléon.

— On peut suivre Ogénor et Alixe ?

Saby prit un air offusqué.

— Tu rigoles ou quoi, petit sauvage ? Jusqu'à la salle du conseil ? Et puis Ogénor avec son fauteuil, il est obligé de monter par l'ascenseur ! Et viens pas me demander ce que c'est un ascenseur, j'en ai marre de tout t'expliquer.

Elle prit quelques secondes pour sucer ses trois Lollipops. Elle éclata de rire en regardant l'air gêné de Zyzo, puis démarra en criant :

— Mais par contre, si on se dépêche on sera arrivés avant eux par l'escalier !

Elle se mit à courir, maîtrisant parfaitement le dérapage en sortie de pièce sur les pavés glissants. Zyzo, moins habile, écrasa son épaule contre la rambarde de l'escalier de marbre. Il ne ralentit pas pour autant. Et ils réapparurent sous la pyramide, grimpèrent par l'escalier d'en face, se retrouvèrent dans la grande salle au plafond de verre, entre les sculptures géantes de soldats dénudés. Saby ralentit un instant pour déposer un bisou sur la joue de la statue d'un homme casqué aux muscles saillants, bouclier et épée posés à ses pieds.

— Je les vénère grave, mes héros grecs ! Ils sont trop stylés, tu trouves pas ? Surtout Achille, lui, c'est mon chouchou ! Valère, le malade d'histoire du pavillon des Savants, prétend qu'il préférait les garçons ! Tu parles, c'est un mytho ! J'ai accroché un tableau de lui au-dessus de mon lit. D'Achille, pas de Valère ! Je l'ai piqué dans la galerie des Antiquités. Allez viens !

Saby accorda un dernier regard attendri à la statue de son héros, puis ils se remirent à courir. Ils traversèrent une salle où étaient exposés des objets de toutes sortes, en fer, en or, en verre, dont Zyzo ignorait, pour la plupart, à quoi ils pouvaient servir. Étaient-ce des armes, des bijoux, des outils ? Zyzo s'arrêta pour les étudier ; Saby le tira par la main, tout en soupirant.

— Là, le petit truc rond avec les chiffres romains, c'est une montre, ça servait à connaître l'heure ! Le bidule bizarre en argent, c'est un chandelier, on enfonçait des bougies dedans. Et le truc qui ressemble à un arc avec un manche en bois, ça s'appelait une arbalète, ça te zigouillait un type à cinquante mètres, paf, une flèche en pleine tête ! Rassure-toi, mon bébé rat, Mama-Luna nous interdit de nous en servir, même contre les petits sauvages comme toi ! Allez fonce, tu vas pas t'arrêter à chaque vitrine !

Ils coururent à nouveau dans le couloir. Le pavillon des Soldats se résumait à une succession interminable de pièces. De temps en temps, ils croisaient un garçon ou une fille, qui presque toujours tenait à la main un long bâton.

Soudain, ils entrèrent dans une nouvelle salle et le décor changea. *C'est encore plus dingue que la galerie*, pensa Zyzo. Il resta bouche bée devant les murs recouverts d'une espèce de laine rase et rose, de la même couleur que les tissus qui pendaient devant les fenêtres ou que ceux qui recouvraient le sol en longs rubans. Les meubles de bois étincelaient, comme recouverts d'une pluie d'étoiles... mais surtout, Zyzo se frottait les yeux pour parvenir à croire à ce qu'il voyait au-dessus de sa tête : une fabuleuse cascade de cristal était suspendue au plafond, des centaines de bougies enfermées dans les larmes de verre, toutes allumées ensemble. Zyzo n'avait jamais rien vu d'aussi sublime !

Il resta bloqué la tête en l'air, subjugué.

— Faut t'en remettre, c'est qu'un lustre ! fit Saby en le secouant. Voilà, ça ressemble à ça, les appartements de la reine. Tu vois, elle ne s'embête pas, notre Alixe ! Viens, on va les voir arriver.

Ils s'assirent dans un grand fauteuil à plusieurs places, rose comme les murs, mais dur sous les fesses, presque autant que les accoudoirs de bois finement sculptés. Quelques secondes plus tard, deux garçons et une fille passèrent devant eux. Le premier garçon paraissait assez grand, peut-être parce qu'il se tenait très droit, les cheveux coupés ras sur un visage carré d'où ressortaient des yeux bleus, très clairs. L'autre garçon était plus petit. Les cheveux noirs, raides et mal coiffés, il semblait avancer sans faire attention où il allait, le regard perdu, tout autant que ses mains, glissées dans les poches d'un grand vêtement mou sans forme. Enfin, la fille marchait à leurs côtés sans rien dire. Elle était plus grande qu'eux, mais c'était à cause du très haut chignon qui trônait sur sa tête, retenu par deux pinceaux plantés dans ses cheveux. Derrière ses lunettes rondes dorées, ses paupières étaient peintes en violet, de la même couleur que ses ongles et sa robe, portée tellement serrée qu'elle était obligée de faire des tout petits pas pour avancer.

— Les membres du conseil ! chuchota Saby à l'oreille de Zyzo.

— C'est qui ? demanda-t-il.

— Ceux qui décident de tout ! Dans ta tribu préhistorique, je suppose que vous n'avez qu'un chef et que tout le monde lui obéit ! Nous, c'est carrément plus compliqué. Le conseil est constitué de cinq personnes. Tu te doutes que tout a été réglé par Marie-Lune, avant nos six ans. On n'a fait qu'obéir aux commandements qu'elle nous a laissés.

Les deux garçons et la fille venaient de disparaître derrière une porte.

— Cinq membres, donc, reprit Saby. Tous ont une voix. Une seule voix. Il y a la reine d'abord, élue par tous les enfants, pour un an. Elle choisit son conseiller. Je ne te fais pas de dessin, même si je suis un Singe, je peins comme un cochon, mais le conseiller, c'est Ogénor. Pas une reine n'oserait choisir quelqu'un d'autre. Le conseiller de la reine, c'est une sorte de Premier ministre, si tu veux, ou de grand vizir…

Elle éclata de rire devant les yeux ahuris de Zyzo. Elle avait l'impression d'expliquer à une poule à quoi sert un pinceau.

— Bref, la reine, ou le roi d'ailleurs, choisit le plus malin et le plus intelligent des enfants pour qu'il puisse la conseiller et qu'elle ait l'air moins bête ! Dis donc, tu m'as l'air encore plus nul en histoire que moi !

— Et les trois autres membres ? demanda Zyzo sans relever.

— Ce sont les délégués de chaque pavillon. Tu viens de les voir passer. Le délégué du pavillon des Soldats, c'est Jean-D'arc, le garçon raide comme un bâton de Lollipop. Je te rassure, y en a bien d'autres plus beaux que lui dans son pavillon ! Le délégué du pavillon des Savants, le petit brun en survêtement avec les yeux bridés, c'est Liu, la grosse tête parmi les grosses têtes. Et la grande tige rabougrie, c'est la déléguée du pavillon des Singes, ma grande copine, Isa-Lys.

— Comment sont-ils choisis ?

— Le plus simplement du monde. Par les notes ! Celui qui obtient les meilleures notes dans chaque pavillon est désigné délégué pendant un an. Attention, les voilà.

Saby se leva. Zyzo en fit autant.

Alixe surgissait au bout du couloir, poussant le fauteuil d'Ogénor. Saby exécuta une nouvelle révérence comique qui amusa Alixe, mais n'arracha pas un sourire à son conseiller.

Ils s'enfermèrent à leur tour dans la grande pièce au bout des appartements... Zyzo eut juste le temps d'apercevoir des murs dorés et une très longue table de bois entourée d'une cinquantaine de sièges, beaucoup trop pour cinq conseillers.

— Et voilà, dit Saby, c'est parti pour des heures de parlote top secrète !

— Que va-t-on faire de lui ? interrogea Ogénor. Que va-t-on faire de ce garçon de la tour qui s'est introduit dans le château, maintenant qu'il est ici ?

Les cinq membres du conseil s'observaient. Bien que reine, Alixe avait choisi de ne rien dire pour l'instant.

Liu, le délégué du pavillon des Savants, fut le premier à donner son avis.

— C'est une chance. Une chance inouïe ! C'est le premier contact avec un enfant de l'autre tribu, depuis toutes ces années.

Il continua en se lançant dans une longue tirade sur l'intérêt d'étudier les tribus primitives, sur l'humanité qui avait progressé en découvrant des terres inconnues et les indigènes qui les habitaient, en Afrique, en Amérique, une humanité qui avant de les explorer ne connaissait ni les tomates, ni le café, ni le chocolat…

Isa-Lys, la déléguée des Singes, lui coupa la parole :

— Eh bien, nous, on les connaît, les tomates et le chocolat ! (Elle jouait en permanence avec les pinceaux plantés dans ses cheveux.) Ces pouilleux de la tour Eiffel vivent sous nos portes, pas sur un autre continent ! Et ça m'étonnerait qu'ils aient inventé comment faire pousser des abricots sans noyau ! Le petit sauvage, on le fout dehors et zou ! Les crétins avec les crétins. Et nous chez nous. Chacun sa rive, et la Seine continuera de couler.

Alixe détestait la façon dont s'exprimait Isa-Lys. Liu aussi, visiblement.

— Ce serait stupide de le laisser repartir ! répliqua le délégué des Savants. On ne peut pas laisser passer l'occasion de comprendre comment eux aussi, les enfants de l'autre tribu, ont survécu. Comment ils se sont organisés ? Il faut étudier ce petit indigène, le questionner, il faut le…

Alixe n'aimait pas davantage les arguments de Liu.

— Je m'oppose moi aussi à son départ, déclara Jean-D'arc.

Le délégué des Soldats parlait de façon très posée, presque lente. Sa voix calme et douce tranchait avec son visage carré et froid.

— Ce jeune garçon de la tour, continua le Soldat, en sait déjà beaucoup trop sur nous. Ce serait dangereux, désormais, de le laisser s'en aller. Vous n'auriez pas dû lui confier tant de secrets, Majesté...

Il n'y avait rien d'ironique dans le mot « Majesté » prononcé par Jean-D'arc. Alixe savait que le délégué des Soldats respectait plus que tout l'ordre, la sécurité, les commandements... et donc l'autorité de sa reine. D'habitude, ces « Majesté » ou « Votre Altesse » donnaient à Alixe envie de rire, mais cette fois, elle ne put s'empêcher de crier :

— Il m'a sauvé la vie !

— Formidable ! commenta Isa-Lys. On lui dit merci, on lui file un carton de Lollipops, il en distribuera à tous ses copains dans sa tente géante, et tout le monde sera content.

— Je proteste au nom de tous les Savants ! répliqua Liu en tapant du poing. Isa-Lys, comment peux-tu parler comme ça ? On a tous le même sang, les mêmes chromosomes, le même ADN. (Liu adorait utiliser des mots savants.) Ce sont des petits humains comme nous !

— Des petits humains dangereux, ajouta Jean-D'arc.

— Dangereux ? plaisanta Isa-Lys. Ces sauvages ? Tu crois vraiment qu'ils voudraient s'attaquer au château pour s'emparer de notre réserve de Lollipops ? Dans ce cas on lui donne deux cartons et bon débarras !

— Moi aussi, déclara soudain Ogénor. Je pense qu'il faut rendre la liberté à ce garçon.

Il y eut un long silence. L'avis de son conseiller surprenait Alixe, mais avant de chercher à comprendre, elle compta dans sa tête. Deux voix s'étaient exprimées pour garder Zyzo prisonnier, celles de Liu pour les Savants et de Jean-D'arc pour les Soldats. Deux membres du conseil préféraient le libérer, Ogénor et Isa-Lys.

2-2. Égalité !

La voix de la reine serait donc décisive.

Et Alixe se sentait terriblement partagée.

— C'est si beau, souffla Zyzo.

Il se promenait avec Saby, visitant au hasard les appartements de la reine. La pièce dans laquelle ils entraient ressemblait à une chambre. Zyzo observait l'étrange lit face à lui. Son matelas, épais et haut, était entouré de quatre poteaux de bois autour desquels étaient accrochés des tentures bleu et or, formant des murs, et un plafond de tissu…

— Trop beau ! précisa Saby. Alixe déteste vivre ici ! Elle déteste ce luxe. Elle s'y sent aussi à l'aise qu'une hirondelle enfermée dans une cage dorée. C'est bête, moi je crois que j'aimerais bien avoir une chambre de princesse pour moi toute seule, des draps de soie et des gros édredons. Mais je ne suis pas reine ! D'ailleurs, je crois qu'Alixe déteste aussi être reine. Si je ne l'avais pas suppliée, jamais elle n'aurait même accepté de porter cette couronne de roses. J'en ai arraché une à une les épines, figure-toi, pour lui montrer à quel point j'étais fière de ma copine !

— Pourquoi est-elle devenue reine, alors ?

— Pas le choix, elle a été élue !

— Et pourquoi a-t-elle été élue si elle ne le voulait pas ?

Saby soupira.

— Tu me gaves, le petit sauvage. Y a pas écrit « gardien du musée » sur mon front. Alors je t'explique en deux mots et après tu me fiches la paix. Il y a six mois, Alixe était une petite fille ordinaire du château, une parmi la centaine d'autres. Personne ne la remarquait. Et il y a six mois, elle a gagné le tournoi de l'Étoile, encore un truc inventé par Marie-Lune, tu découvriras ça bien assez vite. Ce tournoi est censé remplacer le sport que regardaient nos parents avant le nuage, un vrai délire, des jeux débiles où on tapait dans une baballe avec les pieds, ou une espèce de poêle à frire, ce genre de trucs, tu verrais les images, t'y croirais pas ! Enfin bref, chaque année, au château, on organise ce fameux tournoi, et Alixe, par le plus grand des coups de bol, l'a gagné.

T'imagines la suite. Hourra des enfants. Popularité d'enfer. Vote. Et toc, la voilà qui se retrouve avec une couronne sur la tête. Ma petite Alixe, ma grande copine, qui aurait pu croire ça ?

Saby grimpa d'un bond sur le grand lit à baldaquin.

— Et maintenant elle fait la tête parce qu'elle dort là, dans un lit de conte de fées, alors qu'on s'entasse tous à six sur des lits superposés dans nos dortoirs des pavillons. Ma petite chérie gâtée !

De l'autre côté de la porte, dans la salle du conseil, les cinq enfants chargés de prendre les décisions du château continuaient de discuter. Sans avancer. Liu, pour les Savants, évoquait toute l'histoire du monde, des dinosaures aux grandes découvertes, pour défendre la nécessité d'interroger et d'étudier cet étranger. Isa-Lys, pour les artistes Singes, citait en permanence Marie-Lune et leur mission : protéger le patrimoine de l'humanité qu'on leur avait confié dans ce musée, toutes les œuvres d'art, les préserver des pillards et des ignares. Ogénor parlait moins, mais pensait qu'il fallait libérer le jeune Zyzomys avant qu'il ne soit trop tard.

— Il y a autre chose, dit soudain Jean-D'arc d'une voix grave, comme s'il en avait assez des discussions sans fin.

Tout le monde se tut pour écouter le délégué du pavillon des Soldats.

— Je pense que le jeune Zyzomys n'est pas venu là par hasard, expliqua Jean-D'arc. La fenêtre sans barreaux du château a été brisée volontairement. Et ce n'est pas par l'un d'entre nous. Les enfants de la tour grandissent. Ils gagnent en force. En assurance. Ils s'aventurent de plus en plus loin. De plus en plus près de notre jardin. Sous nos fenêtres. Ce Zyzomys n'est que le premier. Ils nous craignent de moins en moins. Et surtout…

Il marqua une pause. Isa-Lys essuya ses lunettes dorées. Des gouttes violettes avaient giclé de ses paupières. Liu, les deux mains plongées dans ses cheveux décoiffés, semblait suivre le raisonnement du délégué des Soldats avec beaucoup d'attention.

— Et surtout, continua Jean-D'arc, nos éclaireurs ont observé des mouvements étranges, dans la forêt, dans la Seine, dans le ciel.

— C'est-à-dire ? s'inquiéta Ogénor.

— Rien à voir avec les enfants de la tour, clarifia Jean-D'arc. Je parle des animaux. Certains semblent se comporter de façon bizarre. Certains, même, semblent mourir prématurément.

— Et alors ? ricana Isa-Lys. Tu comptais faire un barbecue pour le prochain Birth Day ?

Ogénor leva la main pour lui signifier de se taire.

— Si le gibier vient à manquer, continua Jean-D'arc, les enfants de la tour ne regarderont plus vers l'ouest, vers le bois de Boulogne. Ils regarderont vers l'est, vers nous. La faim finit toujours par enhardir les loups.

Alixe se sentait perdue. Les quatre conseillers étaient tous bien plus intelligents qu'elle, ils raisonnaient vite, anticipaient les conséquences lointaines de leurs décisions. Elle en était incapable ! Le poids de cette responsabilité était bien trop grand pour elle. Elle n'arrivait pas à penser au-delà de son intuition, de son instinct, de ses sentiments... Et ses sentiments ne lui dictaient qu'une chose, stupide.

Elle n'avait pas envie que Zyzo s'en aille.

Elle avait envie de continuer de passer du temps avec lui.

Dans la chambre voisine de la salle du conseil, Saby sautait à pieds joints sur le lit à baldaquin, en riant. Elle se fichait que les conseillers puissent l'entendre à travers le mur. Elle balança un coussin dans la figure du Zyzo, qui observait, étonné, une horloge transparente, tout mécanisme apparent.

Le garçon se retourna. Au lieu de répliquer, il détailla avec sérieux les tableaux accrochés aux murs, puis une petite statue de soldat casqué posée à l'entrée de la chambre.

— Moi, je ne sais pas, s'interrogea-t-il en regardant Saby, entre les trois pavillons, lequel j'aurais choisi.

— Parce que tu crois qu'on choisit ?

Elle tenta de lui lancer un second coussin, mais Zyzo esquiva.

— On a passé les tests à six ans pile, tu te rends compte ? Certains racontent qu'à l'époque, Marie-Lune était encore vivante. Ensuite on nous a donné les résultats de ces foutus tests, et on a été affectés à un pavillon en fonction de nos aptitudes physiques, manuelles ou intellectuelles, qu'on pourrait ainsi approfondir. On était déjà copines avec Alixe à cet âge-là. Alixe était un garçon manqué, rapide et intrépide, les tests ont été sans surprise, direction les Soldats ! Sauf que depuis ses six ans, ma copine a changé. Elle s'est aperçue qu'elle aimait de moins en moins sentir la sueur et passer son temps à faire du judo et des combats de sumo. Et qu'au contraire, les peintures, et l'art en général, la fascinaient. Trop tard, ma chérie, ton destin est déjà tracé... tu seras un petit soldat !

Saby demeura un instant pensive, puis se baissa pour ramasser un nouveau coussin.

— Et toi, demanda Zyzo, tes tests, ça s'est passé comment ?

Saby faillit en perdre l'équilibre. Elle s'accrocha à l'une des barres du baldaquin.

— J'ai battu tous les records, mon grand ! Zéro pointé. Triple zéro pointé ! La plus nulle de tout le château. Comme ils se sont rendu compte que je ne comprenais rien aux sciences, et que j'étais un boulet en sport, ils m'ont collée avec les artistes ! À l'époque, ça m'allait bien de gribouiller, mais aujourd'hui, le prêchi-prêcha de Mama-Luna commence à me prendre la tête. Recopier, recopier, recopier... Les Singes doivent être les gardiens de la mémoire de l'humanité, depuis des millénaires, et bla bla bla et bla bla bla... Surtout qu'Isa-Lys nous rabâche la même chose que notre bonne-maman : bien s'appliquer, peindre, ne pas dépasser, étudier les œuvres anciennes et les reproduire, sans rien changer surtout, comme si notre déléguée était aussi morte que Marie-Lune, qu'elle n'était qu'un robot qui récite en boucle un discours enregistré.

— Je croyais qu'Isa-Lys était ta grande copine ?

— Je plaisantais, idiot. C'est ma pire ennemie ! Sans oublier que cette teigne me cache des choses sur le seul tableau qui m'intéresse : *Les Sabines*. Mais je les découvrirai ! Vous ne connaissez pas votre chance, vous les petits sauvages. Pas de test pour décider de votre vie ! Tu as compris, petite tête ? Si aujourd'hui, je pouvais changer mon destin, je foncerais dans le pavillon des Soldats. Pour m'occuper du repos des beaux guerriers, je te rassure. Pas pour me battre... même si je sais très bien viser.

Et elle envoya le dernier coussin vers Zyzo, en pleine tête !

— Jean, tu penses que le château pourrait être attaqué ? demanda sérieusement Ogénor.

Ses mains se crispaient sur les roues de son fauteuil roulant. Tous les regards des membres du conseil du château se tournèrent vers le délégué des Soldats.

— Oui. C'est plus qu'une probabilité. Ce n'est qu'une question de mois. Peut-être d'années. Je crois que...

Jean-D'arc hésitait à continuer. Alixe se rendait compte que le conseil avait dérapé. On ne parlait plus seulement de Zyzo, mais d'une menace beaucoup plus importante.

— Je crois, continua Jean-D'arc, baissant légèrement ses yeux bleus, sans fixer personne autour de la table, qu'il faudrait nous armer.

Un frisson parcourut les membres du conseil.

— Qu'entends-tu par là ? demanda Ogénor.

— Je crois que le pavillon des Savants devrait consacrer sa recherche à la façon de nous donner des... des moyens de défense plus performants. Je crois qu'on devrait autoriser les Soldats à utiliser d'autres armes, d'autres armes que les bôs, je veux dire. Des vraies...

— Et transformer les Singes en Soldats, pendant que tu y es ! explosa Isa-Lys. Nous mettre à tous un casque sur la tête, ouvrir les portes du château et crier : « Chargez ! » Les Singes ne sont pas de la chair à canon !

— Qui te parle de canon ? répondit avec calme le délégué des Soldats.

— Allons, ricana Isa-Lys. (Elle semblait maintenant plus moqueuse qu'énervée, même si son chignon en restait tout décoiffé.) Allons, les enfants de la tour ne sont que des sauvages ! Que craignons-nous d'eux, avec notre technologie ? Rien ! Rien du tout. N'est-ce pas, Liu ?

Liu semblait hésiter. Ogénor allait parler quand Alixe le coupa. Son statut de reine le lui permettait. Elle avait pris sa décision, et Jean-D'arc l'y avait aidée.

— Nous connaissons tous les lois de Marie-Lune. Vous connaissez tous le premier commandement. Aucune arme dans le château. Jamais ! Chacun possède son bô, et chacun doit s'en contenter. Nous ne devons ni fabriquer, ni inventer aucune autre arme, ai-je tort ?

— Mais Majesté..., tenta d'objecter Jean-D'arc.

— Alixe a raison, trancha Ogénor, c'est le premier commandement.

— Cependant, poursuivit Alixe, j'ai bien entendu les craintes de Jean et de ses Soldats, et je ne prends pas à la légère ces menaces. Relâcher Zyzomys serait trop dangereux après ce qu'il a appris. Il restera parmi nous... (elle marqua une pause)... et il sera traité comme un invité.

8

LA TRÊVE

Comme chaque année, lors des jours qui suivaient le Birth Day, un magnifique soleil s'était installé au-dessus de la ville. Pendant des semaines entières, il brillait au milieu d'un ciel bleu presque sans nuages. Le soleil de fer, rouge comme jamais, semblait brûler, et même peut-être fondre, sous l'intensité des rayons de son frère de feu. La chaleur dans le tipi, derrière les peaux et tissus, devenait intenable dans la journée, mais Akan avait ordonné de ne pas les décrocher. D'une part, il fallait des semaines pour les fixer aux poutres de fer tout en assurant l'étanchéité maximale du tipi. D'autre part, de violents orages éclataient souvent en fin de journée, noyant la ville pendant une petite heure, rafraîchissant la nuit avant que le soleil du matin ne reprenne son règne triomphal et ne grille à nouveau fleurs, feuilles et peaux.

Dans la journée, les enfants descendaient au fleuve. Ils passaient le plus de temps possible sur l'île aux Cygnes et s'installaient sur toute la longueur de l'interminable allée qui n'était plus qu'un collier de corps nus étalés. Ils plongeaient dans le fleuve, s'éclaboussaient, inventaient des jeux aquatiques : Baleine-me-mangera, Sole-raie-dos, File-anguille. Les meilleurs nageurs traversaient le fleuve d'une rive à l'autre, puis demeuraient des heures, allongés, sur les cailloux gris au bord de l'eau, ou sous les arbres quand il faisait vraiment trop chaud.

Les enfants du tipi profitaient ! Ils commençaient à se souvenir des années précédentes, et savaient que ces longs jours ensoleillés entre le Birth Day et la Grande Battue seraient suivis d'interminables jours de pluie, puis de froid, à grelotter et à se dire que jamais la chaleur ne reviendrait.

Pourtant, malgré les températures écrasantes, tous ne se comportaient pas comme des lézards. Un petit groupe de garçons et de filles du tipi étaient obligés de continuer de marcher, trempés de sueur, dans les rues brûlantes ou les clairières de la forêt. Pas pour chasser ! Leur mission, confiée par Akan, était de surveiller les animaux.

La patrouille de cinq enfants était commandée par Bill, chargé de tout ce qui concernait la sécurité, et par Agnel, pour tout ce qui concernait les observations.

Depuis le mal de ventre de Gulo-Gulo, le jour où les chasseurs étaient revenus de la forêt en criant que le Luponéro les poursuivait, plus personne n'avait été malade. Aucun autre animal empoisonné n'avait été repéré. Tous commençaient à oublier cet épisode, la peur, les mises en garde d'Akan, les enfants du château qui chercheraient à les empoisonner, la nourriture qui pourrait manquer, et même le Luponéro qui les guettait dans la forêt.

C'était la Trêve !

C'était ainsi que les enfants du Tipi avaient baptisé les longs jours ensoleillés, du lendemain du Birth Day jusqu'à la Grande Battue. Pendant ces semaines les plus chaudes de l'année, on pouvait encore pêcher et essayer d'attraper des poissons à main nue dans le fleuve, mais il était interdit de chasser ! Nul ne savait d'où venait cette habitude ni qui la leur avait enseignée, mais Akan prenait soin de la respecter. Le chef du tipi leur avait expliqué que les bébés d'animaux naissaient juste après le Birth Day, et avaient besoin de leur maman pour grandir ! Les mamans chèvres, ou biches, ou musaraignes nourrissaient leurs bébés de leur lait, et si on tuait les animaux au hasard, une maman par exemple, c'étaient tous les bébés animaux qui mouraient ensuite. Et du coup, les années suivantes, il n'y aurait plus assez d'animaux à chasser. Il fallait donc observer une trêve, jusqu'à ce que les bébés animaux grandissent. Jusqu'à ce que les petits puissent se passer de leurs parents et se débrouiller tout seuls. Comme eux !

Exactement comme eux.

Épargnés dans la ville, dans la forêt, pendant la Trêve, les bébés animaux naissaient en paix.

Pourtant, il en manquait !

C'était ce qu'affirmait Agnel, alors que Bill et les autres membres de l'expédition protestaient, pestaient, épuisés de devoir marcher sous le soleil dans les rues sans ombre. Parfois, ils croisaient des chiens errants, endormis dans la fraîcheur d'un parc ou sous un banc, et les enviaient de n'avoir rien d'autre à faire que la sieste toute la journée.

— Il manque des animaux, assurait Agnel. Surtout des oiseaux. Le compte n'y est pas !

Les autres enfants de la patrouille, Wain, Cheyenne, Suzy, pensaient qu'Agnel racontait n'importe quoi. Si leurs chefs, Akan et Mordélia, ne leur avaient pas demandé, jour après jour, d'y retourner, ils auraient laissé tomber leur expédition et seraient allés avec les autres se baigner et dormir près du fleuve.

Mais non ! Il fallait suivre ce fou d'Agnel ! Ce garçon si maigre qu'aucune goutte de sueur ne semblait jamais couler de son front ou le long de son dos. Il se penchait sur des nids et prétendait que les œufs étaient moins nombreux que les années précédentes. Ou bien il s'étonnait de ne pas avoir revu de roitelets, de mésanges, de rouges-gorges, ou même les faucons habituellement perchés sur les plus hauts bâtiments de la ville, pour mieux repérer les rats et les souris. Pourtant, le ciel, les toits, les arbres restaient peuplés de dizaines d'oiseaux, chantant dès les premières lueurs du matin.

Agnel prétendait que leur chorale était inachevée, qu'il manquait quelques chanteurs, que certains des oiseaux qui revenaient chaque année dans la ville après le Birth Day – son livre sur les oiseaux les appelait les migrateurs – n'étaient pas encore arrivés, ou déjà repartis. Ou morts quelque part.

Bill, lui, n'y croyait pas. Il s'arrêta un jour, trempé de sueur, au pied du grand escalier, face au tipi, de l'autre côté du fleuve.

— N'importe quoi ! lança-t-il à la figure d'Agnel. Si tu avais raison, on marcherait sur des oiseaux morts un peu partout par terre. On se promène depuis des jours et l'on n'a pas croisé un seul cadavre !

Toute la patrouille, exténuée, confirma.

— Les oiseaux se cachent pour mourir, expliqua doucement Agnel. Regardez, observez, il y a des dizaines de pigeons et de moineaux vivants au-dessus de vous (tous ses compagnons levèrent les yeux) et aucun ne tombe jamais sur vos têtes ! Pourquoi ? Parce que les oiseaux malades se protègent dans des buissons, dans des trous de rocher, pour ne pas se faire dévorer, pour rester vivants un peu plus longtemps…

— Rien de bizarre alors, grogna Bill. C'est normal que les animaux disparaissent sans laisser de trace !

Les compagnons de la petite troupe semblaient plutôt d'accord avec Bill, jusqu'à ce que quelques jours plus tard, lors d'une autre expédition, plus lointaine près de la tour noire, Agnel s'arrête en pleine rue devant trois cadavres de pigeons allongés côte à côte.

— Ils ne devraient pas être là ! fit Agnel en se penchant. Ces pigeons sont morts depuis plusieurs semaines, les chats sauvages, les rats ou les vers auraient dû les nettoyer. Il ne devrait rester que des os et un bec. Si trois pigeons sont là, morts au même endroit, c'est que les autres animaux n'en ont pas voulu. C'est qu'ils ne sont pas bons à manger… Les animaux sentent plus vite que nous ces choses-là.

Bill ne sembla pas convaincu par les arguments d'Agnel.

Quand on ne trouvait pas de cadavres d'oiseaux, c'était louche ! Et quand on en trouvait, c'était encore plus louche ! Agnel racontait n'importe quoi pour les effrayer.

Et ça fonctionnait ! Akan et Mordélia écoutèrent avec attention le récit des découvertes d'Agnel, et ordonnèrent à la patrouille de continuer de marcher, marcher, marcher, peu importait qu'elle soit terrassée par la canicule. Akan et Mordélia ne voulaient prendre aucun risque avant la fin de la Trêve, jusqu'à la Grande Battue.

Peut-être que, d'ici là, Zyzo serait revenu.

Depuis de début de la Trêve, personne n'avait découvert la moindre trace de Zyzo. Ni d'ailleurs croisé le moindre enfant du château. Malgré la chaleur, ils ne semblaient pas sortir de leur refuge, ni se baigner dans le fleuve, ni rechercher l'ombre des forêts. La patrouille de Bill apercevait parfois quelques ombres, au loin, qui disparaissaient dans les trous des -M- dès qu'ils s'approchaient.

Comme des taupes, pensait Bill. *Ou des rats.*

D'ailleurs, pendant les heures passées à marcher dans la ville, pour compter ces foutus volatiles, chercher leurs nids ou leurs cadavres, Bill ne cessait de parler. Bill était l'un des rares enfants du tipi, avec Agnel et Mordélia, à posséder un livre. Celui de Bill était un livre d'images d'animaux sauvages. Bill ne savait plus lire depuis des années, mais il pouvait rester pendant des heures à le feuilleter et observer les gorilles au milieu d'arbres géants, les chameaux dans le sable, les pingouins entassés sur la glace. Ces quelques images avaient permis à Bill de comprendre ce qui s'était passé avant qu'ils naissent. Il avait sa théorie : dans un passé lointain, il en était certain, tous ces animaux vivaient ici, dans la ville, avant les catastrophes, avant les très grands froids, les très grands chauds et les très grands vents.

Alors qu'ils franchissaient un pont, Bill expliqua à ses compagnons qu'il y a longtemps, le fleuve était une rue comme les autres, grise et solide. On pouvait marcher dessus. Mais une année, il avait fait si chaud, bien davantage qu'aujourd'hui, que la rue avait fondu, les cailloux s'étaient transformés en gouttes d'eau, et le fleuve ainsi était né.

Tous les enfants de l'expédition, à l'exception d'Agnel, écoutaient, impressionnés.

Une autre fois, alors que la patrouille longeait un grand bâtiment, une *gare*, le nom était gravé sur la façade, Bill leur montra les barres de fer alignées par terre, qui formaient des dizaines de longs chemins parallèles. Il expliqua que ces barres de fer provenaient de tours semblables au tipi, des centaines, mais qu'une nuit de très grand vent, elles s'étaient toutes écroulées. Toutes sauf la leur ! C'est pour cela qu'il fallait se méfier, le tipi n'était pas si solide, le vent pouvait revenir, et il serait plus prudent, un jour, de s'installer dans le château et d'en chasser ses occupants.

Quand Suzy lui avait fait remarquer que les barres de fer par terre étaient toutes bien droites, comme rangées, et semblaient tracer une route jusqu'à l'infini, là où personne n'était jamais allé, Bill avait répondu que c'était parce ce que les tours de fer d'avant étaient immenses, touchaient presque le ciel, hautes, trop hautes, et c'est justement pour cela que le vent les avait fait basculer…

La plupart des enfants trouvaient son raisonnement logique, et tremblaient dans leur lit chaque fois qu'une tempête soufflait sur le tipi.

Selon Bill, les trous de l'-M- étaient des terriers creusés il y a très longtemps par des animaux gigantesques, et il le prouvait en montrant des images de serpents appelés boas ou anacondas, plus longs que dix enfants se tenant par la main, ou des photos d'incroyables lapins géants, portant leur bébé dans une poche, appelés kangourous.

Les tours, les sanctuaires, les plus hautes maisons, certifiait Bill, avaient été construits à l'aide d'animaux de toutes sortes, dont le seul cou était aussi haut que le tipi, qu'on appelait dinosaures. Sinon, répondait Bill aux incrédules comme Agnel, Chrysanthe ou Vanylle, comment s'y serait-on pris pour hisser des pierres ou des barres de fer aussi haut ? Et il existait bien, il y a très longtemps, des animaux fantastiques dont on voyait encore les traces. Certains, lors d'une nuit très froide, avaient été pris par les glaces et s'étaient transformés en statue. On les croisait un peu partout dans la ville : des aigles, des lions, des chevaux, parfois même des chevaux avec des ailes ou une corne unique sur la tête. Tous avaient été gelés sur place, et leur chair, avec le temps, était devenue aussi sale et dure que de la pierre !

Bill tournait les pages de son livre d'images pour bien prouver qu'il n'inventait rien, même si jamais il ne racontait ses histoires devant Mordélia ou Akan. Parfois, Bill s'asseyait au premier étage du tipi et les enfants venaient autour de lui pour observer son livre et écouter ses explications.

Subjugués.

Derrière eux, Chrysanthe, berçant sa poupée, commentait :

— Ma petite Laly, si tu es sage, tonton Bill va te raconter une histoire. Tu voudras que je lui demande avant que tu t'endormes ? Une belle histoire débile de tonton Bill.

9

COUPS DE BÔ DANS LA NUIT

L'été.

C'est ainsi que s'appelaient ces semaines si chaudes après le Birth Day.

Zyzo avait appris cela dans le château, et bien d'autres choses encore. Des choses difficiles à croire, presque impossibles même, comme le fait que l'année se découpait en quatre saisons, dont une chaude et une froide, parce que l'endroit où ils vivaient, et qui s'appelait la Terre, était non seulement plus ronde qu'un galet, mais en plus tournait autour du Soleil, plus ou moins près selon les saisons. Le jour où la Terre était le plus près du Soleil, les enfants du château l'appelaient le solstice d'été, c'était le nom savant du Birth Day. Le jour où elle était le plus loin s'appelait le solstice d'hiver, c'est-à-dire la Veillée du Sanctuaire.

Jamais ceux du tipi ne voudraient le croire !

Les journées passaient vite, même si ses amis lui manquaient. Agnel en premier. Son meilleur ami aurait adoré suivre les cours de Marie-Lune, tout comme cette petite peste de Chrysanthe et sa poupée de paille. À quoi servait tout ce qu'il apprenait, tous ces mots nouveaux, s'il ne pouvait pas les partager avec ceux qu'il aimait ?

Zyzo avait le droit d'assister à tous les cours qu'il voulait. Ordre exprès de Sa Majesté ! Un cours consistait à rester assis, pendant des heures, à écouter Marie-Lune parler sur son écran animé. Elle expliquait des choses compliquées, posait des questions auxquelles les élèves répondaient, puis donnait du travail à faire, qui était surveillé par les délégués des trois pavillons, Isa-Lys, Liu et Jean-D'arc.

Ils ne s'arrêtaient que pour manger le midi. Les jours passaient ainsi, malgré le soleil qui leur clignait de l'œil dehors. Pauvres enfants du château !

Les rares moments où il n'y avait pas cours s'appelaient récréations. Les élèves avaient le droit de sortir dans le jardin – eux l'appelaient le Verger des Tuileries –, qui s'étalait entre le fleuve d'un côté, la rue aux colonnes de l'autre, jusqu'à la place de l'Aiguille – au château, ils disaient Obélisque, mais Zyzo n'arrivait jamais à le prononcer ! D'ailleurs, il n'avait pas le droit de sortir dans le Verger. Aucune récréation pour Zyzo ! Encore plus malheureux que les pauvres enfants du château !

Même s'il faisait une température idéale à l'intérieur du château. Zyzo se souvenait des étés à crever de chaleur sous les tissus du tipi. Ici, l'air était doux. C'était grâce au soleil de fer, avait expliqué Alixe : la fameuse énergie tirée du soleil permettait d'être au chaud l'hiver et au frais l'été, d'éclairer les dizaines de pièces, de faire fonctionner les écrans et les ascenseurs, et mille autres inventions stupéfiantes.

Le seul endroit où l'on pouvait sentir sur sa peau la brûlure des rayons du soleil, presque comme si l'on se trouvait dehors, se situait sur la terrasse, sous la pyramide. Le soleil traversait les parois de verre et vous cuisait délicieusement. Zyzo aimait rester là, à sentir sa peau revivre, à regarder les arbres et les fleurs du Verger, les nuages dans le ciel. À presque se croire libre. Il ne manquait que le souffle du vent sur son visage.

Il connaissait beaucoup d'enfants, maintenant : Lunella et Solario, les jumeaux ; Honorat, le cuisinier qui inventait les parfums des Lollipops ; Soutïm, un enfant-Singe solitaire à la peau aussi noire qu'Akan, qui composait des chansons ; et surtout Osman, le Savant avec qui il avait sympathisé, passionné comme lui des rues de Paris. (Zyzo avait appris que leur ville s'appelait Paris, le fleuve la Seine, et mille autres mots qui ne servaient à rien !)

Il connaissait aussi, évidemment, Saby et Alixe, qui lui lançaient des regards réconfortants quand, lors des récréations, elles filaient en riant vers les allées entre les arbres fruitiers, ou quand, pendant les journées les plus chaudes, elles se baignaient dans les mini-lacs du Verger. Ils les appelaient bassins, ou piscines.

Les enfants du château n'avaient pas le droit de se baigner dans le fleuve, c'était un autre commandement de Marie-Lune, parce que cette eau était dangereuse pour la santé. Zyzo pensait souvent que les enfants du château se compliquaient bien la vie : il se baignait dans la Seine avec ses amis du tipi depuis qu'il était petit, et ne se sentait pas malade pour autant !

Un matin, Zyzo s'était levé tôt. Les cours ne commençaient que dans une heure. Avant d'aller retrouver les enfants des pavillons des Savants et des Soldats, qui faisaient classe commune pour parler des batailles d'un dénommé Napoléon, il s'installa sous la pyramide pour boire une tasse de chocolat froid. En dégustant cette boisson sucrée délicieuse qu'aucun enfant du tipi n'avait jamais bue avant lui, il observa dans le Verger les statues blanches sous les pommiers et les poiriers. Parfois, une pomme ou une poire tombait, et Zyzo essayait de deviner laquelle des femmes de pierre se prendrait un fruit sur le crâne.

— Moi aussi, j'adore le Verger à l'aube. Quand le soleil n'a pas encore bu les perles de rosée.

Alixe.

Alixe se tenait dans son dos. Alixe aussi aimait se lever tôt. Zyzo sentit que la reine hésitait. Elle réajusta sa couronne de roses qui retenait ses cheveux à peine peignés.

— Si je t'ouvre, si je t'invite à te promener dans le Verger, tu vas te sauver ?

— Je ne sais pas. Pourquoi je ne le ferais pas ?

— Parce que j'aurais des ennuis. Ce serait à cause de moi que tu te serais enfui.

— Et alors, tu es la reine, non ?

— Justement…

Zyzo sourit.

— Non, je te promets, je ne me sauverai pas. Pas cette fois.

Alixe attrapa la clé accrochée à son cou et ouvrit la porte de verre. Ils avancèrent. C'était la première fois depuis des semaines que Zyzo n'avait plus aucun toit au-dessus de la tête. L'air du matin était frais. Alixe prit sa main et ils marchèrent parmi les arbres fruitiers : pommiers, poiriers, cerisiers, pruniers, noisetiers. Partout, des parterres de fleurs rivalisaient de parfums et de couleurs. Jamais dans les parcs de la ville ou dans la forêt les plantes sauvages n'atteignaient cette perfection dans l'harmonie des coloris. L'art de cultiver les fleurs, à partir de photographies d'anciens jardins célèbres, était une autre des occupations des élèves du pavillon des Singes.

Des statues, sans doute posées là depuis une éternité, se perdaient comme des fantômes parmi la végétation dense. Des chemins conduisaient à des bassins, des fontaines crachaient de l'eau fraîche, des bancs permettaient de s'asseoir. Tout était magnifique et parfait.

— Viens, fit soudain Zyzo.

Ils quittèrent l'allée centrale du Verger pour s'approcher des rives de la Seine. Alixe semblait inquiète. Zyzo allait-il résister ? N'allait-il pas céder à la tentation, partir rejoindre ses amis, leur révéler tous leurs secrets ? N'était-ce pas la meilleure solution pour lui ? La seule, au fond ?

Le Verger était clos par une haie de rosiers, des milliers de roses, blanches, rouges, orange, jaunes qui entouraient l'immense jardin. Elles étaient entretenues, comme le reste des légumes et des fruits du Verger, par une équipe d'élèves-Savants jardiniers, dirigée par un petit Savant aux cheveux en bataille, Filao, qui passait plus de temps dans son potager que dans le château. Instinctivement, Alixe toucha sa couronne. Elle était fanée, c'était celle que Saby lui avait tressée il y a presque un an.

— J'aime les roses, fit Zyzo. Je vais te cueillir une nouvelle couronne.

Avec délicatesse, il choisit une dizaine de fleurs, celles aux plus longues tiges, et prit soin de casser toutes les épines. Il se piqua plusieurs fois, mais cela ne sembla pas le faire souffrir. Ensuite, avec habileté, il tressa les tiges, pour former un petit cercle de la taille du crâne d'Alixe.

— Tenez, ma reine.

Alixe s'inclina pour qu'il la pose sur sa tête, puis elle l'embrassa sur la joue. Elle voyait bien que Zyzo regardait par-delà le fleuve. Le haut de la tour Eiffel se détachait entre les maisons. Il n'avait qu'à sauter par-dessus les rosiers, les écarter, ses cuisses seraient juste un peu griffées, mais il serait libre. Il lui avait prouvé qu'il ne craignait pas les épines !

— Ce sera mon cadeau d'adieu, fit Zyzo. Je… Je suis désolé.

Alixe crut que son cœur allait s'arrêter de battre.

Zyzo n'eut pas le courage de la regarder, il se retourna et tendit la main pour écarter les branches des rosiers.

Il sursauta.

Devant lui, de l'autre côté des ronces, Idriss et Jango, deux enfants du pavillon des Soldats, lui faisaient face. Si Idriss et Jango étaient particulièrement costauds, ils faisaient partie des élèves du château les moins intelligents. Pas sûr que Jango sache lire, et Idriss compter jusqu'à plus de dix. Les deux gardes portaient de longs bâtons, qu'ils croisèrent pour bien lui signifier qu'il lui était impossible de passer. Dans les secondes qui suivirent, une douzaine d'élèves-Soldats surgirent du Verger et les entourèrent.

Zyzo se contenta de sourire.

— Je suppose que même si je ne m'en aperçois pas, je suis sans cesse surveillé ?

— Oui, avoua Alixe en baissant les yeux. Ogénor a donné des ordres très stricts…

— Et si je me mets à courir, à franchir les rosiers, je suppose qu'ils n'hésiteront pas à me frapper avec leur bâton, ils sont experts, je les ai vus s'entraîner, dans le pavillon des Soldats.

— On ne dit pas un bâton, Zyzo, on dit un bô, le reprit Alixe.

— Je sais, Alixe. J'ai appris cela. Vous donnez un nom à chaque chose. Viens…

Zyzo n'avait pas oublié que le premier commandement de Marie-Lune interdisait l'usage des armes au château. Toutes les armes ! Celles que portaient les statues de dieux grecs, les arcs, les flèches, les glaives, et plus encore celles visibles sur les tableaux du pavillon des Singes, les canons et les fusils.

« Les armes finissent toujours par provoquer des guerres, répétait Marie-Lune lors des cours d'histoire, les armes donnent envie de se battre aussi sûrement qu'une jolie fleur ou un coucher de soleil donnent envie d'aimer. »

Mais comme le château ne pouvait pas rester sans défense, Marie-Lune avait réservé une surprise aux élèves. Deux ans plus tôt, le jour du Birth Day, alors que chaque enfant fêtait ses dix ans, chacun avait eu le droit de se choisir un bô.

Le bô était l'arme de défense du bozendo, un art martial japonais : un bâton long d'un ou deux mètres. Chacun avait disposé de quelques semaines pour choisir le sien. C'était une des rares fois où les enfants étaient sortis du jardin du château. Chacun avait été libre de choisir la longueur de son bâton, son poids, sa souplesse ou sa rigidité, selon l'arbre duquel il provenait. Les enfants n'avaient que l'embarras du choix. Noisetier, peuplier, frêne, bouleau... Les bôs de chêne ou de noyer étaient les plus lourds et les plus redoutables. Les bôs de saule ou de peuplier pouvaient gifler comme des fouets.

Alixe avait choisi un bô de bambou, trouvé dans un jardin du nord de Paris, le parc de la Villette. Il était mince, très dur et extrêmement léger. Saby, peu motivée, s'était contentée de ramasser une vieille branche tordue de châtaignier, la première qu'elle avait trouvée, si fragile qu'elle se briserait sans doute au premier coup porté.

Chacun pouvait ensuite décorer son bô, graver l'écorce de dessins ou de prénoms. Chaque enfant dormait avec son bô au pied de son lit. Il y restait généralement toute la journée, sauf pour les élèves du pavillon des Soldats, qui trois fois par semaine suivaient des entraînements de maniement.

— Viens, répéta Zyzo.

Alixe et lui se promenèrent longtemps dans le Verger. À l'opposé du château, près de la place de l'Aiguille, Zyzo finit par repérer un rosier plus imposant que les autres. Une très haute branche, droite, qui atteignait les premières branches des pommiers, portait une quinzaine de roses écarlates. Il coupa la tige avec une infinie précaution. Elle mesurait un peu plus d'un mètre. Puis il s'agenouilla, comme dans ces peintures qu'il avait observées dans les galeries du Moyen Âge.

— Mon bô, déclara-t-il avec sérieux. J'y graverai votre prénom, ma reine. Je garderai les roses jusqu'à ce qu'elles fanent, et les épines jusqu'à ce qu'elles tombent. Ainsi, la beauté et la douleur seront unies au bout de mon bras.

Alix sourit tendrement, et invita Zyzo à se relever.

— Je vous remercie, vous serez mon champion, mon preux chevalier !

L'été continua de s'étirer lentement. Zyzo n'avait pas été autorisé à ressortir dans le Verger. Le conseil du château en avait discuté lors d'une séance très animée, mais Ogénor, Liu et Jean-D'arc, qui à eux trois représentaient donc la majorité du conseil, s'y étaient fermement opposés. Zyzo en savait trop, désormais !

Si les amis du tipi continuaient de manquer à Zyzo, il n'avait pas le temps de s'ennuyer. Trois fois moins qu'un autre enfant du château, puisqu'il pouvait suivre les cours des trois pavillons ! Au pavillon des Savants, il ne comprenait presque rien du tout aux cours de mathématiques et de physique, où il n'allait donc presque jamais. Il adorait par contre les séances de géographie et d'histoire. Le plus souvent, il s'installait à côté d'Osman, l'amoureux des cartes.

Il s'amusait davantage aux cours du pavillon des Singes, assis au fond de la classe avec Saby, à échanger des Lollipops sans rien écouter, à rire aux éclats devant les dessins de la jeune fille qui systématiquement représentaient chaque détail anatomique d'Achille ou d'un autre héros grec tout nu, même quand Isa-Lys exigeait que les élèves peignent un bouquet de fleurs ou une vache. Plusieurs fois, Isa-Lys avait demandé au conseil d'exclure Zyzo de ses cours, mais aucun membre ne l'avait suivie.

Cependant, malgré la curiosité et l'envie de s'amuser de Zyzo, les enseignements qu'il préférait étaient ceux du pavillon des Soldats, qui d'ailleurs se résumaient la plupart du temps à des entraînements physiques, qu'il partageait avec Alixe : judo, karaté, yoga, lutte, et bien entendu bozendo.

L'été touchait à sa fin. Le ciel grisait, la pluie cognait de plus en plus souvent et longtemps aux parois de verre de la pyramide. Le Verger devenait flou, les premières feuilles jaunies, portées par le vent, venaient se coller sur les vitres inclinées.

Si Zyzo ne pensait pas au tipi pendant la journée, occupé par les cours, matin et soir, il ne parvenait pas à repousser la mélancolie qui s'emparait de lui. Il était enfermé dans le château depuis presque trois mois. Quand la nuit tombait, Zyzo redescendait, seul, dans ce qu'il appelait sa prison : sa chambre de pierre, cadenassée, au pied des ruines du donjon.

Un soir, alors qu'il cherchait le sommeil, il entendit des pas. Sa porte s'ouvrit.

— Zyzo, tu dors ?

— Non.

— C'est moi. Alixe. Habille-toi et suis-moi.

Tout de suite, sans qu'Alixe ait besoin de prononcer le moindre mot, Zyzo comprit. Il attrapa son sac et son bô.

Alixe avait pris la décision de le délivrer ! À cette heure de la nuit, Jean-D'arc et ses enfants-Soldats dormaient !

Elle n'ignorait pas qu'en agissant ainsi, toute reine qu'elle était, elle franchissait un terrible interdit, bafouant les votes du conseil et prenant le risque que Zyzo révèle tous les secrets du château aux enfants du tipi.

Tant pis.

Ils marchèrent en silence dans les galeries souterraines, empruntant des passages qui semblèrent secrets à Zyzo, au sein des entrailles du métro (c'était le vrai nom du -M-). Après avoir suivi un long couloir dont les briques blanches se décollaient, ils s'engagèrent dans un tunnel plus étroit, sinueux, qui s'achevait par un escalier de fer. Alixe lui précisa en souriant qu'avant le passage du nuage, les marches des escaliers du métro montaient toutes seules ! *Mais oui*, pensa Zyzo sans oser la contredire. *Et quand il faisait trop chaud, les maisons marchaient jusqu'au fleuve et sautaient dans l'eau pour se rafraîchir !*

Enfin, ils parvinrent à une porte, qu'Alixe ouvrit en silence avec une grosse clé de fer, et ils débouchèrent sur la cour carrée : la grande cour intérieure était entourée sur ses quatre côtés par les hauts murs du château et séparée de la pyramide par un couloir voûté. Les centaines de fenêtres des trois étages du château avaient vue sur la cour, une aile pour chacun des trois pavillons, mais dans l'obscurité, on ne pouvait pas les repérer.

Une petite pluie fine ajoutait encore à la pénombre.

— Viens, dit Alixe.

Ils sortirent par une autre porte voûtée dont Alixe poussa la grille.

— On fugue ? proposa Alixe en riant. On fugue toute la nuit ? Et demain matin, tu décideras dans quelle maison tu rentres ?

— Chez moi, Alixe. Tu sais bien que je rentrerai chez moi.

Alixe posa son index sur la bouche du garçon.

— Chut… Ne gâche pas tout. On a toute la nuit devant nous…

Et ils s'éloignèrent du château en courant.

— On va où ? demanda Zyzo, essoufflé.

— Où tu veux, Paris est à nous… Il paraît que vingt millions de personnes habitaient là. Et ce soir, Paris n'appartient qu'à nous deux !

— Alors je veux voir Montmartre !

Il ne s'était jamais rendu jusqu'à la colline de la grande église blanche et arrondie qu'on voyait de toute la ville. Mais en travaillant sur le plan et des photos de Paris avec Osman, il avait adoré ces rues pavées et pentues, ces escaliers raides, et l'allure, sur ces vieilles gravures, de ces femmes habillées de grandes robes et de ces hommes portant des chapeaux de paille, tous ces gens morts depuis longtemps.

Ils mirent plus d'une heure à traverser la ville. Ils étaient trempés quand ils parvinrent en haut de la colline. Ils s'assirent sur les marches pour admirer Paris. La ville était jolie, mais ne ressemblait pas à celle que Zyzo avait vue sur les affiches ou dans les livres, au château. Sur les photos d'avant, la nuit, la ville était entièrement illuminée, Paris était même surnommée la Ville lumière, alors que tout était sombre devant eux, du tipi au château. On devinait à peine les rives de la Seine, qui ondulait comme un serpent sournois invisible. Le ciel était chargé. On n'apercevait aucune étoile à part la lumière rouge clignotante du soleil de fer.

La pluie était de plus en plus intense, mais Alixe et Zyzo s'en fichaient. Les gouttes mouillaient leurs cheveux, leurs fronts, comme pour faire dégouliner jusqu'à leurs bouches des confidences.

— Tu crois qu'il y a beaucoup d'autres enfants comme nous dans le monde ? demanda Zyzo.

— Je ne sais pas. Parfois, je me dis que nous, les enfants du château, on vient du monde entier. Des cinq continents. Qu'on représente toute l'humanité. C'est un peu ce que nous a raconté Marie-Lune. Et je réalise que si on avait le courage de voyager, de chercher, comme les navigateurs qui sont partis il y a des siècles explorer des terres inconnues avec des bateaux, ou des planètes nouvelles avec des fusées, on découvrirait plein d'autres enfants comme nous.

— Tu ne te souviens pas de Marie-Lune ?

— Non... Je crois qu'elle est morte quand on avait quatre ou cinq ans. Je ne pense pas que, plus jeunes, on aurait pu se débrouiller tout seuls. Lunella et Solario racontent qu'ils se souviennent d'elle, qu'elle était grande et belle. Par contre, Soutïm est sûr, à l'inverse, qu'elle se promenait dans un fauteuil, comme Ogénor. Et Liu, Jean-D'arc et quelques autres soutiennent que Marie-Lune n'était pas seule et se rappellent de plusieurs adultes, des hommes et des femmes. Qui peut dire si c'est la vérité, ou simplement des rêves qu'on prend pour une vieille réalité ?

Elle s'arrêta un instant, avant de demander :

— Et toi, Zyzo, qui vous a élevés ?

— Je ne sais pas... Aucune idée. C'est trop loin. (Zyzo se mit à rire.) En tous les cas, mon Papa-Lune était beaucoup moins organisé que ta Marie ! Mais on ne formait pas une équipe si nulle puisqu'on a survécu !

Alixe sourit elle aussi.

— Sérieusement, vous n'avez aucun souvenir... d'avant ?

— Quand on en parle entre nous, au tipi, rien ne correspond. Certains revoient une image de femme, et d'autres d'hommes. Parfois barbus, parfois pas. À peau noire... ou blanche. Très doux, ou très violents... Chacun sa version !

Alixe prit le temps de réfléchir.

— Et nos parents, demanda-t-elle soudain. Nos vrais parents. Tu crois qu'ils ont eu le temps de nous aimer ?

— Bien entendu, répondit Zyzo. Puisqu'on est là ! C'est qu'au moins nos mamans étaient vivantes le jour où on est nés. Peut-être que ça n'a duré qu'un jour, une semaine, un mois, ou quelques années, mais oui, elles nous ont aimés.

Zyzo marqua un silence et regarda la ville. La lune, qui était parvenue à se faufiler entre deux nuages, éclairait partiellement le Sanctuaire, la flèche du tipi, le château.

— Pourquoi alors ? s'interrogea Alixe. Pourquoi a-t-on placé quelques bébés dans le château, et laissé tous les autres dehors ? Tu imagines, parmi les bébés abandonnés, tous ceux qui ont dû mourir ? Comment les adultes ont-ils pu choisir parmi tous les nouveau-nés ?

Zyzo se força à rire.

— Ils ont choisi ceux qui avaient les meilleures notes.

Sa réflexion laissa Alixe pensive.

— Peut-être que tu as raison, d'une certaine façon. Je suis sûre qu'il existe un lien entre nous.

Ils restèrent ainsi une bonne partie de la nuit, parfois intarissables, parfois silencieux. La pluie avait fini par se calmer, puis s'arrêter. Au loin, entre le Sanctuaire et la place de l'Aiguille, le soleil commençait à se lever. Le tipi, pile face à eux, perçait la brume du matin de sa flèche aiguisée, et semblait rappeler Zyzo, sous ses quatre pieds. Le garçon se leva, s'appuyant sur son bô de rosier.

— Je vais y aller, Alixe.

— Je comprends.

— Tu vas avoir des ennuis ?

— Oui. Mais rien de grave. Juste des reproches. Au moins, s'ils me détestent tous, ils ne m'éliront pas reine, l'année prochaine !

— Tu sais, c'est le jour de l'équinoxe aujourd'hui. Je l'ai appris au cours de sciences hier matin. Match nul entre le jour et la nuit. L'été s'achève et demain, la nature va recommencer à s'endormir. Chez nous, au tipi, c'est la fin de la Trêve. On appelle ce jour celui de la Grande Battue. Tous les enfants sortent ensemble pour enfin retourner chasser. Le soir, on rapporte tout le gibier possible, on dresse un grand feu sous le tipi et on fait cuire le maximum de viande. Toute la nuit. C'est notre grande fête. Un immense banquet. Et quelques heures avant la Grande Battue, on libère les bébés perdus...

— Les quoi ?

Zyzo éclata de rire.

— Ah ah ah, quoi quoi quoi, ma Reinette. À ton tour d'apprendre quelque chose ! Les bébés perdus, ce sont tous les animaux nés après le Birth Day et qu'on a trouvés dans les rues ou la forêt. On les sauve, on les élève tout l'été, et on les relâche le matin de la Grande Battue. Les animaux grandissent beaucoup plus vite que nous, il leur suffit de trois mois pour être adultes.

— Tu crois qu'un jour, on le sera, adultes ?

Zyzo posa un baiser sur sa joue.

— J'y vais, ma Reinette.

— Tu vas me manquer, petit sauvage.

Le jeune garçon descendit quelques marches puis disparut dans l'angle de la rue pavée qui menait vers la place du Tertre. Alixe sentit un vide infini l'engloutir. La pensée insupportable que c'était la dernière fois qu'elle voyait son ami. Elle se retint de courir à toutes jambes derrière lui.

Zyzo avançait dans le jour qui se levait, entre les dernières ombres de la nuit et les premières lumières de l'aube, lentement, ralentissant ses pas dans la rue qui descendait en pente de plus en plus raide. Bien entendu, il était pressé de rentrer au tipi, plus encore de serrer Agnel dans ses bras, et tous les autres aussi, pas seulement son meilleur ami. Tous ses compagnons lui manquaient terriblement. Leurs jeux, leurs rires, leurs bagarres, leurs cris.

Pourtant, une boule dans son ventre le retenait de courir. Reviendrait-il un jour au château ? Est-ce que plus jamais il ne discuterait de géographie avec Osman, de cuisine avec Honorat ? Est-ce que plus jamais il ne rirait aux éclats aux bêtises de Saby ? Est-ce que plus jamais il ne croiserait le regard d'Alixe, plus jamais il n'entendrait sa voix ?

La boule dans son ventre grossissait. Finalement, il préférait courir, dévaler cette rue, sans se retourner surtout, en ne fixant rien d'autre que la tour Eiffel. Le tipi, plutôt ! Il devait oublier tous ces nouveaux mots. Il devait se réhabituer à appeler sa maison par son vrai nom : le tipi !

Il entendit un bruit.

Derrière lui.

D'instinct, Zyzo serra son bô entre ses mains. Il eut à peine le temps de réagir, deux ombres surgirent de la rue à sa droite et le frappèrent à la hanche. Deux violents coups de bâton. Zyzo tituba sous le choc, mais ne tomba pas ni ne lâcha son arme. Il se retourna en un éclair et fit tournoyer son bô à l'aveugle. Il en avait appris le maniement pendant des jours entiers chez les Soldats. Il était plutôt doué et il savait qu'il n'existait pas de bois plus redoutable que son rosier. Il évita quelques nouveaux coups et répliqua sans toucher ses invisibles adversaires. Les ombres se reculèrent, étonnées par sa résistance.

Dans le clair de lune, il reconnut Novak et Elios, deux Soldats avec qui il s'était souvent entraîné.

— N'avancez pas, ordonna Zyzo, toujours menaçant.

Il jeta un regard sur la rue en pente. Il était rapide, personne, s'il s'enfuyait, ne pourrait le rattraper. Il prit son élan pour bondir quand il aperçut une troisième ombre, sur sa gauche cette fois.

— Attention ! hurla une voix dans la rue au-dessus de lui.

Immédiatement, il reconnut la voix d'Alixe.

Son avertissement lui permit d'esquiver un nouveau coup de bâton qui lui frôla le visage. Alixe cria encore « Sauve-toi, sauve-toi », avant que ses cris ne s'étouffent, comme si on la bâillonnait.

Zyzo bloqua d'un réflexe un autre coup, tenant fermement devant lui sa branche de rosier. Novak et Elios, à nouveau, approchaient. S'il restait là, sans rien tenter, il serait encerclé.

Zyzo se mit en position de défense. Pendant les cours, il était l'un des élèves les moins puissants, mais il était l'un des plus rapides. Il se contenta de sautiller sur place, sans jamais s'immobiliser, agitant son bô, parant les coups qui venaient de tous les côtés, en donnant autant qu'il pouvait. L'un d'eux atteignit Novak à l'arcade sourcilière, ce qui eut pour effet de rendre plus agressif encore l'élève-Soldat.

Le combat inégal durait depuis plusieurs minutes, les coups pleuvaient, Zyzo sentait qu'il ne pourrait plus tenir longtemps seul contre trois. Soudain, il se recroquevilla. Trois bôs passèrent au-dessus de sa tête. Il en profita pour jaillir comme un ressort et fit un bond en avant.

Il eut une dernière pensée pour Alixe, il savait que jamais les enfants ne feraient de mal à leur reine, puis se lança de toutes ses forces dans son sprint. Novak, Elios et la troisième ombre n'avaient pas réagi. Il bénéficiait de l'effet de surprise ! S'il avait seulement trois mètres d'avance, dans cette rue qui descendait à pic, jamais ces Soldats lourdauds ne rattraperaient Zyzomys la petite souris.

Il volait déjà, il s'échappait.

Ses deux jambes heurtèrent, ensemble, le bô qui dans l'obscurité, barrait la rue. Zyzo le percuta de plein fouet, et pourtant l'arme ne bougea pas d'un millimètre, comme si celui qui la tenait possédait la force d'Achille.

Zyzo roula sur le côté, déséquilibré. Il eut l'impression que ses deux tibias avaient été brisés sous le choc. Son rosier roula, loin, dans la rue en pente.

Le Soldat à la force d'Achille releva son bô et s'avança lentement vers lui. Il baissa son arme jusqu'à la poitrine de Zyzo pour lui signifier de ne pas bouger. Il ne prononça aucun mot, mais Zyzo le reconnut enfin : Jean-D'arc ! Le délégué du pavillon des Soldats. Le plus doué de tout le château pour tous les sports de combat. Novak et Elios approchèrent pour aider Zyzo à se relever, malgré ses jambes douloureuses, et ne plus le lâcher.

Zyzo observa une dernière fois le tipi, qui désormais se détachait dans le ciel clair, mais évita de tourner le regard vers Alixe, dont il devinait la présence quelques mètres plus haut. Pour qu'elle ne le voie pas pleurer.

Alors que les trois Soldats tenaient solidement Zyzo et commençaient à descendre la rue pour le ramener au château sous bonne escorte, Jean-D'arc à l'inverse monta de quelques pas pour s'avancer jusqu'à Alixe. Il s'inclina avec respect.

— Majesté, nous allons raccompagner le jeune Zyzomys jusqu'à sa chambre.

Il n'y avait pas une seule pointe de reproche dans la voix du délégué des Soldats, ni même la moindre ironie. Jean-D'arc respectait simplement les commandements du château, tout autant qu'il respectait sa reine.

— C'est la décision du conseil, se justifia-t-il. Le jeune Zyzomys doit rester parmi nous pour ne rien révéler de ce que nous lui avons enseigné. En tant que responsable de la sécurité du château, Majesté, j'ai pris sur moi d'assurer une surveillance discrète mais permanente de notre prisonnier. Jour et nuit. Je vous prie de m'en excuser. Rentrons, maintenant. Je crois que nous sommes tous fatigués. Le tournoi de l'Étoile commence demain. Il est important de nous reposer.

10

LE JOUR DE LA GRANDE BATTUE

Akan regardait le ciel, inquiet. Les nuages gris encerclaient un minuscule carré de ciel bleu, mais celui-ci résistait. Pour combien de temps ? Combien de minutes avant que les nuages sombres ne forment plus qu'une immense toile au-dessus de leurs têtes et que la pluie ne tombe sans cesse ? Avec délicatesse, Akan s'avança vers Chrysanthe, assise dans l'herbe avec sa poupée, et l'invita à se pousser.

— Tu vas te faire écraser.

Chrysanthe sourit, elle adorait les petites attentions des grands garçons. Elle se décala de quelques mètres, tout en restant devant les autres enfants, pour ne rien rater du spectacle.

— Tu vas voir, fit-elle à Laly, c'est le plus beau spectacle de l'année. La libération des bébés perdus.

Les garçons et filles se tenaient assis ou debout à côté des quatre pieds du tipi. Vanylle avait enfilé une jolie robe de la couleur de ses cheveux blonds, fabriquée avec des feuilles de blé et de maïs séchées, et notait le plus rapidement possible, sur une grande écorce de chêne-liège, le nombre de bébés animaux de chaque espèce qu'on allait rendre à la forêt.

Akan continua de s'avancer, accompagné de Mouk et Kamélian, et souleva la barrière qui fermait la palissade de branches.

Les bébés animaux, dans un premier temps, ne comprirent pas que l'enclos était ouvert. Les faons de quelques mois, les chevreaux, les marcassins, les agneaux, les porcelets, tous continuèrent de brouter l'herbe ou de dormir dans la boue provoquée par la pluie des derniers jours.

Akan, le premier, siffla.

Puis tous les autres enfants du tipi s'y mirent aussi. Mouk tapa à toute force sur son tambour.

Bill et Cheyenne entrèrent dans l'enclos, armés de grandes branches de saule pleureur et les secouèrent pour effrayer les bêtes. Wain les suivit et agita son chapeau. Terrifiés, les jeunes animaux tournèrent d'abord un peu en rond, se serrant les uns contre les autres, poils contre laine, peau contre duvet, comme s'ils espéraient former une tribu capable de se défendre, puis un premier faon paniqua et fila à toutes jambes.

Et ce fut la débandade !

Les bébés de la crèche aux animaux se séparèrent sans un au revoir. Une immense clameur s'éleva sous le tipi, tous les garçons et filles crièrent et sifflèrent, saluant les animaux, presque tous orphelins, qu'ils avaient sauvés quelques jours après leur naissance, ramassés au creux d'un chemin, patiemment élevés, et enfin libérés.

En quelques secondes, l'enclos fut vide, et les derniers marcassins filaient dans les rues. Tous retrouvèrent d'instinct le chemin d'un parc ou des bois. Tous retrouveraient les leurs, fonderaient une famille. Repeupleraient la forêt. La vie des animaux était plus simple que celle des humains.

Plus courte aussi.

Akan referma l'enclos, désormais désert. Ses yeux se perdirent un instant vers le haut du tipi, jusqu'au quatrième étage d'où Mordélia avait dû apprécier le spectacle. Puis son regard fila le long de l'eau, imaginant le château, après la courbe du fleuve. Il se fit la réflexion que ceux du château libéreraient peut-être Zyzo aujourd'hui, puisque lui aussi était un enfant perdu. Mais non, ceux du château ne s'occupaient pas des animaux. Ils ne chassaient ni ne pêchaient. Cette journée, la dernière des jours ensoleillés, ne représentait rien pour ces enfants qui vivaient sous terre ou enfermés. Dans les jours qui allaient venir, Akan devrait discuter avec Mordélia.

Fallait-il envoyer un nouvel espion rôder autour du château ? Avec quelles recommandations ? La fenêtre cassée avait été réparée, Mordélia le lui avait montré avec sa longue-vue.

Fallait-il envoyer une patrouille, dont il aurait pris la tête, pour aller discuter avec ces autres enfants ? Jamais cela ne s'était fait...

Ou bien fallait-il se préparer à les attaquer ? Comme de plus en plus de garçons et de filles du tipi, pas seulement Bill, semblaient le penser.

Le chef du tipi attendit ainsi plus d'une heure, à réfléchir, sans parler. Ils devaient laisser le temps aux bébés animaux de se cacher. Les dernières taches de bleu dans le ciel avaient été absorbées. Quelques premières gouttes de pluie tombèrent.

Tous les occupants du tipi en étaient conscients : les premiers froids allaient revenir. La nature allait s'endormir. Les jours allaient devenir plus durs. Alors aujourd'hui, il fallait se donner du courage, montrer aux arbres, aux fleurs, aux bêtes, qu'eux aussi, les petits humains, survivraient !

Akan leva la tête, essayant de repérer d'où venait le vent. Poussait-il les nuages vers la partie la plus claire ou la plus sombre du ciel ? Des bûches et des branches étaient rangées sous de grandes bâches de peau, protégées de la pluie. Ils allumeraient le grand bûcher dès la tombée de la nuit, pour célébrer la fin de la Grande Battue.

Jamais, jusqu'à présent, de mémoire d'enfant, ils n'avaient dû renoncer à ce banquet, à cet immense feu qu'ils allumeraient sous le tipi et qui devait se voir de toute la ville, à ce festin fabuleux constitué des animaux chassés dans la journée, qu'on mangerait, qu'on conserverait aussi, pour les jours, les semaines d'après.

Pourvu qu'il ne pleuve pas cette année ! espéra Akan. *Pourvu qu'il y ait une éclaircie ce soir et cette nuit.* Certains enfants seraient capables de voir un signe dans le ciel gris, un signe terrible, un signe de guerre. Certains l'exploiteraient. Bill le premier.

Sous le tipi, les petits chasseurs s'impatientaient. Tous piaffaient, pressés de s'élancer vers la forêt. « C'est bon, grognaient quelques-uns, les bébés animaux ont assez d'avance ! »

Akan attendit encore plusieurs minutes, puis enfin leva bien haut les deux mains.

Une nouvelle immense clameur retentit dans tout le camp.

Akan réclama le silence et rappela brièvement les consignes : ne jamais rester seul, faire du bruit, beaucoup de bruit, pour éloigner les animaux les plus féroces, les loups, le Luponéro (même si tous semblaient avoir oublié ce monstre depuis quelques mois), ne pas tuer davantage d'animaux qu'on ne pouvait en porter, ne pas ramener d'animaux blessés, ou déjà morts, ramasser aussi tout ce qui pouvait se manger : champignons, racines, mûres…

Et s'amuser, s'amuser pendant une journée, sans détruire la nature, juste cueillir ce qu'elle leur offrait. Avant qu'elle ne se recroqueville dans sa courte mort.

Puis d'un coup, Akan baissa les bras et tous les chasseurs s'élancèrent en courant, sans se soucier du ciel de plus en plus menaçant, en direction du pont qui franchissait le fleuve et menait à la forêt, encore plus rapides que les bébés animaux qu'on avait libérés.

Des dizaines d'enfants, heureux et hurlants.

Seuls quelques-uns ne participaient pas à la fête, ou avec moins d'enthousiasme. Chrysanthe suivit à distance les chasseurs, sans jamais courir.

Elle avait décidé de les accompagner avec Laly, sans se presser. Vu le ciel, elle hésitait à trop s'éloigner. Laly détestait être mouillée ! Finalement, elle observa le tipi derrière elle et décida très vite de faire demi-tour pour se mettre à l'abri, tout en glissant Laly sous sa cape pour que sa poupée soit protégée de la pluie.

Sur le chemin du retour, peut-être trouverait-elle un scarabée à rapporter, comme effort de participation à la Grande Battue. Elle leva les yeux vers le quatrième étage du tipi. Un scarabée ou un escargot, ce serait toujours mieux que rien ! Mieux que ce que rapporterait Mordélia. *Cette sorcière*, pensa Chrysanthe, *daignera-t-elle au moins descendre de son nid et faire une apparition lors du banquet ?*

Les enfants se dispersèrent dans les bois, par groupe de trois ou quatre, sans oser toutefois trop s'éloigner.

Le plus souvent, ils restaient sur les chemins envahis d'herbes, s'efforçant de toujours voir entre les arbres le sommet du tipi, ne s'enfonçant jamais au plus profond de la forêt, jusqu'aux grands lacs ou la cascade, que seuls quelques chasseurs expérimentés avaient déjà explorés.

— Agnel ! Agnel !

C'était Suzy qui criait. Leur groupe de quatre était également composé de Pépin le peureux et d'Oryelle.

Tous se tenaient sur les rives d'un petit étang, bordé d'une minuscule cabane de bois effondrée.

— Agnel, Agnel !

Les cris de panique, presque hystériques, redoublèrent.

Agnel, allongé à plat ventre sur une berge moussue, occupé à rechercher le nid d'une poule d'eau, se redressa d'un bond. Il courut vers Suzy, pieds nus dans la boue du bord du lac. On aurait dit un héron qui prenait son élan pour s'envoler.

Sauf qu'Agnel resta les chevilles engluées dans la terre meuble, et ralentit, s'arrêta, s'accroupit, au milieu des trois chasseurs.

À ses pieds gisaient une dizaine d'aigrettes, très jeunes, de quelques semaines à peine. Agnel observa le léger mouvement du vent sur l'étang et en conclut que les oiseaux avaient dû se noyer, ou se laisser flotter sans réagir, sans se débattre, comme un enfant fatigué de nager. Ces oiseaux d'eau avaient cessé de battre des pattes et le courant les avait fait dériver jusqu'ici, à l'endroit exact où se rejoignaient les herbes, les branches et les divers débris tombés dans l'étang.

Agnel ne comprenait pas. Un oiseau d'eau pouvait-il être fatigué de nager ? Un oiseau d'eau pouvait-il se laisser couler ? Ça n'avait aucun sens.

Les aigrettes n'étaient pas mortes, juste engourdies, comme si l'eau était trop froide, ou trop épaisse, ou trop bouillante, mais en tout cas malfaisante.

Sauf qu'elle semblait claire et transparente.

Empoisonnée ?

Agnel souleva l'aile d'une aigrette. Elle retomba aussitôt, comme si l'oiseau était également fatigué de voler. Les plumes paraissaient poisseuses, collées par une résine invisible. Les yeux des oiseaux étaient vides, fixaient une destination inconnue, un peu de la même façon que Mordélia lorsqu'elle lisait un de ses livres secrets. Étaient-ils déjà partis vers une autre vie où il n'y avait besoin ni de nager ni de voler ?

Un autre détail attira le regard d'Agnel. À quelques pas des oiseaux inanimés gisait un autre volatile, mort celui-ci, en partie dévoré. De fines plumes blanches étaient éparpillées sur la rive, une patte était déchiquetée. Un rongeur, sans doute, avait profité de l'apathie inhabituelle de l'oiseau pour l'attaquer. Sans terminer son repas, le rongeur l'avait à peine touché, juste quelques crocs plantés dans la chair. Le sang rouge avait commencé à coaguler.

Intrigué, Agnel avança encore, écarta les joncs et les roseaux de la berge, suivant la trace des gouttes de sang.

Il la vit alors.

Une loutre de belle taille. Le poil lisse.

Mâchoire ouverte, les crocs encore ensanglantés.

Morte.

Morte de s'être attaquée à un oiseau malade. Morte de l'avoir à peine goûté, du bout des dents.

Foudroyée.

Agnel observait le cadavre, consterné. Les oiseaux nés au bord de l'étang étaient maudits ! Aussi dangereux que ces champignons rouges ou ces fleurs toxiques qu'il fallait éviter. Un piège ! Un piège, et contrairement à la couleur écarlate pour les champignons et à l'odeur forte pour les fleurs, la nature n'avait rien prévu pour signaler aux animaux ce danger-là.

La pluie se mit brusquement à tomber.

Agnel resta à regarder les gouttes ruisseler sur les ailes des oiseaux pétrifiés et glisser ensuite dans l'eau de l'étang. Il leva les yeux au ciel. Le gris virait au noir. Les nuages étaient si bas que même le soleil de fer disparaissait. Il n'y aurait pas d'éclaircie ce soir pour la fin de la Grande Battue, pour le festin et le grand feu sous le tipi.

C'était la dernière chose qui l'inquiétait.

11

CÉRÉMONIE D'OUVERTURE

Ogénor, assis dans son fauteuil roulant, regardait le ciel avec inquiétude. Vu de la fenêtre du château, on aurait pu croire que le petit carré de ciel bleu était strictement de la même dimension que la surface de la cour carrée, et qu'il aurait pu former un plafond en trompe l'œil parfait. Le conseiller du château savait que ce n'était qu'une illusion d'optique, il n'y a que les idiots pour croire que le soleil ne brille que pour eux, alors qu'il éclaire la Terre entière. D'ailleurs, bientôt, ce fragile carré d'azur serait noyé de nuages gris.

Bientôt… mais pas tout de suite. Du moins Ogénor l'espérait-il… Si la pluie pouvait avoir la bonne idée d'attendre avant de tomber, juste une heure ou deux, le temps que la cérémonie d'ouverture du tournoi de l'Étoile soit terminée.

La cour carrée du château était plus petite que celle de la pyramide, et bien entendu que le Verger des Tuileries : cent soixante mètres sur cent soixante, entièrement fermée par les bâtiments du château, à l'exception de quatre petits passages voûtés protégés par des grilles. Au-dessus des quatre ouvertures s'élevaient les ailes du château, hautes de trois étages, d'ordinaire sagement décorées de dizaines de sculptures grises en l'honneur des rois ayant ordonné sa construction au fil des siècles.

Pas ce jour-là !

Trois des quatre ailes du château, correspondant aux chambres des trois pavillons, étaient chacune décorées aux couleurs de chaque équipe. Pendus aux fenêtres, accrochés aux statues, des centaines de drapeaux coloraient les façades.

Bleu pour le mur des Singes, leur bannière représentait un fin trait de peinture en forme de S, ondulant autour d'un pinceau.

Or pour les Savants, dont l'étendard représentait un caducée, le symbole des médecins, un serpent enroulé autour d'un bâton.

Rouge pour les Soldats, le S étant figuré par une chaîne, et le bâton, évidemment par un bô.

Les oriflammes qui volaient au vent offraient un spectacle magique aux enfants du château. Tous, debout dans la cour, agitaient les bannières de leur pavillon, ou frappaient le sol avec leur bô, ou tapaient dans leurs mains. On riait, chantait et criait.

Zyzo, dans la foule, aux côtés de Saby, réalisa que c'était la première fois qu'il voyait les garçons et les filles du château aussi excités.

Eux aussi savaient s'amuser ?

Une petite estrade avait été installée au centre de la cour, près de la fontaine ronde, et un plan incliné permettait à Ogénor d'y monter, sans l'aide d'aucun autre enfant. C'est lui qui prononçait le premier discours.

Zyzo avait juste eu le temps de discuter rapidement avec Alixe, avant la cérémonie. Très tôt le matin, un conseil extraordinaire s'était tenu. Sans surprise, le conseil avait voté pour que Zyzo reste prisonnier du château, sous la surveillance constante des Soldats, même si Alixe et Isa-Lys s'étaient exprimées contre ! La discussion avait été vive, les reproches envers l'inconscience de la reine avaient fusé. Comment avait-elle pu oser s'aventurer, seule dans Paris, la nuit, avec un étranger ? Mais les membres avaient dû écourter le débat car la cérémonie devait commencer. De la salle du conseil, on entendait déjà les cris des élèves des trois pavillons qui se rassemblaient dans la cour carrée.

Ogénor énonça calmement les règles du tournoi, que les enfants du château écoutaient avec distraction, sans doute parce qu'ils les connaissaient déjà.

Saby se pencha vers l'oreille de Zyzo, pour qu'il la comprenne malgré le vacarme.

— Je t'explique ! Le dernier jour de l'été, l'équinoxe, pour parler comme les Savants, correspond au début du tournoi ! Pendant trois mois, c'est l'entraînement, partout dans les pavillons et le Verger des Tuileries... Puis, au solstice d'hiver, le jour de la Veillée du Sanctuaire, ça tu connais, chaque pavillon va désigner ses candidats. Il y aura dix candidats en tout. Chaque pavillon doit en désigner trois, ils seront leurs champions, tu captes ?

Zyzo captait.

Ogénor lisait le long règlement, il en était à l'article 13. Il avait beau essayer de parler plus fort, personne ne l'écoutait. Parfois, un groupe d'enfants de l'un des pavillons se mettait à chanter, et un autre groupe essayait de les imiter en chantant plus fort, ou en frappant avec plus de force leur bô sur le sol pavé. Jamais Zyzo n'avait vu un tel bazar. Les élèves du château étaient d'ordinaire si sages et disciplinés !

— Les champions de chaque pavillon, continuait Saby, ont ensuite trois mois pour se préparer, jusqu'au tournoi, qui a lieu le jour de l'équinoxe de mars, celui qui annonce le printemps. L'épreuve est préparée en grand secret par des arbitres désignés par les pavillons, un dans chaque classe, et elle comporte cinq disciplines : la vitesse, la force, l'adresse, la ruse et le courage. Cinq disciplines, cinq médailles, et le pavillon gagnant est celui qui remporte le plus de médailles ! Tu vois un peu le délire ?

Zyzo remarquait que parmi tous les enfants du château, Saby était la moins passionnée par le tournoi, comme si elle trouvait parfaitement ridicule toute cette agitation. Il se demanda aussi où Alixe était passée.

— De toute façon, ajouta Saby, ce sont les Soldats qui gagnent tous les ans. Les trois médailles de la vitesse, la force et celle du courage ne leur échappent jamais. Parfois les Savants gagnent celle de la ruse, parfois les Singes, celle de l'adresse... et encore, les trois dernières années les Soldats ont tout raflé !

Ogénor termina la lecture de l'article 27. Le dernier. Plus que jamais, la foule s'agitait. Les enfants de chaque pavillon se regroupaient, serrés. Zyzo se souvint de bribes de conservation, Alixe avait remporté plusieurs médailles à ce tournoi l'année d'avant, et grâce à ses victoires, elle était devenue populaire... et avait été élue reine.

— J'appelle maintenant, fit Ogénor, très digne (et tout de suite, un impressionnant silence fut respecté dans la cour carrée), le délégué du pavillon des Savants.

Liu s'avança, encadré par deux autres Savants, Valère et Moébia, portant la bannière couleur or de leur classe.

Tous les élèves du pavillon des Savants explosèrent de joie, crièrent, sifflèrent, lancèrent des confettis d'or, agitèrent leurs bannières, alors que les enfants des deux autres pavillons applaudissaient respectueusement.

Saby désigna l'un deux, tout petit, chétif, qui semblait près de s'écrouler à chaque pas sous le poids du grand drapeau.

— Celui de gauche qui porte le drapeau plus grand que lui, dit-elle, c'est Valère, le meilleur en histoire de tout le château. Il est amoureux de moi, je peux lui demander ce que je veux... Dommage qu'il soit nain !

— L'année dernière, quelles épreuves a gagnées Alixe ? demanda Zyzo, peu passionné par les aventures sentimentales de Saby.

— Et maintenant, fit la voix forte d'Ogénor, j'appelle le délégué du pavillon des Singes.

Isa-Lys se tenait plus droite que jamais, son chignon n'avait jamais semblé aussi haut perché. Olympe et Minerva portaient le drapeau bleu coordonné aux papillons turquoise dans leurs cheveux, également coiffés en un strict chignon, et à la teinture azur de leur robe.

— Trois filles ! pesta Saby. Olympe et Minerva ! Les deux chouchoutes de la mère Guenon. Jamais Isa-Lys n'autorise un garçon à porter le drapeau. Quelle peste, celle-là !

— Quelles épreuves a gagnées Alixe ? insista Zyzo.

Les élèves du pavillon des Singes exprimèrent leur joie, avec toutefois moins d'intensité que les supporters du pavillon précédent.

— Et j'appelle enfin le délégué du pavillon des Soldats.

Un tonnerre de hourras retentit, semblant faire vibrer les murs de la cour carrée et soulever les drapeaux aux fenêtres. Les bôs des enfants soldats frappaient frénétiquement le sol, donnant l'illusion qu'il tremblait. Jean-D'arc s'avança, d'un impeccable pas martial, encadré au millimètre près par Novak et Diana, un géant et une géante, qui portaient le drapeau comme s'il s'agissait d'une plume.

— Tu ne trouves pas que Novak est canon ? cria Saby en devenant toute rouge. Je suis certaine qu'il va être désigné candidat et qu'il va gagner le tournoi. Une bombe de mec, on dirait Achille !

Zyzo, qui se souvenait des coups de bô administrés par ce même Novak, quelques heures auparavant, au lever du jour, sur la butte Montmartre, ne partageait pas tout à fait le même avis, et évita de faire remarquer à Saby qu'il était responsable de l'hématome qui gonflait la paupière droite du porteur de drapeau aux grands yeux bleus. Saby continuait de crier à son oreille, mais Zyzo parvenait à peine à l'entendre dans la cohue.

— Tu me demandais quoi, déjà ? Ah oui, quelles épreuves a gagnées Alixe ? Pas la vitesse ni la force, tu t'en doutes, c'est pas une crevette comme notre reine qui pourrait rivaliser avec les demi-dieux. (Elle dévora encore le beau Novak des yeux.) Surtout ne me demande pas comment elle s'est débrouillée, elle a gagné les épreuves de ruse, d'adresse et de courage. Elle ne cesse de me répéter depuis trois mois que c'est un accident, un pur coup de bol, et tu sais quoi ? Je la crois !

Les trois délégués se tenaient sur l'estrade. Derrière eux, les six porteurs agitaient les drapeaux. Tous les enfants chantaient dans une joyeuse cacophonie. Quelques gouttes de pluie commencèrent à tomber.

Puis, tous, sur l'estrade s'écartèrent.

Alixe venait de faire son entrée.

Zyzo frissonna en la voyant, et plus encore en remarquant qu'elle portait sur la tête la couronne de roses qu'il lui avait cueillie et tressée dans le Verger.

Les élèves des trois pavillons se turent.

Le silence fut un instant plus impressionnant que l'euphorie qui l'avait précédé.

Alixe sourit, et de sa petite voix, que tout le monde, attentif quelques secondes, entendit, elle annonça :

— Je déclare le sixième tournoi de l'Étoile ouvert.

Un tonnerre de cris emplit la cour carrée. Une pluie de confettis tomba des fenêtres les plus hautes. Zyzo se laissa lui aussi porter par la liesse générale. Même si le tipi lui manquait, même s'il avait raté la Grande Battue où chaque année il courait aux côtés d'Agnel sans jamais rapporter le moindre gibier, même s'il n'avait pas vu s'enfuir, apeurés, sans qu'ils comprennent ce que signifiait le mot liberté, les bébés animaux perdus, Zyzo se laissait gagner par cette ambiance de fête et de folie. Parce qu'au fond de lui, il adorait cette cérémonie, ces drapeaux, ces épreuves, ce tournoi.

Alixe lui faisait battre le cœur comme jamais. Il devait se l'avouer, en regardant avec envie les porteurs de drapeau, Alixe trônant sur son estrade, ses trois médailles au cou : il aurait rêvé d'y participer !

La pluie tombait maintenant drue sur la cour carrée, pourtant les enfants continuaient de chanter et de jouer. Ils suçaient des Lollipops, chacune aux couleurs de leurs pavillons : lavande et violette pour les Singes, miel et pomme-poire pour les Savants, cerise et fraise pour les Soldats.

Sur l'estrade, Ogénor fit pivoter son fauteuil pour se tourner vers Alixe.

— Il faut que je te parle.

— Parle-moi, fit Alixe, cassante, en se penchant vers son conseiller tout en retenant d'une main ses médailles et sa couronne. Personne ne nous entend.

C'était vrai, la cour était trop bruyante.

— Tu as commis une faute cette nuit. Une faute grave. Tu as désobéi au vote du conseil. Tu as mis en danger le château.

— En danger ? Tu as peut-être eu la majorité au conseil, Ogénor, mais tu ne me forceras pas à penser comme toi. Vous avez peut-être de meilleures notes que moi, toi, Liu et Jean-D'arc, je suis sûrement bien moins intelligente que vous, mais vous ne m'empêcherez pas de penser que respecter les commandements de Marie-Lune, ce n'est pas s'enfermer à double tour. C'est sortir et essayer de communiquer avec les autres enfants. Je me fiche de vos puissantes réflexions. C'est mon intuition ! Et puis, je ne suis pas seule, Isa-Lys a voté comme moi.

— Pour des motifs opposés aux tiens, fit calmement Ogénor. Tu le sais bien. Elle veut renvoyer Zyzomys chez lui parce qu'elle pense qu'on doit être chacun chez soi. Tu vois, Alixe, tu es la seule à penser que divulguer nos secrets ne nous met pas en danger. C'est de…

— De l'irresponsabilité ? Ok, j'ai pigé ! N'empêche que je suis reine et tu ne m'interdiras pas de m'exprimer, même si je n'ai pas la majorité !

— Seulement pour quelques mois, Alixe, précisa Ogénor.

— Justement ! Je servirais au moins à ça. Convaincre le maximum de monde pendant le temps qu'il me reste. On a passé l'âge de se barricader ! (Elle observa les quatre voûtes ouvrant la cour carrée.) Faire sauter les grilles…

— Ce n'est pas le moment, déclara une voix dans son dos.

— Quoi ?

C'était Jean-D'arc, le délégué du pavillon des Soldats. Il avait écouté toute leur conversation.

— Majesté, je crains que le moment soit inapproprié pour expérimenter des négociations avec les enfants de la tour.

— Pourquoi ?

Ogénor avait l'air, lui aussi, étonné.

— Idriss et Jango, nos espions postés dans le métro, viennent de m'informer. Ils ont repéré, dans les parcs, dans les allées boisées, dans les forêts, partout, des animaux anormalement malades. Leurs bébés, leurs œufs sont comme empoisonnés. L'épidémie semble progresser très vite.

Alixe et Ogénor demeurèrent silencieux.

— Les enfants de la tour n'auront bientôt plus rien à manger, ajouta Jean-D'arc.

Alixe savait que le système alimentaire du château – les récoltes, les provisions – était prévu pour nourrir avec une grande précision les trois pavillons, mais guère plus de bouches.

— Que proposes-tu ? demanda Ogénor.

Alixe s'en voulait de rester muette dans un tel instant. Son complexe d'infériorité face aux esprits si rapides des autres membres du conseil, chaque fois, la paralysait.

— Deux choses, fit Jean-D'arc. D'abord, se préparer à nous défendre. Ce sera le rôle de mon pavillon. Et ensuite, comprendre ce fléau. Ce sera le rôle de celui des Savants. Je propose d'envoyer une expédition dans la forêt de Boulogne, l'épidémie semble y être née. Novak pourrait la diriger, je lui fournirai mes meilleurs éléments pour l'escorter.

Novak était un garçon intelligent et courageux, mais prétentieux et beaucoup trop belliqueux.

— Non ! réagit Alixe, fière de retrouver un peu d'autorité. C'est Solario qui commandera l'expédition.

— Pourquoi Solario, Majesté ? s'étonna Jean-D'arc.

Solario était un Savant lunaire, spécialisé dans les sciences physiques. Il avait peu le profil d'un aventurier.

— Lunella restera là, expliqua Alixe, et ainsi, nous aurons un moyen de communiquer.

Lunella, la sœur jumelle de Solario, étudiait elle aussi au pavillon des Savants, mais elle préférait la chimie, et inventer toutes sortes de savons, crèmes et shampoings. Ils étaient les seuls jumeaux du château ! Et parfois, d'une façon incroyable, d'un pavillon à l'autre, par la pensée, ils parvenaient à communiquer, un peu comme avec un téléphone, ces appareils anciens étudiés par les Savants dans les cours de technologie, et qui, comme les armes et la viande, avaient été interdits par Marie-Lune. Le douzième commandement !

Ogénor allait protester, mais Jean-D'arc s'inclina.

— Je crois que c'est une excellente idée, Majesté.

Dans la cour, la pluie redoublait. Entre les pavés coulaient de minces ruisseaux bruns, mélange caca d'oie de confettis bleus, or et rouges. Aux fenêtres, les drapeaux pendaient, trempés, lourds, prêts à céder. Même les statues paraissaient fatiguées de les supporter.

Les délégués levèrent les yeux vers le ciel. Derrière le rideau de nuages qui s'accrochaient à la flèche du tipi, le soleil de fer disparaissait.

Les jours ensoleillés s'en allaient.

L'automne les remplaçait.

Saison 2

L'automne

12

LE SOURIRE DE MONA

Depuis la cérémonie d'ouverture du tournoi de l'Étoile, la pluie n'avait quasiment pas cessé de tomber. L'automne se résumait à une succession de semaines sous le même temps maussade. Les averses, presque sans répit, frappaient aux fenêtres du château, se déversaient en vagues sur la pyramide, inondaient le Verger et transformaient les chemins du jardin en torrents de boue.

Zyzo, bien au chaud dans le château, ne pouvait s'empêcher de penser à ses amis du tipi, pour qui la vie était tellement plus compliquée dès qu'il pleuvait, gelait ou neigeait. Parfois, les marches des escaliers de fer devenaient plus glissantes que des pierres mouillées. Les nuits les plus froides, il leur arrivait de dormir tous au même étage, au premier, serrés les uns contre les autres comme une portée de chatons.

Depuis quatre jours, sous une bruine tenace, la délégation de Solario était partie, composée de sept enfants : Cléa, Klark, Romania, Solveg, Noëlie et Brazza. Ils avaient emporté deux tentes, de quoi manger pendant plusieurs jours et une série d'instruments dont Zyzo ignorait tout.

La délégation avait pour mission de s'enfoncer jusqu'où il le faudrait dans la forêt, pour recueillir de l'eau, de la terre, du sang, de l'herbe, de tout ramasser avec des gants ou des pinces et de placer les échantillons dans des petits tubes de verre pour que, ensuite, les enfants-Savants du château puissent les examiner.

Liu prenait cette expédition très au sérieux, et avait rappelé à Solario qu'il était responsable de la première mission d'exploration du nouveau monde, comme les premiers hommes qui avaient découvert de nouveaux continents. Ça semblait un peu exagéré à Zyzo. Même eux, les enfants du tipi, s'aventuraient depuis toujours loin dans la forêt sans faire autant de cérémonie ! De plus, la délégation ne craignait pas le Luponéro, puisqu'ils n'avaient jamais entendu parler de lui. Quand Zyzo l'avait évoqué, dans les couloirs, à Osman, Alixe ou Saby, personne n'y avait prêté attention. Il faut dire que Zyzo, malgré tout le temps passé dans la forêt, n'avait jamais croisé le monstre, et doutait même fortement qu'il puisse exister.

Depuis quatre jours, le château n'avait donc aucune nouvelle de l'expédition de Solario, mais Lunella, sa sœur jumelle, affirmait que tout allait bien. Si un malheur survenait, elle le saurait, elle le ressentirait. C'était déjà arrivé, quand Solario avait failli s'étouffer avec une noisette qu'il avait essayé de casser entre ses dents, ou quand Lunella s'était levée la nuit, lors d'une crise de somnambulisme, et était tombée dans l'escalier de la galerie d'Apollon.

Au château, les enfants sortaient peu dans le jardin et passaient la plupart de leur temps libre à lire, jouer aux cartes ou aux échecs. L'usage des écrans n'était autorisé par Marie-Lune que quand ils étaient en classe (le treizième commandement). Ils ne comprenaient pas vraiment pourquoi, imaginant mal qu'un écran puisse servir à autre chose qu'à faire cours, et en tout cas sûrement pas à s'amuser !

Zyzo continuait de bénéficier du privilège d'être le seul enfant, avec Ogénor, à pouvoir naviguer entre les trois pavillons et à être autorisé à suivre l'ensemble des cours. « C'est pour rattraper ton retard, petit barbare ! », se moquait Saby.

Zyzo choisissait ceux qu'il aimait, en ignorant une grande partie des cours du pavillon des Savants, à l'exception de la géographie, où il s'installait à côté d'Osman pour détailler pendant des heures les cartes commentées par Marie-Lune : des villes, des pays, des îles.

Le nom des rues et des monuments de Paris le fascinait. Il s'obligeait à visualiser l'ensemble du plan de la ville dans sa tête. Il commençait par Paris, cette ville qu'il connaissait avec ses pieds, et un jour, il espérait être capable de le faire pour le monde entier. Il ferait entrer dans son cerveau chaque détail de cette terre dont les Savants prétendaient qu'elle était ronde et recouverte d'étendues d'eau immenses qu'on appelait mers ou océans, mais que pourtant aucun enfant n'avait jamais vues. Était-ce une légende ? Et si la géographie mentait ?

À l'exception de la géographie, les cours que Zyzo préférait étaient ceux du pavillon des Soldats. À vrai dire, il serait volontiers resté uniquement dans ce pavillon où l'on passait moins de temps à rester assis à écouter Marie-Lune ou Jean-D'arc qu'à courir, sauter, ramper, se cacher, se battre, bref bouger. Et surtout, il retrouvait Alixe dans la classe des Soldats.

Parmi les enseignements du pavillon des Soldats, il détestait les cours de discipline, de stratégie, de contrôle de soi – des trucs interminables sans intérêt comme le yoga –, mais adorait tous les cours de combat. Lutte, judo… et surtout… bozendo !

Depuis son arrestation en haut des escaliers blancs de Montmartre, Zyzo s'était juré d'apprendre à mieux se battre avec son bô, de parvenir à le manier comme personne ne l'avait jamais fait, plus rapide, plus vif, plus précis.

Il s'entraînait des heures, dans sa prison du donjon, à frapper des cibles précises qu'il avait dessinées sur les pierres. En cours, il soignait ses déplacements, son intuition, son anticipation. Il combattait le plus souvent avec Alixe, ou parfois avec d'autres élèves, la grande Diana ou la calme et sage Florentine, échangeant en riant des coups de bôs recouverts de mousse. Il évitait pourtant de se retrouver en tête à tête avec Novak, qui continuait de le fusiller du regard en clignant sa paupière tuméfiée, ou avec son grand copain Elios – le même que Novak en juste un peu moins fort et un peu plus frimeur –, coiffé de sa casquette et de ses lunettes de soleil dès qu'il sortait dans le Verger des Tuileries. Les deux enfants-Soldats ne rataient aucune occasion de faire comprendre à Zyzo qu'il était un étranger n'ayant rien à faire dans le château, et encore moins sur les tatamis d'une salle de bozendo. Dès que la possibilité se présentait, Novak ou Elios claquaient au nez de Zyzo l'une des lourdes portes de bois, lui volaient sa serviette lorsqu'il prenait sa douche, ou simplement le suivaient des yeux en le montrant du doigt et en ricanant.

Jean-D'arc, par contre, ne se moquait jamais de lui, mais ne lui adressait jamais non plus aucun compliment. Zyzo avait pourtant conscience qu'il progressait, et pas seulement avec un bâton à la main. Il n'était pas forcément le plus fort lors des épreuves de puissance, comme soulever des pierres ou lancer des troncs, mais il était incontestablement le plus agile dès qu'il s'agissait d'escalader ou de se faufiler. Ce n'était pas bien difficile, pensait Zyzo, les Soldats ne sortaient presque jamais du château, ils n'apprenaient que la théorie.

Ses compagnons du tipi lui semblaient bien plus aguerris et plus résistants.

Zyzo, en se comparant aux autres élèves, nourrissait petit à petit un rêve secret. Il observait les enfants-Soldats redoubler de courage à l'entraînement, en classe, dans un seul espoir : faire partie des trois candidats sélectionnés pour le tournoi de l'Étoile ! Comme Alixe l'année passée !

S'il n'en avait parlé à personne, pas même à Alixe, il espérait être choisi. Il le méritait. En vitesse, adresse, ruse ou courage, il avait toutes ses chances. Autant qu'un autre. Il travaillait dur pour cela.

Il y pensait pendant des heures, seul dans sa prison du donjon, oscillant sans cesse entre un fol espoir et la conscience que jamais Jean-D'arc ne désignerait un étranger pour représenter le pavillon des Soldats, un étranger qui d'ailleurs suivait des cours dans les deux autres pavillons.

Parfois même au pavillon des Singes.

De tous les cours, ceux des Singes étaient les moins drôles, et Zyzo avait du mal à comprendre l'envie obsessionnelle d'Alixe de rejoindre un jour le pavillon des artistes ! Alixe le regardait toujours avec jalousie quand, en traînant les pieds, il quittait les salles d'entraînement des Soldats pour se rendre dans la galerie des Grands Peintres, ou des Arts décoratifs, ou des Poussières, aurait dit Saby, pour y suivre un enseignement sur les peintres impressionnistes, l'art gothique au Moyen Âge ou la construction des temples doriques sous l'Antiquité.

Zyzo adorait Alixe, mais son goût pour la peinture, la poésie et l'art en général le stupéfiait. Comment pouvait-on préférer passer son après-midi devant ces vieux tableaux à un bon entraînement de judo ?

Heureusement, chez les Singes, il retrouvait Saby !

Ce matin-là, Isa-Lys avait réparti la classe en petits groupes, quatre au dessin, quatre à la peinture, quatre à la sculpture... La déléguée du pavillon suivait ainsi avec précision les recommandations du plan de progression énoncé par Marie-Lune derrière son écran.

Zyzo s'était retrouvé dans le groupe des sculpteurs, avec Saby et Estive, sa meilleure complice chez les Singes. Ils disposaient d'un bloc de terre boueuse et devaient reproduire la sculpture posée devant eux dans une sorte de bateau cassé en deux.

— La *Victoire de Samothrace*, précisa Isa-Lys, après qu'un film de Marie-Lune eut expliqué l'importance historique de cette statue, lors d'un long exposé dont Zyzo n'avait rien retenu !

La déléguée des Singes portait un tablier violet et des gants assortis.

Saby leva le doigt :

— Zaza ?

Isa-Lys détestait qu'on l'appelle Zaza. Elle écouta tout de même son élève la plus turbulente.

— Zaza, on est obligés de fabriquer la même chose que ce vieux truc tout déglingué, ou on peut l'améliorer ?

La statue était effectivement étrange, et semblait avoir été brisée pendant son transport jusqu'au guéridon, devant eux. Elle n'avait plus de tête, aucun bras, et une seule des deux ailes qui poussaient dans son dos était intacte.

— Mademoiselle, sachez que ce vieux truc tout déglingué, comme vous dites (Isa-Lys, pendant les cours, vouvoyait ses élèves, ce que Zyzo trouvait parfaitement ridicule vu qu'elle avait exactement le même âge qu'eux), est une statue du IIIe siècle avant Jésus-Christ, qui servait sans doute de figure de proue au navire *Argos*, découvert en 1863 sur l'île de Samothrace, qu'elle est célèbre dans le monde et que...

— Ok, ok, coupa Saby, j'ai les mêmes oreilles que toi, Zaza, moi aussi j'ai entendu le bla-bla de Mama-Luna. Je me disais juste qu'on pourrait lui rajouter une tête et deux bras. Ce serait plus sympa et...

Zyzo se retenait pour ne pas pouffer. Isa-Lys semblait excédée. Son crâne avait l'air de tellement bouillir que son chignon menaçait d'exploser.

— Ou on ne peut pas en trouver une plus neuve ? insista Saby. Une mieux conservée, je veux dire. Si tu veux, avec Estive, on file au pavillon des Soldats. Je connais quelques petites statues d'Achille sans slip. Je peux t'en rapporter une si tu...

— Levez-vous ! cria soudain Isa-Lys.

Zyzo crut que, sous le coup de la fureur, les pinceaux qui retenaient le chignon de la déléguée allaient se mettre à tournoyer avec la même vitesse que lorsqu'il maniait son bô.

— Avancez ! continua Isa-Lys sur un ton encore plus autoritaire.

Elle entraîna Saby vers le groupe des Singes qui peignaient : quatre filles, dont Olympe et Minerva, les deux chouchoutes de la classe.

— Puisque la sculpture ne vous passionne pas, vous allez vous rendre utile autrement ! Vous vous considérez sans doute plus neuve et mieux conservée que ce vieux tableau, n'est-ce pas ?

Isa-Lys désignait une petite peinture, assez sombre, posée sur un chevalet, que les apprenties peintres tentaient de reproduire. Zyzo reconnut le portrait de la Joconde, celui que Saby ne manquait jamais de saluer quand elle entrait : la fille au sourire fourbe !

— Vous allez remplacer Mona Lisa ! Asseyez-vous sur cette chaise, tenez-vous bien droite, de trois quarts, croisez les mains comme elle, et souriez !

Saby n'avait pas d'autre choix que d'obéir à la déléguée, mais Isa-Lys en rajouta :

— Cela vous convient, mademoiselle ? Cette œuvre-là possède une tête et deux bras ! Je vous interdis de vous lever, de bouger ne serait-ce qu'un doigt, et même d'ouvrir la bouche !

Saby ne répliqua pas, digne, plus insolente encore dans son acceptation silencieuse de l'humiliation.

Isa-Lys jeta un coup d'œil aux toiles d'Olympe et de Minerva, qui baissèrent les yeux timidement, les félicita, et s'éloigna vers les autres galeries du pavillon des Singes.

Elle revint près d'une heure plus tard. Zyzo s'était révélé incapable de faire tenir l'aile de sa *Victoire de Samothrace* sur son dos d'argile. Sa statue était encore plus estropiée que l'original ! Isa-Lys lui jeta un regard consterné – au moins, Zyzo savait qu'il ne serait pas choisi pour être l'un des trois représentants du pavillon des Singes au tournoi de l'Étoile ! –, puis elle se dirigea vers Saby, qui, toujours assise sur sa chaise, n'avait pas bougé d'un cil. La déléguée afficha un petit sourire satisfait et se pencha pour admirer les tableaux peints par ses deux petites protégées.

Olympe et Minerva semblaient terrifiées. Elles jouaient nerveusement, du bout des doigts, avec les rares mèches de cheveux qui dépassaient de leur strict chignon.

Le sourire de Saby n'avait jamais été aussi énigmatique.

D'un coup, Isa-Lys devint toute rouge, comme si les pinceaux retenant ses cheveux, trempés dans une cuve de jus de fraise, avaient dégouliné.

— Qui vous a dit de peindre ça ? cria la déléguée.

— V… Vous, balbutia Olympe, visiblement épouvantée par un dilemme impossible à trancher. Nous… Nous avons simplement recopié le modèle.

— Je te jure, Zaza, affirma Saby d'une petite voix malicieuse, je n'ai pas bougé et j'ai gardé la bouche fermée, comme tu m'as dit !

Effectivement, sur les toiles réalisées par les élèves, la bouche de Saby, comme celle de la Joconde, était fermée, serrée même. Sauf qu'un détail dépassait, un détail que Saby avait dû exposer aux apprenties peintres pendant une heure, et que, telles des bêtasses disciplinées, elles avaient recopié.

Sur toutes leurs toiles, plutôt réussies, la Joconde leur tirait la langue !

Isa-Lys entra dans une rage folle.

— Vous ne respectez donc rien ! Cette toile est peut-être le témoignage le plus précieux du génie de la civilisation qui nous a précédés. Sabine, venez avec moi, vous êtes exclue du cours !

La déléguée la tira par la main pour la faire sortir de la galerie. Dans son dos, Saby continuait de tirer la langue à Olympe et Minerva, qui battaient des paupières plus affolées que des papillons avant l'orage.

Elles quittèrent la galerie des peintres italiens pour entrer dans celle des Grands Tableaux. Isa-Lys claqua la porte derrière elle, laissant enfin les trente autres élèves de la classe se précipiter vers Olympe et Minerva pour leur arracher les tableaux des mains et découvrir enfin ces portraits, dont le modèle les faisait se tordre de rire depuis une heure.

Isa-Lys désigna un banc de bois au milieu de la galerie des Grands Tableaux.

— Restez là jusqu'à la fin du cours !

Saby ne répondit pas, ne bougea pas. Ses yeux fixaient le mur d'en face. Sans parvenir à croire ce qu'ils voyaient, ou plutôt ce qu'ils ne voyaient pas. Elle reconnaissait les tableaux sur les côtés, *Le Sacre de Napoléon* et *Le Radeau de La Méduse*, mais au centre, le tableau des *Sabines* avait disparu !

Il avait été remplacé par une ridicule peinture, dix fois plus petite, représentant une vieille en bigoudis en train de coudre !

— Où... Où est passé le tableau ? demanda Saby.

— Quel tableau ?

— Tu sais bien, *Les Sabines* ! La toile avec les soldats, les femmes et les bébés.

— Je ne vois pas de quoi vous voulez parler.

— Tu te fous de moi ? explosa Saby.

Isa-Lys détourna les yeux, les arrêta sur le minuscule portrait de la couturière qui remplaçait *Les Sabines*, troublée, au point d'en oublier de la vouvoyer.

— Tu es folle ! Il n'y a jamais eu d'autre tableau !

13

LA CROIX VERTE

Le troisième étage du tipi ressemblait aux planches sur lesquelles on étale les poissons qu'on vient de pêcher, qui se débattent, se tortillent, en manque d'air, les yeux exorbités, avant de cesser de s'agiter, et petit à petit, de mourir asphyxiés.

C'était du moins ce que pensait Mordélia en descendant les escaliers et en découvrant les enfants allongés qui se tenaient le ventre, sans parvenir à dormir ni cesser de gémir. Mordélia comptait une bonne dizaine de malades. Régulièrement, ils se levaient pour vomir par-dessus les poutres de fer, dans le champ désert au-dessous. Ça les soulageait quelques heures. Avant de souffrir encore plus, l'estomac vide.

Mordélia dissimula son mépris lorsqu'elle se pencha au-dessus des enfants alités. Akan les avait pourtant prévenus : il ne fallait pas toucher aux animaux ! Pas même aux oiseaux. Pas même aux œufs. Il fallait les faire goûter d'abord par les rongeurs capturés. Si au bout de quelques heures les souris étaient toujours en bonne santé, alors la viande n'était pas empoisonnée et on pouvait la manger.

Mouk attrapa Mordélia par le pli de sa robe, la suppliant du regard, comme si elle était magicienne et qu'elle pouvait repousser le mal d'une simple imposition des mains. *Quel crétin !* pesta Mordélia dans sa tête. Au moins autant que cette zinzin de Chrysanthe, qui avait allongé sa poupée sur un lit de paille à côté des malades, lui épongeait le front avec un chiffon et lui parlait à voix basse, comme si sa Laly, elle aussi, avait été frappée par l'épidémie.

À part les râles des malades, le troisième étage était silencieux. Tous, évidemment, attendaient que Mordélia parle.

Mordélia hésitait. Elle avait l'impression que la douleur des garçons et filles alités n'était pas très grave. Foudroyante, certes, mais elle passait vite. Exactement comme quand les enfants se gavent de prunes ou de mûres trop vertes, ou boivent de l'eau restée trop longtemps dans les gourdes. Ils se vident pendant quelques jours, puis le mal de ventre s'en va aussi vite qu'il est venu.

Oryelle et Noam, contaminés il y a trois jours, étaient déjà debout. Le plus préoccupant, estimait Mordélia, n'était pas ce mal de ventre, mais qu'une partie de la nourriture qu'on trouvait dans la nature était devenue immangeable. Quiconque l'ingurgitait la vomissait et, petit à petit, s'affaiblissait. Avec le froid qui arrivait, les enfants ne pourraient pas tenir sans manger ! Et d'après les comptes de cette petite crâneuse blonde de Vanylle, les stocks de provisions seraient épuisés avant la fin de l'hiver. Le problème, avait compris Mordélia, n'était pas de guérir, mais de se nourrir.

— Je vais mourir, Mordélia, gémissait ce gros douillet de Mouk.

Une force d'ours et un courage de lapin ! Mordélia se retint de repousser l'enfant alité du bout du pied. Elle sentait tous les regards braqués sur elle. Ces gosses n'étaient que des bébés pleurnichards ! Mais si elle n'agissait pas, si elle ne parvenait pas à accélérer la guérison de ces malades, tous commenceraient à la soupçonner. Elle perdrait son autorité. Elle était condamnée en permanence à faire des miracles, soigner, soigner, soigner. *C'est le destin des sorcières*, soupira-t-elle pour elle-même, *les enfants les détestent, et pourtant ils ne peuvent pas se passer de leurs pouvoirs*.

Sauf qu'elle n'avait pas les moyens de tous les guérir, du moins pas dans l'immédiat. La sorcière devait d'abord remplir sa marmite ! Mordélia leva les yeux, son chevalier servant se tenait parmi les autres enfants du troisième étage.

— Bill, j'ai besoin de toi !

Bill ne discuta pas. Il se contenta d'enfiler sa cape en peau de taureau et de suivre Mordélia, qui, sans un mot, continua de descendre les étages du tipi, laissant les malades, surpris, à leur agonie.

Une fois sortie de la tour, Mordélia se dirigea droit vers la ville, à l'opposé du fleuve. Elle se tourna vers Bill.

— Tu sais garder un secret ?

Mordélia marchait vite, et Bill trottinait à ses côtés, comme un petit chien dévoué et féroce. Il secoua la tête pour confirmer. Un secret ? Il pourrait se couper la langue pour ne pas le révéler !

Mordélia franchit la rue près du tipi et s'arrêta juste après, au bord du grand champ plat que ceux qui savaient lire appelaient « le stade », et où tous se retrouvaient pour jouer à Balle-d'autruche, ce jeu que Bill adorait, qui consistait à se passer une boule de cuir ovale sans se faire plaquer au sol par ceux de l'autre équipe. Mordélia fouilla sous sa cape noire de laine, sortit son sac, l'ouvrit, et fit le geste d'en retirer un livre.

Bill retenait son souffle.

Personne n'avait jamais pu voir de près les fameux trois livres que Mordélia conservait en permanence sur elle, qu'elle lisait et relisait, loin, toujours loin des groupes d'enfants. Les pires rumeurs couraient sur ces livres. La plupart des garçons et filles du tipi pensaient qu'ils contenaient des pouvoirs étranges : voir au-delà des étoiles, parler aux animaux, devenir invisible, lire dans les pensées, diriger la course des nuages, se souvenir des rêves, provoquer la tristesse, deviner l'avenir. L'imagination des enfants du tipi était sans limites.

— Regarde, Bill. Tu ne devras le répéter à personne !

Mordélia sortit le premier livre et referma vivement le sac pour que Bill ne puisse pas apercevoir les deux autres volumes. Bill observait, sans comprendre. Il avait su lire, comme les autres enfants du tipi, quand il avait six ou sept ans, mais il avait oublié depuis. Lire ne servait à rien ! Alors il se contenta de regarder l'image sur la couverture du livre que Mordélia levait devant ses yeux.

Il vit une croix. Une simple croix verte.

— Ce livre révèle le secret de la guérison de toutes les maladies, expliqua Mordélia d'une voix envoûtante. Les ventres qui se tordent, les nez qui coulent, les genoux qui saignent, les douleurs qui frappent la tête de l'intérieur, presque toutes les maladies, et surtout, il donne le nom des graines qui permettent de les soigner.

Bill était fasciné.

Ainsi, Mordélia tenait son pouvoir d'un livre ! Cette fille était si différente. Quelle chance que ce soit lui, seulement lui, qu'elle ait choisi pour la protéger. Car il était là pour ça, Bill l'avait compris, pour défendre Mordélia en cas de mauvaise rencontre, un animal errant, ou même un autre enfant, un enfant du château. Mordélia était une fille si intelligente, mais si fragile, aussi. Tant qu'il était là, à ses côtés, rien ne lui arriverait ! Bill se hissa autant qu'il le put sur ses petites jambes et bomba son large torse.

— Il te faudra longtemps, pour faire pousser ces graines ?

Bill avait déjà vu Mordélia les utiliser pour soigner des enfants. Il avait du mal à comprendre comment elles poussaient, où elles fleurissaient, d'autant plus qu'elle les sortait le plus souvent de petites boîtes rangées dans son sac. Mordélia ne se donna pas la peine de répondre, elle lui demanda simplement d'obéir.

— Je sais que tu ne sais pas lire. Mais tu as une bonne vue. Nous devons chercher une croix verte, la même que celle sur ce livre.

Une chasse au trésor ! pensa Bill. Comme celles qu'ils se racontaient parfois, le soir, blottis autour d'un feu. Bill se souvenait d'avoir croisé plusieurs de ces croix vertes, dans des rues proches. Seul Zyzo connaissait la ville mieux que lui. Et puisque Zyzo avait été dévoré par ceux du château, il était désormais le meilleur guide de toute la tribu.

— Suis-moi, ordonna-t-il à Mordélia, fier d'accomplir cette tâche dont dépendait la survie du tipi.

Bill fit appel à sa mémoire, sortit du stade et tenta de se repérer dans les rues. Mordélia marchait à côté de lui.

— D'abord, je vais te guider vers une croix verte ! proclama Bill. Puis je trouverai l'origine du mal, dans la forêt. Et tous les enfants pourront se nourrir comme avant.

Plus que jamais, il redressait son torse, tel un canard amoureux qui étire son cou et caquette du bec.

— Tu ne retourneras pas dans la forêt ! annonça Mordélia. Agnel ira seul, avec quelques enfants.

Bill, surpris, ralentit, mais Mordélia continuait de progresser à la même vitesse, sans savoir où elle allait. Sa cape noire volait autour d'elle. Bill courut quelques mètres pour la dépasser à nouveau. C'était à lui de la guider !

— Pourquoi ? Tu n'as pas confiance en moi ?

— Au contraire, répondit Mordélia. J'ai besoin de toi ici, dans la ville. La paix ne viendra pas de la forêt.

Bill fit signe de tourner à droite. Il était quasiment certain qu'une croix verte se trouvait quelques rues plus loin. Il se baissa et renifla le sol gris sur lequel ils marchaient, comme si la croix verte, tel un faisan ou une perdrix, possédait une odeur dont il pouvait suivre la piste. Mordélia haussa les épaules et poursuivit :

— La paix ne viendra que si nous savons gagner la guerre. (Elle marqua un silence.) La guerre contre les enfants du château.

— Quand ? demanda Bill en se relevant, essoufflé.

— Bientôt… Très bientôt. Dès que nous serons prêts. Peut-être même avant la Veillée du Sanctuaire.

Bill accélérait le pas, maintenant. Plus besoin de s'amuser à renifler les pierres, il connaissait le chemin. Il était l'éclaireur. Zyzo était mort.

— C'est moi qui commanderai l'assaut du château ? suggéra Bill.

Mordélia s'arrêta cette fois. Un bref instant. Le temps de regarder le garçon comme s'il lui avait proposé de la monter sur ses épaules pour décrocher le soleil de fer.

— Ne sois pas stupide, Bill ! Tu sais bien que c'est Akan qui nous mènera à la victoire.

Bill ressentit un violent coup au cœur, plus fort encore que lorsqu'il s'était cogné la poitrine contre celle de Mouk, lors d'une partie de Balle-d'autruche, le souffle coupé. Il s'efforça de ne rien laisser paraître.

— Akan ne veut pas de la guerre, osa argumenter Bill.

— Akan veut tout faire pour l'éviter, et il a raison ! Akan a pour devoir de porter un message d'espoir. Mais je sais, et lui aussi le sait, que la guerre est inévitable. Akan nous portera à la victoire. Le moment venu, Akan sera un chef impitoyable, crois-moi. Ne t'avise jamais de discuter son autorité. Tu as compris ? Jamais !

Bill ne répondit rien et rentra la tête dans les épaules. Il traversa la rue d'un pas déterminé : une croix verte se trouverait à l'angle de la rue suivante, il l'aurait juré ! Mordélia serait au moins obligée de lui reconnaître ce talent-là ! Dans la tête de Bill, jalousie et sentiment d'injustice se mêlaient. Akan était peut-être plus fort que lui, plus intelligent, mais il ne mettait jamais les pieds dans la ville. Il profitait de

Mordélia, de son pouvoir, l'écoutait quand ça l'arrangeait et se méfiait d'elle le reste du temps. Et surtout, il ne l'aimait pas. Pas comme Bill aimait Mordélia en tout cas. Akan ne lui était pas dévoué. Il n'était pas prêt à mourir pour elle.

— On arrive, déclara sobrement Bill.

Triomphant, il désigna, au coin de deux rues face à lui, un mur de verre surmonté d'une grande croix verte, accrochée au-dessus des lettres peintes sur le mur et qu'il ne parvenait pas à déchiffrer : « P.H.A.R.M.A.C.I.E. »

Mordélia fixa Bill en souriant, impressionnée, et ce sourire valait toutes les noisettes grillées du monde, tous les couchers de soleil sur le tipi, et tous les rêves dont il se souvenait depuis qu'il était petit.

— Attends-moi là, fit Mordélia.

Elle ouvrit le livre tout en traversant la rue, et disparut derrière la vitre.

— Ne crains rien, cria Bill, je monte la garde !

Le garçon essaya de se concentrer sur les rues vides, les arbres prisonniers dans leurs grilles de fer, les hauts poteaux le long des rues auxquels étaient suspendues d'étranges boules transparentes, les petites maisons de fer et de verre posées chacune sur quatre roues le long des trottoirs. On en trouvait partout dans les rues de la ville, de toutes les couleurs et de toutes les formes. Parfois, Bill imaginait qu'avant ces roues tournaient et que les petites maisons avançaient dans les rues, comme des sortes de chariots magiques capables de rouler plus vite qu'un cerf au galop. Mais pour une fois, il gardait cette idée pour lui, elle était tellement farfelue que personne ne l'aurait cru.

Il avait beau essayer de penser à autre chose, la colère continuait de souffler sous son crâne. Il repassait en boucle dans sa tête les paroles de Mordélia. C'était à lui qu'elle devait faire confiance ! Pas à Akan ! C'était à lui que revenait l'honneur de faire la guerre contre ceux du château. C'était son idée, depuis le début !

Mais pour cela, il fallait qu'il en fasse davantage, pour gagner l'estime d'une telle fille. Pour elle, il devait devenir le héros de la tribu. Akan donnait des ordres, distribuait les corvées, punissait, mais il n'avait jamais rien fait pour le tipi. Rien qui fasse de lui un héros.

Tout en scrutant les rues, Bill cherchait une idée.

Un chat se faufila entre deux maisons, portant une souris dans sa gueule. L'avait-il capturée pour la rapporter à ses chatons ? La souris était-elle empoisonnée, ou pas ?

C'est ça, l'idée, jubila soudain Bill, *trouver à manger !*

De la nourriture en abondance, et pas empoisonnée. Tout le monde le prenait pour plus bête qu'il n'était. D'accord, il ne savait peut-être pas lire, comme Agnel, Cheyenne ou Vanylle, mais lui aussi possédait un livre ! Et comme pour Mordélia et sa croix verte magique, ce livre était son arme. Dans son livre d'images d'animaux, certaines bêtes étaient si énormes que s'il les découvrait, une seule d'entre elles suffirait à nourrir tous les enfants du tipi pendant une année entière !

Tout en regardant le chat disparaître dans un trou sous la rue, Bill s'imagina rapporter au tipi, sur ses épaules, ses épaules si larges, un lion, un tigre, un ours, ou même un hippopotame ou un éléphant. Il prendrait alors un nouveau nom, celui dont il rêvait depuis qu'il était né : King-Bill.

14

DES PAS DANS LA GLACE

Il avait gelé pendant la nuit. Une fine couche de verglas recouvrait le sol boueux de la forêt et les pas des enfants la faisaient craquer. Même ceux du plus maigre et du plus léger d'entre eux, ceux d'Agnel. La couche de glace, en se brisant, libérait des tapis de feuilles prisonnières, parfois aussi des insectes, des fourmis, des scarabées, des vers. Agnel, régulièrement, demandait au groupe de s'arrêter et étudiait le sol, la terre, la boue, examinait les empreintes figées par le gel.

Des empreintes d'oiseaux, le plus souvent.

Les cinq autres enfants de la patrouille du tipi, Gulo-Gulo, Pépin, Suzy, Oryelle et Noam, l'observaient, étonnés. Agnel, accroupi, réfléchissait, suivait du bout des doigts des petits traits qui tous semblaient identiques, puis se relevait en indiquant :

— Une poule pintade. Blessée. Elle ne peut plus voler. Elle cherche à manger. Son nid doit se trouver à moins de dix mètres devant nous.

Ils erraient déjà depuis plusieurs jours dans la forêt, dormaient auprès d'un feu la nuit, en se serrant fort les uns contre les autres, par peur du Luponéro, se nourrissaient des fruits secs qu'ils avaient emportés, des graines de maïs et de blé, de champignons et de racines. Chaque jour, ils s'enfonçaient plus profondément dans les bois, occupés à graver des marques sur les arbres pour se repérer, à noter les lieux où les animaux leur semblaient malades, ou en bonne santé, à dresser un plan des endroits où l'on pourrait, ou non, chasser. Chaque jour, tout en marchant sans cesse, ils espéraient trouver un coin de forêt préservé, ou mieux encore, découvrir l'origine du mal. Ce mal dont ils ignoraient tout.

Hors de question de retourner au tipi sans apporter de bonnes nouvelles… Ils étaient tous d'accord, le sort de la tribu entière dépendait d'eux ! Alors ils suivaient, derrière Agnel, les minuscules traces d'une pintade invisible…

Soudain Agnel se figea.

Et tous les autres enfants aussi. Tous l'avaient vu. Il ne s'agissait pas cette fois de trois traits palmés d'une patte d'oiseau que seul Agnel savait reconnaître. Non ! Tous observaient, bouche bée, une autre trace. Nette, simple à reconnaître, et pourtant impossible à admettre.

Une trace de pied !

Un pied d'enfant, et même plusieurs pieds d'enfant. Pas les leurs : ils n'étaient jamais venus ici, aucun arbre à proximité n'était marqué.

Tous comprenaient ce que cela signifiait. D'autres enfants étaient passés là ! Très peu de temps avant eux. Sous la glace craquelée, on apercevait la boue encore meuble. Ces enfants étaient passés ici la veille, peut-être même ce matin.

— Tu crois que le Luponéro a des pieds d'enfant ? demanda Pépin, terrifié. Des pieds comme nous ?

— Peut-être qu'il en a huit, continua Suzy, en regardant le piétinement des pas. Comme les araignées...

Seul Noam ne disait rien. Il se contentait de claquer des dents en roulant des yeux ronds. S'il savait, mieux qu'aucun autre garçon, épier chaque bruit de la forêt, il était muet depuis sa naissance, ou du moins d'aussi loin que ses compagnons puissent s'en souvenir.

Tous tremblaient, se blottissant les uns contre les autres.

La poule pintade ne comptait plus. Des branches d'arbre craquèrent autour d'eux, ajoutant à leur effroi. Des fougères s'agitèrent, des feuilles tombèrent, comme si le Luponéro était partout, autour d'eux, comme s'il pouvait les encercler à lui tout seul. Les enfants serrèrent entre leurs poings leurs armes dérisoires, des petits filets tressés pour attraper les rongeurs, de minces et courts bâtons taillés en poignards, dont ils s'étaient seulement servis contre des lapins ou des écureuils.

— Il... Il y a quelqu'un ? osa demander Agnel.

— C'est le Luponéro ! cria soudain Pépin, prêt à s'enfuir.

Trop tard !

D'un coup, toutes ensemble, les fougères autour d'eux s'écartèrent, et une dizaine d'enfants surgirent.

Des enfants de leur taille ! De leur âge !

Ni plus forts ni plus grands.

Juste un peu plus nombreux, et surtout… armés ! Ils portaient de longs bâtons qu'ils faisaient tournoyer, formant un cercle infranchissable autour d'eux.

Enfin, ils cessèrent de les agiter, mais continuèrent de les tenir levés, inclinés au-dessus de la tête des enfants du tipi, formant un chapiteau de bois prêt à s'écrouler… et à les frapper.

Tant pis !

Suzy, la plus intrépide de la patrouille du tipi, avança, poignard au poing. Noam, pendant ce temps, ramassa un caillou et tendit le bras pour le jeter.

— Ils ont faim, murmura Gulo-Gulo à l'oreille d'Agnel. Ils sont comme nous, ils ont faim.

— On ne vous laissera pas nous manger, cria Suzy, pointant son poignard en avant.

Le long bâton s'abattit d'abord sur sa main, la forçant à lâcher son arme, puis sur son épaule, la projetant au sol. Dans le même moment, un autre bâton frappa Noam au bras, l'obligeant à laisser tomber, sans un cri, sa pierre par terre.

Les enfants du château semblaient déterminés, car c'étaient eux, tous l'avaient deviné.

Silencieux et déterminés.

Tant pis, pensèrent encore Pépin, Gulo-Gulo et Oryelle, *nous n'avons plus rien à perdre !* Ils s'accroupirent à leur tour pour ramasser tous les projectiles qu'ils pourraient jeter et peu importait s'ils mouraient sous les coups des longs bâtons, mieux valait ça que se rendre sans se battre.

Les enfants du château crispèrent leurs doigts autour de leurs armes de bois. Les baissèrent encore davantage, à moins d'une dizaine de centimètres au-dessus des têtes.

— Non ! fit Agnel en levant la main.

Ils étaient en infériorité. Sur tous les plans. Le combat contre la tribu ennemie allait tourner au massacre.

— Non, répéta Agnel.

Il fut surpris de l'écho qui se prolongea.

— Non, avait également prononcé l'un des garçons du château.

Celui qui avait parlé posa son bâton au sol, puis leva lui aussi les mains en signe de paix. Il quitta le cercle des enfants armés et s'avança vers ceux du tipi.

Tous se tenaient sur leurs gardes. Pépin et Suzy cachaient deux cailloux ronds dans le creux de leur paume.

Si jamais il touchait à Agnel…

Le garçon du château désarmé baissa l'une de ses mains, et la tendit vers Agnel. Agnel, sans réagir, l'observa en essayant de masquer sa surprise, mais il ressemblait plus que jamais à un échassier apeuré. L'enfant du château insista, approcha encore sa main tendue.

— Agnel, je présume ?

L'enfant échassier faillit en tomber à la renverse. Ce garçon connaissait son nom ?

— Zyzo m'a beaucoup parlé de toi ! ajouta-t-il. Mon prénom est Solario.

Un immense sourire fendit le visage d'Agnel. Il accepta la main tendue.

— Il... Il va bien ?

— Oui... très bien. (Solario observa les alentours, le gel sous leurs pieds, la forêt menaçante, le froid qui leur blanchissait les doigts.) Mieux que vous...

Ils sourirent.

Alors que les autres enfants du château continuaient de menacer ceux du tipi de leurs bôs, Solario prit le temps d'expliquer leur présence dans la forêt. Tous cherchaient la même chose, l'origine de ce mal mystérieux qui empoisonnait la chair des animaux. Même si eux n'en mangeaient pas – les enfants du tipi parurent surpris à cette révélation –, ils avaient conscience que l'équilibre de la nature pouvait en être détruit.

— C'est un piège, murmura Gulo-Gulo à l'oreille d'Agnel. S'ils ne mangent pas de viande, pourquoi voudraient-ils nous aider ?

Agnel, d'un signe de la main, lui ordonna de se taire. C'était la première fois que des enfants du château et du tipi se tenaient aussi proches. Se parlaient. Ils vivaient un instant historique...

— Tu proposes quoi ? demanda Agnel.

— Unir nos forces, répondit Solario. On t'apporte nos connaissances. Vous, vous apportez votre expérience. On sera plus efficaces ensemble.

— On ne peut pas leur faire confiance ! chuchota cette fois Suzy derrière Agnel, mais suffisamment fort pour que tous entendent.

— Je crois que nous n'avons pas le choix, décréta Agnel. Ils auraient pu nous massacrer avec leurs armes. Ils peuvent encore le faire. Solario a raison, nous serons plus forts ensemble. Y compris contre le Luponéro.

Ce dernier argument sembla suffire à convaincre les membres de l'expédition du tipi.

— Nous suivions les traces d'une poule pintade blessée, expliqua Agnel aux garçons et filles du château, visiblement impressionnés.

Tous se mirent en marche. Ils étaient treize enfants.

Solario laissa un peu partir le groupe, quelques mètres, indiquant à ses compagnons qu'il les rejoindrait.

Il se tint sous un grand chêne, et se concentra. Bien entendu, il ne pouvait pas communiquer directement avec sa jumelle, Lunella, lui révéler qu'il avait croisé Agnel, et cinq autres enfants du tipi, ni lui préciser où ils se trouvaient. Mais en faisant le vide dans son esprit, il pouvait lui faire ressentir ses émotions, lui faire comprendre s'il était heureux ou en danger. Il était important qu'il communique avec Lunella, pour qu'elle retransmette l'information à tous ceux du château. Lui indiquer que la mission progressait et que, plus important encore, grâce à cette jonction opérée dans le lieu le plus neutre qui soit, la forêt, pour la première fois, des enfants du château et des enfants du dehors s'entraidaient.

Tout allait bien. Jamais cela n'avait été aussi bien.

Voilà le simple message que Solario voulait envoyer à sa sœur.

Les yeux fermés, concentré, proche de l'hypnose, le garçon ne pouvait voir l'ombre qui, quelques mètres au-dessus de lui, cachée dans le feuillage de l'arbre, l'observait.

15

LE CHÂTEAU SOUS LA NEIGE

Les premiers flocons tombaient sur la pyramide. Une neige fine, humide et collante s'accrochait à la paroi de verre, assombrissant les couloirs du château, comme s'il y faisait déjà nuit, alors qu'il n'était que midi et que les cours du matin venaient de se terminer.

Les premiers grands froids !

Dehors, les arbres fruitiers du Verger des Tuileries grelottaient. Le vent agitait leurs squelettes pour les aider à se débarrasser des flocons gelés qui raidissaient leurs branches jusqu'à les briser.

De l'autre côté de la vitre, Zyzo était pourtant en sueur. Torse nu, une serviette-éponge posée sur ses épaules. Alixe le suivait, cheveux mouillés, un bandeau remplaçant sa couronne, vêtue d'une tenue de sport.

Tous les deux sortaient d'une intense séance de trois heures de bozendo.

Zyzo s'arrêta et posa sa main sur la fenêtre glacée. Ses doigts laissèrent leur empreinte dans la buée. La douce chaleur à l'intérieur du château contrastait avec les températures basses qu'on devinait dehors. Derrière eux, d'autres élèves du pavillon des Soldats circulaient, tous ruisselants et exténués après ce long entraînement.

— C'est si beau, fit Zyzo en regardant le Verger.

C'était la première fois qu'il trouvait belle la neige, et Zyzo, aussitôt, s'en voulut. Au tipi, la neige était redoutée, maudite. Elle glaçait les poutres de fer, elle éteignait les feux que les enfants tentaient fiévreusement d'entretenir, elle se glissait entre les tissus et les peaux et fondait en une eau froide qui trempait la paille des lits, les draps et les habits.

Protégé dans cette pyramide, même s'il en était prisonnier, la neige n'était plus que poésie. Zyzo était sensible à cette beauté immaculée, malgré lui. À cette neige mortelle que pourtant ses amis, dehors, devaient affronter. Il ne savait plus que penser. Il avait déjà du mal à se souvenir du temps d'avant, du temps où il combattait le gel, des journées entières, et passait ses nuits recroquevillé à veiller, parce que s'endormir signifiait mourir. Il ignorait même s'il aurait pu supporter à nouveau la morsure du froid.

Il fixa encore la neige accrochée au toit de verre. Tout n'était que silence sous la pyramide et, pourtant, Zyzo entendait un étrange bourdonnement dans sa tête. Des coups de tambour de plus en plus forts, douloureux, comme si un animal enfermé dans son cerveau s'amusait à cogner contre les parois de son crâne.

Zyzo s'apprêtait à plaquer ses mains sur ses tempes, dans l'espoir de faire cesser ce brutal et inexplicable mal de tête, quand la voix d'Alixe retentit derrière lui. Immédiatement, le bourdonnement dans son cerveau cessa, aussi brusquement qu'il avait commencé.

— C'est magnifique, fit Alixe en admirant le Verger enneigé. On dirait *Magdalena-Bay*, mon tableau préféré chez les Singes.

Avant que la reine ait pu décrire son tableau, un éclat de rire explosa dans leur dos.

Saby descendait avec Lunella l'escalier qui menait à la pyramide, les bras chargés d'un carton de savons parfumés.

— Prends ma place, alors ! lança Saby. Pendant que vous faites joujou avec vos bâtons toute la matinée, ou que Lulu mélange de l'huile, de la graisse et des fleurs dans sa marmite de sorcière, moi, je me suis tapé trois heures de cours sur les peintres baroques italiens !

Elle s'arrêta un instant pour suivre des yeux les corbeaux noirs qui volaient au-dessus du Verger blanc.

— La neige te rend romantique, mon petit barbare ? plaisanta Saby en s'adressant à Zyzo. L'hiver vient. T'as soudain plus envie de nous quitter ?

Zyzo ne répondit pas, il craignait que les coups dans son cerveau ne cognent à nouveau, mais Alixe rompit le bref silence en questionnant Lunella.

— As-tu des nouvelles de Solario ? Je suis inquiète. Le conseil n'aurait jamais dû envoyer la délégation dehors, aussi loin dans la forêt, en cette saison.

Lunella toucha instinctivement les deux couettes de ses cheveux, comme s'il s'agissait d'antennes, elle fit un court effort de concentration, puis répondit avec un grand sourire :

— Il va bien, et les autres enfants aussi. Je ne reçois aucune onde négative. Je ressens juste que Solario est désormais loin, que sa quête n'est pas terminée, qu'il cherche, qu'il progresse, mais il n'est pas en danger.

— Waouh ! fit Saby tirant sur les couettes de son amie. Tu captes même à travers les flocons !

Elle leva les yeux vers la couche de neige qui s'accumulait sur la pyramide. Elle portait un pantalon troué aux genoux et un tee-shirt rose décolleté.

— Moi, je ne pourrais pas vivre dehors par ce temps ! (Elle observa les statues de femmes dévêtues entre les arbres du Verger des Tuileries.) Je me demande comment elles font…

Puis son regard oublia la neige pour se concentrer sur les silhouettes de Novak et Elios qui passaient devant la statue d'Achille, à la sortie du pavillon des Soldats, seulement vêtus d'un short. Même si la musculature des garçons ne pouvait rivaliser avec celle du héros grec, Saby laissa traîner ses yeux vers eux. Les deux garçons lui adressèrent un grand sourire, de toutes leurs dents blanches, puis retroussèrent leur nez et leurs lèvres en fixant Zyzo. C'était, depuis plusieurs semaines, leur nouvelle façon de se moquer de lui, en imitant la mastication d'une souris, ou d'un rat, chaque fois qu'ils le croisaient.

Saby haussa les épaules et murmura à Zyzo :

— T'en fais pas, ces beaux gosses ont le crâne encore plus vide que celui des statues de plâtre dans le pavillon de l'Horloge.

Alixe confirma d'un hochement de tête. Ses doigts s'étaient crispés comme ceux d'une chatte prête à griffer. Les deux soldats disparurent vers le salon des Sept Cheminées. Saby tira Lunella par le bras.

— J'ai faim ! Viens, ma jumelle. Je crois qu'on dérange les amoureux.

Elle sortit une Lollipop marron-miel de sa poche et trottina avec sa copine en direction de la cantine.

Zyzo regarda les deux filles monter l'escalier, suivit des yeux d'autres enfants qui traversaient la cour intérieure, puis s'arrêta sur quelques élèves du pavillon des Savants qui se promenaient avec des instruments compliqués : des tubes de verre gradués contenant un liquide rouge, destiné visiblement à mesurer la température extérieure.

Tout en observant cette agitation banale et tranquille, Zyzo était hanté par une idée folle.

Il y avait de la place dans le château !

L'image de ses amis dans le tipi, entassés sous des peaux, ne cessait de se superposer à ses autres pensées.

Il y avait de la place dans le château, au chaud, pour tous les enfants de Paris !

Des cris le tirèrent de sa rêverie. Elios et quelques autres élèves-Soldats ressortaient du salon des Sept Cheminées, habillés de kimonos aussi blancs que la neige dehors. Ils interpellaient deux filles Singes, Olympe et Minerva, qui gloussaient de rire. Avec Novak, Elios était l'autre favori pour être le candidat du pavillon des Soldats au tournoi de l'Étoile, ainsi que cette longue tige de Diana.

Zyzo les regarda s'éloigner avec soulagement, puis fixa à nouveau la neige à travers la pyramide, en se forçant à penser à autre chose qu'à ses compagnons dehors. Libres. Gelés. Au château, on s'habituait vite à se préoccuper d'autre chose que de sa survie.

— Tu crois que je pourrai être sélectionné au tournoi de l'Étoile ? demanda-t-il soudain à Alixe.

Elle posa une main sur son épaule, surprise.

— Quoi ?

Zyzo ne releva pas le « quoi » de son amie, même si le jeu de la rainette et du crapaud restait l'un de leurs préférés. Il se contenta de préciser :

— Je sais que je suis un des garçons les plus rapides du pavillon des Soldats. J'ai un bon sens de l'anticipation. Je suis assez adroit. Pourquoi je ne serais pas candidat ?

Alixe passa son doigt sur le haut du crâne de Zyzo, comme pour y dessiner une couronne.

— Tu veux gagner le tournoi ? Pour qu'on ne se moque plus de toi ? Pour devenir populaire ? Pour être élu roi ? Pour me succéder ?

— Pourquoi pas ?

— Pour entrer au conseil... Pour voter les lois ?

— Pourquoi pas ?...

— Pour voter ton droit de quitter le château ?

La réponse de Zyzo fusa, comme si elle lui avait échappé :

— Ou pourquoi pas y faire entrer les autres enfants ? Ceux qui vivent dehors.

Alixe se figea, puis regarda étrangement Zyzo, comme si elle réfléchissait à une question philosophique qu'elle ne s'était jamais posée.

— Je n'y avais jamais pensé, sembla-t-elle murmurer.

La neige au-dessus d'eux, sans doute à cause de son trop grand poids, glissa d'un coup sur la paroi de verre inclinée. La petite avalanche se termina en un impressionnant tas de neige au pied de la porte, mais libéra subitement la clarté au-dessus de leur tête. La pyramide fut soudain inondée de lumière.

— Nous aurons de la neige lors de la Veillée du Sanctuaire, assura une voix dans leur dos.

Une voix de garçon, cette fois.

Ogénor se trouvait derrière eux, arrivé, comme toujours, silencieusement. Parfois, son fauteuil semblait avancer comme par magie. Zyzo se demanda si le conseiller avait entendu leur conversation.

— Les Savants sont formels, précisa Ogénor. Ils étudient la météorologie. La Veillée du Sanctuaire est dans deux semaines, et la neige ne devrait pas fondre d'ici là.

Zyzo avait aussi appris ça, certains des élèves-Savants, comme Coriolis, le plus doué d'entre eux, étaient capables de prévoir le temps.

Ogénor colla les roues de son fauteuil à la vitre, puis bloqua les freins.

— S'il y a bien une tradition que nous n'avons pas besoin de t'enseigner, Zyzomys, c'est celle du Sanctuaire. Le seul point commun entre tous les enfants de Paris !

Zyzo s'accroupit pour être à la hauteur d'Ogénor. Il ignorait si le garçon handicapé appréciait ou non qu'on se penche vers lui, mais lui avait horreur de lui parler en le dominant, comme Isa-Lys en cours, toujours debout alors que les élèves étaient assis.

— Cette Veillée du Sanctuaire, est-ce Marie-Lune qui l'a voulue ?

Alixe écoutait. Ogénor répondit lentement :

— Oui, bien entendu. En concertation avec les autres adultes qui ont aménagé ce château pour nous. Avant de mourir. Pour qu'une centaine d'enfants de six ans puissent survivre seuls. Ce sont ces mêmes adultes qui ont envoyé le soleil de fer au-dessus de nos têtes, pour nous protéger. En concertation aussi, sans doute, avec les adultes qui vous ont élevés au tipi, puisque vous aussi respectez cette tradition.

Par la vitre de la pyramide, sur leur droite, Zyzo apercevait les hautes tours du Sanctuaire, et pouvait presque deviner, à un léger voile de brouillard, l'eau froide du fleuve qui les séparait de l'île interdite.

Zyzo, entre conversations et cours aux pavillons des Savants et des Singes, avait appris que l'île interdite s'appelait en réalité l'île de la Cité et que le Sanctuaire était une cathédrale appelée Notre-Dame, un monument dément construit des siècles plus tôt, pendant des siècles, par des hommes qui croyaient à des choses étranges, comme la vie après la mort, ou à des dieux dans le ciel surveillant tout ce qu'on faisait, et décidant de nous aider, ou pas, selon si on croyait en eux, ou pas.

Le reste, Zyzo le connaissait. Aucun enfant, ni ceux du château ni ceux du tipi, n'avait le droit d'entrer sur l'île de la Cité. Cette peur remontait à une partie de leur enfance dont il n'avait aucun souvenir, mais aucun d'entre eux n'aurait osé braver cet interdit. L'île n'était accessible qu'une fois dans l'année, dès qu'une lumière bleue descendue du soleil de fer se posait sur la cathédrale. Une magnifique lumière dans la nuit étoilée. Alors les enfants du tipi et ceux du château se rendaient, en procession, sur l'île. Sans se parler.

Ils entraient dans le Sanctuaire et s'asseyaient. Ceux du château sur les chaises de droite. Ceux du tipi sur les chaises de gauche. Il régnait dans le Sanctuaire un froid glacial. Ils restaient tant que la lumière bleue les baignait, pendant une heure.

Les enfants du tipi ignoraient d'où venait cette habitude inscrite dans leur mémoire, mais aucun garçon ni aucune fille, pas même Mordélia ou Chrysanthe, ne l'avait jamais discutée. C'était la seule occasion de croiser les autres enfants. De se compter. De se défier du regard. De vérifier qu'on grandissait au même rythme. De remarquer aussi qu'on se ressemblait. Pas besoin d'en savoir davantage, la ville était bien assez grande pour les deux tribus.

Depuis son arrivée au château, Zyzo avait appris que la Veillée du Sanctuaire correspondait au solstice d'hiver, le jour le plus court de l'année, celui qui annonçait les jours qui rallongent. Pendant plus d'une heure, il avait écouté les cours du pavillon des Savants énumérant les fêtes anciennes qui, depuis la nuit des temps, se déroulaient à cette période, dont la plus célèbre : Noël. Mais surtout, Zyzo avait appris, de la bouche de Marie-Lune, que la Veillée du Sanctuaire commémorait le souvenir de tous les êtres humains disparus. Leurs parents ! Le nuage mortel était passé sur la terre un 21 décembre. La fin d'une humanité. Le Sanctuaire était la cérémonie du souvenir d'une civilisation passée, tout comme, six mois plus tard, celle du Birth Day célébrait la naissance d'une nouvelle dont ils portaient la responsabilité !

— Cette veillée ne nous appartient pas, continua Ogénor. Elle appartient à nos parents. Ce soir-là, nous sommes tous orphelins.

Ogénor a raison, pensa Zyzo. Souvent, il s'était posé la question. Pourquoi ces deux tribus d'enfants qui s'ignoraient et se craignaient tant pouvaient-elles se retrouver ainsi pendant une heure, sans se parler ni se battre ?

Parce que ce soir-là, ils n'étaient que des orphelins. Tous. Perdus dans un monde inconnu, face à eux-mêmes. Peut-être aussi parce que la cérémonie était belle...

Parce que rien n'était plus magique que les colonnes de pierre de la cathédrale, éclairées à travers les vitraux par les rayons bleus du soleil de fer.

Parce que les enfants du tipi trouvaient magnifique la tradition des enfants du château, qui tous venaient en portant une torche enflammée pour défier la nuit.

Et que sans doute les enfants du château trouvaient poétiques ces enfants du tipi, qui tous venaient en portant une petite cage d'osier. Dès que les rayons bleus du soleil de fer faiblissaient, annonçant la fin de la Veillée, ils ouvraient leurs cages pour libérer les pigeons, tourterelles et colombes recueillis toute l'année, les laissaient s'envoler jusqu'au plus haut de la cathédrale.

Avant de sortir, tous, en silence.

Avant que le soleil de fer ne s'éteigne. Pour six mois.

À chaque tribu son hommage. À chaque orphelin son chagrin.

Une violente bourrasque envahit soudain la cour sous la pyramide. La porte venait de s'ouvrir !

Trois enfants, couverts de manteaux, bonnets, gants et bottes, s'apprêtaient à sortir dans le Verger.

— Vous allez dehors par ce temps ? s'inquiéta Alixe.

La fille et les deux garçons se retournèrent, mais seul Osman, du pavillon des Savants, s'exprima :

— Faut bien. Faut qu'on fasse des repérages pour le tournoi de l'Étoile, tant que tout n'est pas encore gelé !

Osman accompagné de Florentine pour les Soldats et de Soutïm pour les Singes étaient les trois arbitres désignés pour organiser en grand secret le tournoi de l'Étoile, dans trois mois. Personne d'autre qu'eux, à part la reine et son conseiller, ne connaissait l'endroit de Paris où il se déroulerait, ni bien entendu le détail des épreuves. Même les délégués des trois pavillons l'ignoraient.

— Attendez, fit Ogénor. Je dois vous parler. À propos du tournoi.

Zyzo comprit alors qu'il était de trop. Les trois arbitres, ainsi qu'Alixe et Ogénor, étaient les seuls à pouvoir échanger sur ce sujet, et pour rien au monde Zyzo n'aurait triché, et encore moins cherché à espionner ou à interroger Alixe. De toute façon, il savait qu'il se contenterait de suivre le tournoi de l'Étoile en spectateur… pas même en supporter de l'un des pavillons.

À moins que je ne sois désigné comme champion, se dit-il en s'autorisant à croire en un infime espoir…

Il s'éloigna vers la salle des Sept Cheminées. Saby n'avait sûrement pas terminé de manger. Et au menu, Honorat avait prévu une soupe d'oseille, citrouille et champignons.

Après une courte mise au point, strictement confidentielle, les trois arbitres du tournoi sortirent dans le Verger sous les bourrasques de flocons. Ogénor se retrouva seul avec Alixe. Ils observèrent les trois silhouettes colorées des enfants emmitouflés s'éloigner entre les arbres noirs, leurs trois bôs sombres à la main. Trois corbeaux s'envolèrent devant eux.

— Tu as entendu ce que disait Zyzo ? demanda Alixe.

— Que Zyzomys voulait être candidat au tournoi de l'Étoile ?

— Non, répondit-elle en souriant. (Tous les garçons ne pensaient-ils qu'à ce tournoi ?) Non ! Que Zyzo soit candidat, pourquoi pas, ça n'a aucune importance, ce n'est qu'un jeu, n'est-ce pas ? Je te parle de sa dernière phrase : faire entrer ici les enfants du tipi.

Elle ne laissa pas le temps à Ogénor de l'interrompre et enchaîna d'une traite :

— Je me suis souvent posé la question depuis que Zyzo est ici. Pourquoi sommes-nous moins d'une centaine d'enfants, dans ce château ? Pourquoi nous ? Qui nous a choisis ? Pourquoi nous, au chaud entre ses murs, et tous les autres, dehors ?

Ogénor se redressa sur son fauteuil, regarda loin, vers l'Obélisque.

— Tu peux ajouter d'autres questions, Alixe. Pourquoi dormons-nous sur des lits de plumes et eux sur de la paille gelée ? Pourquoi disposons-nous d'une cantine, d'un Verger, et qu'eux doivent chasser ?

Pourquoi nous a-t-on offert cette éducation, cette connaissance, alors que les autres enfants dehors ignorent tout ? Pourquoi avoir tant investi sur nous ?

Le conseiller tourna légèrement les roues de son fauteuil roulant, pour se retrouver face à Alixe, avant de poursuivre :

— Mais tu peux aller plus loin encore, Alixe. Les différences n'existent pas qu'entre ceux du dedans et ceux du dehors. Pourquoi Liu est-il si intelligent et pas Saby ? Mais aussi pourquoi Saby est-elle belle et pas Minerva ? Pourquoi, Alixe, te tiens-tu debout et moi suis-je cloué dans un fauteuil ? Tu as suivi tous les cours d'histoire, ces différences ont toujours été une réalité. Chacun fait avec ses aptitudes, ses talents, ses possibilités. Et même si les plus privilégiés, les plus chanceux, ont pour devoir de chercher à les réduire, le monde a toujours fonctionné avec des inégalités.

La neige, à nouveau, s'accumulait sur la pyramide. Petit à petit, la pénombre envahissait la cour intérieure du château, comme si la nuit était pressée de tomber, sans attendre la fin de la course du soleil. Alixe s'assit face à Ogénor, par terre. Elle se tenait plus bas que lui à présent. Elle croisa les jambes en tailleur et ébouriffa ses cheveux, relevant son bandeau de sport comme s'il s'agissait de sa couronne.

— On peut construire un monde nouveau, non ?

Les yeux d'Ogénor pétillèrent.

— On va le construire, Alixe ! Je crois que c'est pour ça qu'on a été choisis pour vivre dans ce château, tous. Pour construire un monde nouveau. Je ne sais pas pourquoi nous avons été sélectionnés, d'où nous venons, qui étaient nos parents, mais les adultes survivants ont tout misé sur nous. Ils ont mis à notre service cette technologie, enregistré tous ces cours, inventé toutes ces règles, placé au-dessus de nos têtes ce soleil de fer. Ils nous ont patiemment éduqués, quand ils vivaient encore, même si l'on n'en conserve aucun souvenir. Et ils ont continué, d'une autre façon, quand ils ont disparu. Marie-Lune, et tous ceux que nous ne nous rappelons pas. Nos parents peut-être. Nos nounous. Nos tuteurs. Je ne sais pas comment les appeler. Je sais juste que, s'ils ont dépensé toute cette énergie pour nous, c'est qu'il y a une raison…

— Construire un monde nouveau ? répéta Alixe.

— Oui, plus beau, plus intelligent, plus raisonnable. C'est le défi qui nous attend. C'est ce que nous apprennent les cours, se servir du monde d'avant grâce aux Singes, pour en inventer un autre, grâce aux Savants, et le protéger, grâce aux Soldats.

— Contre qui ?

— Contre ceux qui ne savent pas. Contre ceux sur qui personne n'a misé. Enfin non, pas contre eux, pour eux…

Alixe, toujours assise en tailleur, redressa le cou.

— Pour eux ?

Ogénor baissa les yeux vers elle. Ils semblaient capables de lire dans ses pensées. Comme si tous les muscles de ses jambes avaient été transférés dans son cerveau.

— Oui, pour eux, quand le moment viendra.

— Quand… ?

— Ça, je ne sais pas. Mais Marie-Lune nous le dira.

16

LE SECRET DE BILL

Bill, Wain et Cheyenne étaient dissimulés derrière les barrières du pont de la Tournelle, face à l'île jumelle du Sanctuaire, invisibles dans la bourrasque de flocons. Bill avait enfoncé une toque en poil de ragondin sur sa tête, Cheyenne un bonnet de laine pour protéger ses cheveux courts, et Wain portait son éternel chapeau de cuir à large bord.

Les trois enfants du château marchaient une cinquantaine de mètres devant eux, emmitouflés dans des habits étranges qui ne correspondaient à la couleur d'aucun poil, cuir ou laine d'animal connu, mais plutôt aux rayons de couleur envoyés par le soleil de fer pour fêter le Birth Day. Un manteau orange, un autre bleu ciel, un troisième rouge vif. Ces tenues étranges, pensait Bill, coordonnées à leur bonnet, avaient pourtant l'air de leur tenir chaud. Les trois enfants du château progressaient dans la neige, longeant le fleuve, s'aidant chacun d'un grand bâton.

Où allaient-ils ?

Bill les espionnait depuis qu'ils avaient quitté la place de l'Aiguille. C'était son idée. Suivre les enfants du château. Eux sauraient où trouver à manger.

S'ils ne chassaient pas, c'était qu'ils cachaient un secret !

Pour l'escorter dans sa mission, dont il n'avait parlé à personne, pas même à Mordélia ou Akan, Bill avait choisi deux compagnons discrets, Cheyenne d'abord, l'une des filles les plus rapides du tipi, qui savait se servir d'un couteau et qui était l'une des seules à savoir encore lire. Dans la ville, surtout s'ils s'approchaient de ceux du château, cela pouvait toujours servir. Wain ensuite, un petit rouquin un peu crétin, mais fort comme un taureau, inarrêtable à Balle-d'autruche, et toujours prêt à se bagarrer.

Devant eux, le groupe du château n'était constitué que de deux garçons chétifs et d'une fille maigrelette. Depuis de longues minutes qu'ils les suivaient, Bill hésitait à les attaquer.

Wain et Cheyenne auraient pris le dessus sans difficulté, malgré les bâtons qu'ils portaient. Mais ensuite ?

Une fois qu'ils disposeraient de trois prisonniers, comment leur faire avouer leur secret ? De plus, attaquer des enfants de l'autre tribu, à deux semaines de la Veillée du Sanctuaire, pourrait facilement provoquer une guerre. Mordélia serait furieuse.

N'était-il pas trop tôt ? N'était-il pas plus judicieux de les suivre ?

Oui, bien sûr, raisonna Bill.

Il était fier de sa stratégie. Les suivre d'abord. Découvrir où ils allaient. Agir ensuite.

Les enfants du château tournèrent en direction d'un grand parc boisé dont les arbres, sagement alignés entre deux larges allées, étaient recouverts de givre.

« Jardins des Plantes », lut Cheyenne sur la barrière de l'entrée, en plissant les yeux sous l'averse de cristaux de neige. Bill et son escorte continuaient d'observer à distance les enfants du château, sans avoir besoin de beaucoup s'approcher : les pas du groupe devant eux laissaient des marques dans la neige. Il était facile de les repérer, même si elles se mélangeaient parfois à des traces de pattes de chiens errants, de renards, ou même de sangliers, qui s'aventuraient jusqu'en ville quand la forêt était gelée.

À côté de Bill, Wain luttait contre le vent froid, baissant sur ses yeux son chapeau, et Cheyenne tentait de s'emmitoufler dans sa veste de cuir à franges. Bill essaya de remonter au maximum, sur son cou et son menton, son écharpe de poil.

Les conditions sont favorables ! se réjouissait-il. Des traces, un brouillard de coton qui les cachait. C'était tellement facile qu'il se perdait dans ses pensées et faisait défiler dans son cerveau les images des animaux de son livre. Il poursuivait son rêve, se voyait revenir au tipi en héros, portant un crocodile ou une antilope sur son dos ! Depuis qu'il était interdit de chasser, à cause de cette étrange maladie, les animaux de son livre l'obsédaient, tous ces animaux qu'on n'avait jamais vus dans la ville et qui pourtant existaient. Il en était persuadé.

Les enfants du château passèrent devant le grand bâtiment de pierres blanches, auquel menaient toutes les allées du parc, puis disparurent plus loin, se rapprochant à nouveau du fleuve. La neige cessait petit à petit de tomber, les marques que les trois enfants laissaient derrière eux ne s'effaceraient plus. Leurs poursuivants pouvaient prendre leur temps. Jamais ils ne s'étaient aventurés si loin du tipi !

Instinctivement, Bill s'approcha de l'immense bâtisse face à eux. Dans les jours qui suivraient, il se répéterait souvent, et répéterait à tous ceux à qui il confierait son incroyable découverte, que c'était l'instinct qui l'avait poussé, comme si une voix dans sa tête lui avait parlé et qu'il savait à l'avance ce qu'il trouverait.

— « Muséum d'histoire naturelle », déchiffra Cheyenne derrière lui après avoir essuyé avec son gant la neige sur un panneau.

Elle avait pour ordre de lire à voix haute les écriteaux qu'ils croisaient, c'était ainsi qu'ils parvenaient à mémoriser les ponts, les rues et les plus grands bâtiments.

Bill frotta l'une des grandes fenêtres, recouverte d'une fine pellicule de glace, pour observer l'intérieur de l'édifice.

Il n'en crut pas ses yeux ! Ça dépassait tout ce qu'il avait pu imaginer ! En un instant, il comprenait pourquoi ceux du château ne chassaient jamais ni ne pêchaient.

Il venait de percer leur secret. Et quel secret !

Bill l'avait toujours su, au fond de lui. Beaucoup le prenaient pour un idiot, au tipi. La plupart ne croyaient pas aux histoires qu'il racontait sur les rues de Paris, ou se moquaient de lui avec son livre d'images…

Il tenait sa revanche ! Il tenait la preuve, devant ses yeux. Cette fois, tous seraient bien obligés de l'écouter. De s'excuser. De le respecter.

Il appela Wain et Cheyenne d'une voix étouffée. Le garçon et la fille collèrent leur nez froid à la vitre glaciale, sans comprendre ce qu'ils voyaient.

— C'est un squelette de baleine, expliqua Bill sans parvenir à canaliser son excitation. Un squelette de baleine bleue. Le plus grand de tous les animaux. Trente mètres. Aussi longue que vingt biches. Plus lourde que mille sangliers. Vous vous rendez compte ? Il y avait autour de ce squelette plus de viande que le fleuve et la forêt n'en contiendront jamais, même si on en pêchait et en abattait tous les animaux… Et vous voyez comme moi ? Je ne rêve pas ! De cette baleine il ne reste que les os !

C'était donc que les enfants du château avaient tout mangé, en concluait Bill. Ou avaient dépecé toute la chair du monstre marin et l'avaient conservée quelque part. Comme ils le faisaient eux aussi au tipi, avec la viande, dès que le froid revenait. Avant qu'elle ne soit empoisonnée…

Wain et Cheyenne observaient l'immense carcasse, peinant à croire ce qu'ils voyaient et entendaient. Comment un tel animal pouvait-il avoir nagé jusqu'ici ? Il semblait presque plus large que le fleuve. Et comment ceux du château avaient-ils pu le transporter ?

Bill ne se souciait pas de ces questions, il tentait de se concentrer sur la seconde phase de son plan. Il ne devait pas céder à l'euphorie. Les grands chefs se reconnaissent, pensait-il, à leur capacité à ne pas se laisser entraîner par leurs émotions. *La phase deux, donc…*

Comment entrer ?

Les enfants du château stockaient-ils ici la chair de ce trésor dont il ne restait que les os ?

Les portes et fenêtres étaient fermées, mais en levant les yeux, Bill s'aperçut que le toit du bâtiment était constitué d'une grande verrière, comme la pyramide au centre du château.

C'était un signe ! C'était là ! C'était leur cachette !

Le mur ne semblait pas si difficile à escalader.

Malgré leurs doigts engourdis par le froid et les lourds vêtements de cuir qu'ils portaient, ils parvinrent sans problème à atteindre le sommet du bâtiment.

Ils s'aventurèrent sur le toit, marchant avec prudence sur les poutres métalliques qui maintenaient les plaques de verre. Progresser en équilibre sur des poutres de fer, ils savaient faire !

De leur position en surplomb, ils allaient pouvoir détailler l'intérieur de ce Muséum. Bill s'accroupit et, à l'aide d'une de ses moufles en peau d'écureuil, nettoya une vitre, puis s'allongea et se colla à la paroi.

Wain et Cheyenne, toujours en équilibre sur les poutres, le saisirent par les jambes, par précaution, au cas où le verre céderait.

Heureusement !

Ce ne fut pas le verre qui céda, ce fut Bill qui faillit le briser. Par une explosion de joie. Il se retint de se lever, de sauter et de danser.

Il avait gagné !

Au-delà de toutes ses espérances.

Rien n'arrivait par hasard, Mordélia avait raison avec ses prédictions ! À présent, il comprenait pourquoi il avait lu tant de fois son livre d'images d'animaux. Tout prenait un sens. Il était King-Bill ! Son destin était de sauver sa tribu !

Il se colla à nouveau au plafond de verre, pour bien vérifier que le miracle n'avait pas disparu.

Mais non, il ne s'agissait pas d'un rêve !

Une vingtaine de mètres sous eux, sous la verrière, défilaient tous les animaux de ses livres, en procession, comme lorsque les enfants se rendaient au Sanctuaire. Des animaux en chair et en os !

Il n'en manquait pas un seul. Bill reconnut l'éléphant et son éléphanteau en tête, deux hippopotames et un rhinocéros qui suivaient de près, puis quatre girafes dont la tête s'approchait tant de la verrière qu'elle touchait presque leurs poils. Venaient ensuite des antilopes, des zèbres, des gnous, des singes, un tatou, un phacochère, un léopard, un tigre, un lion, et tant d'autres bêtes sauvages qu'il n'aurait pu ni les compter ni tous les citer. Bizarrement, les animaux semblaient marcher, mais sans bouger. Une chance de plus !

Pour les attraper, plus besoin de courir. Il n'y avait qu'à se servir !

Phase trois, pensa Bill en se relevant.

Réfléchir !

Il devait tirer le meilleur parti de ce trésor inépuisable. Des peaux à profusion. Des toisons plus chaudes les unes que les autres. Des cornes pour fabriquer des armes redoutables. Et de la nourriture surtout, à n'en jamais manquer. Ils n'auraient plus jamais faim, ni eux, ni leurs futurs enfants, ni les enfants de leurs enfants.

Bill réfléchissait à toute vitesse : la première réaction des enfants du tipi serait de ne pas le croire. De se moquer. Ce grand chef froussard d'Akan le premier. Il demanderait à vérifier, monterait une expédition, et au lieu de s'incliner devant la vérité, il en tirerait toute la gloire.

Non, analysa très vite Bill, *je dois conserver l'effet de surprise ! Revenir avec les preuves, les agiter sous le nez d'Akan et des autres incrédules.*

Et ainsi se faire acclamer.

King-Bill Ier !

Puis s'installer au quatrième étage, avec Mordélia…

Bill fit promettre à Wain et Cheyenne de ne rien révéler, surtout à Akan ou à Vanylle, et redescendit du toit avec prudence. Quand il revint au tipi, il parvint à dissimuler son impatience et, dans la plus grande discrétion, parla à une dizaine de garçons et filles de confiance d'un secret, d'un secret à protéger dont il ne pouvait rien dire pour l'instant, tout en réunissant le matériel nécessaire, des cordes surtout, des grands sacs, des poignards et des haches de pierre.

Il attendit trois jours, trois jours et deux nuits pendant lesquels il ne dormit presque pas, à tourner encore et encore les pages de son livre. À observer ces animaux de papier, immobiles, aussi immobiles que ceux, bien réels, sous la verrière. Il les avait vus, presque touchés. Il s'agissait de vrais animaux, de poils et de chair.

Un matin, alors que le soleil était à peine levé et les rues glissantes de verglas, Bill et ses dix complices se mirent en route. Bill leur avait fait promettre de ne pas parler de leur départ, surtout pas à Akan ou à Mordélia, et encore moins à cette petite rapporteuse de Chrysanthe. Quand ils reviendraient, les sacs chargés de nourriture nouvelle, tous partageraient ce moment de gloire.

Ils n'eurent aucune difficulté, en suivant le fleuve, à retrouver le bâtiment. Cheyenne déchiffrait quelques noms de rues. « Curie, Cuvier, Buffon. » Ils ne croisèrent aucun enfant du château. La neige avait fondu et leurs pas, disparu.

Ils n'eurent pas davantage de mal à escalader la façade de ce Muséum, et tous se retrouvèrent sur le toit de verre. Sans crainte qu'elle ne cède, l'aidant même à se briser, en frappant à coups de pierre la vitre du toit. Ils accrochèrent ensuite des cordes aux poutrelles de fer et pénétrèrent dans le bâtiment en se laissant descendre jusqu'au sol. Ce n'était pas bien compliqué, presque tous étaient habitués à glisser du tipi par une liane suspendue au premier étage, sans prendre l'escalier.

Les animaux n'avaient pas bougé ! Ils les attendaient !

Chrysanthe prétendait, quand elle regardait le livre d'animaux par-dessus l'épaule de Bill, que ces bêtes sauvages – ces panthères, ces lions ou ces tigres –, si jamais elles existaient, seraient impossibles à apprivoiser, comme les chats. En mille fois plus dangereux !

Chrysanthe et tous les autres se trompaient ! Bill jubilait.

Non seulement ces bêtes légendaires existaient, des hippopotames aux rhinocéros, mais elles étaient plus inoffensives qu'un escargot un jour de pluie ou qu'un lézard un jour de soleil.

Immobiles !

— « Grande galerie de l'évolution », lut Cheyenne.

Les dix enfants se tenaient maintenant debout dans l'immense pièce, à quelques centimètres des animaux, deux fois, trois fois, dix fois plus grands qu'eux.

Bill toucha la trompe d'un éléphant. Wain tâta les muscles d'un gorille, Kamélian caressa une plume d'autruche, Mouk passa sa main dans la gueule d'un crocodile. Tous semblaient hypnotisés par ces créatures extraordinaires qui paraissaient si vivantes et qui pourtant ne bougeaient pas plus qu'un animal mort, sans dégager la moindre odeur de charogne, sans que brille dans leurs yeux la lueur jaune des oiseaux et des rongeurs empoisonnés.

Il n'y avait aucun risque à les manger !

Bill emprunta le poignard de Cheyenne, c'était à lui que revenait le droit de se servir en premier.

Quel animal commencerait-il à découper ? Pas l'antilope, elle ressemblait trop aux biches de la forêt ! La girafe ? Non, elle serait trop encombrante. Un lion ou un tigre ? Une tête de lion, strictement identique à celui dans son livre, serait parfaite pour impressionner les enfants du tipi, mais ne risquait-elle pas de trop les effrayer ?

Il essayait de penser à tout, de façon organisée, comme un chef, comme King-Bill, ce chef qu'il devenait, qu'il serait, puisqu'il avait triomphé.

Il faudrait garder cette salle au trésor, jour et nuit, et laisser au moins six enfants devant la porte, armés, pour que ceux du château ne le reprennent pas. Il ne faudrait pas révéler aux autres enfants ce lieu, car tous alors voudraient se servir. Il devrait gérer la distribution des peaux. Les plus belles et les plus chaudes seraient données à ceux et celles qui le méritaient, qui jureraient de lui obéir. Les moqueurs, Chrysanthe, Agnel, et même Akan, tous ceux qui le méprisaient n'auraient que les restes ! S'il en restait.

Mais avant tout, il offrirait à Mordélia le plus beau des trophées. Ces défenses d'éléphant ? Ou ces cornes d'antilopes torsadées ? Pour lui, il hésitait... Devait-il porter cette peau de zèbre en cape ? Ou se coiffer de ces longs bois d'élan ? N'était-ce pas trop lourd à porter ?

Est-ce qu'une gueule pleine de crocs de crocodile ne faisait pas plus d'effet pour King-Bill ?

Mordélia serait sa reine. Mordélia, comme lui, maîtrisait le pouvoir des livres.

Akan irait dormir avec les autres enfants malades au premier étage. King-Bill installerait ses peaux de panthère et de léopard au quatrième étage, avec cette carapace de tortue géante comme bouclier, et ces cornes de zébu pour accrocher ses habits.

Les enfants du tipi mangeraient enfin à leur faim. Ils deviendraient forts. Ils auraient un vrai chef. Lui !

Alors, l'homme à tête de lion, ou d'ours, ou de crocodile, descendrait de son étage et déclencherait la guerre. Sa tribu ne souffrirait plus jamais des grands froids, les jours d'après la Veillée du Sanctuaire. Ils les passeraient derrière les murs du château. Bien au chaud !

D'un pas solennel, Bill s'avança vers le lion, pour en découper le cou.

Il avait demandé à Wain et Mouk de placer, en dessous du fauve, un seau de roseau tressé pour en recueillir le sang.

Puis ils goûteraient tous à la chair du fauve, ce serait son premier festin offert au tipi.

Une chair rare et délicate.

La peau du lion se laissa découper plus facilement que Bill ne s'y attendait.

Mais le sang ne coula pas. *Comme lorsque certains petits animaux sont morts, raidis par le froid*, pensa-t-il.

C'était la meilleure façon de les conserver, intacts, dans la glace. Leur viande se réchauffait ensuite rapidement si on l'exposait au soleil.

La chair de ces animaux était donc gelée… et donc parfaitement conservée. L'idéal ! Ils auraient à manger pour l'éternité !

Le couteau de Bill s'enfonça plus profondément encore dans le cou du lion, puis quand l'entaille fut assez large, il y passa la main pour sentir la chair du bout des doigts.

Sa main se referma, tira, se retira.

Il tenait de la paille entre ses doigts !

Stupéfait, il écarta la plaie à deux mains, la peau du lion s'ouvrit aisément sur les entrailles du fauve.

De la paille ! Uniquement de la paille ! Pas de sang, pas de chair. Seulement de la paille séchée et jaune, semblable à celle qu'il coupait dans les champs, celle sur laquelle il dormait, celle qu'il brûlait pour allumer le feu… cette paille banale et immangeable.

Impossible !

Aucun être vivant n'est constitué de paille.

— « Grande galerie de l'évolution », continuait de lire Cheyenne, la main en visière sous ses cheveux ras. « 1802. Louis Dufresne. Taxidermiste. »

Bill, pris d'une soudaine fureur, lacéra les flancs d'un zèbre, découpa la jambe d'un éléphant, écartela, avec l'aide de Wain et Mouk, la gueule d'un crocodile. Il saisit l'imposante mâchoire et l'écrasa de tout son poids sur un panda noir, le déchiquetant de toutes parts.

De la paille, rien que de la paille. Parfois de la fine sciure de bois.

Les dix enfants le fixaient.

Est-ce qu'on pouvait manger de la paille ?

Bill sentait dans leur regard l'espoir déçu.

Ils s'étaient cru sauvés. Ils resteraient tout autant affamés.

Agnel et ses compagnons n'étaient pas revenus de la forêt. Tous ceux qui touchaient aux oiseaux, aux poissons, tombaient malades. Leurs réserves de fruits secs et de graines s'épuisaient.

Mais plus encore que de la déception, Bill devinait autre chose dans le regard de Cheyenne et de tous les autres.

Ils ne le regardaient plus comme un chef. Il pouvait bien se coiffer d'une tête de lion, s'appeler King-Bill, ça ne changerait rien.

Ils le regardaient comme le plus stupide des enfants.

Celui qui ne sait pas lire, celui qui croit aux images des livres, celui qui croit aux choses qui n'existent pas, celui qui n'est qu'un rêveur imbécile.

Tout l'inverse d'un chef. Tout l'inverse d'Akan.

Mouk et sa carrure d'ours, Wain et ses épaules de taureau le fixaient avec plus de colère encore. Avec férocité ! Une férocité d'animal affamé.

Tout à coup, Bill se mit à regretter que son corps ne soit pas en paille. Il avait l'impression terrifiante que sa seule utilité désormais, aux yeux de ses amis, était d'être découpé au silex, puis dévoré.

17

TREIZE EN FORÊT

Les enfants gravaient, d'un trait sur une poutre, chaque jour passé dans la maison de bois près du lac, au cœur de la forêt.

Treize traits, treize jours.

Les treize enfants des deux patrouilles avaient compris qu'ils passeraient aussi la Veillée du Sanctuaire ici.

Depuis une semaine, le temps s'était radouci. Il gelait encore le matin et la température tombait sous le zéro dès que le soleil se cachait le soir, mais dans la journée, un franc soleil réchauffait les branches des arbres nus, dorait la surface du lac, et faisait fondre les petites flaques de givre dans le creux des chemins.

Agnel aimait cette maison chaude, avec ce carré de pierres noires où l'on pouvait faire du feu, surmonté d'un tuyau de fer d'où s'échappait la fumée. « C'est une cheminée », avait expliqué Solario. Ainsi, ils pouvaient dormir chaque nuit au chaud dans cette maison de bois. « Un chalet », avait précisé Solario.

Agnel aimait apprendre de nouveaux mots. Les cinq autres enfants du tipi aussi. Ils avaient mis plusieurs jours pour faire confiance aux trois filles et aux quatre garçons du château, pour se découvrir et abandonner une grande partie de leur méfiance. Mais désormais, dans cette forêt, la cohabitation entre eux semblait naturelle. Comme si tous appartenaient à la même tribu. Comment imaginer que, dans la ville, ces mêmes enfants n'auraient pas osé se parler, ni seulement s'approcher ? Était-ce, se demandait Agnel, la nécessité de survivre ensemble dans cet environnement hostile qui les unissait ?

Les enfants du tipi apportaient à ceux du château leur connaissance de chaque détail de la nature, au milieu de laquelle ils vivaient depuis leur naissance. Gulo-Gulo savait poser des pièges pour attraper des lapins ou des lièvres, les faire cuire... et les manger ! Pépin était habile pour grimper aux arbres et les guider. Suzy savait repérer parmi les branches et troncs tombés ceux qui brûleraient le mieux sans exploser.

De leur côté, les enfants du château apportaient à ceux du tipi leurs connaissances théoriques, c'est-à-dire généralement des choses que les enfants du tipi avaient déjà comprises, mais sur lesquelles ceux du château mettaient des mots. Par exemple, les bûches dangereuses étaient des pins ou des châtaigniers, et explosaient à cause de la silice, une sorte de poussière contenue dans la terre dont ces arbres se nourrissaient. Les meilleurs troncs à brûler étaient ceux des chênes, à cause de leur meilleur indice calorifique, c'est-à-dire les bois les plus durs, que la pluie parvenait moins à mouiller. Les seuls animaux que l'on pouvait piéger étaient ceux qui n'hibernaient pas ; ce seul mot « hiberner » expliquait pourquoi certains animaux disparaissaient pendant de longs mois.

Agnel apprenait aux enfants du château à reconnaître le chant des oiseaux (leur « ramage », précisait Solario), les plumes qu'ils laissaient sur le bord du lac (la « mue », ajoutait Solario). Il ouvrait le ventre des oiseaux morts dans l'espoir de découvrir ce fameux poison, puisque les oiseaux conservaient intact dans une poche tout ce qu'ils avaient mangé (le « jabot » expliquait Solario).

Agnel avait beau adorer découvrir de nouveaux mots, à force, Solario commençait un peu à le fatiguer ! Il avait l'impression que Solario s'était fixé comme mission de lui en apprendre au moins une centaine en deux semaines !

Les deux patrouilles quadrillaient méthodiquement la forêt, chaque jour, puis rentraient au chalet. Dans la journée, ils ramassaient les animaux morts. Le soir, ils les étudiaient.

Brazza, un des Savants du château, disposait d'une carte de la forêt qui fascinait ceux du tipi. Jour après jour, ils coloriaient tous les endroits visités. « C'est la technique des explorateurs », avait précisé Brazza. Installer un camp de base et rayonner autour. Dès que le temps serait meilleur, leur refuge près du lac permettrait de s'enfoncer plus profondément encore dans la forêt.

Le soir, tous traînaient tard devant le feu. À raconter des histoires, vraies ou non. Les enfants du tipi avaient beaucoup de mal à croire celles du château, alors qu'à l'inverse, Solario et ses amis écoutaient toujours attentivement les récits du tipi, se contentant de donner des noms bizarres à chaque chose !

« Le Louvre et la tour Eiffel, la Seine et Paris, l'été et l'hiver, les solstices et les équinoxes… »

La seule chose vivante qui ne portait pas de nom nouveau savant était le Luponéro. Ceux du château n'en avaient jamais entendu parler. Le Luponéro continuait donc de s'appeler le Luponéro ! Les élèves du château n'avaient aucune explication scientifique à fournir, à part de prédire qu'avec le froid et le manque de nourriture, les loups oseraient petit à petit quitter la forêt, s'approcher de la ville pour se nourrir.

Qu'il fallait se méfier quand on entendait leurs cris.

Leurs « hurlements », précisait Solario.

Cris ou hurlements, les enfants, qu'ils soient du tipi ou du château, tremblaient de la même peur et se rapprochaient plus encore, serrés les uns contre les autres, près du grand feu.

Ce matin-là, Agnel, Gulo-Gulo, Pépin et Solario n'étaient pas allés loin. Ils s'étaient contentés de remonter le lac supérieur, de dépasser la cascade, pour parvenir au lac inférieur, là où il se transformait en une petite rivière, à cause de pierres posées en travers.

Un « barrage », allait préciser Solario, avant qu'Agnel lui fasse signe de se taire.

Il montra à Solario un endroit précis du lac. L'eau y moussait étrangement, et à la surface de l'eau flottait une accumulation anormale d'insectes noyés : des mouches, des scarabées et surtout des araignées.

— Heureusement, fit Agnel en trempant sa main dans l'eau glacée, on ne mange pas d'araignées…

— Non, contredit Solario. C'est le pire qui puisse arriver, si les insectes et les mouches sont touchés.

Agnel, Gulo et Pépin le regardèrent sans comprendre.

— À cause de la chaîne alimentaire, expliqua Solario. Les oiseaux mangent les insectes. Si les insectes sont empoisonnés, les oiseaux le seront aussi. Puis à leur tour les carnassiers, tous ceux qui mangent les oiseaux : les chiens, les renards, les loups. Puis vous, qui mangez les carnassiers.

Encore un mot nouveau, nota Agnel dans sa tête, « carnassier », c'était le 97e depuis le début de leur rencontre.

— On ne devra manger que de l'herbe et des fruits, comme vous ? demanda Gulo-Gulo, soudain très inquiet.

— Si les insectes sont touchés, expliqua avec sérieux Solario, c'est que l'eau aussi est empoisonnée et qu'alors les racines qui poussent dans cette eau le sont aussi. Les arbres et leurs fruits que mangeront les oiseaux vont à leur tour pourrir. Et tous les insectes nécrophages (98e mot nouveau, compta Agnel) le seront aussi. Toute la chaîne sera touchée. Du plus haut jusqu'au plus bas.

Agnel observa encore les araignées qui flottaient sur l'eau. Il comprenait : c'était plus grave si le mal venait par le bas. Au loin, on entendait des hurlements de loups.

— Quand les loups seront touchés, fit Solario, les suivants sur l'échelle alimentaire, ce sera nous.

Une jolie façon de trouver les hurlements des loups rassurants, pensa Agnel. Tant qu'ils hurlaient, c'est qu'ils vivaient.

— C'est le Luponéro ! cria soudain Pépin. Il est à la fois humain et loup. C'est lui qui empoisonne tout. C'est lui qu'il faut trouver !

— Je ne crois pas, fit doucement Solario.

— Tu ne crois pas que le Luponéro existe ? s'étonna Pépin.

— Je ne sais pas, précisa Solario, mais s'il existe, il est lui aussi un animal sauvage, qui vit avec la nature, en « symbiose » (99 !), ou si vous préférez, en « osmose » (et de 100 !). S'il existe, il ne peut pas être l'empoisonneur... Il fait partie de cette chaîne alimentaire, lui aussi !

18

MARIE-LUNE

Alixe, Zyzo et Saby jouaient dans la chambre de la reine. C'était dimanche, un jour sans cours. Zyzo s'entraînait avec un bô imaginaire, mimant des positions de combat censées prendre de vitesse son adversaire qui faisait exactement les mêmes gestes que lui, en inversé, dans le reflet du grand miroir ovale. De temps en temps, il reculait sur la moquette pourpre de la chambre où Saby, allongée par terre, avait étalé une série de croquis représentant tous les héros de la guerre de Troie : Achille et ses amis. Rien que des garçons, cheveux bouclés et muscles apparents sous leur petite tunique.

Alixe, debout sur son grand lit, regardait le jour gris par la fenêtre.

— Fais gaffe, Cro-Magnon, cria soudain Saby en repoussant Zyzo qui reculait vers ses portraits, ton talon va écraser mon Achillou ! C'est pas la place qui manque dans la chambre de la reine, alors va jouer ailleurs avec ta massue invisible…

Alixe, toujours perdue dans ses pensées, continuait de fixer la pluie froide dehors.

— Vivement que je ne sois plus reine, finit-elle par lancer d'une voix mélancolique. J'en peux plus de ces appartements, de ce luxe, de ces dorures et de ces lits à pompons ! Pourquoi Marie-Lune a-t-elle décidé d'offrir tout ça à celle qui est élue reine ? Un élu ne devrait avoir rien de plus que les autres… Ne serait-ce que pour ne rien regretter quand un autre est élu à sa place.

Saby posa un bisou sur chacun des garçons dessinés.

— On va squatter où, demanda-t-elle, quand tu ne seras plus reine ?

Elle étala quelques nouveaux portraits.

— C'est que j'ai encore Nestor, Ajax et Patrocle à dessiner. Va même falloir agrandir les murs, Majesté !

Zyzo s'était arrêté de gesticuler et s'était assis sur le lit, au bord du grand édredon rouge.

— Je vais demander au conseil de voter pour que tous les enfants puissent venir habiter ici, lâcha tout à coup Alixe.

Saby sauta à pieds joints sur le lit, s'enfonçant dans l'édredon, puis rebondit plusieurs fois sur l'épais matelas.

— Prems ! cria Saby. D'ac pour venir habiter chez toi ! Je prends la chambre avec le trampoline !

Alixe la regarda avec indulgence.

— Je parlais des enfants de la tour Eiffel, précisa-t-elle, des enfants qui meurent dehors.

La reine tourna la tête pour observer par la fenêtre la brume glaciale. Saby demeura un instant silencieuse, comme vexée de n'avoir pas compris, avant de se reprendre en fixant Zyzo :

— Y en a des mignons dans ta tour ? Pas comme toi, je veux dire… Des grands et baraqués ?

Zyzo mima un geste avec ses poignets, comme s'il faisait tournoyer son bô imaginaire en direction de Saby.

— On est tous plus beaux que tes dieux grecs, dans le tipi ! Tu verrais mon copain Agnel, il a les épaules aussi larges que les ailes déployées d'un aigle. Alors si tu veux que je te présente, sois pas méchante !

— Je suis pas méchante, protesta Saby.

— Si ! T'es vexée parce que t'as pas été retenue parmi les trois championnes du pavillon des Singes !

Par tradition, c'était juste avant la Veillée du Sanctuaire, c'est-à-dire ce jour-là, que le délégué de chaque pavillon désignait ses trois champions pour le tournoi de l'Étoile, qui se déroulerait exactement trois mois plus tard, pour fêter la fin de l'hiver. Isa-Lys avait choisi ses deux élèves préférées, Olympe et Minerva, pour représenter les Singes, ainsi que Donatello, un garçon prétentieux qui se prenait pour un peintre parce que trois poils lui poussaient au bout du menton. D'après Saby, il aurait mieux fait de se prendre pour un pinceau !

Elle s'effondra plus encore sur l'édredon, bras en croix et jambes de coton, comme si elle avait été brusquement poignardée.

— Oh, par Mama-Luna, quelle cata ! Moi qui rêvais depuis toute petite d'avoir une belle médaille dorée autour de mon cou…

Elle éclata de rire. Saby était sûrement la seule du château à se moquer à ce point du tournoi ! Zyzo prit un air faussement détaché et sourit, lui aussi, mais une image le hantait : celle des trois médailles gagnées par Alixe l'année précédente, rangées dans un petit coffre au fond de son armoire, qu'elle n'ouvrait presque jamais.

Quelque chose, irrésistiblement, l'attirait dans cette histoire de tournoi, de champions, d'épreuves à franchir et de gloire pour celui qui triomphait.

Il avait appris ce matin-là qu'Orlane, Pastor et Moébia, trois des plus grosses têtes du château, avaient été désignés pour les Savants. On attendait, d'une seconde à l'autre, le nom des champions du pavillon des Soldats. Le délégué Jean-D'arc irait directement annoncer la nouvelle à chacun des trois enfants choisis.

Depuis le réveil, Zyzo occupait son temps comme il le pouvait, nerveux, anxieux, attendant de voir entrer Jean-D'arc dans les appartements de la reine pour lui apporter la bonne nouvelle.

Il espérait, secrètement, mais si intensément, être désigné !

Au vu de ses résultats lors des entraînements, il aurait été injuste qu'il ne le soit pas. Même Jean-D'arc devait le reconnaître, Zyzo était le plus doué, un bô entre les mains. Le plus rapide aussi, sachant faire preuve d'intuition, d'anticipation... Malgré ses progrès en combat, ou peut-être à cause d'eux, les provocations de Novak, d'Elios et de quelques autres enfants-Soldats comme Jango et Idriss, continuaient dès que les délégués avaient le dos tourné : cris de souris, dents de rongeurs mimées toutes babines retroussées, insultes dans son dos : « On va te découper en morceaux, petit rat, puis on te donnera à Honorat, on ne mange pas de viande mais on fera une exception pour toi. »

Ces attaques renforçaient encore sa motivation. Si Jean-D'arc était objectif, s'il passait outre le fait qu'il ne soit pas vraiment un enfant du château, il devait inscrire le nom de Zyzo parmi ceux des trois champions ! Plus Zyzo y réfléchissait et plus il y croyait. L'imaginait. Lui, l'enfant du tipi, désigné, encouragé par les enfants du château. Quel symbole magnifique ce serait !

Des pas résonnèrent dans le couloir des appartements royaux.

Jean-D'arc ?

Le cœur de Zyzo battait à tout rompre.

Ce fut Lunella qui entra. La jumelle de Solario était aussi pâle que la blouse blanche qu'elle portait. Jamais, d'habitude, elle n'oubliait de la retirer en quittant le pavillon des Savants.

Alixe l'interrogea aussitôt, inquiète :

— Il est arrivé quelque chose à Solario. Il... Il est...

— Non, non, répondit vivement Lunella, retrouvant un peu de couleur. Il va bien, je le sens, mais...

— Mais ?

— Mais ils ont fait une découverte... Une découverte terrible... Je ressens son inquiétude. Je ressens une menace aussi. Une menace qui...

Lunella n'eut pas le temps de terminer sa phrase : des cris de joie retentissaient dans la cour intérieure, sous la pyramide. Les trois filles et Zyzo se précipitèrent dans le couloir pour observer les enfants qui chantaient et riaient. Un fin rayon de lumière s'était faufilé entre les nuages gris et se répandait dans le château, soudain passé de sombre à joyeux, alors qu'un arc-en-ciel se dessinait derrière la paroi de verre.

Une trentaine d'élèves-Soldats formaient un cercle et frappaient le sol avec leurs bôs, alors qu'au centre de la ronde, Novak, Elios et Diana dansaient. Jean-D'arc se tenait un peu en retrait, raide, les mains croisées dans le dos, mais souriant tout de même, comme si les trois danseurs au milieu du cercle se partageaient déjà les cinq médailles du tournoi de l'Étoile à accrocher autour de leur cou.

Car le beau Novak, Elios son ami crâneur et la grande et belle Diana étaient les trois champions désignés par le dernier pavillon. Zyzo avait compris. Les trois représentants des trois pavillons avaient été choisis, et il n'en faisait pas partie.

Il laissa les enfants-Soldats tout à leur joie et retourna dans la chambre d'Alixe, traînant les pieds, sans même chercher à cacher sa déception.

Qu'est-ce que tu croyais ? se força-t-il à raisonner pour se consoler. *Que l'un des délégués allait désigner un petit sauvage, un barbare, pour les représenter ?*

Saby et Alixe le suivirent, silencieuses. Saby comprit que ce n'était pas le moment de se moquer de Zyzo. Plus tard. Elle essayerait de trouver une blague pour lui faire comprendre que ce n'était pas si grave. Alixe, simplement, prit la main de Zyzo.

— Il y a encore une..., commença-t-elle à expliquer.

Le bruit assourdissant d'une sirène recouvrit la fin de sa phrase. C'était la première fois que Zyzo entendait un vacarme aussi violent. Il colla ses mains sur ses oreilles.

— Qu'est-ce que c'est ?

— Marie-Lune veut nous parler ! cria Alixe.

— Pourquoi ?

— On n'en sait rien ! Ça arrive parfois, une ou deux fois par an. Dans ce cas, il faut tout arrêter et aller l'écouter. Dans la rotonde.

Saby ramassa rapidement ses petits portraits de héros grecs, tout en grognant.

— Une convocation de Marie-Lune, la veille de la Veillée du Sanctuaire, ça n'annonce rien de bon.

Tous les enfants du château étaient réunis dans la rotonde d'Apollon.

À l'exception d'Ogénor assis devant le premier rang dans son fauteuil, au pied de l'écran, ils étaient répartis sur des sièges, tous pavillons mélangés. Zyzo, Saby et Alixe s'installèrent sur les dernières chaises libres, dans le fond de la pièce ronde.

La sirène cessa soudain et, dans la seconde suivante, le visage de Marie-Lune, jusqu'alors fixe sur l'écran géant, s'anima.

Mes enfants,

Marie-Lune était une femme avec un joli visage rond encadré d'épais cheveux noirs et frisés. On ne voyait que son visage, son cou et ses épaules, mais on devinait qu'il s'agissait d'une femme de corpulence assez forte, telles les femmes des harems dans les tableaux de la galerie des Orientalistes. D'ordinaire, pour les cours, elle était souriante, calme et sûre d'elle. Tout de suite, les enfants remarquèrent la différence avec leur professeur habituel : son visage était fatigué, ses yeux d'habitude rapides et scrutateurs, comme s'ils surveillaient chaque enfant de la classe, étaient fixes et rougis, comme si elle avait longuement pleuré. Elle paraissait beaucoup plus vieille que sur les autres vidéos.

Elle toussa avant de continuer. Une toux longue et sèche, tellement déchirante qu'elle semblait pouvoir en crever l'écran.

Enfin, la voix tremblante de Marie-Lune reprit :

Mes enfants, ce message est le dernier que je vais enregistrer. Pendant toutes ces années, j'en ai enregistré pour vous des milliers, des messages pour fixer les lois et les règles de ce château, des messages nécessaires à votre éducation, pour vous apprendre à écrire, à lire, à compter, à comprendre, à savoir, la géographie, l'histoire, les sciences, les arts.

Oui, mes enfants, j'ai passé des milliers d'heures à parler seule devant une caméra, et à programmer ces films pour que pendant toutes ces années, jour après jour, mois après mois, vous puissiez les visionner, comme si j'étais là, comme si j'étais encore là. Mais celui-ci est le dernier.

Marie-Lune toussa encore. Des enfants s'agitaient avec nervosité sur leurs sièges, crispaient leurs mains sur leurs accoudoirs.

Vous aurez douze ans et six mois quand vous écouterez ce message que j'enregistre, en puisant dans mes dernières forces. Je l'ai programmé pour la veille du 21 décembre. Douze ans et six mois, c'est plus du double de l'âge que vous avez aujourd'hui. À mes yeux, vous n'êtes encore que des bébés alors que tous, face à moi, qui me regardez, êtes devenus de petits hommes, de petites femmes. C'est mon plus grand regret en vous quittant. Je ne vous verrai pas grandir.

Marie-Lune parut faire un grand effort pour retrouver un regard d'institutrice attentive, pour repousser la fatigue et observer les enfants de part et d'autre des murs circulaires de la rotonde.

Mes enfants, mes enfants, je vous connais tous depuis que vous êtes bébés. Je vous connais tous par votre prénom, et vous tous, alors que je suis encore vivante et parle à cette caméra, me connaissez, m'appelez maman, nounou, Marie, Lulu. Vous avez chacun un surnom pour moi, un surnom que vous oublierez. Bientôt, vous ne ferez plus la différence entre votre nounou qui vous bordait et vous embrassait en vous serrant dans ses bras, et cette femme qui sur vos écrans vous assomme de cours toute la journée, vous donne des ordres et vous fait la morale. Je ne serai plus pour vous qu'une image barbante et autoritaire. Ce n'est pas grave. Je vous fais confiance. Vous avez été éduqués pour cela, depuis que vous êtes nés. Je sais que vous serez sages, suffisamment sages pour suivre mes conseils quand je ne serai plus là.

Marie-Lune tenta d'exprimer sa sévérité habituelle à travers son regard, mais il était brouillé de larmes. Plusieurs enfants, surtout dans le pavillon des Singes, pleuraient eux aussi.

Ne me décevez pas ! Il faudra vous occuper de vous, et du monde qui vous entoure. Comme je vous l'ai appris.

Elle toussa.

D'ailleurs, si six ans après vous avoir laissés seuls, vous êtes là, à m'écouter, dans la rotonde, c'est que vous avez respecté les règles. C'est que vous avez été dignes de ma confiance.

Vous avez dû surmonter bien des épreuves, cela a dû être difficile d'obéir à des écrans, même si je vous y avais préparés pendant des années. Oui, vous avez dû surmonter des épreuves terribles, et la plus difficile est pourtant devant vous.

Elle rassembla ce qui lui restait d'énergie. Sa voix tremblante reprit enfin cette assurance que les enfants lui connaissaient. Une simple voix dont on ne discutait pas les décisions.

Vous avez douze ans maintenant. Vous êtes presque adultes. Du moins, c'est mon pari. J'ai pensé qu'à douze ans, vous seriez assez grands pour vous débrouiller seuls. Vraiment seuls, cette fois. J'emploie le mot « pari », mais en fait je n'ai pas d'autre choix. Je suis la dernière des adultes vivante sur cette terre, depuis de longs mois. Pour quelques jours à peine.

Elle s'arrêta et regarda droit devant elle, baissant juste un peu les yeux. Son regard croisait celui d'Ogénor sur son fauteuil, plus près de l'écran que tous les autres enfants. On aurait pu jurer que Marie-Lune le voyait.

Même si je suis la seule grande personne dont vous vous souvenez, vous ne devrez jamais oublier que d'autres adultes, beaucoup d'autres adultes, dont certains étaient très malades, dont beaucoup n'avaient plus que quelques jours, quelques mois à vivre, ont coopéré, ensemble, jusqu'à leur dernier souffle, pour cet unique projet : que les bébés du château survivent. Que les bébés soient éduqués. Que les bébés connaissent ce monde qui va disparaître, qu'ils en soient fiers, et qu'ils aient la force, l'intelligence et les connaissances pour en bâtir un nouveau. Pas un plus beau, comme on dit souvent dans les livres. Ce monde d'avant n'était pas si mal, vous savez. Mais en bâtir un autre, celui qui vous ressemblera.

Marie-Lune ferma un instant les yeux.

Oui, beaucoup d'adultes ont placé tout leur espoir dans ce projet, toute leur imagination dans cette organisation du château, toute leur énergie dans cette technologie, jusqu'au soleil de fer au-dessus de vos têtes, pour vous protéger.

Elle marqua un court silence.

Beaucoup d'énergie, oui, mais comme celle des hommes, cette énergie n'est pas inépuisable, et nous ne disposions que de peu de temps pour la stocker. Pour tout penser. Nous avons dû agir dans l'urgence, nous avons fait de notre mieux, mes enfants, pour vous passer le relais. Nous avons tout misé sur vous. Sur vos douze premières années. Ne l'oubliez jamais.

Marie-Lune, cette fois, laissa ses larmes couler. Aucun enfant ne put retenir ses pleurs. Toute la rotonde d'Apollon semblait noyée par le même torrent d'émotions.

Au revoir, mes enfants.

Quand vous écouterez ce message, je serai morte depuis plus de six ans. Gardez-moi dans un coin de vos têtes, et surtout, après avoir écouté ce dernier message, ne cherchez pas à me retrouver.

Je pense très fort à chacun de vous.

Je vous aime, tous, comme aurait pu vous aimer chacune de vos mamans.

Elle toussa encore, mit la main devant sa bouche tout en se levant, puis sortit de l'écran.

L'image se figea sur la chaise que Marie-Lune avait laissée vide.

Zyzo, au fond de la rotonde, écoutait le concert de sanglots. À l'inverse des autres enfants, il levait les yeux et observait l'étrange peinture recouvrant toute la coupole du plafond : un homme qui tombait du ciel, dans un nuage de plumes, après avoir presque touché le soleil. Alixe serrait fort sa main, Saby tamponnait ses yeux avec un mouchoir trempé. Était-il le seul à ne pas pleurer ?

Était-il le seul à s'interroger ?

Il repensait aux mots de Marie-Lune.

Vous me voyez pour la dernière fois. Pourquoi ?

Certes il n'y avait pas cours le lendemain, le jour du Sanctuaire était férié, mais les cours reprenaient après-demain, et le visage de Marie-Lune s'afficherait à nouveau sur les écrans des trois pavillons.

Petit à petit, la rotonde d'Apollon se vida. Les trois délégués, Liu, Isa-Lys et Jean-D'arc, parlaient entre eux, entourant Ogénor comme s'ils partageaient un secret.

Un secret, se demanda Zyzo, que seule Alixe, parmi les cinq membres du conseil, ignorait ? Il avait l'impression qu'après cette vidéo, plus rien ne serait jamais comme avant dans le château. Et pourtant, Marie-Lune n'avait rien dit, rien révélé qu'ils ne savaient déjà, sinon qu'il ne fallait pas la chercher.

Était-ce l'occasion pour lui de retourner au tipi ? D'en faire la demande au conseil ? Ou de s'enfuir ? Puisqu'il restait un étranger ici.

Marie-Lune n'était ni sa nounou ni sa maman. Il n'avait pas pleuré. Il était un enfant différent, on le lui avait fait comprendre, il n'avait pas été choisi pour le tournoi de l'Étoile.

Devait-il à nouveau réclamer sa liberté au conseil du château ?

Ou tenter de s'échapper ?

À bien y réfléchir, il y avait une solution plus simple.

Attendre le lendemain soir, la Veillée du Sanctuaire. Il s'y rendrait en procession avec les enfants du château, et repartirait avec les enfants du tipi. Dans le Sanctuaire, personne ne pourrait le lui interdire, personne ne pourrait lever un bô sur lui, les ordres de Marie-Lune étaient clairs : aucune violence entre enfants n'était tolérable dans la cathédrale.

Demain, personne ne pourrait l'empêcher de rentrer chez lui !

19

PLUIE DE PLUMES

Des milliers de taches colorées, de toutes les nuances de bleu, dansaient sur les immenses murs blancs de la cathédrale, sur les hautes colonnes de pierres sculptées, sur les courbes grandioses et délicates des voûtes de la nef, sur les statues d'hommes crucifiés et de femmes éplorées. Un spectacle unique, sublime. Le laser venu du ciel avait été conçu pour traverser les vitraux de Notre-Dame et se diviser à l'intérieur de l'église, filtré par les verres colorés, en une explosion de pastilles mauves, turquoise, pourpre, émeraude…

Les adultes morts ont fait fort, pensait Ogénor. Il ignorait lequel d'entre eux avait eu cette idée, sans doute la dernière avant que le nuage rongeant ses poumons ne l'enlève, mais toute cette cérémonie du Sanctuaire avait été très habilement conçue : cette île de la Cité transformée en île interdite le reste de l'année ; cette cathédrale transformée en Sanctuaire ; ce laser bleu qui marquait le temps de la cérémonie ; ces chaises qui ne servaient qu'une fois dans l'année, une centaine pour les enfants du château côté droit, une centaine pour les enfants du tipi côté gauche.

Oui, bien vu, les adultes, pensait Ogénor. Forcer les enfants survivants à se souvenir des vivants d'avant, de leurs parents, une fois par an, avec des milliers de papillons bleus courant sur les murs de pierre pour représenter les âmes des milliards d'êtres humains disparus. Aucune civilisation ne peut se construire sans mémoire, avait retenu Ogénor de ses cours d'histoire. Sans rituel. Sans cérémonie. Sans mise en scène. Et celle du Sanctuaire était particulièrement réussie !

Tous les enfants du château entraient dans la cathédrale en tenant à la main une bougie puis la posaient sur le carrelage froid, illuminant timidement le sol de l'énorme voûte sombre, comme un plancher de feu alors que le sommet était inondé de bleu. La procession des enfants du tipi était elle aussi impressionnante, quand tous entraient en rang, tous tenant une petite cage d'osier et, à l'intérieur, un pigeon, une colombe, une tourterelle, n'importe quel petit oiseau dont les rues de Paris pullulaient, puis que, dans le ciel artificiel, ils lâcheraient.

Oui, pensait Ogénor, *les adultes ont composé une cérémonie du souvenir bouleversante et efficace*. Quand il aurait à construire ce monde nouveau, lui aussi devrait trouver ce genre d'idées. Les hommes aimaient les symboles, et les enfants les avaient presque tous oubliés.

Il tourna les yeux vers la gauche. Un instant, il soutint le regard de cette fille habillée en noir.

Mordélia baissa les yeux. Pas besoin de se dévoiler devant cet étrange handicapé qui se tenait toujours au premier rang, sur son fauteuil roulant. Elle ignorait comment il s'appelait, mais elle l'avait vu grandir, année après année. Dès son plus lointain souvenir, il y a cinq ou six ans, elle avait compris que c'était lui qui commandait le château. Aussi immobile qu'une statue de pierre, mais c'était lui qui tirait les ficelles... *Tout comme moi au tipi*, s'amusa-t-elle à penser. Il devait s'interroger de la même façon sur elle.

Les enfants différents savent reconnaître d'un regard cette petite flamme d'intelligence qui brille au fond de leurs yeux.

Oui, c'était ce garçon qui était, de tous ses adversaires, le plus dangereux. Quand il tourna à nouveau ses lunettes d'argent vers elle, elle détourna les yeux et fixa la statue d'une fille aux mains jointes, drapeau sur l'épaule et épée à la ceinture. Cette fille lui plaisait ! Jeanne d'Arc, lut-elle en serrant son sac et ses trois livres contre sa poitrine. Mordélia puisait en eux sa force, ses pouvoirs, ses certitudes.

Aux yeux de ces châtelains, ils n'étaient que des barbares... Mais elle prouverait à ce prétentieux dans son fauteuil, poussé par cette fille avec ses roses fanées sur la tête, qu'elle aussi savait lire, qu'il n'y avait pas besoin de connaissances infinies ni d'une bibliothèque entière pour construire un monde nouveau… que trois livres suffisaient pour tout expliquer.

Alixe pleurait. Elle s'était retenue pendant toute la procession, c'est à elle que revenait le devoir de pousser le fauteuil d'Ogénor cette année. Elle s'était assise juste derrière lui, au premier rang, devant l'autel. Et maintenant, elle pleurait.

Elle pensait si fort à Zyzo, le seul enfant absent. Le seul des enfants de Paris, à l'exception de ceux de l'expédition de Solario, à ne pas assister à la cérémonie.

Le vote du conseil avait été sans appel, même Isa-Lys avait voté dans le sens d'Ogénor et des deux autres délégués : selon le conseil, on ne pouvait pas laisser Zyzo assister à la Veillée du Sanctuaire. Il devait rester enfermé dans sa chambre le temps du spectacle laser du soleil de fer. Le laisser entrer dans le Sanctuaire aurait été beaucoup trop dangereux.

Libre, il serait allé s'installer avec ses amis, de l'autre côté de l'allée.

Prisonnier, escorté de quelques enfants-Soldats, il aurait à coup sûr provoqué une bagarre, le début de la guerre peut-être.

Alixe avait eu beau protester – les enfants ne se battaient pas dans le Sanctuaire, ne se parlaient pas, se contentaient de penser à leurs parents et à toutes les grandes personnes d'avant –, Ogénor et les autres n'avaient pas cédé :

« Nous grandissons, Alixe, ces traditions et ces rituels, bientôt, ne seront plus respectés. Bientôt des premiers enfants commenceront à les braver. Emmener Zyzomys précipiterait tout. Nous ne pouvons pas nous permettre un combat en terrain découvert. Notre force, c'est le château. Si la guerre entre les enfants doit éclater, il faut que nous ayons l'avantage du terrain. C'est ce que Marie-Lune a voulu. »

Il avait raison, bien entendu, Ogénor et les autres avaient raison.

Alixe détaillait chaque enfant du tipi. Elle trouvait plus beau, ce nom, les enfants du tipi, que le nom réel, les enfants de la tour Eiffel. Les noms d'avant n'avaient plus aucun sens, souvent. Elle repensait aux cris et aux pleurs de Zyzo quand il avait appris qu'il resterait enfermé dans la prison de son donjon, le soir de la veillée. À ses poings enragés contre la porte, à son bô de rosier qu'il cognait contre les murs de pierre. Puis bien plus tard, quand il s'était calmé, Zyzo avait demandé un service à Alixe, un énorme service.

« Fais un signe à Agnel. Mon ami, mon jumeau. »

Agnel participerait à la cérémonie, Agnel s'inquiéterait pour lui, Zyzo en était persuadé, alors il fallait le rassurer, qu'il sache qu'il était vivant, qu'il allait bien.

« Tu le reconnaîtras, Alixe. Il est grand, maigre, très brun, comme un oiseau déplumé. Tu auras juste à le regarder, à lui sourire, en mimant un geste d'ailes d'oiseaux avec tes deux mains, Agnel comprendra. »

Alixe avait promis, elle trouverait Agnel et lui ferait le signe, son ami comprendrait, tous ses amis du tipi seraient rassurés.

Alixe avait promis, mais elle avait beau se retourner et chercher parmi tous les enfants assis à sa gauche, aucun ne ressemblait à la description d'Agnel. L'ami de Zyzo ne participait pas à la cérémonie ! Où était-il ?

Disparu ? Mort ? Prisonnier, lui aussi ?

Elle essayait toujours de le repérer, mais son insistance à regarder chaque enfant du tipi devenait gênante. Elle ressentait de l'hostilité. Surtout de la part de ce petit gamin costaud, presque aussi large que haut, au regard plus imbécile que celui d'un sanglier et qui passait son temps à fixer sa couronne, ou à guetter le dragon aux pieds de saint Georges, comme si la statue de pierre allait s'animer.

Qu'est-ce qu'elle a celle-là à tous nous regarder ? ruminait Bill. *Avec ses fleurs sur la tête ! Avec son copain qu'elle pousse dans un fauteuil à roulettes ! C'est lui, le chef des enfants du château ? Un garçon qui ne peut même pas marcher !* Qu'est-ce qu'Akan attendait pour les attaquer ? C'était maintenant qu'ils devaient agir, eux les enfants du tipi, sans attendre que ces affameurs rentrent dans leur château, bien au chaud, barricadés.

À quoi rimaient ces traditions imbéciles ? On renversait les chaises, on fonçait, à armes égales pour une fois, et on verrait bien qui était le plus fort. Il fallait le faire maintenant, pas dans trois mois quand tous les enfants du tipi seraient plus faibles encore, à ne manger que des racines et des graines. Alors que les châtelains bien nourris deviendraient plus grands et forts... même les filles ! Les filles d'en face étaient plus grandes et fortes... plus belles aussi.

Bill délaissa un instant le dragon de pierre au-dessus de sa tête pour poser les yeux sur cette fille aux longs cheveux d'or, à la taille cambrée et à la poitrine déjà bien dessinée. Une fille superbe ! Aussi fine qu'une antilope, des courbes aussi parfaites que celles d'une zébrelle.

Saby ne remarquait pas les regards des garçons posés sur elle. Elle se contentait de savourer la beauté de la cérémonie. Même si, au cas où on lui avait demandé son avis, elle aurait su comment l'améliorer. Elle aurait gardé les lasers bleus et les papillons sur les murs, bien entendu, ainsi que les bougies et les oiseaux, mais du plus loin qu'elle remontait dans ses souvenirs, elle avait toujours rêvé que les enfants se mélangent. Qu'ils puissent s'asseoir où ils voulaient. Elle avait rêvé de se retrouver assise entre deux enfants du tipi inconnus, et surtout de rompre le silence, ça aussi, elle l'aurait changé ! Le silence. Il était tellement ridicule. Elle l'aurait remplacé par des questions, des conversations, des jeux. Ces enfants d'en face devaient bien rire et jouer aussi, et même sûrement plus qu'eux ! Puisqu'ils n'allaient pas en classe, les veinards !

À bien y réfléchir, si on lui avait demandé son avis, elle aurait viré le laser bleu, les bougies et les oiseaux en cage, et elle aurait organisé à la place de ce truc triste un grand pique-nique, ou une partie de Loup-pas-vu, comme disait Zyzo, ou une grande baignade dans le fleuve... Elle était persuadée que les enfants du tipi étaient plus rigolos... Et certains étaient même carrément plus mignons !

Saby avait beau se concentrer sur les papillons bleus qui dansaient au-dessus de sa tête dans la nef, son regard revenait toujours vers le chef du tipi.

Car il était leur chef, aucun doute, ce garçon à la peau noire, avec ses muscles, son regard fier, comme un Achille d'ébène. Un héros ! Pas comme ce rabat-joie d'Ogénor, ce nabot de Liu ou ce robot de Jean-D'arc. Un héros pour de vrai !

Un géant ! D'ailleurs, le géant se levait en repoussant de façon très élégante sa grande cape de cuir brune. À douze ans, il semblait déjà presque avoir la taille des statues adultes du pavillon des Soldats ! Aucun enfant du château n'était aussi grand que lui.

Sur les murs, quelques papillons bleus disparaissaient.

Le rayon laser diminuait d'intensité.

La cérémonie se terminait.

Le géant noir était bien le chef des enfants du tipi, pensa Saby, il s'était levé pour orchestrer le feu d'artifice final.

C'est le moment, pensa Akan. Il savait que tous les regards étaient braqués sur lui. Derrière lui, tous les autres enfants du tipi se levèrent, puis dans le même geste, saisirent leur petite cage d'une main. La chorégraphie, répétée chaque année, était parfaitement rodée. Elle suscitait l'admiration des enfants du château, du moins Akan l'espérait.

Chaque enfant du tipi plongea sa main libre dans sa cage, et la referma sur la colombe ou le pigeon prisonnier. Les cages tombèrent toutes au sol, dans un fracas d'osier brisé, alors que les enfants refermaient leur autre main sur les oiseaux. On aurait dit qu'ils pressaient un tissu blanc entre leurs doigts.

Tous levèrent dans le même mouvement leurs mains jointes, le plus haut possible au-dessus de leur tête, puis les ouvrirent d'un coup.

Le plus bel instant de la cérémonie.

Dans le même élan, une centaine d'oiseaux blancs s'envolèrent dans le ciel de pierre, agitant leurs ailes comme dans une immense volière, traversant la nef, fendant le chœur, rasant les vitraux de la rosace, se posant un instant sur la tête des papes ou des évêques de marbre, planant au-dessus des grandes orgues. Voletant, paniquant, descendant, remontant, cherchant une issue qu'ils ne trouvaient pas. Il leur faudrait plusieurs jours pour sortir du Sanctuaire. Certaines colombes, sans doute, y feraient leur nid.

Tous les enfants, quelle que soit leur rangée, levaient les yeux, fascinés. Fascinés comme chaque année. Regrettant que le rayon bleu faiblisse et qu'il faille sortir, quitter des yeux ces dizaines de vols majestueux.

Isa-Lys devait bien le reconnaître, ces petits sauvages du tipi avaient soigné leur mise en scène ! Ce tableau des oiseaux volants valait bien nombre de croûtes du pavillon des Singes. Elle ajusta les pinceaux qui retenaient son chignon sur sa tête et replaça ses lunettes rondes dorées. Rien à dire, ces indigènes avaient le sens du rythme et savaient interpréter une chorégraphie coordonnée… à l'exception de cette petite demeurée qui jouait encore à la poupée.

— Ne regarde pas Laly, chuchota Chrysanthe, en pressant sa poupée contre son cœur. Ne regarde surtout pas.

Une seconde plus tard, la première colombe s'écrasa sur l'autel.

Puis trois autres s'écrasèrent à leur tour, sur le carrelage froid du chœur.

Certaines volèrent encore, mais comme épuisées, se posèrent sur une corniche ou le rebord d'une haute voûte, puis basculèrent.

Une à une les tourterelles se statufièrent, incapable d'agiter leurs ailes, et tombèrent comme des pierres.

Les dernières lueurs du laser bleuirent quelques plumes en suspension.

Il fallait sortir.

Les enfants du tipi quittaient toujours le Sanctuaire en premier.

Jean-D'arc, raide, se tenait sur ses gardes. Le délégué du pavillon des Soldats ne pensait pas que les enfants du tipi puissent avoir préparé un piège et osent les attaquer pendant la Veillée du Sanctuaire, mais son devoir était de tout prévoir. Et d'anticiper. Un simple geste de la main, et tous les enfants-Soldats se mettraient en position de combat.

Sa main resta immobile.

Les enfants du tipi n'attaqueraient pas, Jean-D'arc l'avait compris. Leurs visages étaient tétanisés par la chute des oiseaux, consternés, comme si une malédiction s'était abattue sur eux. Suivant les commandements du géant noir qui les dirigeait, ils sortaient en silence, laissant derrière eux les cadavres d'oiseaux, enjambant quelques petits tas de plumes blanches. Certains pleuraient, les autres se retenaient, serrant les poings et les dents.

Le rayon bleu s'éteignit soudain. Seules les flammes des enfants du château éclairaient désormais la cathédrale, pendant quelques minutes, avant que, derrière le fauteuil d'Ogénor poussé par Alixe, tous les enfants du château sortent à leur tour, en procession, bougie à la main.

Liu, le délégué du pavillon des Savants, quitta le Sanctuaire en dernier. Il ne put se résoudre à passer devant le corps tremblant d'une tourterelle sans se pencher vers elle. La spécialité de Liu, c'était la médecine, l'anatomie, les sciences de la vie. Il ramassa la tourterelle entre ses mains. Elle était chaude – une aile cassée dans sa chute, mais vivante. Il devait ramasser les oiseaux survivants, tous, avec les autres enfants-Savants. Les analyser. Et, pourquoi pas, les sauver.

Quand il se releva, Liu s'aperçut que les autres garçons et filles étaient sortis. Il courut jusqu'à la porte de la cathédrale. Les enfants du tipi avaient déjà franchi le pont au Double et disparaissaient de l'autre côté de la Seine. Curieusement, les enfants du château étaient restés sur le parvis, le nez en l'air, scrutant le ciel.

Est-ce qu'après les colombes, c'était au tour des étoiles de tomber ? Cette drôle d'idée traversa la tête de Liu, avant qu'il ne remarque le point que tous les enfants fixaient.

Un morceau de ciel.

Un peu au-dessous de la Grande Ourse.

Un morceau de ciel. Vide.

Noir.

D'abord, il ne comprit pas, avant que l'évidence ne l'assomme : il n'y avait plus de lumière clignotante rouge !

Le soleil de fer s'était éteint.

Quelques nuages, dans les instants qui suivirent, se déchirèrent et libérèrent la lueur de la lune. La nuit devint soudain plus claire. Et une évidence pire encore écrasa les enfants réunis sur le parvis.

Le soleil de fer ne s'était pas seulement éteint.

Il n'était plus dans le ciel ! D'ordinaire, on repérait distinctement sa silhouette au-dessus des toits.

Il était tombé quelque part dans la ville.

Aucun enfant du château ne parlait, tous réfléchissaient aux conséquences de ce qu'ils voyaient, ou plutôt ne voyaient plus, mais aucun ne les percevait avec autant de précision que Liu.

Le délégué du pavillon des Savants avait étudié pendant des journées entières la technologie du soleil de fer, sa position géostationnaire, ses cellules pour capter l'énergie solaire, les connexions par ondes magnétiques pour restituer cette énergie au château. Il comprenait maintenant les derniers mots de Marie-Lune, hier : *Ce message est le dernier que je vais enregistrer.*

Sans soleil de fer, le château se trouverait sans électricité ni aucune autre source d'énergie. Cela signifiait – Liu énumérait à toute vitesse dans sa tête la liste des conséquences – plus de chauffage dans le château, plus de lumière, plus d'écran, plus de vidéo, plus d'ascenseur…

Plus de magie, aux yeux des enfants du tipi.

Plus de peur.

Le regard de Liu croisa celui de Jean-D'arc, puis d'Ogénor, puis d'Alixe.

Désormais, ils étaient vulnérables.

Saison 3

L'hiver

20

LE DEUXIÈME LIVRE DE MORDÉLIA

— Ils n'ont plus de défense…

En haut du quatrième étage du tipi, Mordélia avait calé sa longue-vue sur un pied de bois, accroché à une poutre de fer, et détaillait une à une les fenêtres du château.

— Ils n'ont plus de défense, répéta-t-elle. C'est le soleil de fer qui les protégeait. Il n'y a plus de lumières à travers les fenêtres. Seulement des flammes de bougies… Ils ont perdu la source de leur énergie.

— Et alors ? répondit Akan. Qu'ils se débrouillent. On a d'autres soucis ! D'autres urgences, et la principale, c'est de trouver à manger ! Nous n'avons plus de nouvelles d'Agnel, Noam, Suzette et les autres depuis des semaines. Il n'y a plus qu'à se baisser pour ramasser les oiseaux, mais rien que de les goûter rend malade à s'en tordre le ventre. Une bête sur deux que nous capturons est immangeable. Nos réserves de graines et de fruits s'épuisent. On ne tiendra pas jusqu'à ce que les fleurs et les fruits poussent à nouveau.

Mordélia regarda encore dans sa lunette, avant de se redresser.

— Ils ont à manger, au château...

— Oui, fit Akan. Ils mangent des baleines entières, des baleines bleues de trente mètres, c'est ce qu'a découvert King-Bill.

Il éclata d'un rire nerveux. Mordélia se posta devant lui. Sa tête arrivait à peine à la hauteur de sa poitrine.

— Bill est peut-être stupide avec son ridicule livre d'animaux, mais au moins, lui est courageux. Il est prêt pour la guerre... Rends-toi à l'évidence, ce sont les enfants du château qui nous empoisonnent, qui nous affament, qui nous feront disparaître sans même avoir besoin de se battre contre nous.

— Tu n'as aucune preuve de ce que tu avances, Mordélia. Ce n'est pas une raison. Ce n'est pas ta vraie raison. (Il baissa les yeux pour les planter dans ceux de sa conseillère.) Pourquoi tiens-tu tellement à faire la guerre ?

Mordélia parut un instant déstabilisée. Elle serra, par réflexe, un réflexe de plus en plus fréquent, le sac qui contenait ses trois livres sous son bras.

— C'est... C'est mon secret ! (Elle se reprit vite et soutint le regard d'Akan.) Qui d'autre ? Qui d'autre qu'eux empoisonnerait les animaux ? Il n'y a qu'eux et nous, dans cette ville...

Akan haussa les épaules.

— Et même si tu disais vrai... il est trop tôt ! Nous ne sommes pas prêts. D'après Vanylle, on ne possède déjà pas assez d'armes pour s'occuper des souris et des derniers lapins vivants qui viennent ronger les cordes des toiles du tipi. Même sans leur énergie venue du ciel, ceux du château se tiennent sur leurs gardes. Ils ne sortent presque jamais, ils sont barricadés dans leur château. Comment veux-tu les attaquer ?

— Zyzo était chargé de les espionner. De trouver une entrée... Pour qu'on puisse les surprendre.

— Zyzo a échoué...

Un grand sourire élargit le visage de Mordélia. Elle résista à l'envie de regarder à nouveau dans sa lunette, d'examiner chaque pan de mur du château. Elle passait des heures à cela, sans se lasser, à espionner le château et à lire et relire ses livres.

— Pas encore, Akan, pas encore. Plus Zyzo reste dans le château, et plus il apprend. Un jour, comme nous le jour des bébés perdus, ils devront le relâcher !

— Tu as raison alors, attendons le retour de Zyzo !

Et sans ménagement, il poussa Mordélia sur le côté et s'approcha de sa longue-vue.

— Une guerre, cria Mordélia, ça se prépare ! Tu es responsable de ta tribu, Akan, ne l'oublie pas.

— Justement, je ne l'oublie pas.

Il se pencha sur la lunette et l'orienta non pas en direction du château, mais à l'opposé vers les parcs de la ville. À la recherche de la moindre trace de nourriture entre les arbres nus ou sur le sol gelé, un marronnier ou un noisetier oublié, des champignons cachés, un nid ou un terrier où un écureuil aurait enterré des provisions.

Mordélia commença à descendre l'escalier de fer en faisant claquer chaque marche sous ses pieds.

Au deuxième étage, une quinzaine d'enfants du tipi dormaient, jouaient avec de petits cailloux, ou étalaient des couvertures de cuir. La plupart bravaient le froid, chaudement installés sous les peaux d'antilope, de bison ou de lion.

Les enfants du tipi avaient beau s'être moqués de Bill avec ses animaux sauvages en paille, leurs fourrures étaient tout de même plus chaudes que celles de lapin, de lièvre, de belette ou de putois mal cousues entre elles. Et les cornes des gazelles, les défenses des éléphants constituaient des armes plus utiles que les silex taillés. Mordélia conservait d'ailleurs précieusement, dans son sac, la corne d'antilope torsadée que Bill lui avait offerte.

Après tout, peut-être ce garçon était-il moins idiot qu'il ne le paraissait ? Non, réfléchissait Mordélia tout en continuant de descendre les marches jusqu'au second étage. Non, Bill ne serait jamais intelligent. Mais il y avait en lui une forme de fidélité absolue à ce qu'il croyait. Il ne doutait jamais ! Oui, au fond, Bill était attachant, comme un petit chien incapable de réfléchir, mais capable de tout faire si on lui demandait, capable d'obéir, aveuglément, et même par amour, d'accepter de tuer s'il le fallait.

— Mordélia, pleuraient plusieurs enfants. Mordélia, on a mal au ventre.

Des mains se tendaient vers elle sous les peaux de vache et de chèvre étalées. Nadir attrapa un bout de la cape de Mordélia.

Elle se dégagea vivement et répliqua sèchement :

— Tu n'es pas malade, tu as faim, c'est différent.

Et elle reprit sa descente sans ralentir.

Les enfants savaient bien que sa magie ne pouvait rien contre la faim.

Mordélia marcha un peu le long du fleuve, avant de franchir le pont Bir-Hakeim. Elle se doutait que Bill se tenait là, comme presque tous les jours, sous la statue de la femme qui brandissait haut sa flamme et tenait son livre serré dans sa main.

La liberté !

Un concept qu'il aurait été trop compliqué d'expliquer à Bill.

Quand il vit Mordélia arriver, Bill referma vite son livre d'animaux. Un réflexe stupide, pensa-t-il. Mordélia était la seule, parmi tous les enfants du tipi, à ne jamais s'être moquée de lui.

Mordélia s'assit à côté de lui. Elle semblait préoccupée. Elle regarda longtemps l'eau noire du fleuve couler. Il avait plu les jours précédents, une pluie froide, le courant charriait des branches et des feuilles. Des plumes aussi. Des plumes d'oiseaux noyés.

— Je vais te confier un autre secret, fit enfin Mordélia.

Elle ouvrit son sac, et posa au pied de la statue un premier livre. C'était le livre à la croix verte, le livre qui guérissait, celui-ci, Bill le connaissait.

Mais elle ne s'arrêta pas là. Le cœur de Bill battait à tout rompre.

— Le livre que je vais te montrer est plus important encore que le premier, King-Bill.

Et il allait le voir, lui ! Il serait le premier de tous les enfants. Bill jubilait. Il aurait été prêt à faire n'importe quoi pour cette fille qui l'appelait par son véritable nom ! La seule qui le comprenait. Et que lui seul comprenait.

— Je l'ai lu et relu, Bill. Il n'a pas d'images, celui-ci. C'est ce qui le rend plus dangereux. Très dangereux. Mais il est temps aujourd'hui de prendre le risque de se servir de son pouvoir. Si tu le veux…

Oh que oui, Bill le voulait !

21

TROIS FOIS TROIS

— Zyzo, Zyzo !

— Chut !

— Voyons Zyzo, ça se fait pas d'écouter aux portes...

— Chut, je te dis, Saby.

Zyzo essaya de plaquer davantage son oreille contre la serrure de fer.

— Insiste pas, mon petit rat, les portes sont trop épaisses, on n'entend rien ! Je te jure, j'ai déjà essayé plein de fois ! Alors laisse le conseil tranquille, il a du boulot, crois-moi. Viens, j'ai un truc à te montrer. Chez les Singes. Dans la galerie des Poussières.

Saby tira Zyzo par la main, qui la suivit avec regret. Ils s'éloignèrent de la porte de la salle du conseil et se retrouvèrent dans le couloir des appartements de la reine, devant une grande bibliothèque remplie de vieux livres en cuir rouge.

Zyzo avait appris la chute du soleil de fer ce matin-là, quand Alixe était venue lui ouvrir sa prison-donjon. Ça ne changeait rien pour lui, au fond. Il pouvait toujours se promener dans le château, sans en sortir. Pour lui, les portes et fenêtres demeuraient fermées, plus que jamais.

Puis Alixe l'avait laissé en lui expliquant qu'elle devait assister à un conseil exceptionnel, un conseil méga-important.

« Le plus important de tous les temps, tu comprends ? », avait insisté la reine.

Zyzo comprenait.

Saby aussi !

— Tu m'étonnes, cria-t-elle en l'entraînant en courant dans les couloirs. Plus d'électricité ! Finis les écrans ! Finies les vidéos ! Finis tous les bla-bla de Mama-Luna ! Ils vont devoir nous annoncer que les cours, les leçons, les devoirs, c'est terminé à tout jamais ! Alors fais pas cette tête d'enterrement !

— Il faut continuer les cours, déclara Ogénor, c'est la priorité.

Les cinq membres chargés des plus importantes décisions du château se tenaient dans la salle du conseil, assis devant la grande table en bois d'acajou, sous le sobre décor illustrant la justice rendue par les rois et leurs conseillers au fil des siècles. Alixe était assise entre Ogénor et Liu. Isa-Lys et Jean-D'arc lui faisaient face.

— Qui pourrait oser prétendre le contraire ? répliqua Isa-Lys en réajustant son chignon maintenu par trois crayons marron. Dans le pavillon des Singes, Marie-Lune nous a laissé des placards entiers de livres, de cahiers, d'exercices. Nous en avons pour des années à tout étudier. Rien ne changera. On passera juste de l'écran au papier.

— Isa-Lys a raison, confirma Liu, ébouriffant ses cheveux noirs dressés en crête sur sa tête. Pour nous les Savants, la question des enseignements ne se pose même pas. Les cours continueront, tout comme nous continuerons d'appliquer à la lettre chaque commandement de Marie-Lune.

— Pourquoi nous a-t-elle abandonnés, alors ? demanda soudain Alixe.

— Elle ne nous a pas abandonnés, expliqua le délégué du pavillon des Savants comme s'il parlait à une élève sous-douée. Elle n'avait tout simplement pas le choix. Le soleil de fer était trop vieux. Sa durée de vie était de douze ans, c'est sans doute déjà un exploit d'avoir pu inventer une énergie autonome qui dure aussi longtemps. Le temps que les adultes ont estimé minimal pour qu'on devienne des enfants responsables.

Un long silence s'installa dans la salle du conseil. Jean-D'arc, le seul délégué qui n'avait pas parlé, restait concentré, plissant son front inquiet sous les cheveux ras de sa tête de Soldat. Enfin, Ogénor s'exprima, se tournant vers le délégué des Savants.

— Concrètement, Liu, pour nous, qu'est-ce que la chute du soleil de fer va changer ?

Tous levèrent les yeux vers le magnifique, et désormais inutile, lustre de verre de la salle du conseil. Aucune ampoule ne brillait ! Toute la clarté provenait du jour, par les fenêtres, et des chandeliers allumés aux quatre coins de la pièce. Liu baissa les yeux le premier, avant de parler.

— En réalité, je crois que cela ne changera pas tant que ça notre quotidien. Même si on ne pouvait rien deviner, j'ai compris que les derniers cours de Marie-Lune étaient destinés à nous préparer. Par exemple, tous les élèves du pavillon des Savants ont étudié, pendant des semaines, la vie à Paris au cours du XIXe siècle, avant que ne soit découverte la fée Électricité. Nous maîtrisons les façons de faire du feu avec du bois ou du charbon, de nous éclairer avec des bougies, des chandelles de suif ou des lampes à huile, de conserver les aliments sans froid, dans la cendre, dans la graisse, ou en les enfumant et les séchant. Les hommes ont survécu des siècles, sans problème, sans électricité. Les changements seront minimes, au fond. Marie-Lune avait sans doute volontairement limité l'accès à tout matériel électronique ou électrique. Il ne nous manquera que les écrans vidéo. (Il hésita un peu, fixant Ogénor.) Et les ascenseurs…

Ogénor grimaça à cette allusion. Deux enfants-Soldats musclés, Idriss et Jango, avaient dû le porter dans l'escalier jusqu'à l'étage de la salle du conseil. Et ils devraient recommencer quand le conseil serait terminé. Ogénor serait condamné, pour se déplacer dans le château, à se faire porter ! *Un vilain coup pour sa fierté !* pensa Alixe.

— Le problème, conclut Liu, ne viendra pas de l'intérieur. Notre organisation restera strictement identique. Il viendra de l'extérieur.

— De l'extérieur ? répéta bêtement Alixe.

Isa-Lys la fixa comme un petit animal stupide.

— Oui, de l'extérieur ! explosa la déléguée. Vous avez besoin qu'un Singe vous fasse un dessin ? C'est la magie du soleil de fer qui empêchait les sauvages de s'approcher du château. Les lasers. La mythologie. C'est un truc vieux comme le monde. Leur foutre la trouille avec deux ou trois petits tours de sorcellerie. Mais maintenant, mes chéris, on est sur un pied d'égalité avec les barbares. Et ils ne vont pas tarder à s'en apercevoir… Surtout s'ils ont le cerveau un peu plus plein et le ventre un peu plus vide !

Alixe repensa à sa dernière conversation avec Lunella, la veille au soir avant de se coucher. Elle n'avait toujours aucune nouvelle de son jumeau, Solario, dans la forêt. Rien d'inquiétant selon la jumelle, ni de rassurant. Le calme blanc. Perdue dans ses pensées, la reine ne remarqua pas que Jean-D'arc se penchait vers elle.

— Majesté. Majesté.

Alixe se reconcentra brusquement et fixa le délégué des Soldats.

— Oui ?

— Nous allons devoir nous défendre, Majesté.

— Bien entendu, Jean, répondit Alixe en forçant son sourire. Vous les enfants-Soldats, vous êtes là pour ça, entraînés à vous battre. Nous sommes tous d'accord...

— Il nous faudra plus que des bôs, Majesté.

Un nouveau long silence glaça la salle du conseil. Tous avaient compris ce que Jean-D'arc venait d'insinuer. Tous avaient compris qu'il faudrait voter.

— Hors de question ! répondit aussitôt Alixe avec une conviction qui lui fit élever le ton. Le premier commandement de Marie-Lune est clair. Pas d'armes. Pas d'autres armes que nos bâtons !

Une voix partout !

Alixe n'osait imaginer que le conseil puisse désobéir au premier commandement et voter la fabrication d'armes nouvelles... pour blesser... ou tuer !

— Nous contenter de nos bâtons ? répliqua Isa-Lys, avec au moins autant de conviction que sa souveraine. Je n'ai jamais rien entendu d'aussi stupide ! Toutes nos statues, tous les héros de nos tableaux portent des glaives, des arcs, des flèches, et nous savons parfaitement les fabriquer ! Pourquoi s'en priver ? Les barbares, eux, ne s'en priveront pas.

Alixe trembla. Deux voix contre la sienne ! Une seule de plus, et une terrifiante course à l'armement s'enclencherait.

Tous les regards se tournèrent vers Liu. Le délégué des Savants réajusta ses lunettes sur le bout de son nez, puis frotta nerveusement sa crête ébouriffée.

— Le commandement de Marie-Lune, son commandement premier, est le fondement de tout. Tous les cours de sciences et d'histoire ne sont destinés qu'à nous faire prendre conscience de sa signification. Les premiers hommes ont commencé par s'armer de gourdins, puis d'arcs, puis d'arbalètes au cours des siècles, puis de canons, puis de porte-avions, puis de bombes nucléaires. Nous avons tous appris cela ! Personne même ne sait si le nuage toxique qui a ravagé l'humanité n'avait pas une origine militaire. Que ce soit clair (il regarda longuement Isa-Lys, puis plus longuement encore Jean-D'arc), jamais je ne mettrai la science et mes Savants au service de la guerre !

Ouf ! souffla Alixe.

Deux partout.

Restait Ogénor.

Un étrange sourire s'afficha sur le visage du conseiller.

— Nous perdons du temps pour rien, déclara-t-il de sa voix toujours aussi calme, du temps précieux. Désobéir au premier commandement de Marie-Lune reviendrait à remettre en cause tous les autres. Toutes nos valeurs. C'est évidemment hors de question !

Trois voix contre deux !

La paix triomphait ! Alixe respirait.

— Très bien, dit Jean-D'arc en baissant la tête. Il en sera ainsi, Majesté.

Isa-Lys n'était pas aussi respectueuse du protocole !

— Et vous croyez que Marie-Lune, il y a six ans, en enregistrant ses vidéos, avait prévu qu'une pluie de plumes tomberait sur le beau pavé de marbre de son Sanctuaire ? Que, comme les loups, la faim pousserait les enfants des rues à nous encercler ? Que, contrairement à nous, ils n'auraient rien à perdre ? Parce qu'au fond, ils ne sont que des bêtes affamées. Si nous ne trouvons pas d'autres inventions pour les effrayer, ils oublieront cette fichue peur qu'on leur a toujours collée, jusqu'à leur faire croire qu'on les mangeait tout crus !

Isa-Lys se tut.

Elle toucha machinalement les crayons dans ses cheveux tout en regardant en face d'elle la flamme du chandelier danser. Elle repensait à cette peinture de la galerie des Grands Tableaux, *Les Sabines. Pour gagner une guerre*, pensa la déléguée des Singes, *l'art est parfois plus efficace que les armes*.

— Tu vois quoi ? demanda Saby.

— Bah rien ! répondit Zyzo.

Saby tenait sa chandelle le plus haut possible afin d'éclairer les murs rouges dans la galerie des Grands Tableaux.

— Rien ?

— Non, rien, à part ce petit tableau de rien du tout.

— Ok ! Et tu te rappelles, le premier jour où tu es sorti de ta prison, avec ta bosse sur le front, c'est ici qu'on t'a expliqué les trois pavillons, avec Alixe, sur ce banc, là.

— Oui, évidemment...

— Et tu ne vois rien de différent ?

Zyzo réfléchit. Il observa la gigantesque pièce, puis répondit, ignorant où Saby voulait en venir :

— Heu... le tableau était plus grand ?

Saby explosa, énervée.

— Pas seulement plus grand, petit Cro-Magnon. C'est pas le même. C'était un tableau de guerre, pas le tableau d'une grand-mère couturière ! Il a été changé.

— Et alors ? soupira Zyzo. C'est bien, le changement, non ? Tu n'en as pas marre, toi, de ces vieux tableaux ?

— C'est pas la question ! Isa-Lys prétend que ce tableau, tu te souviens, *Les Sabines*, les femmes qui posent leurs bébés entre les pieds des guerriers, n'a jamais existé ! Je ne suis pas folle, je te l'avais montré ! C'est donc qu'Isa-Lys ment !

— Pourquoi elle mentirait ?

— Justement, c'est ce que je voudrais bien savoir.

— C'est rien qu'un tableau.

— Non, c'est plus important, beaucoup plus important, je le sens...

Zyzo s'assit sur le banc.

— À chacun ses regrets, Saby. Toi, tu as perdu ton tableau préféré. Moi, mon rêve de médailles autour du cou. On s'accroche tous à ce qu'on peut. Au tipi, il y avait une fille, Chrysanthe, qui parlait à sa poupée et…

— Si tu m'aides pour le tableau, je t'aide pour les médailles !

Zyzo sursauta.

— Comment ça ? C'est quoi, ton plan ?

Saby posa sa chandelle, tira deux Lollipops de sa poche, garda la miel-caramel et offrit la menthe-carotte à Zyzo.

— Alixe va me tuer, elle voulait te le dire elle-même, mais tant pis… Assieds-toi, mon petit Jessie…

Dans la salle du conseil, une nouvelle fois, ce fut Ogénor qui rompit le silence.

— La question des armes est réglée, Isa-Lys, trancha le conseiller d'une voix calme qui ne souffrait aucune discussion. Nous avons voté contre leur utilisation. Il ne sert plus à rien d'en débattre. Mais une autre question se pose maintenant. Une question capitale de sécurité. (Il marqua un temps d'arrêt, le temps de fixer les perles de verre grises du lustre éteint au plafond.) Je pense que nous devons annuler le tournoi de l'Étoile.

Sortir tous dans Paris pendant les épreuves et laisser le château vide serait désormais trop dangereux.

Quatre paires d'yeux se posèrent sur Ogénor, avec autant d'étonnement que s'il venait d'annoncer que les enfants devaient quitter le château pour aller habiter dans la forêt.

La déléguée des Singes fut la première à réagir.

— Ce sera pas une grosse perte que d'en finir avec ce tournoi ridicule, approuva Isa-Lys. De toute façon, ce sont les enfants-Soldats qui gagnent tous les ans. (Isa-Lys fixa Alixe droit dans les yeux avant de continuer.) Et on se demande parfois comment !

Liu toussa pour s'éclaircir la voix.

— Ce n'est pas seulement un tournoi, commença le délégué des Savants. C'est avant tout la fête des trois pavillons. Marie-Lune nous a fait apprendre l'histoire des jeux Olympiques ou du cirque, ils ont toujours existé. Les enfants ont besoin de s'amuser.

— Nous ne sommes plus des enfants, Liu, trancha Ogénor.

Jean-D'arc n'osa pas contredire frontalement le conseiller du château, mais il avait compris qu'une nouvelle fois, le conseil était partagé : Ogénor et Isa-Lys étaient favorables à la suppression du tournoi, Liu et lui à son maintien. La décision si importante se jouerait donc encore à une voix. Et la reine détenait cette voix.

Le délégué des Soldats se tourna vers Alixe, le regard suppliant.

— Majesté, argumenta-t-il, chaque pavillon a déjà désigné ses trois champions. Cinq médailles pour dix candidats. Vous nous avez interdit les armes, ne nous retirez pas le tournoi ! Seule cette fête pourra nous aider à oublier la chute du soleil de fer, le noir, le froid...

Alixe laissa planer un long suspens avant de prendre la parole. Elle était accrochée à son idée, bien décidée à surprendre ces quatre autres membres du conseil, pourtant tellement plus intelligents qu'elle.

— Pourquoi tu m'appelles Jessie ? demanda Zyzo à Saby.

Saby haussa les épaules tout en levant les yeux au ciel, vers la verrière sombre censée éclairer la pièce pendant les jours de soleil.

— Décidément, t'es vraiment nul en histoire ! T'as jamais entendu parler des jeux Olympiques ? Et t'es encore plus nul en maths !

Il fallait que Saby, la plus cancre de toutes les filles du château, soit bien sûre d'elle pour balancer une telle pique. Elle enfonça la Lollipop dans sa bouche.

— Toifoitoi.

— Quoi ?

Elle retira la sucette, puis se planta devant le mini-tableau de la vieille couturière, releva ses cheveux en chignon tout en prenant un air sévère. Zyzo comprit qu'elle imitait Isa-Lys.

— Trois fois trois, clarifia Saby, ça fait quoi ?

— Ben... (Zyzo hésita. Y avait-il un piège ?) Neuf, pourquoi ?

— Et depuis des semaines, petit malin, depuis la cérémonie d'ouverture, on te rabâche qu'il y a combien de candidats pour le tournoi de l'Étoile ?

— Ben, heu...

— Dix, mon petit chéri ! Dix comme les dix doigts de la main !

— Le tournoi de l'Étoile aura lieu, annonça Alixe avec autorité, sachant que sa décision lui donnait la majorité. Comme prévu. On ne changera rien.

La luminosité faiblissait dans la salle du conseil. Des nuages plus épais venaient sans doute de passer devant le soleil. Sans électricité, le château allait devoir vivre bien davantage qu'avant au rythme des caprices de la nature.

Isa-Lys soupira. Liu respira, Ogénor resta impassible. Jean-D'arc, le plus soulagé de tous, se tourna vers la reine. Il inclina la tête en signe de respect.

— Majesté, en tant que souveraine, vous savez que vous ne pourrez participer au tournoi cette année. Mais vous continuez d'appartenir au pavillon des Soldats, vous avez remporté pour notre pavillon trois médailles l'an dernier... Si parmi mes Soldats, vous voulez que je vous aide à faire un choix pour le dixième candidat...

— Mon choix est déjà fait, Jean.

Le délégué des Soldats redressa la tête, surpris, tout comme les quatre autres membres du conseil.

— Et, Votre Altesse, continua Jean-D'arc, puis-je savoir qui sera votre champion ? Son nom ? Ou au moins à quel pavillon il appartient ?

— Il n'appartient à aucun pavillon !

Les trois délégués se regardèrent, consternés. Par tradition, c'était à la reine, ou au roi, de désigner chaque année le dixième candidat. Son champion !

Le seul enfant du château à n'appartenir à aucun pavillon était Ogénor. Les trois délégués imaginaient mal le conseiller de la reine participer à des courses de vitesse ou d'acrobaties sur son fauteuil roulant.

Ogénor, pourtant, semblait avoir déjà compris, et afficha un petit sourire, juste avant qu'Alixe ne déclare solennellement :

— Mon champion pour le tournoi de l'Étoile sera Zyzomys !

Zyzo exécutait des sauts de cabri dans la galerie des Poussières, dansant, chantant, criant de joie.

— Alixe voulait te faire la surprise, lui expliquait Saby. Elle aurait pu te raconter avant cette histoire de dixième champion, mais la tradition veut que la reine le désigne lors du conseil qui suit la Veillée du Sanctuaire. Elle t'avait choisi depuis le début, tu sais, même quand tu maniais encore ton bô comme un manche !

Zyzo effectua une spectaculaire glissade sur le parquet ciré, s'étala en riant. On aurait dit un enfant de trois ans à qui on annonce qu'il va faire un tour au parc dans sa poussette.

Saby, tout en suçant sa Lollipop, le trouvait tellement gamin. Comme tous les autres garçons ? Était-ce une malédiction chez eux de vouloir toujours être celui qui fait pipi le plus loin ?

Gagner gagner gagner !

Qu'est-ce que cet esprit de compétition l'agaçait !

Elle interpella Zyzo d'une voix navrée :

— C'est de cavaler après une médaille qui te met dans un tel état ? Moi qui croyais que si on devait construire un nouveau monde, c'était l'occasion pour les filles d'en finir avec tous ces trucs débiles de garçons, courir en rond dans un stade comme un hamster, taper dans un ballon, crier dans une tribune…

Zyzo ne l'écoutait pas. Il grimpa sur le banc à côté de Saby, comme s'il se hissait sur la plus haute marche d'un podium, la main sur le cœur, le cou penché par le poids d'une médaille invisible.

— Arrête ton cinéma, microbe ! Je te préviens, tu seras peut-être le chevalier de ma copine la reine, qui d'ailleurs ne sera plus reine dans quelques mois, mais compte pas sur moi pour t'encourager ! Moi, mon chouchou, ce sera Novak, le plus beau de tous les gars du pavillon des Soldats. Tu sais, celui qui t'adore depuis qu'il a failli devenir borgne à cause de toi ? Allez, je t'en veux pas, mon Cro-Magnon, on arrose ça ?

De sous le banc, derrière un carton de Lollipops, Saby sortit un petit tonneau rempli d'un liquide rouge foncé. Zyzo reconnut le jus de raisin un peu trop fermenté que les enfants du château buvaient parfois en cachette des délégués.

22

PRÉPARER LA GUERRE

— Ferme les yeux, King-Bill, demanda Mordélia.

Dès que le garçon eut les yeux clos, il sentit que Mordélia lui glissait un livre entre les mains. Le second livre ? Celui que personne n'avait jamais vu ?

Il fit disparaître, dans sa tête, tout le reste, toutes les images qui l'entouraient : l'île aux Cygnes, le socle de la grande statue de pierre sur laquelle Mordélia et lui étaient assis, les premiers arbres de la forêt devant eux, le tipi, derrière eux, et peut-être aussi Akan qui les observait à la longue-vue. Plus rien d'autre ne comptait pour Bill que ce secret que Mordélia lui confiait.

— Je peux les ouvrir ?

— Oui.

Bill souleva ses paupières et baissa les yeux. Immédiatement, il fut surpris, mais il s'efforça de ne pas le montrer. Il s'agissait d'un tout petit livre, rectangulaire, à peine plus grand que sa main, mou et épais. Incapable de lire, il déchiffra les lettres sur la couverture.

« I.L.I.A.D.E.»

Ses gros doigts tournèrent rapidement les pages.

Mordélia l'avait prévenu, il fut tout de même déçu : il n'y avait aucune image ! Seulement des milliers et des milliers de lettres imprimées, collées, tels des insectes écrasés entre des feuilles blanches. Bill réalisait que ce livre ne lui servirait à rien, qu'il ne serait jamais capable de le comprendre. Bien sûr, Mordélia allait lui en parler, lui expliquer, mais ce serait comme lui raconter une histoire. Il ne pourrait rien partager !

Bill continuait de tourner les pages. Il se sentait stupide. Il savait que ces lettres serrées, quand on était capable de les déchiffrer, provoquaient une sorte de magie, formaient des images plus belles encore que celles des livres d'images, parce qu'on les fabriquait avec ses propres rêves. Mordélia lui avait appris ça.

— Explique-moi, dit-il doucement. Explique-moi, Mordélia.

— C'est un livre très ancien, fit la fille habillée de noir.

Ses yeux pétillaient comme jamais. Elle, d'ordinaire si distante, si absente, semblait s'éveiller au simple fait de partager sa lecture avec quelqu'un.

— C'est un des premiers livres que les hommes ont écrits, il y a des siècles et des siècles.

— Il raconte quoi ?

— Une guerre... Une guerre très belle. Je te la raconterai. Tu verras, c'est beau, une guerre.

Bill n'arrivait pas encore à se fabriquer d'images précises. Il n'avait qu'une vague conscience de ce qu'était la guerre : une bagarre générale ? Par exemple, tous les enfants du tipi contre ceux du château.

— Tu l'as lu souvent ? demanda-t-il à Mordélia.

— Des centaines de fois. Je ne sais pas qui je préférerais être. Pas la pauvre Cassandre en tout cas. Pourquoi pas la belle Hélène ? Ou la sage Andromaque ? Mais non, je crois que si j'avais à choisir, je préférerais être la toute-puissante déesse Athéna.

Bill ne comprenait rien. Qui étaient ces femmes ? Les yeux de Mordélia brillaient d'une forme de folie qui le fascinait.

— Je te raconterai cette histoire, continua-t-elle, je te raconterai cette guerre. (Elle laissa filer un court silence.) Quand nous aurons gagné la nôtre !

La nôtre ? répéta Bill dans sa tête. *La guerre contre les enfants du château ?* Bill fut content de revenir en terrain plus connu. Mordélia se leva. Elle paraissait minuscule comparée à la grande statue.

— Nous devons nous préparer, King-Bill. La guerre va être déclenchée. Plus rien ne peut l'empêcher maintenant. (Elle leva les yeux au ciel.) Et plus rien ne peut nous empêcher de la gagner, maintenant que le soleil de fer est tombé.

— Que dois-je faire, Mordélia ?

— Prépare des armes en secret ! Des cornes, comme celle d'antilope que tu m'as offerte. Trouves-en d'autres. Et des pierres aussi. Des pierres pointues. Des couteaux. Des haches. Cache-les, nous en aurons besoin, le moment venu. Et pas à un mot à Vanylle-la-dégonflée, tu arriveras bien à les compter toi-même.

Bill tremblait à nouveau d'une formidable excitation. C'était à lui que Mordélia confiait cette mission dont dépendait l'avenir du tipi ! Sauf qu'il était devenu méfiant. Quand il se précipitait, tout finissait par se retourner contre lui.

— Et Akan ? demanda-t-il. Akan est d'accord pour la guerre, maintenant ?

— Akan sera d'accord quand il le faudra. Et il saura la mener. Parce que tu l'auras bien préparée. Mais...

Mordélia sembla réfléchir. Bill n'aimait pas trop l'idée de tout préparer, en secret, pour qu'Akan n'ait plus qu'à descendre de son quatrième étage un matin et dire : « Allez les gars, on y va, servez-vous dans le trésor de King-Bill, choisissez les armes que vous voulez et suivez-moi. » Pourtant, si Mordélia le lui demandait...

— Mais, continua Mordélia, fixant l'eau noire du fleuve. Il nous manque encore deux éléments importants avant de pouvoir attaquer. Le premier, c'est comment entrer dans le château. (Elle prit le livre des mains de Bill et le feuilleta, s'arrêta vers la fin. Ses yeux brillaient à nouveau.) Dans cette guerre, les Grecs attaquent aussi un château, enfin une ville protégée dans un château, et ils vont attendre dix ans avant de pouvoir y pénétrer... Mais nous, on ne va pas attendre dix ans ! Parce que c'est écrit dans ce livre, la ruse pour y entrer est révélée !

Elle baissa les yeux, se perdit dans les lignes noires des dernières pages. Ses paupières battaient à toute vitesse.

— Le cheval de Troie… Gagner leur confiance, entrer par surprise…

Elle semblait pressée de vivre les mêmes émotions que celles qu'elle ressentait en lisant le livre, du moins, c'est ce que Bill pensa. Comme lui avec ses animaux. À force de les imaginer, une fois son livre fermé, il ne pouvait plus penser à rien d'autre que de les voir en vrai.

— J'ai besoin de toi pour autre chose, King-Bill, continua Mordélia. Il nous faudra une raison pour déclencher la guerre.

— Ne pas se laisser crever de faim, ça ne suffit pas ? demanda Bill en se forçant à hausser la voix.

— Akan voudra négocier. Mais on ne déclenche pas une guerre en allant mendier. On déclenche une guerre parce qu'il y a eu trahison. Parce qu'on réclame justice, vengeance et réparation.

Les yeux de Mordélia lançaient des éclairs, ils auraient fait peur à n'importe qui, pas à King-Bill. Cette fille était la véritable cheffe du tipi ! Cette fille était déterminée. Cette fille serait sans pitié. Mordélia se retourna, ferma son livre, le rangea dans son sac, avec les deux autres.

Quel pouvait être le troisième ? se demanda fugitivement Bill. Mordélia posait déjà à nouveau ses yeux sur les siens, plus noirs encore que l'eau du fleuve.

— Tu devras trouver la preuve que les enfants du château nous empoisonnent !

— Et… Et si je ne la trouve pas, bredouilla Bill, soudain inquiet.

— Alors tu l'inventeras !

23

LA PISTE JAUNE

Tout autour du chalet, la nuit était tombée. La lune se reflétait dans l'eau ridée du lac. Le vent agitait doucement la cime des grands pins. Les bois étaient peuplés de cris de la nuit. Hiboux, coucous... et loups. Des cris nocturnes qui rassuraient plus qu'ils ne faisaient peur.

Une forêt qui hurle la nuit est une forêt dont les animaux vivent encore.

Un feu crépitait dans la cheminée du chalet. Les treize enfants des deux expéditions réunies s'y reposaient, fatigués comme chaque soir après leur journée passée à explorer méthodiquement chaque mètre carré de la forêt, coloré au fur et à mesure sur la carte de Brazza.

Solario avait avancé une chaise près de l'âtre, pour mieux profiter de la lumière. À l'aide d'un couteau fin, l'enfant-Savant disséquait le ventre d'une poule d'eau ramassée dehors à la fin de l'après-midi.

— Agnel ! appela Solario. Agnel, viens voir quelque chose.

Agnel se tenait avec un autre groupe d'enfants, tipi et château mélangés, près de la fenêtre. Sur un lit de fougères, de la terre était étalée. De la terre mêlée à de la bave, des poils gris et des excréments. Noam se bouchait le nez pendant qu'Agnel, à l'aide d'une petite branche, examinait les différents éléments. Gulo-Gulo les avait trouvés près du lac supérieur, à moins de cent mètres du chalet, dans la boue, comme si un animal y avait dormi toute la nuit. Un animal de grande taille, dont les empreintes de pattes ressemblaient à celles d'un loup.

— Agnel, demanda avec inquiétude Pépin, c'est… C'est les traces d'un loup… heu… d'un loup normal ? Ou… Ou du Luponéro ?

— Comment veux-tu que je le sache, répondit Agnel, agacé, tout en continuant de remuer la terre malodorante avec sa tige. Tu crois que je sais reconnaître le caca du Luponéro ?

— Agnel ! insista Solario à l'autre bout de la pièce. Agnel, viens voir, s'il te plaît.

Agnel délaissa Pépin pour s'approcher de la cheminée.

— Regarde, précisa Solario. Regarde dans le ventre de cet oiseau. C'est la première fois que je vois ça.

Agnel se pencha alors que l'enfant du château écartait l'abdomen du volatile à l'aide de son couteau. De fines traces jaunes, très vives, presque fluorescentes, coloraient les parois de l'estomac de la poule d'eau.

Enfin ! pensa Agnel. Ils se trouvaient face à la première trace visible de l'empoisonnement des oiseaux... et de tous les autres animaux. Avait-il découvert la source de la pollution ? Il était persuadé, sans même avoir besoin de lui parler, que Solario partageait son analyse.

— Gulo, où as-tu trouvé cet oiseau ? demanda Solario.

— Près de la grande cascade. Je cherchais quelque chose de mangeable. Il était à moitié tombé dans l'eau, le bec dedans et les pattes dehors.

Solario et Agnel dirigèrent tous les deux le regard vers la fenêtre. Ils ne distinguaient que les ombres inquiétantes de la nuit.

— Reposez-vous, fit Solario en direction des enfants. Dès demain matin, à peine le soleil levé, on ira chercher d'autres traces près du lac inférieur.

Tandis que les autres enfants se couchaient, Solario et Agnel restèrent un long moment à scruter la nuit et les étoiles. Ils aimaient converser tous les deux.

— Tu as vu ? demanda enfin Agnel à son ami du château, tout en fixant le ciel clair.

— Bien entendu. Il a disparu, il n'y a plus de soleil de fer.

— Tu vas rentrer, alors, poursuivit Agnel. Je suppose qu'ils ont besoin de toi au château.

— Tout va bien au château, assura doucement Solario. Tout va bien pour l'instant. C'est ici que je suis le plus utile, je le sens. Tout est lié... Et nous avons une nouvelle quête, désormais.

— Quelle quête ?

— La forêt est aussi grande que la ville. Plus grande même. Il y a donc plus de chances que le soleil de fer soit tombé ici, quelque part dans les arbres, plutôt que dans les rues de Paris.

La grande cascade, à demi gelée, formait une extraordinaire sculpture de glace. Certaines gouttes d'eau semblaient avoir été givrées par un mystérieux coup de baguette magique, formant de fantastiques stalactites blanches, alors que d'autres continuaient de pleuvoir en larmes froides dans le bassin d'eau transparent.

Les treize enfants ne jetaient pourtant pas un regard à la cascade. Jour après jour, ils s'étaient habitués à ce spectacle magnifique. Tous se penchaient vers les berges du lac inférieur. Ils s'entassaient dans le petit chemin coincé entre la falaise d'où tombait la cascade et les rives de l'étang.

Quatre autres poules d'eau flottaient à la surface. Couchées sur le côté. À l'aide de son bô, Solario, qu'Agnel et Suzette retenaient par la taille, essayait de rapprocher les oiseaux de la rive, pour les examiner, même s'ils savaient déjà ce qu'ils allaient trouver : du bec des oiseaux s'échappait un fin filet jaune, très vif, presque fluorescent, qui se dispersait ensuite dans l'eau du lac.

Semblable à de la peinture qu'on diluerait dans de l'eau, pensa Solario. Comme quand Donatello, dans le pavillon des Singes, pour peindre un soleil en aquarelle, trempait la pointe de son pinceau dans une noisette de jaune poussin sur sa palette, puis dans un gobelet d'eau.

Les enfants suivaient des yeux les traces jaunes, qui se perdaient un peu plus loin dans l'étendue du lac.

D'où venaient-elles ? D'une herbe ? D'une fleur ? D'un insecte que les oiseaux auraient avalé ? Ou à l'inverse, était-ce dans le ventre des animaux que cette substance naissait, grossissait, pour ensuite se répandre dans la nature, et infecter l'eau, la terre, toute la chaîne alimentaire ? Il fallait suivre la piste jaune. Il fallait retrouver la source, il fallait...

— Le... Le... Lupo...

Pépin avait prononcé ces mots presque en pleurant. Les treize enfants relevèrent la tête. D'un coup, ils oublièrent les poules d'eau mortes, les traces jaunes, la beauté des stalactites de la cascade. Tous firent instinctivement un pas en arrière, mais se retrouvèrent coincés entre la falaise, la cascade et le lac. Un cul-de-sac !

— Ce n'est pas le Luponéro, fit Agnel d'une voix qu'il voulait assurée.

Elle ne l'était pas.

— C'est... C'est un loup ! précisa-t-il.

Même si tous les enfants avaient déjà compris.

Un loup affamé !

Le loup, immobile, observait les enfants à une dizaine de mètres devant eux, leur barrant toute possibilité de fuite. Agnel essayait de réfléchir le plus vite qu'il pouvait. En plus d'être affamé, le loup paraissait blessé. Ou plutôt, paraissait avoir été blessé, puis guéri. Une plaie cicatrisée courait de son cou à sa patte droite, et une de ses paupières pendait.

La bête sauvage les traquait du regard de son seul œil noir. Elle ouvrait lentement sa gueule, poils hérissés, crocs aiguisés, semblant avoir compris que les enfants étaient désormais la seule nourriture comestible de la forêt.

Solario, Brazza et Romania avaient placé leur bô en rempart, mais Agnel avait conscience que ces morceaux de bois ne serviraient à rien contre les crocs du fauve. Un enfant de douze ans n'est pas de taille à lutter contre un loup adulte.

Le monstre bandait ses muscles, prêt à bondir.

Les enfants reculèrent encore, quelques centimètres, se tassant contre la falaise, sans se rendre compte qu'une telle promiscuité, au lieu de les protéger, les empêcherait plus encore de bouger, de se défendre, qu'ils deviendraient des proies plus faciles à piéger.

— Il faut se disperser, dit doucement Agnel. Courir droit devant. Le loup ne pourra pas nous attraper tous. Il en choisira un, ou deux, et les autres pourront se sauver.

Il avait raison. Sauf qu'aucun enfant ne parvenait à bouger. Tétanisés.

Le premier qui s'avancerait serait sans doute celui qui se ferait dévorer. Avec de la chance, pendant que le loup l'égorgerait, les autres pourraient passer.

Mais qui oserait se sacrifier ?

Aucun garçon, aucune fille ne parvint à esquisser le moindre geste.

Ce serait donc le hasard qui déciderait lequel des enfants serait déchiqueté, puis dévoré cru.

Ce serait donc le loup qui choisirait.

Il n'était pas cruel, il avait seulement faim. Il ne jouerait pas avec sa proie, il se contenterait de traîner le corps ensanglanté de l'un des leurs jusqu'à sa tanière, pour fournir de la chair fraîche à sa louve, ses louveteaux, sa meute.

Le loup les fixa une dernière fois, prit appui pendant une seconde sur ses pattes arrière, puis d'un saut gigantesque, gueule ouverte, crocs luisants, bondit vers les enfants.

24

MOMIES, SPHINX ET SARCOPHAGES

— Bonjour, le Sphinx !

— Chut, Saby !

— Oh ! là, là ! On a bien le droit de s'amuser. Des années que je ne suis pas entrée dans le pavillon des Savants. Faut arrêter de stresser, Majesté !

Tout en tenant la torche dans le couloir noir, Zyzo riait de voir les deux copines se chamailler. Du coup il n'éclairait plus grand-chose.

— Eh bien, répliqua Alixe, si c'est pour nous faire remarquer, t'avais qu'à y aller toute seule à ton rendez-vous nocturne chez les Savants.

Saby repéra sur le mur un masque de momie et sursauta.

— Tu plaisantes ! Ces trucs me foutent grave la trouille !

— Alors tiens-toi tranquille...

— Rrrroh, faut bien les décoincer un peu, ces rats de laboratoire qui bossent ici jour et nuit.

Elle sursauta à nouveau, manquant de se griffer au bec d'un masque d'Horus, le dieu faucon, et se tourna vers Zyzo.

— Arrête de trembler, mon petit crapaud du Nil, et tiens ta loupiote droite !

Ils passèrent sous un porche gravé de hiéroglyphes et se retrouvèrent au milieu de salles où étaient exposés des dizaines de sarcophages.

— Le dortoir est au bout, tout droit, après l'escalier, expliqua Zyzo.

Contrairement aux deux filles, il connaissait les lieux pour avoir suivi plusieurs cours dans le pavillon des Savants. Il avait adoré circuler parmi ces masques étranges, ces bustes aux têtes d'animaux, ces gros scarabées d'or et ces chats de pierre noirs, maigres et fiers. Toutes ces traces d'une ancienne civilisation disparue elle aussi, avant de laisser place à celle que le nuage toxique avait balayée.

Saby gardait ses distances avec une statue de Bastet, la déesse chatte.

— J'aurais préféré avoir rendez-vous dans le dortoir des garçons-Soldats en pyjama, fit-elle, plutôt que dans la cave des grosses têtes à lunettes. Mais c'est ici que m'attend mon chéri, transi d'amour pour sa belle Saby.

Zyzo et Alixe ne savaient pas grand-chose de ce que Saby venait faire ici, à six heures du matin, alors que presque tous les enfants dormaient encore, si ce n'est qu'elle avait rendez-vous avec un des enfants-Savants, Valère, pour lui demander un service. Zyzo éclaira avec sa torche des masques égyptiens à tête de serpent et de rat. Saby leur tira la langue.

— À droite, fit Zyzo, levant sa torche, c'est le laboratoire.

Par la porte, ils aperçurent quelques Savants, étrangement déjà réveillés, qui travaillaient dans la pièce d'à côté. Pastor et Moébia saluèrent respectueusement leur reine, sans se déconcentrer de leur tâche qui consistait à examiner, à l'aide de microscopes, des plaquettes de verre imbibées de sang. Sur les étagères du laboratoire, Zyzo remarqua une dizaine de cages dans lesquelles des oiseaux étaient enfermés.

Zyzo crut reconnaître les cages d'osier fabriquées par les enfants du tipi pour la Veillée du Sanctuaire, mais quant aux oiseaux, comment savoir s'il s'agissait de ceux recueillis pour la cérémonie ? Rien ne ressemblait plus à un pigeon qu'un autre pigeon et, de plus, Zyzo n'avait pas assisté à leur envol dans la cathédrale… puis à leur chute.

Pourquoi les enfants-Savants les auraient-ils ramassés ? Pour les étudier ? Ou au contraire, attrapaient-ils des pigeons pour leur inoculer une maladie, et ensuite les relâcher ? Pourquoi ? Pour provoquer une épidémie ? Pour se débarrasser des enfants du tipi ? Si c'était le cas, il devait absolument les prévenir…

Une nouvelle fois, Zyzo se sentit si lâche, bien au chaud dans le château, nourri, instruit, à s'entraîner toute la journée au bô et autres arts martiaux en vue du tournoi de l'Étoile, à s'amuser avec Saby et Alixe à coups de batailles de coussins dans les appartements de la reine, à se goinfrer de Lollipops et parfois de raisin fermenté... Bien entendu, il était enfermé ici, contre son gré. Mais depuis combien de temps n'avait-il pas pensé à s'échapper ?

Des jours... Des semaines...

Soudain, Moébia, une fille-Savante parmi les meilleurs élèves en anatomie, l'une des chouchoutes de Liu, les remarqua. Elle se leva brusquement et s'avança jusqu'à la porte du laboratoire.

— Désolée, ma reine, tu n'as rien à faire là !

Et elle claqua la porte.

Qu'est-ce que les enfants-Savants trafiquaient ? s'interrogea une nouvelle fois Zyzo. Une recherche si secrète qu'ils osaient manquer à ce point de respect à leur souveraine ?

— Hé oh, crapaud, tu t'es momifié ou quoi ?

Le rire de Saby tira Zyzo de ses réflexions. Ils traversèrent une nouvelle salle, descendirent un escalier raide et sombre, puis Zyzo désigna de la main une pièce devant lui, dont l'entrée était éclairée de deux torches.

— Le dortoir est au fond !

— Ok, fit Saby, soudain moins délurée. Merci de m'avoir accompagnée. Vous pouvez me laisser ?

Intrigués, Zyzo et Alixe abandonnèrent Saby, non sans lui jeter un dernier regard. Ils la virent lisser son pantalon troué, réajuster son chemisier tout en dégrafant le premier bouton. Respirer longuement.

— Qu'est-ce qu'elle va faire ? demanda Zyzo.

— Aucune idée, répondit Alixe.

Saby attendit quelques minutes devant la porte du dortoir des enfants-Savants. Elle eut le temps d'attraper une Lollipop à la fraise, avant qu'un garçon n'en sorte.

— On avait dit six heures ! fit Saby d'une voix impatiente.

— Je sais, répondit le garçon. Heu... Je me suis couché tard hier soir. Fallait que je révise le cours sur les monuments précolombiens et...

— Ça pouvait attendre ! Ils sont là depuis mille ans, ils vont pas disparaître en une nuit !

Le garçon bafouilla des excuses pendant que Saby le dévisageait.

Valère, le Savant avec qui elle avait rendez-vous, souffrait à ses yeux d'un gros défaut : il était moche, vraiment très moche, avec une petite tête blanche, une peau grasse, des boutons, comme si on l'avait ressorti vivant d'un sarcophage, des siècles plus tard, après une momification ratée. Valère faisait preuve cependant d'une qualité hors normes : il était le plus fort en histoire de tout le château. Sur les périodes anciennes, il en connaissait peut-être même davantage que Liu ou Ogénor. Il était incollable sur les hommes préhistoriques, l'Antiquité, les civilisations anciennes... Enfin, Valère possédait une dernière particularité, que Saby n'arrivait à classer ni dans les qualités ni dans les défauts : Valère était amoureux d'elle ! Souvent, quand il la suivait comme un petit chien entre les sept cheminées de la cantine ou dans la galerie d'Apollon, c'était franchement un défaut. Mais ce matin-là, c'était clairement une qualité.

— J'ai besoin que tu me rendes un service, Valère. Pour toi, ce sera rien du tout...

— Bien sûr, Saby, bien sûr... Tout ce que tu veux.

Sa face toute blanche rougissait comme une pomme à croquer.

— Voilà, faut que tu m'expliques ça !

Elle se trémoussa pour tirer de la poche arrière de son pantalon ultra-serré un morceau de papier plié en quatre.

— C'est moi qui l'ai dessiné. De mémoire. Tu ne vas pas te moquer ?

— Non non, balbutia Valère.

Son visage avait viré couleur pomme trop mûre.

— C'est un tableau qui était accroché à la galerie des Poussières et qui a disparu. Envolé. Comme s'il n'avait jamais existé. Il s'appelait *Les Sabines*, comme mon prénom, alors je veux savoir quelle histoire il raconte !

Valère observa le morceau de papier froissé. Saby avait un peu honte. On reconnaissait à peine les personnages, les femmes entre les guerriers et les bébés à leurs pieds.

— Tu n'as rien d'autre ? Le nom du peintre ? L'époque ? Le courant artistique ?

— Tu te fous de moi ? répliqua la voix cassante de Saby.

Valère avait pris la teinte d'une pomme pourrie.

— Je te fournis le nom de l'œuvre, continua Saby sur le même ton, avec un chef-d'œuvre signé de ma main, et ça ne te suffit pas ?

— Si, Saby, si…

— T'es le meilleur fouineur d'archives de tout le château, c'est bien ce que tu m'as dit ?

— Bien sûr, Saby, mais…

Elle pencha un instant sa tête en arrière, puis la tourna de profil, façon égyptienne, pour que Valère puisse admirer la cascade de ses cheveux sur sa nuque et le dessin de son visage, de son menton à son front.

— Alors prouve-le-moi !

Elle ajouta un sourire, pour l'encourager.

— C'est important pour moi ! Sûrement plus important qu'on ne croit. Et surtout, top secret, tu ne dois pas en parler. Surtout pas à Isa-Lys, ni à personne d'autre chez les Singes. Il y a un mystère bizarre derrière tout ça.

L'importance de sa mission donna un peu d'assurance à l'apprenti historien.

— Et… moi… je gagne quoi ?

Saby le fixa, feignant la surprise. Valère semblait se consumer rien qu'à la regarder, comme s'il cuisait de l'intérieur, que sous le rouge de ses joues brûlaient des braises sous-narines. Est-ce ce qui expliquait sa tête de bougie fondue ? Saby se retint d'exploser de rire.

— Tu veux quoi ? demanda-t-elle.

— Ben... ça mérite au moins un bisou !

— Sur la joue ?

Saby observa la peau grasse de Valère. À bien y réfléchir, elle lui parut encore plus molle que de la cire, plutôt un genre de dentifrice ou de pâte de fromage qu'Honorat leur servait parfois aux repas.

Valère le timide devenait de plus en plus entreprenant.

— Je pensais plutôt sur la b... bou...

— Tu veux que je mélange ma salive à la tienne ? résuma Saby.

— Oui !

Saby réprima une grimace de dégoût, mais Valère au contraire semblait quasiment entrer en transe, les yeux exorbités et la bouche ouverte.

— Ok, fit Saby, marché conclu ! Tiens !

Elle ôta la Lollipop à la fraise de sa bouche, et avant que Valère ait le temps de refermer la sienne, lui enfourna la friandise gluante et sucrée entre les lèvres.

— T'es sûr que c'est par là ?

La torche de Zyzo éclairait un mur entier de hiéroglyphes. Les symboles dansaient sous la lumière des flammes. Alixe et lui se trouvaient dans une salle basse, voûtée, où ils n'étaient jamais entrés.

— Je crois qu'on s'est perdus, admit Zyzo.

— Pas grave, on est des explorateurs, le rassura Alixe, plus excitée qu'effrayée. On cherche le tombeau de Toutankhamon sous la pyramide.

Toutantaqui ?

Les quelques cours d'histoire qu'avait suivis Zyzo dans le pavillon des Savants lui suffisaient rarement pour comprendre les allusions des autres enfants.

— On devra juste faire attention à la malédiction, ajouta Alixe.

Ils entrèrent dans une autre salle, plus basse encore, commandée par une immense statue d'Anubis, le dieu chacal.

— De toutes les façons, fit Zyzo, pour sortir d'ici, il n'y a qu'à trouver des escaliers et remonter !

— Et puis on n'est pas tout seuls, regarde !

Ils repérèrent une torche qui se consumait à l'autre bout de la pièce voûtée. Ils avancèrent. Les enfants-Savants qui l'avaient allumée, et qui ne devaient pas se trouver loin, pourraient leur indiquer le chemin.

Alixe et Zyzo furent déçus. La torche semblait se consumer seule, enfoncée dans le bec d'un masque d'ibis accroché au mur, comme abandonnée là.

Il y avait très peu de temps...

— Fascinants, ces souterrains, affirma soudain une voix dans leur dos.

Alixe reconnut immédiatement la voix, mais elle appartenait à la dernière personne qu'elle aurait cru trouver là.

Ogénor !

Comment avait-il pu parvenir jusqu'ici ? Sans ascenseur ? Dans ce dédale de couloirs étroits et de marches ? Connaissait-il un passage secret ? Et, plus étrange encore, qu'est-ce qu'il faisait là ?

Zyzo et Alixe se retournèrent. Ogénor se tenait devant eux, seul, assis dans son fauteuil roulant, comme s'il se trouvait en plein soleil sous la verrière de la pyramide.

Curieusement, le conseiller ne leur demanda pas ce qu'ils fichaient tous les deux, à six heures du matin, dans les couloirs déserts du pavillon des Savants. Ogénor donnait l'impression de déjà le savoir, telle une sorte de dieu égyptien auquel on ne peut rien dissimuler.

— Ma présence ici doit vous surprendre, ajouta Ogénor. Mais quand vous connaîtrez son motif, vous serez encore plus surpris...

— Tu... Tu cherches quelque chose ? demanda Alixe. Un... Un trésor ?

— En quelque sorte.

Zyzo imaginait déjà que les souterrains du château dissimulaient des trésors cachés. C'était d'ailleurs le cas, il existait dans le château des pièces fermées, remplies de vieux objets, de statues cassées, de tableaux abîmés, où aucun enfant n'avait le droit d'entrer. Peut-être, pensa Zyzo, qu'avec la chute du soleil de fer,

Ogénor voulait tout réorganiser : agrandir les pavillons, ouvrir de nouvelles chambres, et pourquoi pas accueillir de nouveaux enfants…

— Ce trésor que je recherche, précisa Ogénor, c'est celui de notre naissance.

Il laissa Zyzo et Alixe réfléchir, puis s'expliqua :

— Je cherche le tombeau de Marie-Lune !

La pièce voûtée aux hiéroglyphes semblait danser sous les torches. Les sarcophages verticaux de pharaons aux yeux vides paraissaient dissimuler des monstres, cachés à l'intérieur, qui les regardaient. Alixe repensa aux derniers mots de Marie-Lune :

Quand vous écouterez ce message, je serai morte depuis plus de six ans. Gardez-moi dans un coin de vos têtes, et surtout, après avoir écouté ce dernier message, ne cherchez pas à me retrouver.

Son commandement était clair !

Ne cherchez pas à me retrouver.

Pourtant Ogénor, le membre du conseil toujours le plus respectueux des ordres de Marie-Lune, lui désobéissait…

— Mais, demanda Alixe sans comprendre, pourquoi penses-tu que Marie-Lune est enterrée ici ? Elle est morte depuis plus de six ans. On doit se débrouiller sans elle, elle nous l'a dit…

— Elle est ici, se contenta de répondre Ogénor. Elle était très malade dans la dernière vidéo. Elle l'a enregistrée dans le château, elle était la dernière grande personne vivante. Elle n'a pas pu aller ailleurs se cacher pour mourir, elle n'en aurait pas eu la force. Ni la volonté. Elle est forcément restée là. Parmi nous. Quelque part.

Alixe se fit la réflexion qu'Ogénor, d'ordinaire si froid et sage, ne lui avait jamais paru aussi fragile. Et, autre surprise, lui aussi était donc capable d'enfreindre un commandement !

Elle continua d'interroger son conseiller :

— Et alors ? Ça changerait quoi de retrouver son cercueil ? Ou même simplement son squelette ?

— Seule Marie-Lune connaît les réponses, répondit d'une voix très douce Ogénor. Qui sommes-nous, Alixe ? Pourquoi avons-nous été réunis dans ce château, toi, moi, Liu et les autres ? Qui étaient nos parents ? Seule Marie-Lune connaît la vérité. Sur chacun de nous...

Tout en parlant, Ogénor continuait d'examiner les hiéroglyphes à la lueur des flammes. Alixe s'apercevait que le cerveau d'Ogénor, en même temps qu'il poursuivait la conversation, ne cessait de réfléchir à l'endroit où pourrait se dissimuler une tombe secrète.

— Marie-Lune est morte ! cria Alixe, autant pour s'en persuader que pour le déconcentrer.

Zyzo s'était assis par terre, écoutant, ne disant rien, comme s'il n'était pas concerné.

Lui aussi repensait aux derniers mots de Marie-Lune, les tout derniers.

Je pense très fort à chacun de vous.

Je vous aime, tous, comme aurait pu vous aimer chacune de vos mamans.

Cet amour ne le concernait pas. Lui n'avait jamais eu de maman. Et n'en aurait jamais.

— Oui, répondit toujours aussi calmement Ogénor. Sans doute. Elle est morte. Même si nous n'en avons pas la preuve. Mais elle nous a forcément laissé autre chose. Un signe. Un testament. Un fil. Pas juste un écran vide !

Alixe fit glisser son regard sur les hiéroglyphes, les sarcophages. Oui, bien entendu, Marie-Lune pouvait fort bien avoir organisé sa mort, comme les pharaons de l'Égypte antique. Avoir caché son tombeau derrière des murs secrets.

Pourtant, bizarrement, ce n'était pas l'image de dieux égyptiens qui lui venait à l'esprit, c'étaient celles des dizaines de tableaux de la galerie des Singes qui représentaient la Vierge Marie, ainsi que tous ces hommes et femmes peints avec une auréole au-dessus de la tête. Ces personnages auxquels les grandes personnes, avant le nuage, croyaient. Ces saints – ils les appelaient ainsi – qui n'avaient pas de tombes, parce qu'après leur mort, ils montaient au ciel, devenaient des anges blancs et ailés. Comme les colombes.

Étaient-ils eux aussi condamnés à s'inventer de telles superstitions ? Seraient-ils capables de construire un monde où l'on ne cherche pas à retrouver ceux qui sont morts ?

Si parmi les enfants, même Ogénor ne le pouvait pas, qui le pourrait ?

— Elle est là, dit encore Ogénor. Elle est là, quelque part, je le sais.

L'enfant handicapé frappait méthodiquement les accoudoirs de fer de son fauteuil contre les murs de pierre. Il s'acharnait à trouver un passage secret. Alixe imagina qu'il passerait des nuits, et encore d'autres nuits, à chercher. Elle avait même l'impression qu'Ogénor avait pleuré.

De tous les enfants, il était de loin celui qui entretenait avec Marie-Lune le lien le plus fort, à cause de ces heures passées à la rotonde d'Apollon en tête à tête avec elle.

Alixe comprenait. La chute du soleil de fer. L'absence définitive de l'image et de la voix de Marie-Lune sur un écran. Pour Ogénor, Marie-Lune n'était pas morte il y a six ans. Elle était morte hier.

Oui, Marie-Lune les avait tous aimés, comme une maman aime chacun de ses enfants. Mais Ogénor était son préféré.

— Viens, fit-elle à Zyzo. Viens. Je pense qu'Ogénor veut rester seul.

25

L'ENFANT QUI PARLAIT AUX LOUPS

Le temps s'était arrêté. Même les gouttes d'eau froide de la cascade ne semblaient plus tomber. Plus aucun enfant ne respirait.

Le loup gris allait s'abattre sur eux, sur l'un d'eux au moins, alors les autres devraient fuir le plus vite possible, abandonnant la victime pour sauver leur vie.

Les plus courageux ouvrirent les yeux et virent le saut de l'énorme carnassier, sa gueule béante, s'apprêtant à croquer dans les chairs tendres des enfants tétanisés, coincés le long de la falaise du lac inférieur.

C'était fini. L'un d'eux, plusieurs peut-être, allaient mourir, dévorés.

Moins d'une seconde, et les crocs se planteraient.

Les enfants n'entendirent alors qu'un sifflement, au-dessus de leur tête, et virent, du moins ceux qui avaient les yeux ouverts, un éclair passer. Un éclair de bois, descendant du ciel, qui vint se planter dans la poitrine du loup gris.

Sous l'impact, la bête s'écroula sur le côté, aux pieds des enfants, le poitrail transpercé d'une flèche, longue et large.

Le monstre avait été tué sur le coup.

Stupéfaits, réalisant le miracle sans le comprendre, les treize enfants levèrent les yeux vers le sommet de la petite falaise qui les surplombait.

Ils aperçurent un enfant. Un étrange enfant.

Il avait leur âge. Il n'était ni plus grand de taille ni plus musclé, rien ne le différenciait d'eux à part ses cheveux très longs, très noirs, qui lui arrivaient jusqu'aux fesses, et les dessins sur son corps entièrement nu, à l'exception d'un pagne de tissu : des lunes, des soleils, des étoiles, des fleurs, des arbres, peints sur ses bras, ses jambes, son torse, son front.

Le Luponéro, pensèrent immédiatement quelques enfants.

Le Luponéro !

Venaient-ils d'échapper aux crocs d'un loup pour tomber dans un piège plus terrifiant encore ?

L'enfant, nu malgré le froid, ne tremblait pas. Il regardait le groupe de garçons et de filles, vingt mètres plus bas, comme s'il s'agissait d'une colonie de fourmis. Il tenait dans sa main droite un arc étrange, presque plus haut que lui, composé d'une sorte de bras articulé en bois permettant de tendre davantage la corde, au-delà de l'envergure de ses bras de garçon de douze ans. Son autre main serrait une dizaine de flèches presque aussi longues que les bôs.

— Il va nous tuer, hurla soudain Pépin, il va nous tuer comme il a tué le loup.

Il se mit à courir, paniqué, le long du lac. Oryelle le suivit, criant qu'elle non plus ne voulait pas finir comme le loup, une flèche dans la poitrine, puis Noam se précipita derrière eux, terrifié, mais sans qu'aucun cri sorte de sa bouche grande ouverte.

Les trois enfants disparurent rapidement, au-delà des berges du lac, dans le chemin qui serpentait, sans que le Luponéro bouge.

Ni qu'aucun des dix autres enfants s'enfuie.

Solario et Agnel, au contraire, avaient décidé de s'avancer vers leur sauveur, quand l'enfant nu laissa tomber à ses pieds son arc et ses flèches et, avec une habileté sidérante, descendit la falaise, aussi souple qu'un lézard.

En une seconde, il se trouva au chevet du loup. Il s'accroupit et passa doucement ses mains sur son poitrail, son cou, son museau, ses yeux.

L'enfant pleurait. Ses larmes faisaient fondre la lune et le soleil noirs peints sur ses joues.

Agnel ne parvenait pas à le quitter des yeux. Il trouvait magnifique cet enfant étrange, pas plus âgé qu'eux, et qui pourtant paraissait en savoir tellement davantage sur la nature, bien davantage que les enfants du château avec leur science. Comme s'il était devenu plus animal qu'humain !

L'enfant nu se redressa. Agnel s'avança d'un pas. Ils se regardèrent longuement.

Oui, se répétait Agnel dans sa tête, *cet enfant est devenu un animal. Comment communiquer avec lui ?*

Il se produisit alors un fait plus étrange encore. Le Luponéro, puisque c'était ainsi que tous continuaient de l'appeler, parla. Parla le premier. Et ils le comprenaient !

— Il s'appelait Akela, dit-il d'une voix claire, pure et légère comme l'eau d'une rivière. Je l'avais soigné il y a quelques mois. Je l'avais sauvé. Il était mon ami. Et je l'ai tué.

L'enfant nu continuait de caresser la fourrure du loup allongé à ses pieds. Les enfants grelottaient mais lui ne laissait paraître aucun signe de froid.

— J'aurais dû le laisser vous tuer. Akela était mon ami. Vous, non. Je lui ai volé la vie pour sauver la vôtre. Je ne sais pas pourquoi. Parce que je suis comme vous, je crois.

L'enfant nu prit le temps de comparer sa peau, ses bras, ses mains, à celles des autres enfants. Il s'exprimait bien. Mieux que beaucoup d'entre eux. Par des phrases courtes mais parfaitement compréhensibles. Solario fit à son tour un pas vers lui.

— Qui es-tu ? demanda l'enfant-Savant.

— Je ne comprends pas ta question ? Qui je suis ? Je suis… moi.

Solario posa sa question autrement :

— Je voulais dire, comment t'appelles-tu ?

— Je… Je sais pas… Je donne des noms aux animaux. Comme Akela. Moi, je n'en ai pas. J'en avais un avant. Mon père m'en avait donné un. Je l'ai oublié…

— Tu te souviens de ton père ?

L'enfant nu parut troublé. Pendant que Solario tentait de communiquer avec lui, Agnel l'observait. Il imaginait que depuis des années, cet enfant n'avait parlé à personne, du moins à aucun autre enfant. Mais pour s'exprimer aussi bien, il avait dû continuer de tenir des conversations avec des animaux, des animaux qui ne lui répondaient pas.

— Je ne veux pas en parler, fit l'enfant nu.

Un instant, cependant, il regarda vers le ciel. Agnel décida d'intervenir dans la conversation.

— Nous… Nous t'avons donné un nom… Nous t'appelons Luponéro. Parce que… Parce que… depuis des années, nous avons peur de toi.

L'enfant nu se releva d'un coup. Son regard noir de bête sauvage défia la dizaine d'enfants.

— Vous, vous me faites peur ! Pas moi ! Vous êtes dangereux ! Vous tuez les animaux ! Vous… Vous les empoisonnez !

— Tu as raison, admit calmement Agnel. Nous tuons les animaux pour les manger, comme le font aussi les animaux. Mais nous ne sommes pas responsables du poison.

— Et, précisa Solario comme s'il avait besoin de se justifier, tous les enfants ne mangent pas les animaux… Certains sont différents et…

— Je sais, coupa l'enfant nu. J'ai beaucoup regardé. Vous, les enfants avec les bâtons, ne mangez pas les animaux. Mais vous avez apporté le poison.

Il y eut un long silence. Personne n'osa demander à l'enfant nu pourquoi il affirmait cela. Les enfants du tipi et du château se jetèrent mutuellement des regards soupçonneux. Solario mit fin à ce moment gênant en s'adressant à nouveau au Luponéro :

— Aide-nous, alors.

L'enfant nu baissa les yeux vers le loup mort à ses pieds.

— Je vous ai déjà aidés.

— Aide-nous à trouver le poison qui tue les animaux, insista Agnel. C'est ce que nous cherchions. Ce poison. Tous ensemble…

Luponéro hésitait. Solario fit un pas supplémentaire et sortit de sous sa cape un sac en cuir. Il l'ouvrit et déposa sur le sol quelques petits cadavres de moineaux, de rats, d'écureuils et de grenouilles. Tous avaient été ouverts et disséqués avec un couteau fin. Solario, sans dégoût, passa son doigt dans leurs entrailles, puis le présenta à l'enfant nu.

L'index de Solario était jaune vif : la marque du poison trouvé dans l'estomac des animaux.

— C'est ce qui les tue, expliqua-t-il. C'est ce que nous cherchons.

Luponéro ne semblait pas étonné.

— C'est vous qui l'avez apporté… Il est partout à cause de vous.

— Alors, fit Solario sans chercher à le contredire, aide-nous à le trouver.

Luponéro hésitait encore.

Agnel s'avança à son tour. Il regarda longuement l'enfant nu. Il comprenait que cet enfant sauvage les avait espionnés depuis des jours, des semaines, qu'il connaissait chacune de leur attitude, qu'il savait donc à quel point eux aussi respectaient cette nature, l'observaient sans la détruire.

Même s'ils ne possédaient pas le dixième de la connaissance de cet enfant fascinant, ils se ressemblaient.

— Aide-nous, répéta Agnel. Nous avons besoin de toi...

Cette fois, Luponéro parut décidé. Il fit trois pas, se pencha et plongea sa main dans le lac. Il l'agita pour créer quelques remous dans l'eau, puis soudain y plongea les deux jambes. L'eau était glacée, mais Luponéro ne semblait pourtant pas avoir froid. Il avait de l'eau jusqu'à la taille. Il agita encore sa main dans l'eau, tout en ouvrant la bouche, sans qu'aucun son en sorte.

Comme les poissons, pensa Agnel.

Luponéro continua de longues secondes à remuer l'eau, tout en exécutant d'étranges signes avec ses doigts, et à prononcer des mots silencieux.

L'eau du lac était transparente.

Alors, un premier poisson s'approcha. Puis trois autres. Puis un banc entier, plusieurs dizaines. Tous les poissons tournaient autour de la main et des jambes de

Luponéro, comme lorsqu'on leur jette des miettes, ou n'importe quoi à manger, et qu'ils se précipitent dessus, affamés, et qu'il n'y a plus qu'à les pêcher. Sauf que Luponéro ne tenait aucune nourriture dans sa main.

Il semblait simplement leur parler.

Il forma encore sous l'eau quelques symboles incompréhensibles avec les doigts, puis agita violemment sa main, comme s'il effaçait les traces de ce qu'il venait de dessiner.

Les poissons s'éparpillèrent autour de lui. Certains commençaient à s'éloigner.

— Suivez les poissons, se contenta de dire l'enfant nu. Seuls eux ne sont pas empoisonnés. Suivez les poissons, ils vous montreront…

D'un bond, il sortit de l'eau. Les enfants du tipi et du château frissonnaient rien que de voir les gouttes glacées couler sur la peau mate du garçon, mais lui ne paraissait toujours pas ressentir la morsure du froid. Il s'approcha de la falaise et tous comprirent qu'il allait l'escalader, récupérer son arc et ses flèches, puis disparaître.

— Et toi ? fit Agnel. Tu ne restes pas avec nous ?

— Non… Mais je ne serai pas loin. Moi aussi, je suis partout.

— Tu nous surveilles ? demanda Solario. Ou tu nous protèges ?

L'enfant nu avait déjà grimpé une bonne moitié de la falaise.

— Je protège la vie, c'est tout... Et je tue celui qui la menace.

Il avait atteint le haut de la falaise. Sa silhouette se détachait dans le soleil levant. Le Luponéro paraissait soudain géant. Il agita les bras en l'air, ses doigts semblèrent aussi rapides que des ailes. Un instant, Agnel, fasciné, crut même que l'enfant allait s'envoler.

— Si vous menacez la vie, prévint l'enfant nu, je vous tuerai aussi.

Il frappa dans ses mains et, l'instant suivant, des dizaines d'oiseaux quittèrent les branches des arbres voisins pour venir se regrouper autour de lui. Un essaim d'étourneaux, de merles et de corbeaux.

Agnel n'avait jamais rien vu de tel.

Les enfants entendirent Luponéro frapper une seconde fois dans ses mains. Les oiseaux se dispersèrent aussi rapidement qu'ils s'étaient regroupés.

Luponéro, l'enfant nu, avait disparu.

26

OÙ LE LIVRE D'OR

Les beaux jours revenaient. Presque chaque matin, Zyzo se plaçait derrière la paroi de verre de la pyramide, face au Verger des Tuileries, et comptait les feuilles des arbres qui, les unes après les autres, naissaient sur les branches. Plus jamais il n'avait ressenti les coups de tambour dans son cerveau, depuis ce matin d'hiver où la neige avait recouvert la pyramide. Ce mal brutal, comme un cauchemar qui aurait voulu s'échapper de son crâne, avait disparu aussi soudainement qu'il était apparu. Zyzo, d'ailleurs, n'y pensait plus.

Quand il regardait ainsi le Verger, Alixe, souvent, l'accompagnait.

— Lorsque les rosiers refleuriront, promettait Zyzo, je te tresserai une nouvelle couronne.

Bientôt, les feuilles des arbres furent trop nombreuses, évaluer leur nombre aurait été une tâche aussi impossible que de compter les étoiles dans le ciel. Le matin, une brume épaisse recouvrait les fleurs et les troncs du Verger, mais dès la fin de la matinée et jusqu'à la tombée de la nuit, un soleil puissant redoublait d'efforts pour faire oublier son frère de fer et réveiller la nature engourdie.

Près de trois mois s'étaient écoulés depuis la chute du soleil de fer, les enfants du château avaient supporté l'hiver, et curieusement, l'absence d'électricité, de chauffage, de vidéos de Marie-Lune, n'avait pas réellement changé leur quotidien. Ils s'adaptaient !

Quelle différence, pour se chauffer, entre les radiateurs d'avant et les cheminées aujourd'hui, si ce n'est que les bûches enflammées étaient plus jolies à regarder ?

Quelle différence, pour s'éclairer, entre les ampoules électriques d'hier et les lampes à suif ou à huile aujourd'hui, si ce n'est qu'on pouvait se promener avec sa torche ?

Quelle différence entre les cours de Marie-Lune sur écran et ceux appris dans les livres ou les cahiers, si ce n'est qu'ils étaient désormais dirigés par les délégués ?

La plupart des enfants du château continuaient de suivre sagement les cours dans les trois pavillons, selon un programme établi à l'avance dans les manuels. Ils corrigeaient mutuellement leurs devoirs et acceptaient les sanctions des délégués si les leçons n'étaient pas correctement apprises.

La plupart…

Pas Saby !

Saby refusait de comprendre pourquoi il était impératif de continuer de passer ses journées en classe, à étudier des artistes morts depuis des siècles ou à reproduire des œuvres d'art démodées, alors qu'il y avait tellement mieux à faire pour occuper ses journées. Ou simplement les passer à ne rien faire ! À paresser au soleil. À discuter. À rêver. Bref, à faire ce que l'on voulait…

Saby prenait un malin plaisir à arriver en retard en classe, à ne pas écouter dès que l'enseignement la barbait, à utiliser les pinceaux et la peinture distribués par Isa-Lys non pas pour copier des chefs-d'œuvre anciens, mais pour se peindre les ongles des mains ou des pieds. À éclater de rire en plein cours. À sortir pour aller aux toilettes et ne revenir qu'une heure après, avec une nouvelle coiffure et de nouveaux habits.

Les disputes avec Isa-Lys, la déléguée des Singes, devenaient quotidiennes, et Saby aurait sans doute été contrainte d'obéir si elle avait été seule à se rebeller. Sauf qu'au grand désespoir des délégués, autour de Saby se regroupaient une vingtaine de filles.

Ces élèves turbulentes appartenaient principalement au pavillon des Singes, mais quelques-unes perturbaient aussi les cours des Savants et refusaient d'étudier les matières les plus ennuyeuses, les mathématiques ou la physique, pour se concentrer sur les plus amusantes, l'anatomie, les sciences de la nature, ou la psychologie.

Même dans le pavillon des Soldats, certaines filles protestaient pendant les exercices les plus fatigants, les parcours du combattant où il fallait ramper dans la poussière, les séries interminables d'échauffement et d'étirement, les chorégraphies où chaque enfant devait reproduire exactement les mêmes mouvements. Elles bâillaient, s'allongeaient quand il fallait se lever, riaient quand il fallait se taire. L'autorité de Jean-D'arc ne pouvait rien contre ces réfractaires, heureusement minoritaires.

Cette bande d'une vingtaine de filles, dont le nombre augmentait petit à petit, avait pour lieu de ralliement la cour intérieure sous la pyramide, où elles restaient des heures à discuter en suçant des Lollipops. Elles avaient d'ailleurs baptisé leur bande de filles les Lollygirls !

Pour mieux se reconnaître, elles portaient leurs longs cheveux décoiffés, sans bandeau ni barrette pour les retenir, et pour tout habit une simple tunique blanche, ample et sans manches, sur laquelle elles s'amusaient à dessiner leurs motifs préférés. Des fleurs, des étoiles, des cœurs pour les Singes, des visages, des mains ou des yeux pour les Soldats, des symboles géométriques pour les Savantes, ou tout autre dessin leur passant par la tête. Elles en changeaient chaque jour.

Chaque semaine, plusieurs nouvelles filles rejoignaient le groupe des Lollygirls, et elles acceptaient même certains garçons, notamment ceux qui aimaient rire et jouer de la guitare, comme Matifou, Cladrix ou Abou. Les délégués étaient bien obligés de tolérer les

Lollygirls, mais toutes savaient que la situation ne pourrait pas durer et que le conseil devrait voter.

Alixe était particulièrement ennuyée. Sa meilleure amie était à la tête de la bande de mutines et, au fond d'elle-même, elle se disait que, si elle n'avait pas été reine, elle aurait rejoint sans hésiter le groupe des filles libres et rebelles.

Ogénor lui non plus ne semblait pas pressé d'intervenir. Depuis la Veillée du Sanctuaire et la dernière vidéo de Marie-Lune, il demeurait plongé dans une profonde mélancolie. Il restait souvent des heures dans la même pièce, ne demandant à aucun enfant de porter son fauteuil roulant pour qu'il puisse descendre un escalier. Ni Zyzo, ni Alixe, ni Saby ne l'avaient croisé à nouveau dans une pièce souterraine, à la recherche de la tombe de Marie-Lune, mais tous se doutaient qu'il n'avait pas renoncé et qu'il serait incapable de faire son deuil de leur mère à tous avant d'avoir trouvé où elle reposait.

Enfin, les derniers membres du conseil, les trois délégués des pavillons, bien qu'excédés par la troupe bruyante des Lollygirls, avaient pour l'instant une autre priorité.

Le tournoi de l'Étoile !

L'immense majorité des enfants ne pensait qu'à lui. Chaque pavillon avait entraîné en secret ses trois champions pendant les longues semaines d'hiver. Le printemps commencerait véritablement ce jour-là, le jour de l'équinoxe, quand tous les enfants du château se retrouveraient à encourager leur camp, dans un lieu tenu secret par les organisateurs du tournoi !

Ce matin-là, quand Zyzo se réveilla, le château était vide !

Ce fut Osman qui vint le secouer. Le soleil venait à peine de se lever.

— Florentine et Soutïm nous attendent, fit Osman.

C'était donc le grand jour ! L'équinoxe de printemps ! Seuls Florentine, Soutïm et Osman, les arbitres du tournoi de l'Étoile, étaient là. Même si Zyzo avait passé beaucoup de temps avec Osman, son meilleur ami au pavillon des Savants, même s'ils avaient discuté pendant des heures des cartes de Paris et du reste du monde, jamais ils n'avaient évoqué ensemble le tournoi. Les arbitres devaient composer l'épreuve dans le plus grand des secrets ! Poser la moindre question aurait été considéré comme une insupportable tentative de tricherie.

Osman marcha devant Zyzo pour le conduire dans la cour intérieure, sans qu'ils croisent le moindre autre enfant. Osman était un garçon de taille moyenne, mais avec un tronc court et de grandes jambes qui paraissaient d'autant plus disproportionnées qu'il portait toujours des pantalons trop courts. Lorsqu'ils parvinrent sous la pyramide, les neuf autres champions l'attendaient. Zyzo leur adressa un signe amical, mais aucun ne lui répondit.

Étaient-ils trop concentrés avant le début du concours ? Pourtant, avant que Zyzo n'arrive, tous les candidats du tournoi semblaient plaisanter entre eux. Ils s'étaient arrêtés au fur et à mesure qu'il approchait. Le regard bleu de Novak, sans plus aucune trace d'hématome, le traversa comme s'il n'était qu'un fantôme. Depuis que les enfants-Soldats avaient appris qu'il était désigné champion de la reine, leurs provocations s'étaient calmées. Zyzo n'entendait presque plus de cris de rat ou de menaces sur son passage. Peut-être les enfants-Soldats s'étaient-ils simplement habitués à sa présence, comme deux chats sur le même territoire finissent par s'accepter…

Novak glissa quelques mots à l'oreille d'Elios, toujours coiffé de sa casquette, lunettes noires sur le nez. Les deux champions pouffèrent de rire en regardant Zyzo, avant de lui tourner le dos. *Ils se sont peut-être habitués à moi*, pensa Zyzo, mais jamais il n'avait ressenti autant de rivalité.

Il essaya de ne pas y prêter attention, et s'adressa aux trois arbitres :

— Il… Il n'y a plus d'autres enfants dans le château ?

Florentine et Soutïm le dévisagèrent d'un air méfiant, puis Osman lui répondit :

— Ils sont déjà tous dans les tribunes, avec les drapeaux et les banderoles ! Ils vous attendent. Cela fait même des semaines, des mois, un an qu'ils vous attendent !

Zyzo n'ajouta rien. Il trouvait pourtant étonnamment dangereux de laisser ainsi le château abandonné. Si les enfants du tipi avaient voulu l'attaquer, c'était à ce moment-là qu'ils auraient dû le faire. Comme s'il avait lu dans ses pensées, Osman précisa :

— Nous sortirons par le métro, en te bandant les yeux, Zyzo. Il n'existe qu'une façon d'entrer dans le château par les souterrains, toutes les autres issues sont barricadées. Surveillées et barricadées.

Zyzo eut l'impression de marcher pendant des kilomètres, avant qu'Osman lui ôte le bandeau qui lui masquait les yeux. Il s'aperçut que les autres participants du tournoi écarquillaient aussi les yeux et avaient donc également progressé en aveugles. Tous portaient un dossard sur lequel un numéro avait été inscrit, bleu pour les Singes, rouge pour les Soldats, or pour les Savants. Celui de Zyzo était blanc, et il avait hérité du numéro 10.

Ils se trouvaient dans une très grande station, Zyzo avait appris que ce qu'on appelait le métro était un ancien mode de transport souterrain, et qu'il en restait un incroyable dédale de couloirs et de tunnels sous les rues de Paris.

— Cette année, déclara Soutïm, l'arbitre du pavillon des Singes, le tournoi se déroulera sur le parvis de la Très Grande Bibliothèque.

Sa voix résonnait en écho dans la vaste pièce souterraine et vide.

— Vous ne disposerez que d'un indice, continua Osman, *Le livre d'or où le soleil se lève.*

Il n'ajouta rien. Florentine, l'arbitre du pavillon des Soldats, termina d'énoncer les brèves recommandations :

— Je vous rappelle que vous devrez faire preuve de force et de ruse, de vitesse et d'adresse, mais également de courage. Ces cinq qualités seront récompensées par cinq médailles. Celui ou celle qui remportera le plus de médailles remportera le tournoi. Que le meilleur gagne.

Les trois arbitres s'éloignèrent, plantant les dix candidats interloqués dans la station déserte.

Et ensuite ? se demanda Zyzo. *Que se passe-t-il ? Par quelle épreuve commence-t-on ?*

Et cet indice, *Le livre d'or où le soleil de lève*, qu'est-ce que cela pouvait bien signifier ? D'ailleurs, était-ce important ?

Une idée s'incrustait dans la tête de Zyzo. Est-ce qu'il ne valait mieux pas profiter du tournoi de l'Étoile pour s'échapper ? Il pouvait sûrement se perdre dans les couloirs du -M-, s'éloigner, puis trouver une sortie, et de là, rejoindre le tipi. L'instant d'après, il repoussait déjà cette tentation stupide : des enfants-Soldats, même invisibles, le surveillaient sans doute, armés de leurs bôs... Et Alixe l'avait désigné, il était son champion, il ne pouvait pas la trahir... Et il s'était tant entraîné pour ce tournoi... Et...

Il se posait encore ces questions quand il s'aperçut qu'il était le seul enfant resté immobile. Tous les autres avaient déjà filé dans le dédale de couloirs, comme s'ils savaient où se rendre. Avaient-ils disposé d'une information qu'on lui avait cachée ?

Zyzo imaginait déjà un complot ourdi par les trois pavillons pour l'éliminer avant même que l'épreuve commence, quand il comprit ! Orlane, du pavillon des Savants, dossard 3, disparaissait dans un couloir au-dessus duquel était indiqué « Sortie 3. Quai de Bercy ». Un bref coup d'œil dans le hall lui permit de repérer tous les autres chiffres : il existait dix sorties à la station ! Toutes indiquées par un numéro. Le 10 se trouvait à l'opposé du hall, en direction d'un grand escalier...

Foncer !

Zyzo sprinta, grimpa trois par trois les marches de l'escalier, puis un autre, puis un troisième. Il apercevait un rayon de lumière, la sortie était proche, il n'avait pas pris trop de retard sur les autres !

Il accéléra encore, pour brusquement s'arrêter.

La sortie était bouchée ! Des dizaines de grosses pierres obstruaient l'accès à la rue qu'on devinait derrière le palier, en haut du dernier escalier.

Zyzo s'approcha. Les pierres étaient grossièrement empilées. En un éclair, il réalisa : c'était la première épreuve ! Celle de la force. Il s'agissait de dégager l'entrée, en déplaçant les pierres, jusqu'à ce qu'une ouverture soit suffisante pour s'y glisser !

Zyzo pesta. Cette première épreuve était celle qui lui était la moins favorable. Il était conscient que Novak ou Elios du pavillon des Soldats, ou même Pastor chez les Savants étaient bien plus forts que lui.

Tant pis ! Il les rattraperait ensuite.

Zyzo s'arma de courage et commença à soulever la première pierre, qui pesait une bonne vingtaine de kilos. Il estima qu'il lui faudrait au moins en déplacer une quinzaine avant de dégager un passage...

Ne pas ralentir, surtout !

Une deuxième pierre, une troisième, une quatrième... Les mains de Zyzo le brûlaient déjà. Cinq pierres supplémentaires... Zyzo ne faiblissait pas, même s'il avait l'impression que ses bras s'étaient étirés de dix centimètres. Encore trois pierres ! Il voyait distinctement le jour désormais et entendait des acclamations de l'autre côté. Certains enfants étaient donc déjà sortis !

Accélérer encore.

Il parvint à faire s'ébouler les dernières pierres sans les porter et plongea dans l'étroite ouverture.

Dès qu'il sortit la tête au soleil, puis le torse, puis le corps entier, une immense clameur l'accueillit.

Le cœur de Zyzo cogna très fort !

Il se trouvait face au fleuve et tous les enfants du château étaient assis sur les marches, en gradins, sur la rive opposée, excités comme jamais !

Zyzo, sans ralentir, s'apprêtait à saluer d'un geste la foule des supporters quand il s'aperçut que les enfants sur les tribunes de la Seine s'étaient regroupés sous les couleurs de leurs pavillons, et que seuls les enfants du pavillon des Singes agitaient leurs drapeaux bleus avec frénésie en battant des mains et frappant des pieds. Il tourna la tête sur sa droite.

Olympe, une des trois concurrentes des Singes, venait de surgir de la sortie 7, exactement en même temps que lui. C'était elle que les enfants-Singes acclamaient et, d'ailleurs, motivée par les encouragements, elle fila aussitôt, prenant plusieurs mètres d'avance sur lui.

Zyzo reprit son souffle et s'arrêta quelques secondes pour analyser la situation. La Très Grande Bibliothèque s'élevait face à lui, de l'autre côté de la Seine. Il repérait ses quatre hautes tours de verre, fines et étroites, qui s'élevaient à chaque coin d'une large esplanade rectangulaire de bois, surélevée de plus de trente mètres au-dessus d'une cour intérieure où poussaient des centaines de pins. Une véritable forêt en plein Paris !

Pour se rendre jusqu'à l'esplanade, il n'y avait qu'un chemin, droit devant lui : un étroit pont de bois, incurvé en forme d'arc de cercle, une longue montée, un sommet arrondi, puis une longue descente.

Sprinter, franchir la Seine : la seconde épreuve était logiquement celle de la vitesse !

Zyzo prit son élan et se mit à courir pour affronter la montée du pont. Une nouvelle fois, il entendit des acclamations, à l'instant précis où il se trouvait au-dessus de la Seine. Sa joie ne dura qu'un quart de seconde, cette fois, il comprit vite que seuls les enfants-Savants, tout d'or maquillés, criaient. Et dans un souffle, il sentit Moébia, une des championnes du pavillon doré, le dépasser. Moébia était une fille presque aussi fine qu'un bô, élève brillantissime et brindille fragile. Jamais il n'aurait pu croire que cette spécialiste monomaniaque des microbes, globules et autres particules invisibles du corps humain puisse courir aussi vite !

Moébia le dépassa sous les acclamations des supporters alors qu'il peinait déjà à mi-montée ! Essoufflé, avec en point de mire le sommet du pont avant la longue descente qui menait à l'esplanade de la bibliothèque, il entendit de nouveaux hourras des enfants-Singes. Cette fois, c'était Minerva, la chouchoute d'Isa-Lys, légère comme une plume, les couettes tourbillonnant comme des hélices, qui le dépassait sans forcer. Zyzo se croyait rapide… il l'était pourtant bien moins que ces enfants entraînés depuis leur naissance.

Enfin arrivé au sommet du pont, tandis que Moébia et Minerva achevaient déjà la traversée, Zyzo put enfin accélérer, se laissant entraîner par la descente, tout en profitant de la vision panoramique. Sept autres champions se tenaient déjà sur l'esplanade… Il n'y avait donc que deux autres candidats derrière lui, sans doute Orlane, des Savants, et Donatello, des Singes. À entendre l'agitation bruyante des supporters rouges, il y avait fort à parier que Novak, Elios et Diana, les trois concurrents-Soldats, étaient parvenus sur l'esplanade depuis longtemps.

Tout en continuant de courir, Zyzo ne put repousser les pensées négatives. Il avait échoué ! Il était bon dernier, ou presque, aux deux premières épreuves de force et de vitesse... et possédait un retard irrattrapable pour les trois suivantes, la ruse, l'adresse et le courage. Lui qui avait rêvé de collectionner les médailles ! Le triomphe qu'il avait imaginé se transformait en fiasco ridicule. Pendant qu'il accélérait encore dans la descente du pont, quelques cris l'encouragèrent :

— Cra-paud ! Cra-paud !

Saby s'égosillait, accompagnée d'Estive et de Lunella, deux Lollygirls qu'elle avait dû convertir à grandes promesses de Lollipops. Zyzo eut également le temps d'apercevoir Alixe, souriante mais muette, assise à côté d'un Ogénor qui ne lui accorda pas un seul regard.

Les cris de Saby redonnèrent un peu de courage à Zyzo. Elle y mettait autant d'énergie que tous les enfants d'un pavillon réunis, et elle trouvait sûrement beaucoup plus amusant d'encourager son crapaud que le beau Novak et ses deux médailles déjà assurées autour du cou.

Enfin, Zyzo atteignit l'esplanade ! Il repensa fugitivement à l'indice. *Le livre d'or où le soleil se lève.*

Un livre, quel livre ?

Les quatre tours de verre de la Très Grande Bibliothèque étaient fermées, et les sept enfants sur l'esplanade semblaient chercher depuis de longues minutes comment résoudre l'énigme. Tous tournaient en rond sur l'esplanade qui ressemblait à une grande piste d'athlétisme surélevée autour d'une forêt centrale. Novak et Elios ne semblèrent même pas remarquer qu'il était arrivé. Leur indifférence lui fit plus de mal encore peut-être que leurs moqueries, depuis le début de l'année. Ainsi, ils avaient eu raison depuis le début : il n'était qu'une insignifiante petite souris. Zyzo s'efforça de ne pas laisser son moral tomber encore plus bas.

Le livre d'or où le soleil se lève ?

C'était donc l'épreuve de la ruse. Un livre était caché quelque part, sur cette esplanade ?

Au moins, se réjouit Zyzo, puisque tous les champions étaient bloqués, tous se retrouvaient à égalité pour les trois dernières épreuves.

D'ailleurs, Orlane et Donatello, les deux derniers concurrents, venaient enfin de les rejoindre. Les dix enfants fouillaient partout sur la grande terrasse de bois, pendant que les supporters toujours aussi bruyants se positionnaient tout autour, en chantant, criant, hurlant.

L'épreuve de la ruse ? répétait Zyzo dans sa tête.

Les enfants-Soldats étaient arrivés sur l'esplanade bien avant lui, s'il y avait eu quelque chose à trouver ici, ils l'auraient découvert. Il fallait forcément chercher ailleurs…

Un éclair traversa soudain son esprit. Et s'il ne s'agissait pas de l'épreuve de la ruse ? Mais de celle du courage !

Un instant, Zyzo leva les yeux et aperçut Alixe face à lui, couronnée de roses rouges. Il la trouva incroyablement jolie, et le sourire qu'elle lui lança lui donna des ailes, plus que si tous les enfants des trois pavillons s'étaient mis d'un coup à l'encourager. Il voulait une médaille, une seule, rien que pour elle.

Il était son champion, le chevalier de la reine.

Il suivit son inspiration, sans même réfléchir, sans rien calculer. Il prit son élan et courut le plus vite possible, non pas en tournant autour de la piste de bois, comme tous les autres enfants, mais en la traversant !

Il courut encore dix mètres, lança un dernier regard à Alixe, et se jeta dans le vide !

Un vide d'au moins trente mètres !

Une folie.

Zyzo ouvrit grand les yeux, les bras, et les referma sur le tronc du pin le plus proche, dont la cime atteignait presque la hauteur de l'esplanade. L'arbre tangua, des centaines d'épines s'enfoncèrent dans les bras de Zyzo, dans ses mains et sur son visage, les branches lui écorchèrent les cuisses alors qu'il les serrait contre le mince tronc qui se balançait… mais il avait réussi !

Immédiatement, il fut persuadé d'avoir deviné avant les autres. Tous les supporters s'étaient tus d'un seul coup, surpris par le saut de Zyzo. Au moment de son envol, il avait même entendu quelques « Ooohh ». Parmi tous les enfants du château, debout autour de l'esplanade, Zyzo attrapa le regard d'Osman. Il comprit qu'il venait de remporter la médaille du courage…

et qu'il disposait d'une courte avance sur les autres champions pour les deux dernières.

L'adresse et la ruse.

Zyzo se laissa glisser le long du pin. Les autres enfants, sur l'esplanade, hésitaient à leur tour à se jeter dans le vide en visant les arbres. Non pas qu'ils manquent de courage... Ils avaient juste conscience que si le fameux livre d'or ne se trouvait pas dans la petite forêt, ils ne pourraient jamais remonter et perdraient toute chance de gagner.

Dès qu'il atteignit le sol de la forêt, Zyzo s'aperçut qu'à cause des arbres, il ne pouvait plus voir l'esplanade. Les supporters pouvaient sans doute continuer de le suivre des yeux, mais lui se retrouvait seul.

Un grand cri retentit :

— T'es le meilleur, petit crapaud !

L'encouragement lui fit à nouveau chaud au cœur.

Cette folle de Saby !

La forêt n'était pas vaste, à peine deux cents mètres sur cinquante.

La ruse, l'adresse, que fallait-il chercher ?

En tous les cas, il fallait le trouver vite, d'autres enfants allaient sûrement eux aussi sauter...

Il se faufilait entre les arbres depuis à peine quelques secondes quand il vit la carte posée par terre, entre des fougères. Immédiatement, il la reconnut : c'était l'une des cartes d'Osman, l'une de celles qu'il collectionnait dans le pavillon des Savants...

L'épreuve de la ruse ? se méfia Zyzo.

Fébrilement, il ramassa la carte et commença à la déplier. Il reconnut la courbe du fleuve, le pont, les bâtiments de l'est de Paris. C'était la carte du quartier ! Sans doute celle qu'Osman, Florentine et Soutïm avaient utilisée pour la préparation du tournoi. Qu'est-ce que cette carte faisait là ? Était-ce un indice à décrypter pour trouver le livre d'or ? Ou bien, tout simplement, Osman avait-il perdu sa carte lors du dernier repérage ?

Un indice, ou un piège ?

Le livre d'or où le soleil se lève...

Avant d'ouvrir complètement la carte, Zyzo prit un instant pour réfléchir. Il leva les yeux vers l'esplanade pour évaluer son avance. Elle fondait à vue d'œil ! Novak, suivi d'Elios et de Diana, sous les cris déchaînés de tous les élèves-Soldats, venaient de se jeter à leur tour dans le trou et s'accrochaient au sommet de trois pins qui s'agitaient comme si une tempête s'était brusquement levée. Le tangage des arbres contrastait avec la solidité des quatre tours de la bibliothèque. Ces quatre tours aux formes étranges...

Ne plus hésiter. Ouvrir cette carte miraculeuse...

Le livre d'or où le soleil se lève...

Soudain, Zyzo comprit ! Il jeta la carte d'Osman, sans lui accorder la moindre attention, et sprinta droit vers le pied de la tour opposée.

Le livre d'or.

Les quatre tours de la Très Grande Bibliothèque ne possédaient pas une forme anodine : toutes avaient la forme d'un livre ouvert ! C'était évident quand on y pensait ! Le livre d'or se trouvait donc dans la tour Est, là où le soleil se lève !

Zyzo y parvint en quelques foulées, et comprit aussitôt qu'il avait également triomphé de l'épreuve de la ruse. Six mètres au-dessus de lui, posé sur le rebord d'une fenêtre de la bibliothèque, un minuscule livre, peint en or, était posé.

Les parois lisses de la tour-livre étaient impossibles à escalader.

Restait donc l'épreuve de l'adresse…

Zyzo, cette fois, n'hésita pas. Il entendait, aux cris de joie des supporters en haut de l'esplanade, toutes couleurs confondues, que presque tous ses concurrents avaient sauté dans les arbres, et le rejoindraient dans quelques secondes.

Le coin de forêt où il se trouvait ressemblait à une petite clairière, et en levant les yeux, il pouvait apercevoir à nouveau les supporters des trois pavillons, qui s'étaient approchés au bord du vide pour suivre à distance, trente mètres plus bas, leurs champions. Tous épiaient chacun de ses gestes. Nerveusement, Zyzo regarda autour de lui… Le sol était truffé de pommes de pin !

Ok ! Zyzo devinait en quoi consistait la dernière épreuve ! Osman et les autres arbitres avaient dû bien s'amuser à inventer leur tournoi. Il se pencha et ramassa autant de pommes de pin qu'il put, une petite dizaine, qu'il coinça entre son bras et son torse, puis se redressa.

Les supporters bleus semblaient déchaînés, encourageant sûrement Novak ou un autre champion des Soldats qui devait se rapprocher dans son dos.

Zyzo lança sa première pomme de pin, qui rata le minuscule livre d'or d'un bon mètre. Le temps de son jet, la foule des supporters s'était tue, inquiète, craignant qu'il ne réussisse à faire basculer le trophée au premier essai. Son échec fut suivi de quelques rires et de cris de soulagement.

Zyzo ressentit un douloureux pincement au cœur. À part Saby, aucun des enfants ne l'encourageait ! S'il gagnait, lui l'étranger, il déclencherait l'hostilité des élèves des trois pavillons, il le comprenait seulement maintenant.

Tant pis ! Il lança une deuxième pomme de pin, mais son jet se révéla beaucoup trop court. Il en lança une troisième plus fort, mais fit tomber dans son mouvement presque toutes les pommes qu'il tenait. Maigre consolation, il avait mieux ajusté et la mire se rapprochait.

Des rires, plus nombreux, fusaient maintenant chaque fois qu'il ratait sa cible. Zyzo entendait des pas derrière lui. Bientôt, ils seraient dix enfants à bombarder le livre d'or ! Il agrippa la dernière pomme de pin, la soupesa dans sa main et respira profondément. Il ferma un instant les yeux, fit apparaître le visage d'Alixe, sa reine pour laquelle il devait gagner, pour réconcilier les deux tribus d'enfants, lui l'étranger. Il avait appris pourquoi Saby l'avait appelé Jessie, l'autre fois, Jesse Owens, cet athlète noir qui avait gagné les jeux Olympiques chez les nazis, les Blancs les plus méchants de toute l'histoire du monde. Il ouvrit les yeux.

Sur l'esplanade, quelques cris, quelques rires, quelques « Houuuu » cherchèrent à le déconcentrer.

Son bras se déplia, la pomme de pin suivit une courbe quasi parfaite, on aurait pu croire que Zyzo parvenait à la guider de ses pensées. Novak l'avait rejoint et s'était arrêté, suivant lui aussi la course de la pomme de pin des yeux, comme si elle s'élevait au ralenti.

Le fruit sec frappa le livre d'or de plein fouet. Il bascula dans le vide. Les arbitres organisateurs avaient tout parfaitement calculé.

Zyzo s'avança. Novak, debout à ses côtés, étonnamment beau joueur, ne fit aucun geste. Il ne chercha pas à le bousculer pour lui voler sa victoire. Zyzo n'eut qu'à tendre les mains.

Le livre d'or vint s'y poser, agitant ses pages comme un oiseau apprivoisé.

Le silence.

Le silence sur l'esplanade.

Comme si chacun attendait.

Comme si personne ne savait comment réagir.

Zyzo leva les yeux, pressant le livre d'or contre sa poitrine. Trente mètres au-dessus de lui, sur l'esplanade, Alixe s'était avancée. Elle lui souriait avec un regard de fierté dont il se souviendrait toute sa vie. D'un geste élégant, elle cueillit une rose de sa couronne et la jeta vers Zyzo.

Son chevalier.

Il avait remporté trois des cinq épreuves du tournoi de l'Étoile.

Il était le champion.

La rose rouge tomba à ses pieds.

Personne encore n'osait parler.

— Bravo, petit crapaud ! hurla alors une voix féminine.

Saby !

— Zy-zo, Zy-zo, se mit-elle à scander.

Elle fut d'abord reprise timidement par quelques Lollygirls.

— Zy-zo, Zy-zo.

Dans la forêt, Zyzo s'aperçut que les neuf autres champions l'applaudissaient.

Une incroyable bouffée de chaleur le submergea. Sur l'esplanade, le nombre d'enfants scandant son nom augmentait.

— Zy-zo, Zy-zo !

Puis un drapeau rouge tomba à ses pieds. Puis un second bleu, puis un doré, puis une pluie de drapeaux.

— Zy-zo, Zy-zo !

Un triomphe.

Désormais, les dix candidats se tenaient la main, unis, alors que les enfants au-dessus chantaient leurs trois hymnes, aux paroles et mélodies mélangées.

Zyzo avait réussi. Il avait réconcilié les tribus.

Après cette victoire, les enfants du château ne pourraient plus le retenir enfermé… mais lui ne quitterait pas le château pour se sauver ! Il le quitterait pour y revenir avec ses amis du tipi.

Maintenant, on l'écouterait ! Il effacerait les malentendus, les peurs, les doutes.

Il vivait le plus beau jour de sa vie. Mais les suivants seraient plus beaux encore, tous les enfants, ses deux familles désormais, réunies.

Il se pencha pour ramasser la rose d'Alixe.

Aïe !

Son pouce se piqua à une épine, une toute petite douleur comparée aux centaines d'aiguilles de pin qui l'avaient transpercé. Une toute petite douleur pour un si grand bonheur.

Les drapeaux continuaient de pleuvoir, les enfants de chanter, les trois pavillons de se congratuler. Aucun n'avait perdu, cette année !

— Zyzomys ?

— Oui…

Une voix avait résonné dans son dos.

— Tu veux bien nous suivre ?

C'étaient Idriss et Jango. Les deux Soldats étaient accompagnés de Jean-D'arc. Sans doute venaient-ils l'emmener au podium du tournoi de l'Étoile, pour lui remettre les médailles. Histoire que tout ne soit pas parfait, à l'inverse de tous les autres enfants, le délégué des Soldats gardait le visage fermé. Lui seul ne semblait pas avoir digéré que les Soldats ne remportent pas le tournoi de l'Étoile cette année.

Zyzo suivit les trois élèves-Soldats un peu plus loin dans la forêt. Ils s'arrêtèrent. Pile là où Zyzo avait laissé tomber la carte d'Osman. D'ailleurs, elle était toujours là, à moitié dépliée, dans les fougères.

— On doit escalader les pins pour remonter, plaisanta Zyzo, ou il y a une sortie secrète vers le podium ?

— Zyzomys, nous ne sommes pas là pour te remettre des médailles, répondit froidement Jean-D'arc.

Zyzo hésita sur l'attitude à adopter.

Plaisanter ? Dire à Jean-D'arc que les Soldats ne pouvaient pas toujours gagner ? Le féliciter pour ses candidats qui avaient tout de même remporté deux épreuves ?

Pendant que Zyzo se laissait griser par ses pensées euphoriques, Jean-D'arc, du bout des doigts, avait ramassé la carte d'Osman et l'avait repliée.

— Zyzomys, continua-t-il. Tu es en état d'arrestation. Tu es accusé de tricherie aggravée.

Le sol parut se dérober sous les pieds de Zyzo. Il regarda Jean-D'arc sans comprendre, incapable de croire que son rêve puisse se transformer aussi brusquement en cauchemar.

Jean-D'arc poursuivit d'un ton glacial, lentement, donnant l'impression qu'expliquer à Zyzo de quoi il était accusé était la dernière faveur qu'on lui accordait :

— Des dizaines de témoins t'ont vu consulter cette carte, Zyzomys, cette carte qui appartenait à l'un des arbitres du tournoi, et que tu as volée.

Saison 4

Le printemps

27

LE GORILLE QUI N'AIMAIT PAS LES ENDIVES

Une dizaine d'enfants, sous le tipi, ratissait avec précaution le champ de sable, en prenant soin de ne pas écraser les pousses vertes qui pointaient entre les sillons.

Les plantations occupaient presque tout l'espace entre les quatre pieds du tipi. Akan avait personnellement coordonné toute l'opération. Vanylle se tenait un peu plus loin, marchant sur la pointe de ses pieds nus, les ongles de ses doigts de pied peints en rouge coquelicot. Elle comptait chaque bébé légume en laissant tomber des petits graviers dans un panier d'osier.

Depuis la Veillée du Sanctuaire, pendant trois longs mois, les garçons et filles du tipi avaient récupéré du sable partout où ils en trouvaient dans la ville, dans les parcs, ou sur les berges du fleuve. Du sable sale souvent, mélangé à de la terre et à des cailloux, que les enfants avaient charrié dans de grands sacs portés sur leur dos. Akan lui-même n'avait pas rechigné à porter plus que sa part. Force et patience, c'était ce qu'il ne cessait de répéter à ceux qui se démotivaient.

L'objectif d'Akan était de réaliser un champ assez vaste pour y planter des légumes qui se plaisaient dans le sable, ou dans la terre légère, et qui surtout n'avaient besoin que de peu de soleil, et continuaient de pousser même quand le sol était gelé. Akan ignorait d'où lui venait cette science du jardinage. Sans doute remontait-elle à son jeune âge, au-delà de ses souvenirs, mais il connaissait le nom et les vertus des plantes qui poussaient les premières après les mois les plus froids : asperges, endives, brocolis. On pouvait les manger crues, ou les faire cuire. Dès que le champ de sable donnerait ses légumes, le tipi ne mourrait plus de faim… En attendant mieux que des plantes amères au goût de terre.

— Akan !

Le chef du tipi, torse nu sous le soleil déjà intense de l'après-midi, était occupé à dépiquer et repiquer des plants d'endive. Il releva la tête.

Bill se tenait devant lui, couvert, malgré la chaleur, de sa peau de gorille beaucoup trop longue pour lui. Elle traînait par terre et soulevait un nuage de sable. Il transpirait à grosses gouttes et semblait contenir une intense colère. Wain, coiffé de son chapeau sur ses boucles rousses, et Cheyenne, cheveux ras et veste à franges, se tenaient derrière lui.

— Akan ! répéta-t-il. Devine ce que Wain et Cheyenne viennent de me dire ?

Akan et Mordélia avaient envoyé Wain et Cheyenne espionner dans la ville. Leur mission n'était pas aussi dangereuse que celle de Zyzo, ils devaient simplement longer le fleuve et observer de loin le château.

— Ils vont me le répéter, je suppose, répondit Akan avec un grand sourire.

Le soleil jouait sur sa musculature noire. Tout en haut du tipi, une petite étoile lumineuse brillait. Sans doute la longue-vue de Mordélia où se reflétait le soleil, pensa Bill.

— Ils ont vu les enfants du château ! explosa l'enfant à peau de gorille, sans laisser Wain et Cheyenne s'exprimer. Tous les enfants au château ! Dehors ! À l'autre bout de la ville, là où le fleuve se perd dans une autre forêt.

— Et alors ? fit Akan.

— Et alors ? s'étonna Bill devant l'apparente indifférence de son chef.

Il se gratta vigoureusement les bras. Les gouttes de sueur sous sa fourrure de grand singe l'irritaient. D'ailleurs, elle commençait à sentir une affreuse odeur de viande pourrie, signe que les vers n'allaient pas tarder à attaquer. Akan l'observait sans rien dire.

— Et alors ? répéta Bill, surexcité. Mais puisqu'ils étaient tous dehors, c'était l'occasion rêvée d'attaquer le château. Il était vide, complètement vide !

— Et comment serais-tu entré ?

— ...

Bill resta idiot, sans parvenir à articuler de réponse. Il se balança d'une jambe sur l'autre, exactement comme un gorille l'aurait fait.

— Le château est inattaquable, expliqua avec calme Akan, si on n'en connaît pas l'entrée. Les portes possèdent des verrous. Les fenêtres sont protégées par des barreaux. Au mieux, en cassant quelques vitres, on pourrait se faufiler et entrer un par un. Nous serions alors des proies si faciles…

Bill le gorille se redressa autant qu'il put. Il faisait pourtant encore une tête de moins qu'Akan. Il bomba le torse comme s'il voulait prouver qu'il était le roi de la jungle, comme si quelqu'un l'observait, là-haut, du quatrième étage. L'admirait, du moins, il l'espérait.

— Alors tu préfères que l'on meure affamés ? Ou tués, comme Agnel, Pépin, Gulo-Gulo, Suzette et les autres ?

— Qui te dit qu'Agnel a été tué ?

Bill frappa ses poings sur sa poitrine poilue, pour bien faire comprendre qu'on ne pouvait contester ce que King-Bill affirmait.

— Des jours et des jours qu'on n'a plus de nouvelles ! Ils ont tous été tués par ceux du château, parce qu'ils cherchaient la vérité sur les animaux empoisonnés. Les animaux empoisonnés par ceux du château. Tout se tient ! Ceux qu'ils ne pourront pas tuer, ils les laisseront mourir de faim !

— On ne mourra pas de faim, Bill. Le soleil revient. Les légumes poussent. Chacun en aura sa part.

Bill, exaspéré, donna un grand coup de pied dans le sable.

— Des asperges, des endives, des feuilles, des tiges ! Nous ne sommes pas des chèvres ou des vaches ! On ne va pas brouter de l'herbe jusqu'à la fin de notre vie.

Le nuage de sable soulevé lui monta au nez. Il toussa plusieurs fois de suite, fort, tellement fort que sa fourrure de gorille glissa par terre. Il ne portait qu'un slip de peau dessous, que son gros ventre recouvrait à moitié.

Vanylle était déjà trop loin pour profiter du spectacle, mais Chrysanthe se tenait assise à côté, occupée avec Laly à repérer les éventuels insectes qui s'attaquaient aux feuilles de brocolis, et à les écraser sous ses pieds. Elle pouffa de rire.

— À ton avis, Laly, qu'est-ce qui va faire le plus peur aux chenilles ? La grosse peau de gorille ou le gros asticot tout rouge qui gigote dessous ?

Bill lui jeta des yeux furieux et continua de défier le chef du tipi. Beaucoup d'enfants avaient quitté leurs travaux des champs, ou leur sieste, ou leurs jeux, et s'étaient approchés.

— Ils ont tué Agnel, Suzette et tous les autres. Ils ont tué Zyzo. Ouvre les yeux. Qu'est-ce qu'il te faut ?

Dans le dos de Bill, en entendant prononcer le nom de Zyzo, Wain et Cheyenne, les deux espions, firent de grands signes. Akan les repéra, ordonna à Bill de se taire, et leur donna la parole.

Ils expliquèrent qu'ils avaient vu Zyzo bien vivant, traverser un des ponts du fleuve en courant, tandis que les enfants du château riaient et chantaient. Comme si… (Wain et Cheyenne eurent du mal à prononcer ces derniers mots.) Comme si Zyzo jouait avec eux !

Bill fusilla du regard les deux espions, tout en donnant un nouveau coup de pied rageur dans le sable.

Chrysanthe plaça sa main devant les yeux de Laly.

— Ne regarde pas, mon bébé, si le gros ver de terre rouge éternue encore, cette fois, c'est son slip qui va glisser !

Effectivement, Bill éternua, mais son dernier sous-vêtement résista.

— C'est pire, alors, tonna Bill en piétinant sa fourrure de fureur. Zyzo nous a trahis !

— Pas forcément, répondit Akan. Pas forcément.

Le chef du tipi baissa les yeux, il semblait maintenant ne plus s'intéresser qu'aux endives. Il se pencha vers les légumes aussi blancs que Bill était rouge, mais avant de reprendre son rôle de jardinier, il s'adressa une dernière fois à l'enfant gorille :

— Si Zyzo est parvenu à se lier d'amitié avec ceux du château, une seule chose est certaine : il reviendra bientôt !

28

QUI SÈME LA HAINE...

Jean-D'arc tapa du poing sur la table du conseil, avec une violence non contenue.

— Il est hors de question que ce Zyzomys ressorte un jour de son cachot. Vous m'entendez bien ? Hors de question !

Alixe pleurait à l'autre bout de la table. Elle n'avait pas eu le droit de revoir Zyzo. Pas même de lui parler. Zyzo avait été directement enfermé dans le donjon après le tournoi de l'Étoile, escorté par trois enfants-Soldats.

Ogénor ne disait rien, immobile dans son fauteuil roulant. Le délégué des Soldats parut se calmer un peu. Il adoucit le ton, et se tourna vers Alixe.

— Je suis désolé, Majesté. Je sais que vous étiez très attachée à cet enfant du dehors. Mais… Mais il a trahi votre confiance... Il a privé un champion loyal, Novak, de sa victoire. Il a gâché ce tournoi que nous attendons toute l'année... Il a gagné en trichant... C'est inqualifiable...

— Je ne le crois pas, murmura Alixe d'une voix presque inaudible.

Ses larmes coulaient plus encore. Liu, le délégué des Savants, lui tendit un mouchoir, celui avec lequel il essuyait ses lunettes rondes.

— Alixe, expliqua Liu d'une voix douce, il faut te rendre à l'évidence. Il n'y a aucun doute. Nous avons tous vu Zyzomys, dans la forêt au centre de l'esplanade de la Très Grande Bibliothèque, tenir cette carte entre ses mains, l'ouvrir, la regarder, et se précipiter vers le livre d'or. Cette carte était annotée par Osman et il n'en existe qu'un exemplaire. Elle indiquait avec précision le parcours du tournoi de l'Étoile, et Osman la conservait toujours sur lui ou dans sa chambre. Osman est formel, et pourtant il aimait beaucoup Zyzomys, cette carte lui a été volée ! Dans sa chambre. Or seul Zyzomys est entré dans sa chambre les jours précédant le tournoi. Et... tu l'as vu, toi aussi, Alixe, Zyzomys tenait cette carte entre ses mains... Il a triché de façon éhontée !

— Il... Il y a forcément une explication, balbutia Alixe. Zyzo doit se défendre et...

La voix stridente d'Isa-Lys ne laissa pas à la reine le temps de finir sa phrase. La déléguée des Singes semblait elle aussi au bord de la crise d'hystérie.

Les boutons serrés de sa robe violette semblaient prêts à exploser.

— Je vous l'avais bien dit ! aboya-t-elle. Il fallait renvoyer ce petit sauvage chez lui avant qu'il ne soit trop tard. Mais l'on n'écoute jamais les Singes. Résultat, nous voilà bien avancés avec ce boulet sur les bras. Il en sait trop sur nous pour qu'on le fiche dehors, et après ce qu'il a fait, on ne va pas le laisser se promener dans les couloirs en suçant des Lollipops, et encore moins assister à nos cours. Qu'est-ce qu'on va faire de ce petit rat sournois ? On ne va pas le tuer, quand même !

Une lueur de méchanceté éclaira ses yeux.

— On pourrait au moins le punir, suggéra Jean-D'arc.

Le regard d'Isa-Lys devint plus cruel encore.

— Le torturer, c'est ce que tu veux dire, Jean ? Pourquoi pas... Dans mes galeries, j'ai toute une série de tableaux sur des tortures du Moyen Âge, la bride-bavarde, l'écarte-rat, le passage sous la quille, la chaise piquante...

— Je crois que quelques séries de coups de bô suffiront, calma Jean-D'arc. Une bonne dizaine chaque matin et chaque soir pendant quelques semaines...

Alixe reniflait. Elle n'arrivait pas à imaginer Zyzo enfermé à jamais dans le cachot du donjon. Elle parvenait encore moins à imaginer des enfants-Soldats le tenant, bras en croix, pendant que d'autres le frappaient à coups de bâton. Il n'y avait jamais eu de violence dans le château. Aucune. Marie-Lune l'interdisait !

Elle observa successivement les délégués du château : Isa-Lys, Jean-D'arc, Liu.

Qu'est-ce qui leur arrivait ?

Même Liu, habituellement si pacifiste, ne protestait pas à l'évocation de ces châtiments.

Était-ce simplement parce que Zyzo avait foutu en l'air leur fichu tournoi de l'Étoile ? Tout explosait dans la tête d'Alixe. Ce tournoi n'était qu'un jeu ! Même si Zyzo avait triché... et si elle refusait toujours, malgré les évidences, de croire à sa culpabilité.

Que pouvait-elle faire pour aider son ami ? Quel que soit le vote d'Ogénor, elle serait mise en minorité par le conseil. Les trois délégués voteraient pour la prison et la condamnation. Devait-elle se résoudre à négocier ? À discuter du nombre de coups de bô que Zyzo recevrait chaque jour, cinq au lieu de dix, est-ce que son rôle de reine se limitait à ça ?

Des larmes coulèrent encore sur ses joues, le mouchoir prêté par Liu était trempé.

Alixe tournait ces mots dans sa tête : souveraine, Altesse, Majesté...

Reine... Elle ne le serait plus dans quelques semaines ! Le nouveau vote se déroulerait juste avant le prochain Birth Day. Jamais elle ne serait réélue, après avoir soutenu cet enfant du tipi par qui le malheur était arrivé ! Novak le parfait, avec sa force, sa vitesse, son charme auprès des filles, avait toutes les chances de devenir roi.

Dès qu'elle ne ferait plus partie du conseil, les représailles sur Zyzo risquaient de devenir pires encore. Isa-Lys avait plaisanté « On ne va pas le tuer, quand même ! », mais, Zyzo allait grandir. Qu'allaient-ils faire de lui ? N'allaient-ils pas envisager un jour de le supprimer ?

Jean-D'arc toussa pour s'éclaircir la voix, il s'apprêtait sans doute à faire une proposition précise de sanction envers Zyzo, quand Ogénor intervint. C'était la première fois qu'il prenait la parole depuis le début du conseil.

— Je pense qu'il est un peu trop tôt pour décider d'une punition. Nous sommes tous d'accord que Zyzomys doit rester enfermé. Pour le reste, vous serez également d'accord avec moi, tout accusé mérite un procès équitable, et le verdict ne peut être défini qu'ensuite.

Il y eut quelques protestations autour de la table, en particulier de la part d'Isa-Lys et de Jean-D'arc, mais Alixe usa de ce qui lui restait d'autorité.

— Ogénor a raison. Il faudra interroger l'accusé. Écouter les témoins. Mener une enquête précise. Je propose de la confier à Liu. Puis de prendre une décision seulement après.

Isa-Lys grimaça, tortura son chignon de ses doigts crochus, mais Jean-D'arc hocha sagement la tête.

— Si c'est votre volonté, Majesté.

Ils sortirent dans les secondes qui suivirent. Le conseil était terminé. Ogénor laissa les délégués des trois pavillons s'éloigner, puis s'adressa à Alixe :

— Attends.

La reine s'arrêta sur le seuil de la salle du conseil.

— Ferme la porte, ajouta Ogénor.

Une fois qu'ils furent seuls dans la pièce, Ogénor demeura quelques instants silencieux. Il fixa successivement le lustre aux mille ampoules éteintes, le reflet des tableaux de rois sur la table d'acajou, la rangée de chaises vides autour de la table.

— Il n'est pas coupable, cria soudain Alixe. Je connais Zyzo ! Jamais il n'aurait volé cette carte. Ogénor, réfléchis ! Si tu ne crois pas qu'il est honnête, tu dois au moins reconnaître qu'il n'est pas idiot. Pourquoi ouvrir cette carte devant cent témoins s'il l'avait dérobée ?

Ogénor esquissa un petit sourire mystérieux.

— Peu importe, Alixe. Peu importe qu'il soit coupable ou non. Tu n'aurais pas dû le désigner comme ton chevalier. Ce n'est pas parce qu'il a triché que les enfants veulent le punir. C'est parce qu'il a gagné.

Alixe regarda son conseiller sans comprendre. Ogénor continua :

— Zyzomys est un enfant du dehors. Un sauvage. Et il serait plus rusé, plus courageux, plus adroit que les enfants du château ? Tu te rends compte de ce que cela signifie, pour les enfants d'ici, ces enfants choisis par Marie-Lune, ces enfants élus ?

— Mais... Mais ce n'est qu'un jeu ! Même moi, j'ai gagné ce jeu, l'année dernière, par pur hasard... comme Zyzo cette année. C'est une question de chance, de circonstances, un jeu, seulement un jeu...

— Tu sais bien que non.

Le calme d'Ogénor, assis dans son fauteuil, aussi immobile et impénétrable que le Sphinx de l'entrée du pavillon des Savants, agaçait prodigieusement Alixe. Et elle ne comprenait rien de ce qu'il racontait.

— Tu te trompes, Ogénor. Les enfants des trois pavillons n'ont pas détesté Zyzo quand il a gagné. Ils ont scandé le nom de Zyzo, ils l'ont applaudi, ils ont lancé leurs drapeaux...

— Ils ont été entraînés par Saby et ses groupies... mais dès qu'ils ont retrouvé leurs esprits, aucun n'a défendu ton protégé. Parce qu'au fond d'eux-mêmes, ils trouvaient injuste que la victoire leur soit volée par un étranger. Et de cette injustice est né un sentiment, un sentiment qui pourtant, lui aussi, était étranger au château.

— Quel sentiment ?

— La haine, Alixe. La haine. (Ogénor tourna légèrement son fauteuil pour se placer sous la fenêtre.) Elle peut prendre bien des formes. Jalousie. Colère. Peur. En faisant de Zyzomys l'ami de la reine, en faisant de lui ton champion, tu l'as nourrie. Les enfants du château sont généreux, pacifiques, cultivés. Ils peuvent se le permettre, parce qu'ils sont privilégiés. Tu vois, comme dans les cours d'histoire, les riches qui offraient la charité aux plus pauvres. Mais s'ils sentent ce privilège menacé, alors tout le groupe fera bloc contre la menace...

Le regard d'Ogénor oscillait entre les façades des maisons à l'extérieur, les plus hauts arbres du Verger des Tuileries et Alixe.

— Zyzo ne menace rien du tout, protesta Alixe. Il voulait juste avoir trois médailles autour du cou...

— Zyzo menace tout l'ordre du château, au contraire. En quelques mois, il a prouvé qu'il pouvait mieux manier un bô que les meilleurs enfants-Soldats. Qu'il se repérait dans la ville mieux qu'Osman. Qu'il pourrait même devenir conseiller de la reine, si tu étais réélue...

Ogénor avait prononcé cette dernière phrase sur le même ton que les autres. Alixe explosa :

— N'importe quoi !

Elle mit la main sur la poignée de la porte, bien décidée à partir et à planter là Ogénor, sans se soucier de qui lui ferait redescendre l'escalier. Elle allait rejoindre Saby. Elle allait parler à Zyzo à travers la porte de sa prison. Elle allait se battre pendant ses dernières semaines de règne.

— Attends, Alixe, tu ne m'as pas laissé finir...

— Pas la peine ! Je suis la débile du conseil, mais je crois que j'ai compris ! Les enfants du château se croyaient tous des petits génies, et avec Zyzo, ils s'aperçoivent qu'ils sont juste normaux. Oh, Marie-Lune, quelle horreur !

Elle allait tourner la poignée. Ogénor déplaça son fauteuil, avec une étonnante rapidité, pour bloquer la porte.

— Zyzo doit partir, déclara lentement le conseiller.

Alixe s'arrêta net.

— Qu'est-ce que tu viens de dire ?

— Zyzo doit partir ! Il doit s'enfuir. S'il reste, son cas soulèvera des questions qui n'ont pas de réponses. Tu as vu, cela a commencé au conseil. Les partisans de la violence seront accusés d'être des monstres, les partisans du pardon seront accusés d'être des lâches. Son procès ne fera qu'attiser nos divisions... S'il reste, sa présence ne fera que nourrir la haine. Et... (la voix du conseiller tremblait)... c'est ce que Marie-Lune a toujours voulu éviter. C'est pour cela qu'elle nous a protégés, qu'elle nous a interdit de tuer des animaux ou de fabriquer des armes. Pour que nous soyons des enfants sans haine, sans jalousie ni colère.

Alixe regardait Ogénor avec admiration. Elle adorait les phrases qu'il venait de prononcer. Ogénor était donc prêt à désobéir à la décision du conseil. À aider Zyzo à s'enfuir du château, pour rester fidèle au projet de Marie-Lune. Ogénor lui apparut dans l'instant le seul enfant capable de dominer ses émotions.

Alixe était consciente que son amitié pour Zyzo l'aveuglait, et que la frustration d'avoir perdu le tournoi aveuglait Jean-D'arc et les autres délégués.

Heureusement, Ogénor veillait.

— Comment on fera ? demanda Alixe. Comment on fera pour qu'il puisse s'échapper ?

— Il faudra lui révéler un passage secret. Mais…

Ogénor regarda longuement sa reine avant de continuer :

— Mais il devra jurer, et ce sera ton rôle de t'assurer qu'il tiendra sa promesse, lorsqu'il sera dehors, de ne jamais le révéler !

29

LE RÉCIT DE L'ENFANT MUET

— C'est Noam ! crièrent ensemble plusieurs enfants.

Les autres levèrent la tête, et tous coururent vers le garçon qui marchait vers eux en titubant, abandonnant la cabane qu'ils construisaient dans les arbres du parc de la rue Dupleix, l'un des plus proches du tipi.

— Hé oh, les gars, protesta Chrysanthe, vous avez pas fini !

Elle prit à témoin sa poupée :

— Tu vois, c'est comme ça, les garçons ! Plus volages encore que des papillons !

Elle attrapa Laly, amusée. Elle savait que les garçons reviendraient et finiraient la cabane plus tard. Ils aimaient trop jouer avec elle, surtout par ces jours de beau temps.

Chrysanthe était la seule à inventer des histoires aussi incroyables, auxquelles ces grands gamins croyaient à moitié. Par exemple, qu'il fallait construire une cabane pour Laly, sa poupée aux pouvoirs magiques, car quand elle serait terminée, la cabane pourrait s'envoler, ou se mettre à marcher, ou grandir toute seule comme grandissent les arbres… Alors, il fallait que la cabane soit la plus belle du monde, décorée des plus belles fleurs. Chrysanthe aimait laisser filer son imagination, et les enfants, les garçons le plus souvent, passaient des heures à l'écouter, se laissant mener par le bout du nez !

Sauf qu'ils venaient de l'abandonner…

Pour Noam !

L'enfant muet perdu avec Agnel et les autres dans la forêt.

Qu'est-ce qu'il fichait là ?

Chrysanthe observa le garçon approcher du tipi en chancelant, les pieds nus écorchés, tous ses vêtements déchirés, le regard hagard. Comme s'il avait marché ainsi depuis des semaines…

Il manqua de s'écrouler, visiblement épuisé. Kamélian et Mouk le retinrent.

Chrysanthe s'approcha.

— Du calme, du calme, fit-elle. Lâchez-le.

Noam parvint à se tenir debout, dans un équilibre incertain, comme ces oiseaux fins à long bec qui tiennent sur une seule patte.

— Écartez-vous, ordonna Chrysanthe aux autres enfants. Laissez-moi faire, j'ai l'habitude de parler avec ceux qui ne peuvent pas me répondre. N'est-ce pas, Laly ?

Elle coinça sa poupée sous son bras, et s'approcha à quelques centimètres de Noam.

— Tu… Tu viens de la forêt ? Où… Où sont les autres ?

Noam ouvrit la bouche mais aucun son n'en sortit, à part quelques grognements, semblables à ceux que poussent les cochons effrayés. Il se contenta de rouler des yeux fous et de dessiner des gestes étranges avec ses bras. Une dizaine d'enfants les avaient rejoints et les entouraient désormais.

— Il ne sait pas, expliqua Chrysanthe pour les enfants qui scrutaient les gestes incompréhensibles de Noam. Il croit qu'ils sont morts.

Elle continua de fixer Noam.

— Quand les as-tu vus pour la dernière fois ?

Noam agita cette fois ensemble ses bras et ses doigts, les repliant, les dépliant, tout en désignant des points invisibles en direction de la forêt. Chrysanthe plissait les yeux, concentrée.

— D'accord, j'ai compris. Tu t'es enfui avec deux autres enfants, puis tu les as perdus dans les bois et tu t'es retrouvé seul. Pendant des jours et des jours. Où vivais-tu ? Où as-tu dormi ?

Noam mima à toute vitesse des gestes qui pouvaient ressembler à un toit, des arbres, le soleil, le froid, la pluie. Chrysanthe suivait avec précision chacun de ses mouvements.

— D'accord, tu as dormi dehors, ou sous des feuilles, ou dans des arbres. Comme un animal. Tu n'arrivais pas à retrouver ton chemin.

Chrysanthe se tortilla à son tour, comme si sa poupée cherchait à s'échapper de sous son bras. Elle la gronda :

— Ça suffit, Laly. Tu vois bien que je parle avec Noam ! Je ne peux pas toujours m'occuper de toi. Alors tiens-toi tranquille.

Elle la coinça plus fermement encore contre sa fine poitrine, avant de continuer à interroger le garçon muet :

— Pourquoi t'es-tu enfui ? Pourquoi as-tu quitté la délégation ? Agnel, Gulo-Gulo, Pépin, Suzette…

Les yeux toujours aussi terrifiés, Noam mima de ses deux mains un enfant tenant un bâton, l'agitant, frappant. Cette fois, tous les enfants qui l'entouraient pensèrent avoir saisi.

— Vous avez rencontré les enfants du château ? demanda Chrysanthe. Vous vous êtes battus ? Et ensuite ?

Noam se recroquevilla, puis ouvrit le plus grand possible la bouche, dévoilant ses dents comme s'il voulait mordre, ouvrant ses doigts comme des griffes.

— Vous avez été attaqués par un animal ? Le Luponéro ?

Noam secoua la tête et répéta son mime. Les dents. Les griffes.

— Ok, ok, ce n'était pas le Luponéro… Mais une bête voulait vous dévorer. Et après ? C'est là que tu t'es sauvé ?

Noam secoua à nouveau négativement la tête. Il ruisselait de peur. Il leva les yeux au ciel, serra ses poings, les écarta le plus loin possible l'un de l'autre, avant de les ouvrir brusquement et de se toucher la poitrine, avec un seul doigt, plusieurs fois.

Chrysanthe fronça les sourcils. Elle ne comprenait pas.

Noam insista. Son doigt semblait vouloir percer sa poitrine. Il se pencha sur le côté, comme pour indiquer qu'il ne parvenait plus à tenir debout.

— Un arc ? tenta Chrysanthe. Des flèches, c'est ça ?

Noam hocha la tête et esquissa enfin un sourire timide. C'était ça !

— Et qui lançait ces flèches ?

Noam mima un enfant de sa taille. Avec des cheveux beaucoup plus longs que les siens.

— Un enfant, c'est bien ça ? C'est un enfant qui tenait l'arc ? C'est un enfant qui a tiré ?

Noam grimaça de peur tout en confirmant d'un geste de la tête. Il se retourna et pointa son doigt dans son dos cette fois, puis fit semblant de courir.

— Tu as eu peur qu'il te tue, toi aussi ? Qu'il te tire dans le dos ? Alors tu t'es sauvé ?

Noam baissa la tête, honteux d'avoir abandonné les autres.

Chrysanthe laissa filer un long silence. Elle n'insista pas. Noam avait assez souffert ! Il fallait qu'il se repose. Pourtant, parmi la dizaine d'enfants les entourant, Wain s'avança, chapeau enfoncé sur les oreilles. Il semblait en colère et n'arrivait pas à se taire.

— Mais les animaux ? Les oiseaux ? Les faons ? Les lapins ? Vous les avez trouvés ? C'est pour ça que vous êtes partis ! C'est pour ça qu'on vous attendait ! Pour que vous nous expliquiez ce qui se passe. Pour qu'on puisse à nouveau les manger.

Tous les enfants du tipi firent comprendre, d'un geste ou d'un hochement de tête, qu'ils étaient d'accord. Leurs regards en coin, vers les champs d'endives et d'asperges, en disaient long.

Noam parut plus effrayé encore. Il regarda autour de lui, et désigna la robe jaune paille de Laly.

Il passa son doigt sur elle, le porta à sa bouche, grimaça, puis s'assit, se tenant le ventre comme s'il souffrait de crampes.

Tous comprirent.

Les animaux étaient toujours empoisonnés !

Des traces jaunes. Eux aussi avaient commencé à en repérer dans la chair de certains oiseaux.

La mission d'Agnel avait échoué ! Seul avait survécu un handicapé apeuré.

Les grognements de colère se firent plus intenses. Certains enfants semblaient avoir envie de faire payer leur déception au seul survivant de la délégation. Le cercle se resserrait autour de l'enfant muet.

Chrysanthe se faufila, s'avança au centre du cercle et s'assit à côté du garçon muet. Elle installa confortablement sa poupée près d'eux, puis parla à Noam comme si plus aucun enfant ne les écoutait :

— Ce n'est pas grave, Noam. Avec Laly, on va bien s'occuper de toi. On s'entendra bien, tous les trois. Tu verras, Laly est aussi bavarde que toi.

Wain et Cheyenne se tenaient devant Bill, essoufflés. Ils avaient grimpé à toute vitesse les escaliers jusqu'au premier étage du tipi. Bill était en train d'essayer une nouvelle cape en peau de panthère, il hésitait entre une noire et une jaune tachetée. Toutes les fourrures étaient accrochées aux poutres de fer du tipi.

— Noam est revenu, fit Cheyenne sans reprendre sa respiration. Tout seul. Tous les autres ont été tués.

Bill en lâcha sa fourrure noire. Avant qu'il ait le temps de poser la moindre question, Wain enchaîna :

— Ils ont croisé les enfants du château dans la forêt, armés de leur bâton. Ils se sont battus, ils ont failli être dévorés. Pas par le Luponéro, par une bête plus sauvage encore !

À bout de souffle, Wain dut s'arrêter de parler, mais avant que Bill puisse lui demander d'autres précisions, Cheyenne, qui avait eu le temps de calmer sa respiration, prit le relais :

— Puis des enfants leur ont tiré dessus avec des flèches. Alors il s'est sauvé. De toute façon, il n'avait plus rien à faire dans la forêt, tous les animaux sont empoisonnés. Il a vu les traces jaunes, lui aussi. Il s'est sauvé avant qu'une flèche ne se plante dans son dos. Il a cru mourir. Tu verrais ses yeux, Bill, des yeux de poisson qu'on sort du filet… Il a vu la mort, la mort de près. Je crois qu'il aurait mieux valu pour lui qu'il soit aveugle plutôt que muet !

— Noam est de retour.

Bill parlait posément. Il avait pris le temps d'enfiler sa fourrure de panthère noire, le temps de monter calmement les marches aussi, jusqu'au quatrième étage du tipi. Tout en pensant avec précision à ce qu'il allait dire. Il fallait qu'il fasse une bonne impression sur Mordélia, mais surtout qu'il impressionne Akan. Cette fois, leur soi-disant chef ne pourrait pas nier l'évidence ! Et encore moins l'urgence.

— Chrysanthe a réussi à comprendre ce que ses gestes racontaient, assura Bill sur le même ton calme, et je pense que tu peux faire confiance à Chrysanthe.

Akan confirma de la tête. Il avait confiance en Chrysanthe. Mordélia se tenait un peu en retrait, sa longue-vue à la main, son sac de livres en bandoulière sous sa cape noire.

— Le récit de Noam est clair, continua Bill. Tout est empoisonné dans la forêt. Ils ont trouvé des traces jaunes dans le ventre de tous les animaux. Mais le pire est à venir, Akan. La délégation d'Agnel s'est fait attaquer par les enfants du château. À coups de bâton, d'abord. Puis ils se sont jetés sur eux pour les dévorer. Oui, Akan, tu as bien compris, pour les dévorer ! Plus féroces encore que le Luponéro. Noam s'est sauvé avant qu'Agnel, Suzette, Gulo-Gulo et les autres ne soient tous abattus à coups de flèches. Dans le dos, dans le ventre. On ne retrouvera d'eux que les os...

Bill se tut et repensa, sans oser en parler, au squelette de la baleine bleue : si les enfants du château étaient capables de manger entier un tel animal, ils n'avaient dû faire qu'une bouchée de ce maigrelet d'Agnel !

Tout en guettant la réaction d'Akan, Bill caressa la peau soyeuse et noire de la panthère qui lui tombait jusqu'aux chevilles. Il croisa le regard de Mordélia. Un regard de complicité. Elle était fière de lui, enfin. Il avait rempli sa mission. Et sans rien déformer de la vérité !

Mordélia s'avança dans le dos du chef des enfants du tipi.

— Cette fois, Akan, tu ne peux plus nier la réalité. Tu dois préparer la guerre.

Akan resta un long moment silencieux, comme s'il pesait les conséquences terribles des paroles qu'il allait prononcer. Il suivit le fleuve du regard, jusqu'à la place de l'Aiguille, puis le Verger du château.

— Bill, tu seras chargé d'armer les garçons et les filles. Tu rassembleras des pierres que vous aiguiserez. Vous couperez des branches solides que vous taillerez en pointe. Vous ramasserez des écorces, les plus grosses possible, pour en faire des boucliers, ou des armures qu'on coudra à nos habits. Prends dix enfants avec toi et ramasse tout ce que tu trouveras. Vanylle calculera tout qu'il nous faut : cordes, cornes, bois, pierres…

Bill se redressa, tel un fauve. Prêt à bondir. Il était à nouveau King-Bill. Cette fourrure noire allait devenir sa vraie peau. Il avait presque la sensation que sa longue queue fouettait déjà le sol d'impatience. Il ne ressentait plus aucune jalousie envers Akan. Seulement l'excitation avant le grand combat.

Mordélia lui fit signe de se reculer et se planta devant le chef du tipi, un sourire au coin des lèvres.

— Tu as changé d'avis, Akan ? Je croyais que si on attaquait le château sans savoir comment y entrer, nous nous ferions tous massacrer ?

— Et toi ? Je croyais que tu la voulais, cette guerre ? Alors, nous la livrerons. Nous nous défendrons, nous tuerons tous ceux que nous pourrons tuer, peu importe combien nous serons à tomber.

Une volonté farouche brillait dans les yeux d'Akan. Une force de guerrier déterminé. Une fois sa décision prise, plus rien ne l'en ferait changer.

À cet instant-là, Mordélia le trouva si beau, si fort. Aussi beau que tous les héros de son livre, aussi beau que tous ces rois grecs de l'*Iliade*, ces demi-dieux prêts à tout pour défendre leur honneur, prêts à se battre, prêts à tuer. Elle sentit le poids du livre contre sa poitrine. Sa chaleur aussi, comme s'il irradiait.

La première partie est gagnée, pensa-t-elle.

La guerre aurait bien lieu, aussi héroïque que dans son livre.

Restait à trouver le moyen de la gagner !

Elle tournait dans sa tête l'épisode du cheval de Troie, cette idée que la déesse Athéna avait soufflée à Ulysse pour qu'il pénètre dans les murs de la ville ennemie. Elle aussi devait en trouver une ! Une ruse. Un moyen, n'importe lequel, pour entrer dans le château.

Et comme dans son livre, tous les massacrer jusqu'au dernier !

30

LA PROMESSE DE ZYZO

La porte grinça affreusement quand Alixe l'ouvrit. Alixe s'empressa de la refermer derrière elle. Les serrures de métal heurtèrent l'épais encadrement de bois, comme si une étagère entière était brusquement tombée à terre.

Zyzo se réveilla en sursaut.

Quelqu'un entrait dans sa chambre en pleine nuit !

Il écarquilla les yeux pour reconnaître la silhouette qui avançait vers son lit, une torche enflammée à la main.

— Alixe ?

— Parle moins fort !

Alixe accrocha la torche à un portoir de fer au mur.

— Qu'est-ce qui se passe ? s'inquiéta Zyzo sans baisser la voix. Pourquoi tu débarques en pleine nuit ? Je vais être exécuté ?

Zyzo n'avait aucune notion de l'heure. Il avait l'impression d'avoir dormi longtemps et qu'on s'approchait donc du petit matin. D'après ses souvenirs de cours d'histoire chez les Savants, c'était l'heure où l'on venait chercher les condamnés pour les pendre ou les guillotiner.

— Mais non, idiot ! Je viens te sauver !

Zyzo s'assit sur son lit. Soudainement réveillé.

— Me sauver ? Ça y est, ils ont enfin compris que je n'avais pas triché. Je suis innocenté ?

Alixe s'agita dans la pièce, inquiète et pressée.

— Pas vraiment ! Ils sont même de plus en plus convaincus du contraire. Alors, je suis venue t'aider à t'évader !

Zyzo s'effondra de tout son long sur le matelas, comme abattu par une brutale désillusion.

— Fais pas ça ! On saura que c'est toi ! Si je m'en sors, c'est toi qui me remplaceras dans ce cachot.

— Oublie pas que je suis reine !

— Plus que pour quelques jours…

Alixe se rapprocha du lit. Elle avait l'air fâchée, visage fermé, même si la danse des flammes rendait son profil particulièrement joli, doré comme une statue de cuivre.

— D'accord, tu préfères rester là et attendre que les enfants-Soldats de Jean-D'arc viennent te chercher pour te battre à grands coups de bô ? Parce que c'est ce qui t'attend dans deux heures !

L'argument porta.

— Quoi ? Ils feraient ça au gentil petit sauvage qui s'est entraîné avec eux depuis six mois… ? Alors vas-y, c'est quoi, ton plan ?

— Pas mon plan justement, un plan !

Alixe s'assit sur le lit à côté de Zyzo et déplia la feuille de papier qu'elle tenait dans sa main. Zyzo détailla, à la lueur de la torche, un dédale de couloirs, d'escaliers, de portes. Il découvrait un plan précis des couloirs du métro, qui partait des souterrains du château et se perdait dans la ville. Zyzo ne pouvait détacher ses yeux de la carte.

— Qui t'a donné ça ?

— Tu ne devineras jamais !

Zyzo hésita à faire remarquer à Alixe qu'il n'avait pas le temps de jouer aux devinettes, ni l'envie, qu'on allait venir le chercher pour le battre dans quelques heures. Il se contenta d'un haussement d'épaules interrogatif.

— Ogénor, chuchota Alixe, comme si son conseiller se trouvait de l'autre côté du mur à chercher le tombeau de Marie-Lune.

— Ogénor ? répéta Zyzo, incrédule. Tu lui as volé ?

— Non, il me l'a donné, je te dis. Ce serait trop long à t'expliquer, mais il est d'accord pour que je te laisse sortir de ton cachot et que je te remette ce plan. À une seule condition !

— Que je l'invite au quatrième étage du tipi quand je serai rentré ? La vue est la plus belle de Paris, mais faudra que tu dises à Ogénor qu'on n'a pas d'ascenseur… Y a plus de mille marches et…

Alixe le pinça pour qu'il se taise.

— Idiot ! La condition d'Ogénor, c'est que tu détruises ce plan sitôt que tu es sorti du château. Tu m'entends bien ? Tu dois le brûler avant de retrouver tes amis du tipi ! Ils ne doivent pas tomber dessus ! Tu te rends compte que c'est une entrée secrète dans le château qu'on est en train de t'indiquer ?

Zyzo continuait d'étudier la carte, fasciné.

— Promis ! Je le détruirai ! Mais je risque de m'en souvenir, au moins en partie.

— Tu dois aussi jurer de ne rien dire à tes amis du tipi… Ogénor et moi prenons un grand risque en te laissant sortir et…

Cette fois-ci, ce fut Zyzo qui pinça Alixe.

— Aïe !

— Désolé, Majesté. Tu me prends pour qui ? Tu crois vraiment que je pourrais vous dénoncer ?

Alixe prit la main de Zyzo.

— Je ne sais pas. Une fois là-bas, avec tes amis… tu pourrais hésiter… Ils vont te supplier de tout raconter. Ils vont vouloir connaître nos points faibles. Au fond, tu es un espion, non ? Un espion qui m'a sauvé la vie, mais un espion tout de même… (Elle le regarda droit dans les yeux, soudain plus sérieuse.) Et puis tu aurais de bonnes raisons de nous en vouloir. On t'a gardé enfermé pendant des mois. On t'a accusé d'avoir triché. Le conseil a voté pour t'emprisonner et te fouetter. On ne manque pas d'enfants stupides qui n'aiment pas les étrangers, dans le château. Tu pourrais vouloir te venger.

Zyzo serra plus fort encore la main d'Alixe, se pencha doucement, et déposa un bisou sur sa joue.

— Merci !

— Pourquoi, merci ?

— T'as dit : « On t'a accusé d'avoir triché. » Ça veut dire que toi, tu n'y crois pas ! Tu m'as vu déplier la carte d'Osman, tu m'as vu foncer direct vers le livre d'or, et pourtant, tu ne penses pas que j'ai triché !

— Non !

— Pourquoi ?

Alixe lui rendit son bisou.

— Parce que tu es mon ami !

— Mouais... Saby aussi est ton amie... et ça ne la dérange pas d'enfreindre tous les commandements !

Alixe prit cette fois le temps de réfléchir avant de répondre, semblant puiser dans ses souvenirs.

— Alors, je vais tout te dire ! Je te crois parce que tu n'as pas eu besoin de tricher pour gagner le tournoi de l'Étoile. Parce qu'il m'est arrivé la même chose l'année dernière. Exactement la même chose ! Je ne sais pas comment appeler ça. L'instinct, l'intuition... Ce hasard qui fait qu'on devine avant les autres, comme si une voix dans notre tête nous mettait sur la piste, nous montrait le chemin, à nous et pas aux autres... Tu l'as ressentie, cette impression de ne pas mériter ta victoire ? Que c'était seulement le résultat d'un étrange hasard ?

Zyzo fixa Alixe, stupéfait. Elle venait de lire dans ses pensées.

— Oui ! Je l'ai ressentie. Pareil que toi. Un sentiment bizarre d'avoir été aidé par quelqu'un, sans qu'on demande rien. Mais toi tu es une enfant du château, alors personne ne t'a accusée d'avoir triché ! Au contraire, on t'a élue reine !

Alixe sursauta. Ils entendaient des pas de l'autre côté de la porte. Les pas ralentirent quelques instants, puis accélèrent à nouveau et s'éloignèrent. Un tour de garde des enfants-Soldats, sans doute.

— Allez vite, fit Alixe en se levant. Sauve-toi !

Zyzo attrapa sa veste, enfila ses chaussures, et ils se dirigèrent ensemble vers l'entrée du cachot. Ils ouvrirent à quatre mains, le plus silencieusement possible, la lourde porte de bois.

Le long couloir, éclairé de lampes à huile, s'ouvrait droit devant eux, puis se séparait en deux galeries. Le plan indiquait qu'il fallait prendre celle de droite. Le couloir principal continuait ensuite jusqu'au pavillon des Savants, dont l'entrée était gardée par le Sphinx.

Trois Soldats, Idriss, Jango et Elios, se tenaient devant l'animal fantastique, à sucer des Lollipops, leurs bôs posés contre le mur.

Impossible de s'engager dans le couloir ! Si l'un d'eux se retournait, Zyzo serait immédiatement repéré.

— Fallait s'en douter, fit Zyzo, désespéré. Jean-D'arc a posté des gardes partout !

— Attends quelques secondes, le miracle ne devrait pas tarder à arriver !

Ils patientèrent plusieurs longues minutes, le miracle ne semblait pas pressé et Alixe paraissait de plus en plus énervée.

— Qu'est-ce qu'elle fait ? marmonna-t-elle. Jamais à l'heure quand on a besoin d'elle, cette…

Saby surgit à l'autre extrémité de la galerie à ce moment précis. Elle se dirigea droit vers le Sphinx. Les trois gardes se retournèrent et crurent avoir vu un fantôme.

Un très joli fantôme !

Saby se promenait pieds nus dans les couloirs, ses longs cheveux décoiffés, vêtue d'une nuisette blanche tellement serrée qu'elle devait la porter depuis l'âge de six ans ! Zyzo était trop loin pour la détailler, mais il eut l'impression que Saby avait peint des motifs sur sa nuisette : des femmes, des bébés, des épées, rappelant immanquablement le fameux tableau disparu, *Les Sabines*.

Deux des enfants-Soldats, Idriss et Jango, dans un mouvement parfaitement coordonné, saisirent leurs bôs et les croisèrent pour barrer l'entrée du pavillon des Savants à Saby.

— Tu n'as pas le droit d'être là, Saby. Tu devrais être au pavillon des Singes. Et au lit !

Saby ne sembla pas impressionnée. Elle entortillait autour de son index une longue mèche de cheveux tout en avançant, ondulant dans sa nuisette minuscule.

— Vous ne dormez pas non plus, les gars, à ce que je vois.

Idriss et Jango sourirent, mais derrière eux, Elios n'eut pas l'air d'apprécier la plaisanterie. Il mâchouillait un bâton de réglisse et portait ses éternelles lunettes de soleil, qu'il releva sur son front jusqu'à sa casquette posée à l'envers sur sa tête.

— Qu'est-ce que tu viens faire ici ? fit-il d'un ton méprisant.

— Ben, je viens voir mon chéri !

Avant que les trois gardes aient le temps de répliquer quoi que ce soit, Valère sortit de l'escalier qui descendait du dortoir des Savants, vêtu, à l'inverse de Saby, d'un pyjama trop grand pour lui. On aurait dit un somnambule, avec ses cheveux en hérisson et ses lunettes tordues sur le nez.

Le Savant paraissait minuscule face aux trois grands gardes.

— Alors tu as trouvé ? demanda Saby sans même dire bonjour à l'élève historien.

Valère retira ses lunettes, les frotta sur la manche de son pyjama, les remit sur son nez, plus tordues encore. Il sembla vérifier que les trois enfants-Soldats n'étaient pas trois statues placées là. Quand il comprit qu'elles voyaient et entendaient tout ce que Saby racontait, et qu'ils étaient témoins de leur rendez-vous nocturne, sa peau de fromage blanc prit une teinte fraise des bois.

— Heu..., bredouilla néanmoins Valère, soucieux de ne pas décevoir Saby. J'ai bien travaillé et...

Elios cracha son bâton de réglisse et fit un pas en avant.

— Faut pas rester là, les amoureux ! Vous ferez votre déclaration demain matin sous la pyramide ! Maintenant, tout le monde au lit !

Saby fit comme si elle n'avait rien entendu et se trémoussa devant Valère.

— L'écoute pas, mon Valéry chéri, il ne peut pas comprendre, il a beau avoir des biscotos, il a pas encore commencé sa puberté ! Pas comme toi, mon petit homme !

Valère vira écarlate. Il ne parvenait pas à détacher ses yeux de la nuisette de Saby sur laquelle le tableau des *Sabines* avait été très grossièrement peint.

— Alors mon tableau ?

— J'ai… J'ai trouvé je crois… J'ai presque tout compris… Je dois encore vérifier quelques détails et…

Hypnotisé, Valère allait encore s'avancer vers Saby, comme pour toucher le tableau déformé par les courbes de la Lollygirl, mais Elios plaça son bô entre les deux.

— Ça suffit, vos gamineries ! Chacun dans son dortoir !

Saby se tourna alors de trois quarts, entre Elios et Valère. De la porte de sa prison, Zyzo crut même qu'elle leur adressait un clin d'œil. Puis elle se positionna devant le Sphinx et s'accouda, provocante, à sa patte en pierre.

— Soyez pas jaloux, les garçons ! Vous êtes beaux comme des dieux phéniciens, mais Valère est beaucoup plus intelligent que vous, c'est tout. Vous comprendrez le cerveau des femmes plus tard. (Elle passa sa langue sur ses lèvres.) Elles sont à quoi, vos Lollipops ?

— Maintenant ! chuchota Alixe à l'autre bout du couloir. Ils ont le dos tourné. Fonce !

Elle lâcha le plan du métro qu'ils tenaient tous les deux.

— Tu me jures que tu ne t'en serviras pas pour faire la guerre ?

— Je te jure ! Je le brûle dès que j'aperçois la sortie. Je te retrouverai, Alixe. Et même si nos deux camps décident de se faire la guerre, on se retrouvera pour sauver la paix !

— Sauve-toi, idiot ! Sauve d'abord ta peau.

Et avant que Zyzo ne file dans le couloir, elle posa un baiser sur ses lèvres.

Le plan d'Ogénor était compliqué. Zyzo devait s'arrêter à chaque bifurcation pour vérifier son chemin. Il utilisait une à une les allumettes de la boîte qu'Alixe lui avait donnée.

Il fut d'abord convaincu qu'il se trouvait sous la cour carrée, près de la sortie secrète qu'il avait empruntée une fois avec Alixe, mais ensuite, la carte lui fit parcourir un interminable labyrinthe de couloirs. Des impasses, des escaliers, à monter, à descendre, des tunnels à longer en suivant les rails du métro.

Zyzo, au départ, avait essayé de mémoriser le parcours, mais il dut rapidement y renoncer et se contenter de suivre les indications du plan.

Un croisement. Une allumette.

Son stock diminuait vite, et il savait que, quoi qu'il arrive, il devait en garder une dernière.

Plus il s'éloignait du château et plus le plan se simplifiait. Il suivait maintenant de longs couloirs, de larges galeries, des halls presque aussi hauts que la nef du Sanctuaire. Il marchait depuis si longtemps que le jour s'était peut-être levé dehors.

Il continua, il lui restait une quinzaine d'allumettes quand il lut le nom au-dessus de ses yeux.

Trocadéro.

Il était arrivé ! Il connaissait le nom de la plupart des stations de métro, et Trocadéro était la plus proche du tipi. Elle débouchait derrière le grand bâtiment blanc en forme de sourire de baleine (le palais de Chaillot, d'après les cartes d'Osman). Ensuite Zyzo n'avait plus qu'un grand escalier à descendre et la Seine à traverser.

Il avança encore, il devinait le jour tout en haut des marches devant lui. Un sentiment d'euphorie le gagnait.

Il allait revoir Akan, Chrysanthe, Vanylle et surtout Agnel, son ami, son ami depuis qu'il était né… Maintenant qu'il se trouvait à quelques mètres, il se rendait compte à quel point Agnel lui avait manqué.

Tout comme la liberté ! La liberté de marcher dans les rues. De se promener. De pêcher sur l'île aux Cygnes, de courir dans la forêt, de jouer. Il revenait du château plus instruit, plus intelligent, plus sage, mais sa vie était ici, à l'air libre, dans le vent du tipi.

Il commença à monter l'escalier, vers la rue, le plus rapidement possible. Son cœur battait au rythme des marches qu'il gravissait, de plus en plus vite. Encore une dizaine et il pourrait crier, agiter les bras. Le tipi était juste en face, ses amis le reconnaîtraient ! Eux aussi crieraient leur joie.

Trois marches encore. Il entendait le chant joyeux des grillons qui cherchaient la chaleur à l'entrée des stations. Au-dessus de lui, il apercevait cette fois un morceau de ciel rose et quelques oiseaux voler. Zyzo imagina qu'Agnel devait les observer du haut du tipi, Agnel se levait toujours tôt.

Il était pratiquement sorti du métro, perdu dans ses pensées. Il aurait adoré qu'Agnel, Alixe, Saby se rencontrent. Il aurait adoré que tous deviennent amis. Trois dernières marches, il aperçut le tipi, peut-être le voyaient-ils aussi... L'air frais fouettait déjà son visage, il entendait les bruits de la...

Zyzo s'arrêta soudain.

Il baissa les yeux stupidement vers le plan qu'il tenait dans sa main droite, et les allumettes en fagot dans la gauche.

Il avait failli oublier.

Par simple étourderie, il avait failli ne pas tenir sa promesse !

Il regarda encore, presque à regret, la flèche du tipi dans le ciel, puis s'assit sur la marche où il se trouvait. Il coinça le plan sous ses fesses pour qu'il ne s'envole pas, saisit le fagot d'allumettes, et le gratta. Aussitôt, une grande flambée s'éleva. Le vent qui s'engouffrait dans l'escalier du métro soufflait par tourbillons, et un instant, Zyzo regretta son geste.

Il suffisait qu'un courant d'air souffle toutes les flammes d'un coup et il ne pourrait plus détruire le plan.

Vite, il attrapa la carte et approcha les allumettes enflammées.

Il hésita une dernière seconde. Il était incapable de se souvenir du chemin qu'il venait de parcourir. Si la feuille de papier flambait, jamais il ne pourrait entrer à nouveau dans le château, même si ses amis du tipi le suppliaient.

Le plus nul de tous les espions !

C'était mieux ainsi, au fond.

Il approcha encore le plan qui immédiatement prit feu.

La torche de papier se tortilla sur la marche de l'escalier, pour se réduire, quelques secondes plus tard, à une poignée de confettis carbonisés que le vent dispersait.

Désormais il ne pouvait plus rebrousser chemin.

D'un pas déterminé, il gravit les trois dernières marches vers son nouveau destin.

31

SUIVEZ LES POISSONS !

L'eau jusqu'aux genoux, Agnel regardait Solario et les autres enfants du château travailler. Depuis plusieurs jours, c'étaient eux, et seulement eux, qui tenaient entre leurs mains le destin de l'expédition de la forêt. Alors que les enfants du tipi se contentaient de les laisser tranquilles, ou d'obéir à leurs ordres en se mettant à leur service. Ils avaient par exemple pour mission de recueillir certains oiseaux malades sur les berges du lac inférieur, et de leur ouvrir le bec et le ventre pour observer à quel rythme les traces jaunes diminuaient.

Tout aussi important, les enfants du tipi devaient surveiller les alentours. La peur des bêtes sauvages n'avait pas totalement disparu, même si depuis l'attaque du loup gris, abattu par Luponéro, le froid, la neige et le sol gelé avaient laissé place à un grand soleil de printemps. Les primevères et les jonquilles coloraient les clairières, les stalactites de la cascade avaient fondu et l'eau devenait même rare. Il n'avait pas plu depuis plusieurs jours. Si l'herbe dans les sous-bois continuait d'être humide de rosée, celle des champs dans les plaines était déjà jaune et sèche, comme en plein Birth Day.

Les loups aimaient le froid. Les loups ne reviendraient pas. Mais les enfants du tipi guettaient une autre créature sauvage, pendant que Solario et son équipe travaillaient.

Luponéro.

Depuis qu'ils l'avaient rencontré, ils ne disaient plus « le Luponéro », mais simplement « Luponéro » ou « Lupo ». Comme n'importe quel autre prénom. Puisqu'il n'était pas un monstre, mais un garçon.

Comme eux.

Un garçon mystérieux, qui les avait prévenus. Lui aussi les surveillait !

Il était le gardien de la forêt.

Aucun d'entre eux n'osait se l'avouer, mais tous avaient secrètement peur de recevoir une flèche géante dans le dos, si, par maladresse, ils arrachaient une fleur, écrasaient un champignon, ou simplement chassaient un papillon d'un revers de main.

De quoi était capable cet enfant magicien qui parlait le langage des animaux sur terre, celui des oiseaux dans les airs, et même celui des poissons sous l'eau ?

Cet enfant magicien qui leur avait indiqué l'origine du poison.

Suivez les poissons !

Agnel, Solario et tous les autres enfants de la délégation avaient suivi les poissons. Ils avaient longé la berge du lac inférieur, longtemps, jusqu'à une petite crique dissimulée par de grands saules pleureurs.

Ils avaient compris.

Surpris.

Le soleil de fer était tombé là, à moitié dans l'eau du lac, à moitié sur les berges. Sa chute avait creusé un vaste cratère dans la boue. Le soleil échoué possédait la taille d'une petite maison, construit avec la même matière que le tipi, en fer, mais beaucoup plus brillant, et de forme presque aussi ronde qu'un ballon géant.

« Il possède la taille et les caractéristiques d'un satellite artificiel », avait tenté d'expliquer Solario.

Cette comparaison n'avait rien évoqué aux enfants du tipi. De toutes les façons, le regard des enfants avait très vite glissé sur le soleil de fer, et était descendu vers l'eau stagnante dans laquelle il s'était écrasé en tombant du ciel. Dans sa chute, sa partie inférieure s'était aplatie, tel un ballon crevé. Sa base, sans doute sous le choc, s'était fissurée. Les plaques de fer s'étaient écartées. Et, du cœur du soleil, le sang s'échappait, comme celui d'un lapin ou d'un poulet qu'on aurait éventré.

Sauf que le sang du soleil de fer n'était pas rouge… mais jaune !

Un jaune vif. Aussi intense, chaud, brûlant, que celui du soleil encore accroché dans le ciel, quand on parvenait à le fixer quelques secondes.

Le sang jaune s'échappait sous les tôles argentées, et s'écoulait dans l'eau, provoquant des bulles qui remontaient à la surface en fumant. Les enfants pouvaient suivre des yeux le mince filet jaune entraîné vers le large par le courant du lac, et le voir diminuer d'intensité jusqu'à devenir invisible.

En découvrant le soleil de fer, tous les membres de la délégation avaient eu la même réaction : ils venaient de découvrir l'origine du poison !

Solario, Brazza, Romania et d'autres enfants du château s'étaient approchés. À l'aide d'outils, ils avaient minutieusement démonté certaines plaques de fer du soleil échoué. Tout en prenant garde de ne jamais toucher le sang jaune, ils avaient cherché à comprendre d'où provenait la fuite. Comment la stopper. Avec d'infinies précautions.

Ni Agnel ni les autres enfants du tipi n'avaient compris. Ce « satellite », comme l'appelait Solario, avait été construit à partir d'une technologie qui les dépassait, utilisant une énergie dont ils ignoraient tout. Solario avait parlé d'énergie solaire, combinée à ce liquide jaune et à une roche extrêmement dangereuse permettant une microfusion nucléaire.

Les enfants du château avaient passé une journée à établir leur diagnostic. Ce sang jaune était responsable de la maladie des animaux. Quiconque buvait cette eau était contaminé. Et quiconque mangeait les animaux contaminés le devenait à son tour, même si, curieusement, les poissons semblaient moins touchés.

Solario estima qu'il était possible de bloquer la fuite, mais qu'il leur faudrait de nombreux jours. La majorité du sang jaune du soleil de fer se trouvait encore en son cœur, ou plus précisément – Solario avait essayé de tout expliquer en utilisant une image –, le cœur du soleil de fer battait encore et continuait de produire ce poison jaune. C'était ce cœur qu'il fallait éteindre ! Avant cela, ils devaient en comprendre le fonctionnement. Même s'ils possédaient certaines notions de physique, ils n'étaient que des enfants de douze ans. Ils avaient d'ailleurs fait une autre découverte étonnante en examinant le soleil de fer. Sur la plupart des pièces de métal, trois lettres étaient gravées.

N.É.O.

Aucun d'entre eux, même Solario, n'était capable d'expliquer ce qu'elles signifiaient.

À l'exception de la résolution de ce mystère, Solario et les autres Savants progressaient. Vite. Plus vite qu'ils ne pensaient. La veille, Solario avait annoncé qu'ils estimaient avoir terminé leur travail dans moins d'une semaine.

Alors, le cœur du soleil de fer cesserait de battre.

Les dernières gouttes de sang jaune s'écouleraient.

Puis il ne serait plus qu'un tas de fer, pas plus dangereux qu'un gros rocher.

Encore quelques jours, et les animaux seraient sauvés. C'était le printemps. De nouveaux animaux allaient naître. Des milliers. Et eux seraient entièrement guéris !

Tous les enfants de la délégation se laissaient gagner par une douce euphorie.

Pourtant, pensait Agnel, toutes les questions n'étaient pas résolues.

Il avança doucement dans l'eau du lac en direction d'un martin-pêcheur. Il devait bien le reconnaître, depuis que le sang jaune ne coulait presque plus du soleil de fer, les oiseaux du lac allaient mieux.

Les traces jaunes dans leur ventre diminuaient. Il avait même demandé à Gulo-Gulo de goûter leur chair (Agnel refusait de manger un oiseau, qu'il soit empoisonné ou pas !), et Gulo n'avait pas souffert de mal de ventre, à peine une légère diarrhée. C'était une certitude, au fur et à mesure que Solario et les autres enfants du château réparaient, ou plutôt endormaient le cœur du soleil de fer, les animaux guérissaient.

Il n'y avait aucun doute. Le sang jaune était le poison qui les tuait !

Mais une incohérence perturbait Agnel, même si tous les enfants semblaient l'avoir oubliée : les animaux, et les oiseaux en particulier, étaient tombés malades avant la chute du soleil de fer ! Le soleil de fer était encore dans le ciel quand Akan et Mordélia avaient envoyé la patrouille dans la forêt. Comment le sang jaune avait-il pu commencer à se répandre alors que le soleil de fer était encore suspendu au-dessus de leurs têtes ? Il en avait parlé aux autres, mais aucun ne paraissait s'en soucier. Une seule chose comptait. La guérison !

La guérison prochaine.

Alors tous pourraient rentrer, ensemble, et expliquer que ni les enfants du château ni les enfants du tipi n'avaient cherché à s'empoisonner les uns les autres. Personne n'était coupable. C'était un accident !

Un simple accident. Une catastrophe dont personne n'était responsable, un fléau tombé du ciel.

Agnel avança encore dans l'eau calme de l'étang quand un brusque coup de vent agita les branches des arbres les plus proches. Le martin-pêcheur battit des ailes et s'éleva dans le ciel. Agnel le regarda s'éloigner à regret. Souvent, dans ses rêves, il imaginait que le vent, un jour, souffle suffisamment fort pour que lui aussi puisse s'envoler.

Évidemment, ça ne se produirait jamais ! Même si le vent, ces derniers jours, soufflait de plus en plus intensément, par bourrasques, comme si un orage se préparait.

Agnel s'arrêta. Il avait de l'eau jusqu'à la taille. Il ne pouvait aller plus loin sans nager, la profondeur du lac augmentait ensuite rapidement. Il se retourna et observa encore les enfants du château travailler comme des fourmis autour du soleil de fer. Sur les berges, ceux du tipi étaient tout aussi occupés : ils ramassaient du bois, des branches, les reliaient en fagots, puis les transportaient.

Tous avaient eu l'idée, lorsque le soleil de fer serait définitivement endormi, de faire un très grand feu dans la plaine. Un feu qui se verrait de loin, de très loin. Du tipi bien entendu, et peut-être aussi du château.

Ils mangeraient et chanteraient autour du feu, puis ils s'endormiraient. Avant de quitter la forêt, le lendemain matin, et de rentrer !

Ensemble. Main dans la main.

Réconciliés.

Enfants du château et enfants du tipi.

Mission accomplie.

32

LE RETOUR DE L'ESPION

— Zyzo !

Chrysanthe fut la première à repérer sa silhouette qui se détachait sur le pont traversant le fleuve, face au tipi.

— Zyzo ! répéta-t-elle.

Elle abandonna sa poupée au milieu de l'herbe, sur son lit de pâquerettes, et courut, courut à perdre haleine. Elle se retrouva face à lui alors qu'il descendait les marches vers le tipi. Tout en les gravissant, Chrysanthe ne parvenait pas à détacher ses yeux du sourire radieux du garçon.

— Zyzo ! C'est bien toi ?

Elle lui sauta au cou. Ses deux pieds décollèrent et elle manqua de peu de le faire tomber à la renverse.

— Tu es revenu, tu es revenu, tu es vivant !

Elle l'embrassa sur les joues. Son petit cœur tremblait. Elle pleurait, elle pleurait de joie. Zyzo n'osait plus bouger. Puis, aussi vite qu'elle était venue, elle repartit en criant :

— Zyzo est revenu ! Zyzo est revenu ! Zyzo est vivant !

Zyzo continua de descendre doucement les marches, mais Chrysanthe avait déjà récupéré Laly, et dansait avec elle.

— Zyzo est de retour ! Zyzo est de retour !

Alertés par les cris de Chrysanthe, presque tous les enfants sous le tipi s'arrêtèrent de coudre leurs armures d'écorce ou d'aiguiser leurs pieux de bois. D'autres descendirent à toute vitesse des étages du tipi.

Au moment où Zyzo parvint entre les quatre pieds de fer, une bonne trentaine d'enfants l'attendaient déjà. En contraste aux cris de Chrysanthe, tous le fixaient silencieusement, comme s'il était une statue de pierre qui se serait mise à marcher, ou pire encore, un mort qui serait sorti de sous la terre.

Tous, garçons et filles, paraissaient stupéfaits.

Zyzo était tout autant étonné.

Il ne savait pas où poser ses yeux. Il y avait tant de changements !

Son regard s'attarda sur cet étrange champ de sable, sous le tipi, qui ressemblait à une plage, où les vagues auraient abandonné des algues vertes bien rangées. Puis il détailla ces tas de pierres, toutes longues et effilées, empilées à côté de rangées de pieux de bois. Étaient-ce des armes ? Des dizaines d'armes ? Plus bizarre encore, Zyzo observa longuement les déguisements de certains enfants : Mouk portait une fourrure de gnou, Kamélian des cornes d'élan, Bill un pelage de hyène. Malgré la chaleur déjà écrasante ce matin-là, les enfants semblaient supporter ces étranges costumes... Zyzo, rien qu'avec sa veste sur les épaules, avait déjà trop chaud !

Étaient-ils tous devenus fous ? Seule Vanylle ne portait qu'une jupe de toile légère. Elle sourit en lui adressant un signe de la main, puis se concentra à nouveau sur l'inventaire des armes. Incroyable ! Son amie paraissait avoir pris dix centimètres depuis qu'il était parti ! La petite blonde qu'il avait quittée était devenue presque aussi grande que Saby.

Zyzo pensait avoir fait le tour de ce qui avait changé, quelques détails au final, le tipi se tenait toujours là, sur ses quatre pieds, et il reconnaissait chaque visage... Chaque visage sauf un.

Il chercha désespérément, scruta dans la foule qui lui faisait face, leva les yeux vers les derniers enfants qui descendaient les marches de la tour de fer...

Agnel n'était pas là !

Son trouble se transformait en peur, en une angoisse pesante qui lui comprimait le cœur et asséchait sa gorge.

Agnel n'était nulle part ! Tout le monde s'était réuni pour l'accueillir, sauf son ami.

La foule en arc de cercle se fendit soudain. Zyzo repéra d'abord la large carrure d'Akan, puis, derrière lui, la frêle silhouette de Mordélia.

Akan s'avança vers lui et le serra dans ses bras.

— Je suis content de te revoir, Zyzo. De te revoir vivant.

Zyzo aima la force qui se dégageait d'Akan. Akan avait toujours été un chef raisonnable. Zyzo se rendait compte qu'on attendait de lui qu'il parle, qu'il raconte tout. Mais par quoi commencer ? Il ne réfléchit pas et posa la seule question qui lui importait :

— Où est Agnel ?

Il perçut un léger grondement dans la foule. Une sorte de complainte. La joie sur les visages s'était d'un coup transformée en crainte. Akan prit Zyzo par les épaules.

— Il… Il est parti dans la forêt, dit-il d'une voix grave. Il y a longtemps. Il… Il n'est jamais revenu.

Jamais revenu ? paniqua Zyzo. Qu'est-ce que ça voulait dire ?

— Il… Il est…, balbutia-t-il sans parvenir à terminer sa question.

Les énormes mains d'Akan serrèrent plus fort les épaules de Zyzo, comme pour le retenir s'il s'effondrait.

— Six enfants du tipi sont partis dans la forêt, expliqua le chef de la tribu, menés par Agnel, bien avant la Veillée du Sanctuaire. Seul Noam est revenu vivant, il y a quelques jours. Il nous a raconté… Tous les autres ont été… tués.

Zyzo eut l'impression que le tipi basculait, un vertige le saisit, alors que tout son corps tremblait.

Agnel ? Mort ? C'était impossible !

Akan passa son bras derrière son dos et le soutint.

— Viens, Zyzo. Viens. Marchons.

Ils s'éloignèrent du tipi et rejoignirent les berges du fleuve, qu'ils longèrent en remontant le courant. Mordélia se tenait un mètre derrière eux.

Sous le tipi, Chrysanthe avait cessé de danser. Elle pleurait. Et même le visage de paille et de chiffon de Laly ne parvenait pas à sécher ses larmes.

— Que s'est-il passé ? demanda Zyzo d'une voix blanche. Comment ont-ils pu être tués ? Agnel, Suzette, Gulo-Gulo, Pépin et les autres. Par qui ? Comment ?

Ils traversaient un jardin étrange, mélange de roseaux, de fougères et d'herbes folles, ayant tellement poussé qu'elles recouvraient toute la façade du bâtiment rouge devant eux.

Quai Branly.

Mordélia, qui trottinait derrière les deux garçons, esquissa un geste pour signifier qu'elle allait expliquer, avec ses mots, mais Akan ne le remarqua pas. Il s'arrêta un instant face au fleuve, puis résuma en quelques phrases le récit de Noam, tel qu'il lui avait été rapporté par Bill : le loup, puis la lutte avec les enfants du château, le combat pour la faim, pour survivre, les bâtons, les arcs, les flèches, Noam qui se sauve avant que l'une ne se plante dans son dos.

À chaque nouvelle étape du récit du chef du tipi, le visage de Zyzo s'éclairait, jusqu'à passer d'un masque de désespoir à un grand sourire.

Zyzo avait oublié à quel point ses amis du tipi aimaient les légendes ! Les histoires inventées de toutes pièces, transformant la réalité en explication fantastique, puisqu'ils ignoraient leur véritable explication scientifique. Lui aussi, avant de suivre les enseignements du château, avait cru aux monstres imaginaires comme le Luponéro, aux explications stupides de Bill, aux histoires délirantes de Chrysanthe, à la magie maléfique de Mordélia…

Il éclata de rire. Akan le regarda comme s'il était fou.

— Les enfants du château ne mangent pas d'autres enfants ! s'écria Zyzo, libéré. Ils ne mangent même pas de viande. Ça leur est interdit. Tout comme il leur est interdit d'utiliser une arme, à l'exception d'un bâton. Jamais ils n'utiliseraient des arcs et des flèches…

Devant les yeux incrédules d'Akan et de Mordélia, Zyzo ajouta :

— Vous n'allez pas croire une fable rapportée en gestes par un muet ? Agnel est encore dans la forêt, bien vivant, je le sais. La seule chose vraie dans votre récit est qu'il a rencontré des enfants du château. Celui qui les mène s'appelle Solario. Ils vont bien. Ils parviennent à communiquer, à distance, sans se parler, avec sa sœur jumelle, Lunella. Et ce n'est pas la chose la plus extraordinaire que j'ai à vous révéler…

Zyzo eut soudain envie de tout raconter. Tout. Par quoi commencer pour expliquer à Akan et Mordélia la vie des enfants au château ? Les trois pavillons ? Les cours ? Les sciences, l'histoire, les arts ? Y compris les arts martiaux ? Marie-Lune et son dernier message ? Le conseil ? Le tournoi de l'Étoile ? Les appartements de la reine ? Les roses du Verger ? Le goût sucré des Lollipops ?

Face à eux, en haut d'un escalier d'une douzaine de marches, une passerelle franchissait la Seine. Akan s'avança, Zyzo allait lui emboîter le pas en se lançant dans une nouvelle tirade quand Mordélia le coupa :

— Tu nous parleras plus tard de la vie de château ! On aura le temps pour ça. Nous t'avons envoyé là-bas pour une chose. Une seule chose. L'as-tu oublié ? Comment entrer dans le château !

Zyzo, déstabilisé, jeta un regard à Akan, mais le chef du tipi demeura de marbre. Lui aussi attendait une réponse à la question de Mordélia.

— Je… Je ne sais pas…

Mordélia le fixa de ses yeux noirs. Zyzo eut l'impression qu'elle lui enfonçait une lame dans le crâne. Sa voix perçante vrilla son cerveau.

— Si tu es sorti, Zyzo, alors tu sais comment entrer ! Comprends-tu ? Nous ne sommes plus en train de jouer. Nous sommes en guerre ! Si tu ne nous aides pas, nous nous ferons tous massacrer.

En guerre ?

Zyzo repensa aux armes qu'il avait vues entassées au pied du tipi. Aux fourrures de fauve portées par certains enfants.

Les enfants du tipi préparent la guerre ?

Il eut envie de crier que c'était ridicule, qu'il s'agissait d'un malentendu stupide. Ils devaient s'arrêter, l'écouter. Puis il retournerait parler à ceux du château qui l'écouteraient aussi…

À douze ans, qu'on dorme dans le château ou le tipi, on a l'âge de jouer, pas de tuer !

Il eut envie de dire tout cela et bien d'autres mots de paix encore, mais ils restèrent bloqués dans sa gorge, alors que, doucement, Akan lui fit signe de le suivre.

Passerelle Debilly.

Akan, Zyzo et Mordélia s'avancèrent jusqu'au milieu du fleuve, en marchant sur le petit pont qui se résumait à une grande planche de bois posée sur des poutres de fer, aussi courbées qu'un arc. Ils s'assirent sur la rambarde. Le tipi les dominait, tout près. Vu du fleuve, il semblait imprenable, capable d'écraser la ville s'il lui était venu l'idée de bouger et de lever l'un de ses quatre pieds. Akan parla d'une voix calme et déterminée :

— On ne pourra pas éviter la guerre, Zyzo… Deux tribus sur un même territoire, c'est une de trop. Nous grandissons. Tôt ou tard, nous devrons nous affronter… Ne serait-ce que pour mesurer nos forces. Nous sommes trop différents. (Zyzo allait protester, mais Akan lui fit signe de l'écouter encore un peu.) Tu as vécu avec ceux du château, tu as dormi avec eux, joué avec eux, discuté avec eux, tu les connais mieux que nous ne les connaîtrons jamais. Nous ne sommes pas idiots, Zyzo. Nous pouvons deviner ce que tu as vu, vécu, entendu… Tu sais, Zyzo, nous en avons tous rêvé, de la vie des enfants du château… Et nos rêves ne doivent pas être loin de la réalité, n'est-ce pas ?

Zyzo hocha la tête.

— Une vie de rêve, continua Akan. Mais quand nous étions affamés, dehors, les enfants du château ont-ils partagé leur nourriture avec nous ? Quand il neigeait, quand la terre gelait, nous ont-ils invités à dormir sous leur toit ? Au prochain orage, quand tout sera inondé, nous ouvriront-ils leur porte ? Ils sont sûrement plus intelligents que nous, ils connaissent des secrets que nous ignorons, mais sont-ils prêts à partager cette connaissance avec des sauvages tels que nous ? Nous qui devons nous contenter, pour comprendre le monde, d'une poignée de livres trouvés. Tes amis du château ne nous considèrent sans doute pas tout à fait comme des animaux, mais pas tout à fait non plus comme des enfants. En tous les cas, pas comme leurs égaux.

Zyzo eut envie de crier que c'était faux ! Alixe, ou Saby, ou Lunella, toutes les Lollygirls, ou même Ogénor, ne pensaient pas ainsi ! Mais quelle part de l'opinion du château représentaient-ils ? Tous les délégués, Jean-D'arc, Isa-Lys, ou même Liu, qui décidaient au nom des élèves des trois pavillons, l'avaient condamné simplement parce qu'il avait gagné le tournoi de l'Étoile. Lui, l'étranger !

Akan observait l'eau du fleuve tout en parlant. Quelques bateaux amarrés aux quais, vestiges d'une vie oubliée, continuaient de rouiller lentement.

— Je ne leur en veux pas, expliqua Akan d'une voix toujours apaisée. Ils défendent ce qu'ils possèdent, je pense que j'en ferais autant à leur place. Ils ont été placés à l'abri derrière les murs du château par des parents savants et organisés. Les nôtres n'avaient pas ces moyens, ils ont fait ce qu'ils ont pu, nous ont appris des techniques de chasse et de pêche, des rudiments de lecture et d'écriture. Juste assez pour qu'on survive.

Zyzo écoutait Akan. Impressionné. Le chef du tipi n'avait sans doute jamais entendu parler de Marie-Lune, et pourtant, il avait deviné que les enfants du château n'étaient pas tout à fait comme eux. Si tous les enfants de Paris étaient orphelins, ceux du château, eux, possédaient une maman, une maman qui ne les avait pas abandonnés. Une maman dont ils se souvenaient.

Justement ! pensa Zyzo.

Marie-Lune avait laissé aux enfants du château un message de paix et d'amour. Pas de violence. Pas de guerre !

Zyzo se leva d'un bond. Il se retrouva face à Akan, qui le dominait d'une tête.

— C'est idiot ! On n'est que des enfants ! Ceux du château ne nous veulent aucun mal. Il suffit de…

Akan baissa les yeux vers lui, et Zyzo comprit que c'était trop tard, qu'il ne changerait pas d'avis. Les mots d'Akan étaient rares, et le chef du tipi en avait déjà livré plus que d'ordinaire. Une ombre passa. Mordélia était montée sur le muret qui longeait le fleuve et faisait voler sa cape noire. Ses yeux lancèrent de nouveaux poignards.

— Zyzo, c'est à toi de choisir tes amis ! Toi seul ! Si tu ne nous révèles pas comment tu es sorti du château, nous nous ferons tous massacrer. Tu porteras la responsabilité de la vie de tous tes amis du tipi. Mais... Mais peut-être ne sommes-nous plus tes amis ?

Zyzo cria. Des canards sur les berges du fleuve, entourés de leurs canetons, s'envolèrent.

— Je ne sais pas ! Je te le jure !

— Tu mens !

— Non !

Zyzo essaya une nouvelle fois de trouver un soutien dans le regard d'Akan, mais le chef du tipi restait impassible. Pensait-il lui aussi qu'il était un traître ? Zyzo décida de révéler toute la vérité :

— Je me suis évadé du château grâce à des complices. J'ai suivi les couloirs du métro, enfin du -M-, très longtemps, un parcours compliqué, impossible à mémoriser, mais mes complices dans le château m'avaient laissé un plan. Un plan que j'ai promis de brûler avant de vous retrouver. C'est ce que j'ai fait. Même si je voulais trahir ceux qui m'ont aidé à me sauver, je ne le pourrais pas !

Zyzo se sentit complètement libéré. Il comprenait maintenant que, s'il n'avait pas brûlé ce plan, il se serait trouvé face à un dilemme impossible à trancher.

Aurait-il respecté sa promesse à Alixe, ou sauvé ses amis du tipi ?

Désormais, il n'avait plus à se poser la question. Il ignorait vraiment comment entrer dans le château...

— Je ne te crois pas ! cracha Mordélia, furieuse. Tu es avec eux ! Tu es devenu comme eux.

Zyzo sourit, Mordélia ne pouvait rien contre lui.

— Peu importe ce que tu penses... J'ai brûlé ce plan.

Il lança la boîte d'allumettes vide aux pieds de la fille.

— Fouille-le, ordonna Mordélia à Akan.

— Si ça t'amuse, répondit Zyzo en levant les bras.

Le chef du tipi, toujours aussi mesuré dans ses paroles et ses gestes, haussa presque imperceptiblement les épaules, comme s'il s'agissait d'une nouvelle lubie de Mordélia. Il se baissa et tata rapidement le pantalon de Zyzo, sa chemise, sa veste.

Il s'arrêta soudain.

La main gauche d'Akan, posée sur le dos de Zyzo, lui bloqua les reins d'une pression brutale, douloureuse, alors que sa main droite arrachait un morceau de toile.

Zyzo tituba sous la violence du geste, sans comprendre. La seconde suivante, Akan fouillait dans une poche intérieure de sa veste, puis en sortit une feuille de papier.

Une feuille de papier que Zyzo reconnaissait.

Le plan qu'Alixe lui avait confié !

Akan le déplia. Il le tint fermement, à deux mains, mais permit à Mordélia et à Zyzo de l'observer.

Zyzo, abasourdi, n'arrivait pas à en croire ses yeux. Il reconnaissait chaque couloir, chaque impasse, chaque porte, le tracé exact de son itinéraire dans le métro, jusqu'à l'entrée secrète sous le château, au pied du donjon, par la cour carrée.

C'est impossible ! paniqua Zyzo. Ses pensées s'affolaient. Comment ce plan, qu'il avait brûlé, pouvait-il encore se trouver dans sa poche ?

Il observa une seconde le sourire satisfait de Mordélia.

Avait-elle pu réaliser un tel tour de sorcellerie ?

Ridicule, il n'allait pas se mettre à croire à ces idioties ! Et pourtant, il en était certain, il avait mis le feu à ce plan. Il avait failli oublier, mais il l'avait enflammé avec un fagot d'allumettes, sur les marches du Trocadéro. Il se souvenait des miettes de papier carbonisées qui s'envolaient...

Akan et Mordélia ne parvenaient pas à détacher leurs yeux de la carte, comprenant que la chance, enfin, venait de tourner.

Un vertige saisissait Zyzo. Était-il en train de devenir fou ? Avait-il cru brûler ce plan ? Mais il n'avait pas pu, ou pas osé... Est-ce qu'en plus de mentir à tout le monde, il se mentait à lui aussi ? Il n'avait pas tenu sa promesse à Alixe... parce qu'il était un enfant du tipi... Parce que c'était sa mission ? Parce qu'il était un espion ?

Le plus rusé, le plus sournois de tous les espions.

Dans le regard de Mordélia, il lisait même de l'admiration.

Zyzo eut soudain envie de se jeter dans le fleuve et de s'y noyer.

Il repensait aux derniers mots qu'il avait murmurés à Alixe, juste avant qu'elle l'embrasse.

On se retrouvera pour sauver la paix !

Alixe l'avait sauvé.

Alixe lui avait fait confiance.

Alixe lui avait confié le destin du château.

Il n'était qu'un traître.

On se retrouvera pour sauver la paix !

Il n'était qu'un menteur !

À cause de lui, la guerre était déclarée !

Il repensa aux roses du Verger, aux sucres des Lollipops, au velours des tentures, à l'or des trésors, aux chansons de Soutïm, aux cartes d'Osman, aux livres d'histoire et de géographie, aux statues d'Achille, d'Hercule, d'Athéna, au Sphinx, aux sarcophages, aux momies, aux coffres secrets, aux tableaux sacrés, à toute cette beauté…

À cause de lui, tout ce que ceux du château avaient protégé, depuis toujours, serait saccagé !

33

LES SABINES

Le reflet du petit feu qui crépitait dans le Verger se multipliait en kaléidoscope sur les parois inclinées de la pyramide, comme si les flammes léchaient le verre au point de le faire fondre.

Ce n'était pourtant qu'un petit feu de rien du tout, quelques branches de cerisier et de pommier jetées dans un foyer improvisé avec une dizaine de pierres.

Il suffisait pourtant au bonheur de Saby et de toutes les filles assises autour des braises. Il était près de minuit, mais il faisait encore chaud dans le Verger du château. Les flammes n'avaient pour seule utilité que d'éclairer le visage des filles, et les branches les plus basses des cerisiers, gorgées de fruits rouges qu'elles picoraient tout en riant, plus voraces encore que des pies.

— Plus que quinze minutes, Majesté, déclara Saby en levant son verre de raisin fermenté, plus que quinze minutes de règne ! Et ensuite, la liberté !

Toutes les filles éclatèrent de rire, toute la bande des Lollygirls. Lunella, Estive, mais aussi Tiphaine la spécialiste des bijoux, ou Corentine la couturière, que tout le monde appelait Coco. Et bien entendu Alixe ! Elles étaient une vingtaine et avaient décidé de fêter ensemble le dernier jour de règne de leur reine. Interdit aux garçons !

Interdit à certaines filles aussi, comme Isa-Lys, qui enrageait. Elle était passée plusieurs fois de l'autre côté de la pyramide, à l'intérieur, et les avait dévisagées de son regard de guenon mal lunée. Tous les délégués avaient tenté de leur faire renoncer à cette idée stupide : une soirée, dehors, dans le Verger des Tuileries, autour d'un feu. Même Alixe avait trouvé que c'était une provocation inutile, mais l'énergie de Saby et de ses amies l'avait emporté.

— C'est interdit, et alors ? Qu'est-ce qu'ils vont nous faire ? Nous jeter au cachot comme Zyzo ?

Alixe, au fond, était d'accord avec Saby. Elle voyait bien que les garçons et les filles du château grandissaient. Depuis que Marie-Lune n'était plus là pour les guider, les délégués avaient du mal à conserver leur autorité. S'ils ne faisaient pas preuve d'un peu de souplesse, tout exploserait. Saby et ses amies voulaient juste s'amuser !

Les Lollygirls avaient toutes peint des cœurs sur leur bô, avec une teinture de garance, cette fleur jaune dont les racines donnent une magnifique couleur rouge. Elles se parfumaient dès le réveil avec de la violette, du lilas, du muguet ou du camélia. Les roses de la couronne d'Alixe avaient été remplacées par des cerises. Les autres filles se contentaient de porter les fruits en boucles d'oreilles.

— À la plus belle des reines ! enchaîna Estive.

Toutes vidèrent leur verre, gobèrent d'autres cerises, crachèrent les noyaux le plus loin possible.

— Et à son amoureux ! ajouta Saby.

Alixe devint aussi rouge que les cerises de sa couronne. Les vingt filles gloussèrent tout en jetant un regard vers la pointe du tipi qui se détachait dans la faible lueur, derrière les immeubles des quais de Seine.

Elles remplirent et vidèrent un nouveau verre.

— Un autre toast ? proposa Saby.

— À Solario, fit Lunella en se levant. Il va bientôt rentrer, je le sens. Il est heureux comme jamais. Leur mission est terminée. Ils ont sauvé les animaux.

Toutes les filles hurlèrent un hourra à en faire trembler les vitres du château. À l'intérieur de la pyramide, Jean-D'arc passa, accompagné de quelques autres Soldats. Il haussa les épaules devant ce qu'il considérait comme des gamineries insupportables.

— J'ai aussi du jus de pomme fermenté, les filles, annonça Saby. Et attention, celui-ci, il pétille !

De nouveaux cris de joie s'envolèrent entre les arbres du Verger.

— Plus qu'une minute de règne, ma vieille ! prévint Saby. À moins que tu ne sois réélue reine dans une semaine ! Mais franchement t'as tout fait pour ne pas l'être… T'es la plus folle de nous toutes. Fréquenter un petit sauvage !

— Et pire encore, ajouta Lunella. Fréquenter des sauvageonnes comme nous. À Juliette et son Roméo !

Toutes levèrent leur verre.

Cinq, quatre, trois, deux, un…

Minuit !

— Libérée ! crièrent ensemble toutes les filles en se levant d'un coup.

— Finie ta chambre de princesse, s'amusa Saby. Bon retour au dortoir, à raconter les pires bêtises avec les copines !

— À moins, répliqua Estive en adressant un clin d'œil à Saby, que Super-Novak ne soit élu roi et qu'il ne te choisisse comme conseillère spéciale !

Toutes éclatèrent de rire. Lunella se mit à chanter, toutes les autres Lollygirls à danser, elles ne virent pas arriver l'ombre silencieuse dans leur dos.

— Alixe ?

Une voix de garçon !

Elles se tournèrent, prêtes à éconduire l'audacieux qui se permettait de venir troubler cette soirée réservée aux filles. Elles s'arrêtèrent d'un coup.

Ogénor se tenait devant elles, assis dans son fauteuil roulant.

— Alixe, répéta-t-il. J'aimerais que tu me suives. J'ai des choses à te dire. Des choses importantes. Très importantes. Des choses que je ne pouvais pas te révéler tant que tu étais reine.

L'ambiance était cassée. Les filles se tournèrent vers Alixe. Elle n'était plus obligée à rien, désormais. Alixe hésita, regarda ses amies, puis jeta le plus loin possible sa couronne de cerises.

— Je reviens les filles, je reviens.

Elle avança vers Ogénor et, comme elle l'avait fait si souvent depuis un an, posa ses deux mains sur les poignées de son fauteuil et poussa l'enfant handicapé en direction de la pyramide.

Les filles demeurèrent un long moment sans voix, comme si la fête s'était brutalement achevée. Saby tapa dans ses mains.

— Hé oh, les Lollygirls, la soirée n'est pas terminée. J'ai une surprise pour vous !

Immédiatement, les filles se remirent à se trémousser.

— Asseyez-vous, asseyez-vous, demanda Saby. J'ai pris sur moi d'inviter un autre garçon.

Les filles poussèrent des « Ooooh », testant les prénoms de Soutïm et des autres musiciens du pavillon des Singes, Matifou, Cladrix, Abou puis ceux des plus beaux Soldats du château, Novak, Elios, Jango…

— Vous n'y êtes pas, les filles, savourait Saby. Pas du tout ! Notre invité surprise a beaucoup plus de charme que tous vos tripoteurs de guitare et vos manieurs de bô… Je vous présente le grand, le magnifique, l'extraordinaire… Valère !

L'historien du pavillon des Savants sortit timidement de l'ombre du Verger, où visiblement il attendait depuis un long moment. Toutes les filles hésitèrent une seconde à éclater de rire, puis, devant la tête du garçon à lunettes, le visage plus blanc qu'une peau de fesses, pétrifié devant la bande de filles, elles se mirent à scander son nom.

— Va-lère, Va-lère !

— Du calme, mes petites furies, tempéra Saby. Valère est le meilleur raconteur d'histoires de tout le château, et je lui ai demandé de m'en raconter une un peu spéciale, celle du fameux tableau que nous cache Isa-Lys !

Une salve de huées contre la déléguée du pavillon des Singes ponctua la déclaration de Saby.

— À toi, mon petit génie.

Valère se redressa autant qu'il put, réajusta ses lunettes, puis observa la vingtaine de filles, assises ou allongées, qui semblaient autant prêtes à boire ses paroles qu'à vider des verres. Jamais il n'aurait imaginé, même en rêve, que lui, le solitaire des bibliothèques et des archives, puisse se retrouver l'invité d'honneur d'une soirée de filles !

— Hum, hum, ce tableau donc... Ce fameux tableau, *Les Sabines*, a été réalisé par un peintre nommé David. Il l'a commencé en 1795, ça lui a pris quatre ans de travail. Il a d'abord été exposé à...

— On s'en fout, cria Estive. On veut l'histoire, ce que raconte le tableau, les filles déshabillées, les soldats et les bébés, pas un cours façon mère-guenon !

Toutes les filles approuvèrent. Valère transpirait à grosses gouttes.

— Heu, oui, bien sûr, mesdemoiselles, c'était juste une introduction et...

— Accélère, ordonna encore Lunella.

Vingt éclats de rire explosèrent ! Valère se dit que jamais il ne deviendrait délégué. Encore moins d'une classe de filles ! Le rêve tournait au cauchemar.

— C'est l'histoire d'un groupe de garçons, enchaîna le plus vite possible le jeune historien. D'un groupe de garçons, sans aucune fille.

— Oooh, firent quelques voix.

Valère souffla. Il avait récupéré l'attention de son auditoire.

— Je passe sur les détails, mais ces garçons, menés par Rémus et Romulus, venaient de fonder une ville : Rome !

— On sait qui a fondé Rome, cria Saby en prenant des allures de louve. Avance !

— Rome attirait tous les hommes des alentours, continua Valère d'une traite. Des aventuriers, mais aucune fille ! C'est vite devenu un problème, vous vous en doutez. Alors Romulus, le chef des Romains, a décidé d'aller voler les filles des voisins !

Valère marqua un silence pour évaluer son effet. Cette fois, les filles étaient accrochées à son récit.

— Les plus belles étaient celles d'une tribu proche, les Sabins. Et hop, un soir, les Romains arrivent en douce, profitent de la surprise, et repartent avec toutes les femmes qu'ils peuvent enlever !

— Ooooh, répétèrent les filles du Verger, à la fois choquées et intriguées.

Valère, galvanisé, paraissait de plus en plus à l'aise. Il continua en jouant encore davantage sur le rythme, les silences et les intonations.

— Le temps passe. Les Romains se marient avec les femmes qu'ils ont enlevées. Ils ont ensemble des bébés. Bref, les Sabines se mettent forcément à aimer leurs nouveaux maris, qui sont aussi les pères de leurs enfants, tout finit par s'arranger… Sauf que les Sabins, eux, de leur côté, n'ont pas oublié. Ils mettent quelques années à s'organiser et un beau jour, quand ils se sentent assez forts, ils prennent les armes pour aller attaquer les Romains et libérer leurs femmes !

— Normal ! commenta Estive.

Quelques voix la soutinrent, mais la plupart étaient suspendues à la suite de l'histoire.

— C'est la guerre, continua Valère. Inévitable ! Les Romains et les Sabins vont s'entre-tuer… Vous rendez-vous compte de ce que cela signifie pour les Sabines ?

Aucune réponse. Finalement si, Valère voulait bien devenir délégué. Pour mener une classe. Il se trouvait doué ! Il adorait plus que tout le regard passionné que Saby posait sur lui.

— Eh bien, triompha Valère, ça signifie, pour une Sabine, que son père va aller se battre contre son mari, ou que son frère va vouloir égorger son fils, son propre neveu, si vous me suivez les filles, ou que le fils de cette Sabine va essayer d'occire son oncle, ou qu'un grand-père va trucider son petit-fils… Vous imaginez ?

Valère laissa planer un bref suspense. Il ne vit pas que, dans l'ombre, Lunella s'était levée et se tenait contre le tronc d'un cerisier, tremblante.

— Alors, continua Valère, désormais certain de la maîtrise de son récit, les Sabines vont oser ce que personne n'a jamais osé, ni avant elles, ni après elles... Elles ont trouvé un moyen d'arrêter la guerre. Et elles vont réussir, parce que...

Lunella poussa un hurlement à ce moment précis.

Un hurlement terrible, à s'en déchirer le ventre. Comme si on venait de lui enfoncer un poignard dans le cœur.

— Il est en danger ! Solario est en danger. En danger de mort !

34

FEU DANS LA PLAINE

Solario dansait autour d'un feu.

Tous jetaient, dans les hautes flammes, des jonquilles, des mimosas, et toutes les autres fleurs jaunes qu'ils avaient pu cueillir. Pépin avait prétendu qu'ainsi toute trace jaune serait définitivement éliminée. La plupart des enfants pensaient réellement que, quand les pétales de jonquille ou les boules de mimosa se consumaient, les flammes devenaient plus jaunes.

Solario, tout comme Agnel, n'en était pas convaincu, mais il laissait faire.

La petite troupe de la forêt était tellement joyeuse !

Ce feu au milieu de la plaine, c'était un feu de joie, le plus grand et le plus haut possible. Ils avaient ramassé le bois et l'avaient empilé en bûcher depuis des jours, en prévision de ce moment.

La dernière nuit !

Leur dernière nuit dans la forêt.

La veille, Solario et les enfants du château avaient endormi à jamais le cœur du soleil de fer. Plus aucun sang jaune empoisonné ne s'en échappait. Agnel et les enfants du tipi avaient puisé de l'eau du lac inférieur, l'avaient goûtée, sans ressentir aucune douleur au ventre. Les entrailles des oiseaux qu'ils avaient capturés ne contenaient plus aucune trace de maladie.

C'était fini ! Ils avaient rempli leur mission. Le soleil de fer dormirait pour toujours et la nature reprendrait le dessus. Dans quelques mois, lors du Birth Day, puis pendant la Trêve, jusqu'à la prochaine Grande Battue, des animaux sains naîtraient, grandiraient, et le cycle des saisons recommencerait.

Tous les enfants du tipi avaient longuement applaudi Solario. Tous les enfants du château avaient longuement applaudi Agnel. Puis tous s'étaient applaudis et s'étaient jetés dans les bras les uns des autres.

Ils avaient ajouté des bûches et encore des bûches, pour que le feu monte encore plus haut, pour qu'on l'aperçoive de Paris. Ils avaient choisi le lieu exprès, au milieu de la plaine, sans aucun arbre autour. Au milieu d'un ancien « hippodrome », avait expliqué Solario (son 268e mot nouveau), un endroit où, avant, couraient des chevaux.

Enfin, le festin pouvait commencer.

Les enfants du tipi avaient préparé des brochettes de champignons (des « morilles », précisa Solario), à faire griller au feu. Les enfants du château avaient fait bouillir des soupes de pissenlit, d'ortie et de primevère. Personne au tipi n'en avait jamais mangé. Tout le monde par contre raffolait des branches de groseilles rouges et blanches, des framboises, des airelles. Des litres d'eau parfumée à la menthe ou aux fraises des bois coulaient à flots.

— On rentrera ensemble, promettaient les enfants.

Enfants du tipi et enfants du château, tous mélangés.

— On se promènera ainsi dans les rues de Paris et ils seront obligés de nous rejoindre.

— Plus rien ne sera jamais comme avant, juraient-ils.

Désormais, ils ne formaient qu'une seule et même tribu ! Ogénor, Akan, les membres du conseil, Mordélia, la future reine ou le futur roi, tous seraient bien obligés de se rendre à l'évidence : on s'amusait plus, tous réunis ! Et on avait tant à s'apprendre.

Alors que les enfants terminaient le dessert et se lançaient dans un concours d'imitation d'oiseaux – Agnel était imbattable pour mimer les échassiers, mais Suzette rivalisait pour jacasser à elle seule comme une nichée d'oies –, une grande silhouette traversa les herbes hautes et sèches de la plaine, et s'approcha du feu.

Luponéro.

Suzette était alors en train d'imiter un canard en colère protégeant son territoire, et les enfants, riant aux éclats, remarquèrent à peine sa présence.

Luponéro portait dans ses mains un panier contenant des plantes de toutes sortes.

Laissant les autres continuer de s'amuser, Solario et Agnel s'approchèrent de l'enfant sauvage.

— Tu es revenu ? Approche. Viens manger.

— Pour vous, fit simplement Luponéro, en leur tendant son panier.

Il semblait presque timide, sans son arc et ses flèches. Au final, il n'était pas plus grand qu'eux, mais son corps était incroyablement musclé, et sa peau couverte de multiples petites cicatrices.

— Ce sont des plantes qui vous seront utiles, précisa Luponéro. Certaines aident à guérir. D'autres calment la faim. D'autres aident à dormir. Certaines, plus dangereuses, aident à rêver…

— Merci, fit Agnel. Approche.

Luponéro hésita.

— Merci à vous. Le sang jaune a disparu de la forêt.

— C'est normal, répondit Solario. Ce sang jaune, c'est nous qui l'avons apporté, non ? C'était à nous de réparer.

Agnel échangea un bref regard avec le garçon sauvage, et il eut l'impression que tous les deux pensaient la même chose : les animaux avaient commencé à être malades avant même que le soleil de fer ne tombe du ciel et que le sang jaune ne s'en échappe. S'ils avaient réussi à stopper l'épidémie, ils n'en avaient pas trouvé la véritable origine. Tant que ce mystère ne serait pas résolu, la menace d'une nouvelle catastrophe planerait.

Solario, tout à sa fierté d'avoir rempli sa mission, ne paraissait pas vraiment préoccupé. Pas pour l'instant du moins. D'un geste amical, il invita Luponéro à s'asseoir et à partager un verre de menthe. Devant le feu, des filles du tipi et du château dansaient ensemble alors que des garçons, Klark et Pépin, les accompagnaient en frappant sur des troncs creux. D'autres discutaient, parlaient d'échanger leurs chambres. Brazza le Savant rêvait de dormir au troisième étage du tipi pour découvrir Paris, alors que Suzette-la-pipelette se voyait déjà veiller toute la nuit à papoter dans le dortoir des enfants-Soldats au milieu des statues grecques. Gulo-Gulo se promettait de visiter la cantine des Sept Cheminées et de goûter les Lollipops d'Honorat.

— Tu m'apprendras ce que tu connais sur la forêt ? demanda Agnel à Luponéro.

L'enfant sauvage sourit.

— Je t'ai beaucoup observé, crois-moi. Je pense que tu en connais presque autant que moi sur les oiseaux.

— Moi je ne parle pas leur langage...

Luponéro trempa ses lèvres dans le verre de menthe.

— Je t'apprendrai... Et toi (il s'adressait à Solario), je t'ai vu parler aux étoiles, comme si tu savais qui habite sur elles...

— Non, je ne sais pas, répondit le Savant, personne ne sait. Mais peut-être pourrai-je t'expliquer certaines choses que tu as observées... Et que tu pourras m'expliquer certaines choses que je suis incapable d'observer… Tiens, Lupo, par exemple, les abeilles…

Et ils restèrent ainsi des heures, à côté du feu, à parler des abeilles et des fourmis, des étoiles et de l'eau, des nuages et de la pluie.

Lorsque Solario évoqua les enseignements de Marie-Lune, qui leur avait appris les bases des principales sciences, Lupo alla jusqu'à se confier. Il avait été élevé par son père, seul, dans la forêt. Il s'en souvenait avec précision. Un matin, son père, qui toussait de plus en plus et ne parvenait presque plus à marcher, lui avait dit adieu. Il était parti nager jusqu'au plus profond du lac supérieur. Lupo ne l'avait jamais revu, même s'il avait nagé pendant des heures chaque jour dans le lac, pour le retrouver.

Lupo ignorait quel âge il avait alors, mais il était certain d'avoir au moins huit ans, peut-être davantage. Agnel et Solario en conclurent que le père de Lupo était sans doute le dernier adulte à être resté en vie, bien après Marie-Lune. Ça expliquait pourquoi Lupo avait pu survivre seul. Pourquoi il savait si bien parler. Pourquoi il connaissait ce que la majorité des enfants ignorait.

Les sujets de conversation s'enchaînèrent. Paris. Le nuage pollué. Les filles (Lupo était très intrigué par ce dernier sujet). Presque tous les enfants étaient partis se coucher, dans le camp, à quelques dizaines de mètres du feu, sous le seul petit bosquet d'arbres de la plaine. Solario finit par bâiller.

— Viens te coucher avec nous, Lupo. Tu pourras nous accompagner jusqu'à Paris demain...

Luponéro se contenta de vider un dernier verre de plantes infusées.

— Non. Je vais retourner dans mon arbre. C'est vous qui reviendrez me rendre visite. Ici... Mon... Mon papa m'a toujours dit de me méfier de ceux de la ville.

Il jeta quelques dernières poignées d'herbes de son panier dans le feu. Cela provoqua immédiatement un nuage de fumée, épais, d'une odeur très agréable.

Agnel et Solario toussèrent. Quand leur toux cessa et que le nuage se dispersa, Luponéro avait disparu. Ils se regardèrent, étonnés. Le bûcher ardent et les arbres devenaient flous.

— Je crois qu'on ferait bien d'aller se coucher, nous aussi.

Agnel volait. Il survolait la forêt. D'un brusque coup d'ailes, il décida de plonger vers le lac. Il descendit à une vitesse vertigineuse, jusqu'à raser la surface de l'eau. Il repéra quelques poissons qui nageaient à un moins d'un mètre en profondeur, mais décida de les épargner pour remonter plus vite encore.

Un nouveau coup d'ailes, il survolait maintenant le fleuve, le château, l'île aux Cygnes, le tipi. Il monta en une seconde jusqu'à la flèche de la tour, n'ayant même pas l'impression de s'élever : c'était elle au contraire qui s'enfonçait dans la terre. Mais non, il planait tout en haut.

Il s'amusa encore à traverser quelques nuages, un premier, un deuxième, un troisième, il pouvait les crever autant qu'il le voulait, ils se refermaient dès qu'il était passé, comme une blessure qui se soignerait par magie sans même laisser de cicatrice.

Il visait un quatrième nuage quand, soudain, il sentit son corps s'embraser. Le nuage était bouillant. Un nuage de gaz ! Ses ailes s'enflammèrent d'un coup, se réduisirent en de minuscules cendres de plumes, même ses yeux commençaient à fondre…

Agnel se réveilla en sursaut. En sueur. La peau brûlante.

Un instant, il fut rassuré. Ce n'était qu'un cauchemar !

Un cauchemar ?

Pourquoi alors sa peau était-elle si chaude ? Pourquoi l'air était-il autant suffocant ?

Il tourna les yeux vers le bûcher, à quelques dizaines de mètres de leur camp, et se leva d'un bond.

La plaine était en feu !

Le vent s'était levé pendant qu'ils dormaient. Des braises avaient dû s'envoler et enflammer l'herbe sèche. Inexorablement, à une vitesse irréelle, le vent poussait l'incendie vers eux.

— Au feu ! Au feu !

Les enfants se réveillèrent en catastrophe. Les yeux hébétés. Comprirent.

— Fuyez ! Fuyez ! Ne ramassez aucune affaire. Fuyez !

Le feu formait une immense ligne de flammes, il était impossible de les contourner. Ils ne pouvaient que s'enfuir devant elles, en espérant courir plus vite que le vent qui soufflait les flammes dans leur direction.

Solario secouait les derniers enfants encore endormis, ou qui ne réalisaient pas encore l'imminence du danger.

— Vite ! Vite !

Alors que les premiers enfants s'enfuyaient en hurlant, Agnel calcula rapidement la vitesse de déplacement du feu.

Il progressait au moins deux fois plus vite qu'eux ! Et ils ne possédaient que quelques dizaines de mètres d'avance. Il leur serait impossible d'atteindre la lisière de la plaine avant d'être rejoints par le brasier. Et il n'existait aucun abri…

Tant pis, ils devaient tout de même tenter leur chance… Sprinter, droit devant !

Tous les enfants se mirent à courir, mais les herbes du champ, sèches et coupantes, montaient plus haut que leur taille et les ralentissaient. À chaque enjambée, plusieurs enfants paniqués manquaient de tomber. Certains trébuchaient, se relevaient et repartaient, affolés.

Les flammes derrière eux avaient déjà comblé presque la moitié de la distance qui les séparait, et le bout de la plaine était encore épouvantablement loin.

Tous sentaient dans leur dos la morsure du brasier ardent.

Agnel et Solario se retrouvèrent côte à côte à écarter les herbes, ruisselants de sueur et de peur.

Soudain, quelques mètres devant eux, ils virent Luponéro.

L'enfant sauvage les attendait, immobile, jambes écartées. Il tenait une branche enflammée à la main.

— Sauve-toi, Lupo, sauve-toi avec nous, cria Solario.

Luponéro ne bougea pas. Il observait, le visage grave, les enfants qui couraient vers lui. Des rongeurs et des insectes pullulaient entre ses pieds.

Alors, lentement, Luponéro baissa sa torche vers les hautes herbes qui l'entouraient.

— Non ! hurla Agnel.

Que faisait leur nouvel ami ? se demanda, terrifié l'enfant du tipi. Pourquoi Lupo portait-il une branche enflammée ? Cherchait-il à leur couper toute issue, en déclenchant un autre feu devant eux ? Voulait-il les encercler dans une ceinture de flammes ? Pour les condamner à une mort certaine ?

— Non ! hurla à son tour Solario.

Luponéro était un enfant comme eux, voulait se persuader l'élève du château. Lupo ne pouvait pas les avoir trahis ! Avoir attendu qu'ils dorment tous pour déclencher l'incendie dans le champ ! Et les empêcher de s'enfuir maintenant, en les bloquant, en allumant un second rideau de flammes devant eux, alors que celles que le vent attisait dans leur dos les rattraperaient dans quelques secondes.

Luponéro était-il un fou dangereux, comme les légendes du tipi l'avaient si longtemps décrit ? Un fou dangereux qui allait périr brûlé, lui aussi ?

Les premiers enfants, Brazza et Pépin, parvenaient à quelques mètres de l'enfant sauvage. Peut-être l'un d'eux arriverait-il à l'empêcher de commettre son geste insensé. À lui arracher sa torche. Peut-être avaient-ils mal compris les intentions de Lupo, qu'il voulait juste les éclairer.

Luponéro, les yeux vides, hypnotisé par le brasier derrière eux, baissa encore son bras, et sans la moindre hésitation, sans le moindre tremblement, enflamma les herbes les plus proches de lui. Puis, comme si cela ne suffisait pas à l'horreur, comme pour être certain qu'aucun enfant ne pourrait passer, il se déplaça à une vitesse prodigieuse, latéralement, pour laisser derrière lui une traînée de feu, qui déjà s'élevait pour former une ligne ardente infranchissable.

Les enfants de la plaine ne pouvaient plus avancer, ni reculer, ni même attendre.

Le vent redoublait, poussant les flammes sur eux.

Ils allaient mourir, brûlés vifs.

Ils étaient condamnés, entre deux murs de feu.

35

L'ARMÉE DU TIPI

Les enfants du tipi progressaient en silence dans les couloirs du métro. Akan marchait en tête, Zyzo se tenait à ses côtés, Bill et Mordélia suivaient immédiatement. Une centaine d'enfants avançaient derrière eux en procession, armés de pieux pointus, de silex aiguisés en lance, épées ou poignards. Certains ne portaient que des tuniques légères, et d'autres étaient protégés par des casques d'osier tressé, des fourrures ou des boucliers d'écorce.

Souvent, Akan s'arrêtait pour consulter le plan. À chaque pause, Mordélia montrait son agacement. Elle aurait aimé qu'on progresse plus vite. Elle avait passé des heures à étudier la carte et connaissait désormais l'ensemble du parcours, qui conduisait directement sous le château, au pied du donjon.

Bill lui aussi s'impatientait à chaque arrêt. Il avait revêtu une fourrure de tigre, assortie aux dents du fauve, percées pour en faire un collier, et portait sous ses bras deux lances : des branches de buis, souples et légères, à l'extrémité desquelles il avait attaché, avec un solide lacet de cuir, deux cornes torsadées d'antilope. Une pour lui et l'autre pour Mordélia. « Les deux armes les plus redoutables de la troupe, affirmait Bill, maniables, incassables, tranchantes. »

Akan, à chaque bifurcation, continuait de prendre le temps d'écouter le silence. Il redoutait un piège, guettait la moindre présence d'espions, scrutait les environs avec une lente attention, avant d'engager enfin sa troupe dans un nouveau couloir.

Zyzo, silencieux à ses côtés, reconnaissait chaque détail du parcours. Sans plan, il se serait perdu, mais à chaque nouvelle direction, des points de repère lui revenaient. Sans aucun doute possible, ils se dirigeaient droit sous le château. Une boule dans son ventre lui bloquait la respiration, aussi lourde et dure qu'une pierre. Elle n'avait pas cessé de grossir depuis son réveil.

Mordélia avait insisté pour que leur armée se lève très tôt ce matin-là. Avant qu'ils ne se mettent en route, elle avait réuni tous les enfants sous le tipi et, devant leurs yeux encore endormis, dans la pénombre entre jour et nuit, avait sorti l'un des trois livres de son sac.

Un livre sans images ! « I.L.I.A.D.E », lurent les rares qui savaient déchiffrer les lettres.

Mordélia avait expliqué que ce livre contenait tous les secrets pour gagner une guerre. Puis d'une voix envoûtante, elle s'était mise à le raconter : pendant dix ans, des guerriers, appelés les Grecs, avaient essayé de pénétrer dans un château, celui d'une autre tribu, les Troyens. Sans y arriver. Jusqu'à ce qu'ils trouvent une ruse pour entrer par surprise, alors que tous les Troyens dormaient, et les attaquent pendant leur sommeil.

Mordélia avait terminé son discours en lisant à voix haute de brefs passages du livre, ceux où les Grecs se vengeaient de dix ans d'humiliation en mettant le feu au château des Troyens, en se servant à pleines mains dans les trésors qu'ils protégeaient depuis des années, en jetant du haut des murs ceux qui résistaient, en assassinant les chefs, en torturant les prisonniers...

Zyzo avait failli s'évanouir en imaginant que c'était Saby, Osman, Lunella que ses frères et sœurs du tipi réveilleraient et massacreraient s'ils ne se rendaient pas. Que c'étaient les appartements de la reine qu'ils saccageraient. Que c'était Alixe qu'ils jetteraient d'une fenêtre si elle résistait... Les enfants du château n'étaient pas armés. Ils n'avaient aucune raison de se méfier. Ils se levaient tard en général, jamais avant le soleil. Le plan de Mordélia était parfait.

Zyzo aurait aimé échanger sa vie contre toutes les autres, si cela avait pu éviter une telle tragédie. Il se sentait misérable. Pitoyable. Il aurait voulu, tel le petit rat d'égout qu'il était, s'enfoncer dans un trou puant et y être enterré vivant. Pourtant, après la terrifiante lecture de Mordélia, Akan avait pris la parole et demandé à Zyzo de s'avancer, devant tous les autres enfants du tipi.

« Si nous triomphons aujourd'hui, avait déclamé Akan, c'est grâce à Zyzo ! Sans lui, jamais nous n'aurions pu attaquer le château. Il y est resté plus de neuf mois prisonnier, mais il ne nous a jamais oubliés ! »

Et Akan avait tendu le bras, très haut, en agitant le plan du métro tel un drapeau, et tous les enfants l'avaient applaudi en tapant des mains et en criant.

« Zy-zo, Zy-zo, Zy-zo... »

Exactement, comme quand il avait gagné le tournoi de l'Étoile, comme les enfants du château !

Zyzo était maudit ! Il aurait voulu se boucher les oreilles. Se coudre les paupières. Mais non, il entendait, il voyait. Tout.

Au loin, en direction de la forêt, il apercevait une longue colonne de fumée s'élever dans le ciel et une lueur claire, sans doute celle d'un feu. Mais d'un feu qui devait être gigantesque pour qu'il soit visible à cette distance.

Il observa encore les oiseaux dans le ciel, qui semblaient fuir les bois entourant la ville. Sa dernière pensée, tout aussi épouvantée, fut pour Agnel, avant qu'Akan ne donne l'ordre à sa troupe de quitter le tipi pour rejoindre le métro du Trocadéro.

Ils atteignaient maintenant une station de métro nommée « Palais Royal ». Akan fit stopper une fois de plus la longue file de guerriers et interrogea Zyzo du regard. Le garçon resta impassible même si, désormais, il reconnaissait les longs couloirs.

Ils étaient tout proches. Dans quelques minutes, ils seraient sous le château.

Mordélia consulta le plan avec Akan alors que Bill surveillait Zyzo, méfiant, agitant deux lances d'antilope à quelques centimètres de son cou. Dans sa tête, le plus vite possible, Zyzo échafaudait une stratégie.

Sitôt entré dans le château, il reconnaîtrait les lieux ! Il pourrait s'enfuir, courir entre la prison du donjon et le Sphinx qui gardait l'entrée du pavillon des Savants. Il pourrait grimper les escaliers, foncer jusqu'aux dortoirs et crier, réveiller les enfants du château, leur dire de fuir vers le Verger. C'était la seule façon d'éviter le massacre ! Ses amis du tipi ne se méfieraient pas, ils le prenaient pour un héros.

Une fois de plus, il changerait de camp ! Il serait à nouveau un traître aux yeux de tous. Mais c'était la seule solution, il n'allait pas laisser ses amis du château se faire égorger dans leur sommeil par ce fou de Bill déguisé en tigre !

— C'est tout droit, fit Mordélia alors qu'Akan repliait le plan. Nous y sommes presque. Je crois que nous n'avons plus besoin de notre éclaireur.

Akan confirma.

— King-Bill, ordonna Mordélia, accompagne Zyzo à l'arrière et ne le lâche pas des yeux.

Cette sorcière de Mordélia avait-elle lu dans ses pensées ?

— Une fois dans la place, continua-t-elle, nous aurons besoin que les premiers entrés soient les plus déterminés.

Zyzo constata avec effroi que les premiers rangs de leur troupe étaient constitués des garçons et des filles les plus forts du tipi, mais aussi de ceux qui ne savaient ni lire ni écrire, et qui se contentaient de se battre toute la journée ou de torturer des petits animaux. Ils étaient une vingtaine, armés jusqu'aux dents, et certains portaient même, comme Bill, des costumes de fauves : quelques hyènes, deux phacochères, deux porcs-épics hérissés et un tatou cuirassé.

— Reste là, fit Bill en approchant encore sa lance.

Sous la menace de l'enfant tigre, Zyzo dut laisser passer la longue procession des guerriers. Presque tous le doublèrent, à l'exception de Vanylle qui pourtant marchait sans porter aucune arme, les mains tremblantes, les yeux baissés comme pour compter le nombre de pas qu'avaient fait ses pieds depuis qu'ils avaient quitté le tipi. Bill fit signe à Zyzo de rester avec les derniers enfants.

— Laisse faire les hommes, maintenant, ricana-t-il en réajustant sa fourrure de tigre.

Puis il remonta rapidement la file d'enfants, laissant Wain et Cheyenne, armés de poignards de silex, surveiller Zyzo, avec pour consigne qu'il ne bouge pas pendant tout l'assaut.

Dans la tête de Zyzo, les derniers espoirs s'envolaient. Il lui serait impossible de prévenir ou de porter secours à ceux du château.

Il n'avait plus la force de marcher. Il n'avait plus le courage de suivre le groupe. Il n'avait qu'une envie, courir en sens inverse, seul, dans les couloirs, dans les rues, se perdre et ne plus jamais revoir aucun autre enfant, ni du tipi, ni du château. Aucun ami. De ne jamais apprendre ce qui allait se passer. De ne jamais savoir qui allait tuer qui.

Sur ses joues, des larmes coulaient.

Il sentit une petite main chercher la sienne, se glisser à l'intérieur, l'inviter à la serrer.

Il entendit une petite voix lui parler.

— Tu les aimes plus que nous ? C'est pour cela que tu pleures, Zyzo ?

La voix de Chrysanthe !

Plus encore à la traîne que Vanylle, Chrysanthe fermait la marche. Elle ne portait aucune arme, juste sa poupée. Zyzo, à son tour, serra très fort la main de la petite fille. Elle aussi pleurait.

— Tu les aimes plus que nous ? Tu as sûrement une amoureuse, là-bas. C'est pour cela que tu veux y retourner.

Une amoureuse...

Zyzo repensa aux derniers mots d'Alixe. Ce contrat d'honneur qu'il avait accepté avant de l'embrasser.

Il faut que tu détruises ce plan sitôt que tu es sorti du château. Tu m'entends bien ? Tu dois le brûler avant de retrouver tes amis du tipi !

Il avait cru pourtant le brûler, ce plan.

Zyzo se rendait compte qu'il n'était pas seulement un traître.

Il était fou, aussi.

36

AU BORD DU VIDE

— Laissez-moi là…

Idriss et Jango, les deux enfants-Soldats chargés d'assurer les déplacements d'Ogénor, posèrent le conseiller et son fauteuil roulant en haut de l'escalier des appartements Napoléon.

— Merci, vous pouvez nous laisser.

Ils dévalèrent les marches et disparurent. Même s'ils n'osaient pas protester, passer leur temps à porter le conseiller dans les escaliers commençait sérieusement à les gaver, d'autant plus qu'Ogénor était lui aussi particulièrement agacé. Il fit pourtant l'effort de sourire à Alixe.

— Je crois que je ne pardonnerai jamais à Marie-Lune de ne pas avoir prévu d'accès handicapés dans le château après la chute du soleil de fer.

Alixe lui rendit son sourire. Elle savait à quel point son conseiller était attaché à leur maman à tous.

— Qu'est-ce qu'on vient faire ici, Ogénor ? (Elle désigna du regard les luxueux appartements royaux.) Il est plus de minuit, je ne suis plus reine, je n'ai plus le droit d'être ici…

— Je voulais te remercier, Alixe. Allons, marchons.

Marchons ?

L'expression était curieuse dans la bouche d'Ogénor, mais depuis un an, Alixe s'y était habituée. Elle poussa le fauteuil dans le couloir, traversant les chambres et les salles encombrées de pièces de collection.

— Me remercier pour quoi ? demanda Alixe.

Ogénor bloqua les roues du fauteuil devant un buste en plâtre de Napoléon.

— Grâce à toi, nous allons gagner la guerre !

Alixe, surprise, repassa devant le fauteuil et s'installa face à Ogénor dans un siège en velours pourpre à accoudoirs en bois, un voltaire, d'après Valère, un truc qui valait une fortune avant, du temps où les choses se payaient avec de l'argent.

— De quelle guerre parles-tu ?

— De celle contre les enfants de la tour Eiffel. De quelle autre guerre veux-tu parler ? Cet affrontement que nous préparons depuis des années. (Ogénor fixait, derrière Alixe, le buste blanc de Napoléon, son menton relevé et sa tête fière et droite surmontée d'une couronne de laurier.) Comme nous, les enfants du dehors grandissent, prennent confiance en eux, commencent à s'attacher à leur petit mode de vie et se persuadent qu'il est le meilleur possible. Comme nous, ils perçoivent tout ce qui est différent comme une menace. Leur force s'accroît... et la peur est toujours proportionnelle à la force, c'est le moteur de toute violence. Il fallait en finir.

— En finir ? répéta Alixe sans comprendre.

— Gagner, si tu préfères. Prendre le pouvoir sur la ville. Les contrôler, les convertir, les éduquer... Les coloniser, aurait-on dit il y a quelques siècles. Et grâce à toi, notre victoire sera complète.

Ogénor s'exprimait toujours avec un calme parfait, mais jamais il n'avait prononcé de tels mots auparavant. Alixe avait toujours cru qu'il était du côté de la paix. Son conseiller avait-il joué un double jeu, toute cette année ?

Il cessa enfin de fixer la statue napoléonienne pour regarder la reine déchue droit dans les yeux.

— Tu as l'air surprise, Alixe ? s'étonna-t-il, faussement ironique. Je crois qu'il vaut mieux que je reprenne depuis le début. Tu as été une bonne reine, une excellente reine. Plus sensible, plus rebelle, moins docile que je ne le pensais... mais au final, ça ne t'a rendue que plus facile à manipuler. Et puis, l'histoire m'oubliera, oubliera les hommes de l'ombre comme moi. Elle ne retiendra que ton nom, la reine Alixe 1re, celle qui a mené les enfants du château à la victoire, que dis-je, au triomphe.

Le visage d'Alixe était déformé par la colère, en contraste avec les traits apaisés du conseiller.

— C'est bon, Ogénor, arrête ton baratin de comploteur en chef. Tu vois, je n'ai plus de couronne sur la tête, alors tu peux y aller sans me faire de courbettes !

— Je te regretterai, Alixe… Aucune reine, aucun roi qui te succédera n'aura ton franc-parler. Il y a un an, quand je t'ai choisie, je cherchais une fille pas trop intelligente et qui puisse facilement devenir populaire. Tu avais le profil parfait ! Le reste ensuite n'était pas très difficile. Truquer le tournoi de l'Étoile, l'année dernière, pour que tu le gagnes. Avec trois médailles autour du cou, tu étais si souriante et si peu fière que personne ne pouvait plus rivaliser avec toi pour être élue reine.

« Toute cette année, avec cet idiot de Zyzo, tu t'es interrogée sur l'instinct, l'intuition, la chance. Comment, toi qui n'avais aucun talent particulier, avais-tu pu gagner ce tournoi ? Eh bien, tu as ta réponse. On n'explique jamais rien par la chance ou les coïncidences. Il y a toujours une explication logique.

Le cœur d'Alixe battait de plus en plus vite, mais elle peinait à respirer, comme si le poids des révélations d'Ogénor bloquait sa poitrine. Maintenant, elle comprenait ce sentiment d'imposture qu'elle éprouvait depuis un an, ce malaise qu'elle avait toujours ressenti. Elle n'avait pas mérité de gagner ce tournoi ! Elle ne méritait pas d'être reine ! Elle n'était pas à sa place dans ces appartements luxueux ! Elle regarda avec dégoût le décor fastueux, les lustres de cristal désormais inutiles, le parquet ciré, les tapisseries aux murs, les œuvres d'art posées sur les meubles, les vases de faïence et les statuettes de bronze.

Ogénor, lui, en admirait chaque détail.

— D'autres se seraient laissé corrompre, Alixe. D'autres rois ou reines après toi se laisseront acheter, parce que pour rien au monde ils ne voudront quitter ces beaux appartements pour retourner au dortoir. Mais toi, tu te moques du luxe. Et plus encore du pouvoir ! J'espère que tu resteras toujours ainsi, Alixe. Je l'espère vraiment. Naturelle, désintéressée et incorruptible ! Le château a besoin de filles comme toi ! Je ne pouvais pas t'acheter, tu es trop pure pour cela... Alors je me suis servi de ta sensibilité.

Alixe se leva, incapable de se contrôler davantage. Le calme d'Ogénor dans son fauteuil la rendait folle. On aurait dit que dans le cerveau de ce garçon de douze ans s'était caché un adulte machiavélique cinq fois plus âgé. Et elle pressentait qu'il n'en était qu'au début de ses révélations.

— Il n'y a pas de coïncidences, Alixe, souviens-t'en toujours. Ce qui se produit a forcément été décidé par quelqu'un. Dans un but précis. Tu veux un exemple ? Laisse un simple carreau cassé à une fenêtre du château, sans barreaux, et je suis certain qu'un enfant du tipi va y être envoyé. Installe une statue en équilibre, qui ne demandera qu'à tomber quand cet enfant se faufilera dans la pièce, envoie une fille au grand cœur s'y cacher, et la suite est écrite d'avance : la fille et l'enfant du tipi, qui croit lui avoir sauvé la vie, deviendront amis. La reine et son chevalier, ce n'est pas très original comme histoire, mais je t'avoue, Alixe, que s'il y a bien une chose dont la nature m'a privé, à part l'usage de mes jambes, c'est l'imagination. J'aime trop que les événements s'enchaînent logiquement, comme je les ai organisés.

Alixe avait envie de saisir le fauteuil roulant d'Ogénor et de le pousser dans le couloir des appartements de la reine, jusqu'à l'escalier. Pour tester un enchaînement logique d'événements : un enfant qui descend un escalier en fauteuil roulant arrive-t-il vivant en bas ?

— Zyzo devait être renvoyé chez lui, continuait d'expliquer doucement Ogénor, au tipi, pour révéler à ses amis les informations que j'avais choisies. Mais il ne devait pas se douter qu'on l'utilisait à son insu comme messager. Il devait vraiment croire qu'il s'était échappé, et pour cela, il devait en vouloir aux enfants du château. Il fallait le rendre impopulaire ! Haï, jalousé de tous les enfants du château, sauf de quelques-uns prêts à l'aider à s'évader.

Alixe explosa :

— Comme pour moi, c'est toi qui as trafiqué le tournoi de l'Étoile ? Tu as voté pour la suppression de ce tournoi, pourtant, après la chute du soleil de fer !

— Oui, pour que personne ne puisse me soupçonner. Mon vote n'avait aucune influence. Les trois délégués étaient pour le maintien du tournoi et cela suffisait pour obtenir une majorité des cinq membres du conseil. Tu n'as pas remarqué que je soutiens presque toujours celui des membres du conseil qui est seul contre les trois autres ? Ainsi, il me voit comme un allié, et ça ne change rien à la décision finale.

— C'est toi qui as volé la carte d'Osman ?

— Oui… Et cet idiot de Zyzo l'a même dépliée devant tous les enfants ! Je n'en espérais pas tant de la part de ce petit sauvage. Qu'un étranger, n'appartenant à aucun des trois pavillons, gagne le tournoi suffisait déjà largement à en faire un bouc émissaire que tout le monde détesterait, en particulier les enfants-Soldats qui croyaient tant à la victoire du noble Novak, à coup sûr le futur roi… Je te le répète, Alixe, la chance, le hasard, ça n'existe…

— Ok, coupa l'ancienne souveraine. Alixe 1re est peut-être la reine la plus stupide depuis la préhistoire, mais le coup de l'enchaînement logique de tes petites combines, j'ai compris ! Et je comprends pourquoi tu m'as suggéré que Zyzo devait s'évader avec un plan du château que tu m'as confié, indiquant une entrée secrète souterraine…

Ogénor ne put masquer un sourire de fierté.

— J'avais besoin de savoir où et quand les enfants du tipi attaqueraient… et qu'à aucun moment ils ne doutent des informations que rapportait l'espion que je renvoyais chez eux.

Alixe éclata de rire. Elle repensa au baiser qu'elle avait déposé sur les lèvres de Zyzo.

— Sauf qu'il y a un détail que tu n'as pas prévu ! Un détail qui te dépasse complètement : les sentiments ! Zyzo devait brûler le plan avant de rejoindre le tipi, et sans ce plan, il était incapable de retrouver le chemin. Et je suis certaine qu'il l'a fait ! Parce que... Parce qu'il me l'a promis ! Et que même si tu as tout fait pour qu'il déteste les enfants du château, je sais qu'il ne nous a pas trahis... Il ne m'aurait jamais trahie... parce que... parce que...

Alixe s'arrêta et défia Ogénor du regard. Aussi rusé et machiavélique qu'était son conseiller, elle était persuadée qu'il avait échoué ! Parce qu'il n'était qu'un serpent froid qui ne comprenait rien à la force des sentiments qui pouvait relier deux enfants.

Ogénor se contenta une nouvelle fois de répondre à sa provocation par un horripilant sourire.

— Parce que vous êtes amis, c'est ce que tu veux dire ? Parce que tu l'aimes et qu'il t'aime ? Bien entendu, Alixe, je te rassure, Zyzo a brûlé ce plan. Mais il ignorait que j'en avais glissé un second, strictement identique, au fond de la poche soigneusement recousue de sa veste. Il a dû paraître si navré de livrer ce plan, malgré lui, à ses amis du tipi... Comment auraient-ils pu douter de sa sincérité ?

Alixe resta un moment silencieuse, observa le fauteuil roulant, puis se leva et, d'un geste rageur, balaya du bras tous les vases et statuettes posés sur le buffet en acajou ciré devant elle. Ils explosèrent sur le parquet en un vacarme effrayant. Sans même sursauter, Alixe se tourna vers l'enfant handicapé, les larmes aux yeux.

— Qu'en penserait maman, Ogénor ? Qu'en penserait Marie-Lune ? Toi qui l'aimes tant ? Penses-tu qu'elle aurait été d'accord avec tes coups tordus ?

— Je n'ai commis aucun crime. J'ai simplement défendu le château du mieux que je le pouvais. Nous n'avons pas le droit de faire n'importe quoi, Alixe. Nous ne pouvons pas être comme les enfants, dehors, à passer nos journées à jouer, manger et dormir.

— C'est faux et tu le sais ! Certains enfants du tipi savent lire et écrire. Certains possèdent même quelques livres et...

— Je sais, Alixe. Quelques livres, avec beaucoup d'images. Un livre d'animaux, ou de plantes, ou de médicaments, quelques dictionnaires... C'est moi qui les ai laissés traîner, une petite dizaine de livres, près du fleuve, il y a plusieurs années. Toute leur connaissance du monde ne repose que sur ces dix livres ! Te rends-tu compte ? (Le conseiller leva les yeux au plafond, observant les fresques d'anges joufflus qui se tenaient la main au milieu de doux nuages blancs.) Si j'avais laissé traîner un livre de conte de fées, ils croiraient que les dragons existent ou que les hommes d'avant volaient sur des balais. Comprends-tu que notre responsabilité est énorme ? Nous avons une mission, une mission que nous a confiée Marie-Lune. Nous sommes l'avenir de la Terre. Nous n'avons pas le droit d'échouer. Nous ne savons pas pourquoi nous avons été placés là, dans ce château, ensemble, mais je sais seulement que nous avons tous un rôle à jouer dans le monde futur. Toi comme moi... Marie-Lune s'est battue jusqu'à sa mort pour cela. Pour nous. Et je me battrai aussi.

Si Ogénor avait espéré impressionner Alixe, c'était raté. Elle haussa les épaules, puis fit un pas vers lui et le toisa à nouveau, comme si elle avait repéré la faille dans son raisonnement. Les débris de faïence crissaient sous ses pieds.

— Comment sais-tu que nous avons tous un rôle à jouer ? Pourquoi ce truc, cette mission serait-elle tombée sur nous ? Comme par miracle ? Comme par hasard ? Tu ne m'as pas dit que tu n'y croyais pas, au hasard ? Ou il y a quelque chose que tu ne me dis pas… Ça a un rapport avec la tombe de Marie-Lune ? Ça a un rapport avec nos parents ?

Ogénor hésita. Il regarda longuement Alixe, mais finalement, ne répondit pas. Alixe fut alors persuadée qu'Ogénor lui cachait un secret. Un secret sur leur origine. Qu'il en savait davantage que n'importe quel autre enfant.

Lasse d'attendre, elle poussa un soupir. Elle se tourna, jeta un coup d'œil panoramique aux dorures des appartements royaux – c'était sûrement la dernière fois qu'elle les voyait –, puis demanda d'une voix fatiguée :

— Alors c'est parti ? Plus de négociations possibles ? Les enfants du tipi vont venir nous attaquer ?

— Ils sont là. Ou presque. Piégés. Nous les avons attirés comme on attire une souris devant la porte d'une cage avec un morceau de fromage.

— Piégés ? Tu en es certain ? Ils sont aussi nombreux que nous. Ils ont le même âge que nous. Ils sont aussi forts que nous. Ils seront armés de couteaux, de haches, de pieux. On ne fera pas le poids avec nos bôs…

Ogénor appuya ses mains sur les roues du fauteuil et le fit pivoter. Il commença à sortir de la pièce. Comme si, le combat approchant, il devait rejoindre le champ de bataille. Il laissa traîner un petit rire.

— Que tu es naïve, Alixe 1re ! Crois-tu que je laisserais ainsi une bande de sauvages venir nous exterminer ? Le conseil a pris une décision importante, il y a quelques semaines. Une décision capitale…

Alixe marchait à pas rapides derrière le conseiller.

— Laquelle ? J'ai assisté à tous les conseils.

Ogénor répondit sans même se retourner :

— Autoriser la fabrication d'armes ! Je sais, c'est contraire au premier commandement de Marie-Lune, mais c'est une mesure d'urgence temporaire.

— Le conseil n'a jamais voté ça !

— Tu as partiellement raison. Mais je t'assure qu'une majorité des membres du conseil est d'accord, trois sur cinq, Jean-D'arc, Isa-Lys et moi. Tu comprendras qu'il nous fallait garder cette décision secrète. Liu ainsi que beaucoup d'enfants-Savants y sont fermement hostiles…

— Et moi aussi ! hurla Alixe. Et presque tous les enfants-Singes. Et la grande majorité des enfants du château ! Quand ils sauront que vous avez désobéi au premier commandement… vous serez tous renvoyés ! Exilés !

Alixe hurlait ses menaces au dos d'Ogénor, qui continuait de rouler au même rythme, sans ralentir ni accélérer.

— Quand les enfants du tipi attaqueront avec leurs armes préhistoriques, expliqua-t-il d'un ton posé de général certain de sa victoire, et que nous sortirons nos arcs, flèches et autres surprises, maniés par des Soldats entraînés en secret, tous les enfants du château nous remercieront. Et tous voteront ensuite pour un futur roi, ou une future reine qui, je te l'assure, sera un enfant-Soldat, déterminé, discipliné, et aura pour seul objectif la défense de la sécurité du château ! Un roi beaucoup moins naïf que toi. Un roi qui ne tombe pas amoureux des petits sauvages. Un roi qui ne nous met pas en danger !

Ogénor ralentit enfin sa course. Il était parvenu en haut de l'escalier. Il s'arrêta au bord de la première marche, semblant narguer Alixe et lui murmurer : *Vas-y, pousse-moi ! Pousse-moi si tu l'oses !*

Ogénor attendit quelques secondes, puis pour la première fois, sa voix se fit plus douce. Son ton arrogant se teintait enfin d'un accent d'humanité.

— C'est pour toi que je fais cela, Alixe. Et pour Saby. Pour Lunella. Pour les Lollygirls. Pour l'art, pour la science, pour la paix, pour l'amour. Comprends-tu cela ? Dans ce monde sauvage, nous sommes les seuls enfants civilisés.

Alixe posa ses mains sur les poignées du fauteuil. Un vide de vingt marches s'ouvrait devant les quatre roues. Elle se pencha pour parler à l'oreille de son conseiller.

— Tous les enfants savent rire, jouer, s'entraider, aimer… Nous ne sommes pas supérieurs à eux.

— Si… Et tu le sais. Et notre devoir est de les aider, malgré eux. Et pour cela, nous devons d'abord leur prouver notre supériorité.

— Tu ne récolteras que de la haine !

— Tu as raison, de la haine… et de l'amour… Ce mélange-là, c'est l'énergie qui fait tourner le monde. Remercie-moi, je vous laisse jouer avec elle. Moi, je ne la ressens pas. J'essaye simplement de la contrôler le plus froidement possible.

— Je te plains.

— Non, remercie-moi…, répéta-t-il.

Alixe crispa plus fort encore ses mains sur les tiges de métal du fauteuil roulant. Un instant elle eut envie de fermer les yeux et de se laisser chuter avec l'enfant handicapé. Au dernier moment, avant qu'elle ne ferme les paupières et ne fasse un pas en avant, un détail étonnant attira son regard à travers les vastes fenêtres du château.

La lune semblait dissimulée par un voile gris, tel un épais nuage de fumée. Au-delà des tours et des immeubles de la ville, vers la forêt, rougeoyait une étrange clarté. Comme un soleil qui se lèverait du mauvais côté, plein ouest !

Le monde était-il en train de basculer ?

Sa raison était-elle en train de chavirer ?

Elle avança d'un pas, poussant le fauteuil devant elle.

Ogénor ne prononça pas un mot quand les roues tournèrent dans le vide au-dessus de la première marche.

Il n'esquissa pas le moindre geste quand le fauteuil bascula, déjà emporté par son poids, dans la vertigineuse descente de marbre.

Il exprima juste un sourire quand il se bloqua.

Trois enfants-Soldats se tenaient devant eux, en haut de l'escalier, surgis au dernier moment de derrière les piliers où ils attendaient : Idriss et Jango avaient déjà empoigné le fauteuil du handicapé.

Jean-D'arc, une marche en dessous, se contenta de deux mots.

— Ils arrivent.

— Parfait, répondit Ogénor. Préparons-nous.

37

TERRE BRÛLÉE

La plaine brûlait.

Les flammes atteignaient une hauteur démesurée, et une fumée noire, balayée par les bourrasques incessantes, rendait l'air presque irrespirable.

Les dix enfants, pris en étau entre deux brasiers furent contraints de s'arrêter de courir. La ligne de feu allumée par Luponéro leur barrait le passage, alors que l'incendie se propageait derrière eux, poussé par le vent.

Encore quelques secondes et les flammes les dévoreraient, sans aucune issue possible. Entre les pieds des enfants grouillaient des musaraignes, des surmulots et des campagnols. Des essaims paniqués de moustiques, d'abeilles et de papillons voltigeaient dans tous les sens, tous pris au même piège.

Il n'était même plus question de survie, seulement de vengeance.

Agnel se précipita sur Luponéro et lui arracha sa branche enflammée des mains. Solario les avait rejoints et cracha sa haine à l'enfant sauvage.

— Salaud ! Salaud ! C'est toi qui as allumé ce feu pendant qu'on dormait !

Les flammes étaient presque sur eux. La chaleur ardente rendait chaque mot difficile à prononcer. Ils avaient l'impression que leurs vêtements allaient s'embraser.

— C'est vous qui l'avez allumé, répondit simplement Luponéro.

— On t'a vu ! hurla Agnel. On t'a vu mettre le feu aux herbes.

Une vapeur brûlante pénétrait dans sa gorge. À ses côtés, Solario toussait. Ils ne parvenaient pratiquement plus à garder les paupières ouvertes, leurs yeux piquaient de mille étincelles.

C'était fini. Le feu était sur eux. Les flammes léchaient déjà leurs cheveux.

Ils entendirent, dans une semi-réalité, Luponéro prononcer quatre derniers mots.

— Faites comme les rats !

Certains eurent la force d'ouvrir les paupières, de baisser les yeux, d'observer la fuite des dizaines de rongeurs qui filaient entre leurs pieds pour s'aventurer sur le sol laissé carbonisé par le feu qui, devant eux, toujours poussé par le vent, avait progressé d'un mètre. Les rats des champs se brûlaient pattes et moustaches sur la terre brûlée, mais s'en moquaient, préférant les braises au brasier.

— Faites comme les rats, répéta Luponéro. Ce second feu va nous sauver !

Le garçon sauvage sauta en avant et marcha pieds nus sur les braises du champ dévoré par la ligne de feu qu'il avait allumée, et qui s'éloignait déjà, plusieurs mètres devant eux, carbonisant la plaine d'herbes à une vitesse éclair.

Les autres enfants ne réfléchirent même pas. Les flammes du feu derrière eux s'élevaient au-dessus de leurs têtes. Ils foncèrent à leur tour dans la prairie noire et fumante. Le mélange de cendres et de braises faisait fondre leurs fines sandalettes de cuir. Bientôt, ils devraient progresser pieds nus sur une lave incandescente. Sans pouvoir courir. Sans même pouvoir marcher. Condamnés.

— C'est foutu, souffla Agnel en se retournant. Le feu avance plus vite que nous.

Luponéro se tenait quelques mètres devant eux, ses pieds paraissaient insensibles à la morsure du sol rougeoyant. Les rongeurs se dispersaient devant lui, courant dans tous les sens.

— Avancez encore ! cria l'enfant sauvage, avancez là où tout est déjà brûlé !

Solario se retourna à son tour, il plissa les yeux, ébloui par le mur de flammes qui les poursuivait... mais qui n'avançait plus !

D'un coup, il hurla de joie :

— Lupo, Lupo, mon ami, tu es un génie !

Il en aurait dansé si ses semelles de cuir n'avaient pas menacé de lâcher définitivement.

Tous les autres enfants marchèrent encore quelques mètres en titubant sur les cendres, puis s'arrêtèrent. L'incendie devant eux s'éloignait toujours, poussé par le vent, alimenté par les herbes de la plaine, alors que celui qui courait derrière eux s'était arrêté net, là où Luponéro avait allumé sa seconde ligne de feu.

— S'il n'y a plus d'herbe à brûler, cria Solario, le feu ne peut plus avancer. Il va s'éteindre de lui-même !

Effectivement, les flammes qui les avaient poursuivis, qui leur avaient léché le dos et roussi la nuque, faiblissaient rapidement. Perdus au milieu du champ nu et des racines calcinées, les onze enfants se mirent à rire. Ils étaient couverts de sueur et de suie, le visage noir, les bras rougis, les cheveux gris de cendres, mais rien ne semblait pouvoir arrêter leur rire de survivants revenus de l'enfer. Comme s'ils avaient été téléportés sur la Lune, ou sur les flancs d'un volcan en éruption, et que, par miracle, ils avaient été épargnés.

Le miracle portait un nom.

Luponéro !

Lupo les avait sauvés. Tous avaient cru qu'il avait allumé un premier feu pendant leur sommeil, puis un second, pour les piéger.

Ils comprenaient maintenant qu'au contraire c'était leur imprudence, en laissant le foyer sans surveillance alors qu'ils dormaient, qui avait provoqué l'incendie. Sans Luponéro et son intuition géniale – allumer un feu devant eux avant que celui qui les menaçait ne les rejoigne –, ils seraient tous morts dévorés par les flammes.

Ils se retournèrent vers l'enfant sauvage. Le second incendie était loin maintenant. Soufflé par les rafales, il se déplaçait en direction du lac inférieur, où sans doute il s'éteindrait.

Il ne restait autour d'eux qu'un suffocant nuage de fumée grise. Ils ôtèrent leurs vêtements brûlants et collants avec l'impression de s'arracher des lambeaux de peau en même temps, puis les secouèrent pour disperser au maximum la pluie de cendres.

Quand elle fut dissipée. Il ne restait plus aucune flamme. Rien qu'une infinie plaine noire.

Et vide.

Les rongeurs, les serpents, les lapins, les insectes, tous les animaux avaient disparu.

Luponéro aussi.

38

LA BATAILLE DE LA COUR CARRÉE

La porte était fermée.

Akan actionna la poignée de fer, mais elle était bloquée.

Mordélia consulta le plan avec le chef du tipi, pendant que tous les enfants, formant une longue procession armée, patientaient derrière eux dans le couloir sombre. La carte ne laissait planer aucun doute, ils se trouvaient sous le château, et cette lourde porte de bois commandait l'entrée des ruines du donjon.

C'était par cette porte que Zyzo s'était échappé. Pourtant, elle refusait de s'ouvrir !

Qu'est-ce que cela signifiait ?

Un piège ?

Le plan indiquait un autre passage : en continuant d'emprunter le couloir, on parvenait à un tunnel, puis à un escalier, qui semblait lui aussi mener aux entrées du château.

Akan fit signe à tous les enfants du tipi de se taire. Tout était silencieux au-dessus de leurs têtes, de l'autre côté des épais murs de pierre, derrière les portes.

— Ils dorment, chuchota Mordélia d'une voix irritée. Il nous suffit de trouver un passage. Si cette porte ne s'ouvre pas, on entrera par une autre.

Akan continuait de guetter le moindre bruit.

— De quoi as-tu peur, Akan ? siffla encore Mordélia. Nous sommes nombreux, armés, déterminés. Il ne peut rien nous arriver !

Akan ne répondit rien. Il étudia une nouvelle fois le plan, puis fit signe à la troupe d'avancer.

La longue colonne d'enfants équipés de pierres et de pieux s'étira dans le couloir, tel un long serpent silencieux, cherchant le moindre trou pour se faufiler, ramper, et planter ses crocs venimeux dans sa proie.

Zyzo fermait toujours la marche, tenant la main de Chrysanthe. Désormais, il se repérait. Il réalisait qu'ils venaient de quitter le chemin de sa fuite nocturne. La porte du couloir du pavillon des Savants, entre le donjon et le Sphinx, celle par laquelle il s'était évadé, avait été bloquée. Quelqu'un avait-il donc voulu les dévier vers une autre direction ?

Zyzo reconnaissait pourtant chaque détail : le mur blanc aux pierres décollées, les peintures sur les parois, l'odeur d'humidité. Il avait déjà marché dans ce couloir...

Il fit travailler sa mémoire alors que les enfants devaient se courber pour avancer dans le tunnel.

À l'avant du convoi, Akan était obligé de s'accroupir plus encore que les autres, et le tunnel devenait plus étroit maintenant. Il gardait cependant espoir. Il apercevait une lueur, droit devant, et surtout, le souterrain sinueux remontait, signe qu'ils progressaient et qu'ils se rapprochaient du rez-de-chaussée du château.

Il chuchota à l'oreille de Mordélia de se tenir sur ses gardes, de conserver ses armes aux poings. Mordélia passa le message à Bill qui le transmit à son tour au guerrier derrière lui. Tous les enfants étaient prêts à se défendre, quoi qu'il arrive.

Le couloir s'achevait par un escalier de fer. Akan scrutait toujours le point clair en haut des dernières marches. Une odeur lui chatouillait les narines depuis quelques minutes, et il parvenait enfin à la définir : c'était un mélange de feuilles de tilleul et de platane, porté par un vent frais. L'odeur des arbres de la ville ! L'odeur de l'air libre ! Cet escalier ne menait pas à une autre cave, une chambre ou une autre galerie… Il débouchait dehors !

En dernière position de la procession, Zyzo traînait. Il se souvenait, désormais. Le long couloir, le tunnel étroit… Il était déjà passé ici, une fois, avec Alixe, il y a de nombreux mois, quand il s'était enfui avec elle une nuit pour marcher dans la ville, jusqu'à Montmartre.

Chrysanthe se faufilait avec agilité dans le tunnel, serrant sa main, comme Alixe l'avait fait lors de cette nuit d'été. Zyzo se rappelait parfaitement du parcours maintenant. Ils avaient longé ce même couloir, emprunté le même tunnel, puis avaient remonté un escalier de fer et étaient parvenus… dans la cour carrée !

Akan n'avait plus aucun doute. Plus ils gravissaient les marches et plus il comprenait qu'ils se retrouveraient au pied du château. En levant la tête, tout en haut de l'escalier, il apercevait même les dernières étoiles du matin peintes sur un ciel orangé.

Tout était cependant silencieux. Ça ne changeait rien à leur plan, à l'effet de surprise ni à la force de son armée. Ils étaient parvenus à s'approcher au plus près du château sans être repérés. Ils étaient suffisamment armés pour mener n'importe quel assaut.

Encore quelques marches. Akan, puis Mordélia, puis Bill, puis tous les autres enfants sortirent du long escalier, franchirent une porte étroite, et écarquillèrent les yeux.

— La cour carrée, murmura Mordélia en observant le plan.

Autour d'eux, les bâtiments du château formaient un carré parfait, seulement percé par quatre portes voûtées, mais grillagées. Le ciel du matin recouvrait la cour d'un toit encore sombre, mais qui s'éclaircissait seconde après seconde.

Après leur longue marche souterraine, les enfants du tipi respiraient à pleins poumons. Heureux ! Ils n'étaient pas faits pour vivre enfermés.

Bande d'inconscients ! pensa Mordélia. Elle détestait se retrouver coincée dans cette cour, entourée de murs hauts de trois étages où dormaient les enfants du château.

Ils s'avancèrent encore un peu. Tous les enfants du tipi se tenaient debout dans la cour, désormais, la plupart postés autour de la grande fontaine centrale.

Akan leva le bras, indiquant ainsi de respecter le silence le plus absolu. Il cherchait des yeux une ouverture, la porte la moins solide qu'ils pourraient forcer, la fenêtre la plus accessible qu'ils pourraient briser. N'importe quel moyen pour entrer pendant que les enfants du château étaient encore dans leurs lits.

Pendant qu'il faisait encore presque nuit…

D'un coup, le soleil se leva !

Ce fut ce que les enfants dans la cour crurent, clignant des yeux devant la soudaine clarté.

D'un coup, des centaines de bougies aux fenêtres s'étaient allumées. À tous les étages, sur chacun des quatre côtés.

Le spectacle en était presque magique. En une fraction de seconde, les enfants découvrirent les façades de trois étages décorées de fresques en relief et de colonnes de pierre, les centaines de statues décorant les murs… Chaque centimètre des quatre côtés de la cour semblait avoir été sculpté avec un soin infini !

Les enfants du tipi demeurèrent quelques secondes bouche bée devant la beauté de ce qu'ils découvraient. Les lumières aux fenêtres étaient aussi hypnotiques que les rayons du soleil de fer éclairant la ville lors du Birth Day, ou la cathédrale lors de la Veillée du Sanctuaire.

— Aux armes ! cria Akan.

Les enfants du tipi, immédiatement, sortirent de leur léthargie. Ils s'accroupirent, serrèrent leurs armes, se réfugièrent derrière les quelques boucliers d'écorce qu'ils avaient pu transporter, scrutant les quatre murs et les centaines de fenêtres autour d'eux.

Dans la seconde suivante, les enfants du château apparurent. Nullement endormis. Presque tous positionnés au troisième étage, à une hauteur quasi inaccessible pour un jet de lance ou de pierre. Ils étaient des dizaines de garçons et de filles dont les enfants du tipi n'aperçurent d'abord que les visages. Puis les épaules, puis les deux bras, l'un tendu et l'autre replié.

Chacun d'eux bandait un arc, et chaque flèche était dirigée vers l'un des enfants postés dans la cour.

S'ils tiraient tous en même temps, presque tous les enfants du tipi tomberaient, mortellement touchés. Une seconde volée de flèches, et les survivants seraient tués, aussi impuissants à se défendre que des insectes prisonniers dans une boîte et se heurtant aux parois. Même s'ils essayaient de fuir, de sortir par l'étroit escalier par lequel ils étaient entrés, presque tous seraient abattus avant d'avoir pu se sauver.

À l'exception du rebord de la fontaine, haute de moins d'un mètre, la cour carrée ne fournissait aucun abri.

Les enfants du tipi restèrent un long moment ainsi. Ils retenaient leur souffle, espérant que les archers aux fenêtres ne tirent pas, que ce ne soit qu'une menace. Zyzo, accroupi dans un coin de la cour, serrait le maigre corps de Chrysanthe entre ses bras, pendant qu'elle-même serrait sa poupée. Vanylle se tenait cachée à côté d'eux, les yeux exorbités. Elle avait sans doute déjà calculé qu'il y avait autant d'archers aux fenêtres que d'enfants dans la cour carrée.

— Ne crains rien, murmurait-il à Chrysanthe, ne crains rien.

Et Chrysanthe répétait les mêmes mots à sa poupée.

— Ne crains rien. Ne crains rien.

Suis-je devenu fou ? se demandait Zyzo, fixant, incrédule, les archers aux fenêtres ouvertes, des quatre côtés de la cour carrée.

Ces enfants étaient-ils les enfants du château qu'il connaissait ? Comment ces élèves-Soldats pouvaient-ils être armés ? Et le premier commandement de Marie-Lune ? Bafoué ? Étaient-ils tous devenus fous ? Ou les enfants du château étaient-ils des monstres qui depuis le début lui avaient menti ?

Une nouvelle fenêtre s'ouvrit au troisième étage, face à eux, la seule disposant d'un balcon, au centre du pavillon qui longeait le fleuve, sous une corniche triangulaire. Les guerriers du tipi, les yeux levés, virent s'avancer sur le balcon un étrange enfant, assis dans une chaise roulante. Il observa la scène et parla d'une voix forte qui contrastait avec son apparente fragilité.

— Amis du tipi. Amis du tipi, écoutez-moi. Nous ne vous voulons aucun mal ! Vous êtes entrés chez nous, de nuit, armés, mais nous n'avons contre vous aucune hostilité. Je n'ai qu'un mot à dire pour que mes soldats vous abattent, mais nous ne vous ferons aucun mal. Sauf si vous nous y obligez.

Akan s'était avancé sous le balcon, seul, armé d'une lourde lance de chêne.

— Je t'écoute, fit Akan d'une voix plus forte encore.

— Je vais vous demander deux choses, continua Ogénor. Deux simples choses pour assurer notre sécurité.

Sa voix semblait rebondir sur les quatre murs de la cour carrée.

— Déposez vos armes, tout d'abord. À vos pieds. Puis vous sortirez, les mains posées sur la tête, par la porte que nous ouvrirons face à vous. Vous sortirez lentement, un par un.

— Et ensuite ? interrogea Akan.

— Chacun d'entre vous sera conduit dans un appartement sécurisé. On vous y délivrera un enseignement personnalisé, et quand on vous jugera aptes, nous vous laisserons ressortir.

Un murmure parcourut la cour carrée. Les enfants du tipi demeurèrent immobiles, mais leurs yeux ne cessaient de fixer les mains crispées sur les arcs, alors que leurs cerveaux tentaient d'analyser ce que l'enfant dans son fauteuil venait d'annoncer.

Akan planta sa lance dans le sol, pour bien montrer qu'il ne comptait pas déposer les armes.

— Ami du château, ce que tu appelles des appartements sécurisés, ce sont des prisons. Des prisons à vie, si nous n'acceptons pas de vous obéir, de croire en vos théories, d'adopter votre mode de vie, de respecter vos lois. C'est bien cela ?

— C'est bien cela, l'ami, confirma Ogénor.

Dans la cour carrée, les murmures se transformaient en bourdonnements. Le jour avait continué de se lever et la cour baignait dans une douce luminosité.

Akan réfléchissait et il savait que chaque enfant du tipi réfléchissait avec lui. Quels choix possédaient-ils ?

Refuser ?

Résister, c'était mourir.

Rendre les armes, lever haut les mains, se laisser enfermer un par un représentait une humiliation terrible, mais s'il effectuait tout autre choix, les enfants de sa tribu mourraient.

Il était leur chef, depuis toujours, pour les guider, pas pour les conduire à la mort.

Le plus grand courage n'était-il pas d'accepter la défaite ?

Lentement, les doigts d'Akan s'ouvrirent. La lance qu'il tenait fermement tint un court instant en équilibre, puis vacilla.

Elle allait tomber, le bruit de sa chute serait suivi de celui de toutes les autres armes des enfants du tipi.

C'était fini, le combat allait cesser avant même d'avoir commencé.

Aucun bruit ne se produisit.

La lance ne tomba pas.

Mordélia s'était avancée en silence derrière Akan, elle tenait toujours la lance de corne d'antilope offerte par Bill, mais avait rattrapé celle d'Akan avant qu'elle ne tombe.

Elle fusilla le chef du tipi du regard, comme s'il avait définitivement perdu toute crédibilité à ses yeux : quelle estime avoir pour un lâche capable de laisser emprisonner et torturer tous les enfants de son camp, sans même se battre ?

Mordélia s'avança encore, les deux lances à la main, et se tint sous le balcon.

— Moi aussi, l'infirme, j'ai une question à te poser.

Cette fois, ce fut aux fenêtres du château que les murmures grandirent. Personne n'avait jamais osé appeler Ogénor « l'infirme », ou « le handicapé ». Cette fille enveloppée dans sa cape noire ressemblait à une sorcière sortie d'un conte de fées.

— Approche, montre-toi, continua Mordélia. Tu dois bien au moins pouvoir te pencher pour me regarder dans les yeux.

Ogénor, impressionné par la détermination de la fille, fit rouler ses roues de quelques centimètres supplémentaires sur le balcon, puis pencha son torse maigre par-dessus la rambarde.

— Voilà, l'amie. Que veux-tu... ?

Avant même que quiconque ait pu réagir, Mordélia projeta en avant ses deux bras. Les deux lances torsadées s'élevèrent en parallèle dans le même vol, en direction du balcon.

Tout se passa très vite alors, dans la confusion la plus totale.

Avant que les lances de Mordélia n'atteignent leur cible, Jean-D'arc, en poste à la fenêtre voisine d'Ogénor, décocha sa flèche. Elle se brisa sur le pavé à quelques centimètres de la jambe droite de Mordélia, alors que les deux lances s'écrasaient contre les colonnes de pierre sous le balcon, sans toucher Ogénor qui s'était vivement reculé.

Dans la cour carrée, un tigre avait bondi.

King-Bill !

Son sang avait bouilli, la rage incendiait toute autre pensée.

Mordélia avait failli être tuée ! La prochaine flèche serait fatale, toutes les prochaines flèches seraient mortelles, ils ne pouvaient pas se laisser assassiner sans réagir.

— Avec moi, le tipi ! cria-t-il soudain, sa lance d'antilope au poing.

Portés par la peur, la folie et le désespoir, les enfants du tipi se levèrent en criant, et dans un même élan, coururent en tous sens dans la cour carrée.

— Dispersez-vous ! ordonna Bill. Ne vous arrêtez pas ! Courez, courez, accrochez-vous aux murs et grimpez !

Les enfants sprintaient dans la cour carrée comme des fourmis affolées. Ceux qui étaient habillés d'encombrantes peaux d'animaux, hyènes, phacochères ou tatous, les laissèrent tomber. Aux fenêtres, les archers hésitaient encore à tirer.

Contrairement aux autres enfants, Zyzo était resté accroupi dans un coin de la cour, protégeant toujours Chrysanthe, guettant désespérément un signe d'espoir à une fenêtre. N'y avait-il personne chez les Savants, ou chez les Singes, pour empêcher ce massacre ?

Une première flèche siffla d'une fenêtre et se planta dans le bras de Kamélian qui hurla de douleur. Au lieu de freiner la volonté des enfants du tipi, le cri déchirant de leur ami la décupla.

Quelques rares enfants du tipi restèrent immobiles : Zyzo, Chrysanthe, Akan et une petite dizaine de garçons et de filles, pétrifiés. Tous les autres, à l'inverse, se déplaçaient avec une agilité que les enfants du château n'avaient sans doute pas anticipée. Habitués à escalader les poutres de fer du tipi, les plus rapides s'accrochaient aux statues et atteignaient déjà les fenêtres du premier étage.

Les archers d'en face semblaient hésiter à décocher une flèche dans le dos d'enfants de leur âge. Une indécision fatale ? Wain et Cheyenne saisirent les rambardes des fenêtres entre le deuxième et le troisième étage. Poignards serrés entre leurs dents.

Deux bôs s'abattirent sur leurs doigts. Wain et Cheyenne lâchèrent immédiatement leur prise en hurlant et tombèrent à la renverse, trois mètres plus bas, se cognant le dos au pavé en se tordant de douleur.

Profitant de l'agitation, Mouk lança avec précision l'une des pierres qu'il portait dans son lourd sac, parvint à briser une fenêtre, et sans doute à toucher un archer. Dans la seconde qui suivit, une flèche se ficha dans sa cuisse. Il s'écroula, foudroyé.

Plus que d'effrayer les enfants du tipi, ces premiers blessés renforçaient au contraire leur fureur. Bill les exhortait à combattre, criant, relevant les enfants épouvantés, poussant les moins audacieux à prendre tous les risques. Tous s'agitaient dans une panique de survie, telles des mouches coincées dans un bocal, courant frénétiquement dans la cour fermée, tentant maladroitement d'escalader les murs.

— Non ! hurla soudain Zyzo.

Son cri se perdit parmi tous ceux qui rugissaient dans la cour. Seul Akan l'entendit.

Zyzo avait repéré au troisième étage qu'Ogénor et Jean-D'arc, à quelques fenêtres d'intervalle, communiquaient par signes. Au léger hochement de tête du conseiller assis dans son fauteuil, le délégué des Soldats avait répondu en levant son bras.

Zyzo, les yeux exorbités, comprit que les dizaines d'archers aux fenêtres n'attendaient plus qu'un ordre de leur chef. Dès que le bras de Jean-D'arc se baisserait, une pluie de flèches tomberaient, et il ne s'agirait plus de viser les jambes et les bras. La pluie s'abattrait pour tuer !

Ogénor a pris sa décision ! paniqua Zyzo.

Tirer !

Et Jean-D'arc allait obéir à son conseiller. Pour imposer un rapport de force.

Au-delà de la raison.

Au-delà de tout ce que les cours d'histoire de Marie-Lune leur avaient appris.

La guerre, à nouveau, éclatait.

Tout recommençait.

Zyzo vit le bras de Jean-D'arc se baisser doucement. Il n'eut pas la force de regarder la suite, de voir ses amis de toujours s'écrouler, transpercés. Il se contenta de presser Chrysanthe contre sa poitrine, et de se rouler en boule autour d'elle pour la protéger s'ils étaient visés.

Ils le seraient tous.

Ils allaient mourir. Tous.

Tant pis, pensa Jean-D'arc, du haut du troisième étage. *Ces satanés enfants de la Tour l'ont cherché !* Dans une seconde, les archers tireraient au hasard, une quarantaine de flèches. Puis armeraient à nouveau leurs arcs. Combien de morts faudrait-il pour qu'enfin ces enfants sauvages se calment ?

Une dizaine ? Une vingtaine ? Faudrait-il tous les tuer ?

Pourquoi n'avaient-ils pas accepté de se rendre, comme Ogénor, Isa-Lys et lui l'avaient prévu ? Pourquoi cette sorcière avait-elle défié Ogénor ?

Il cessa soudain de réfléchir, il savait que les yeux des enfants-Soldats étaient tous braqués sur lui. Il devait prendre la décision la plus importante de sa vie. Après, plus jamais il ne serait un enfant.

Il garda le bras en l'air et regarda une dernière fois les enfants du tipi éparpillés, armés, enragés, dans la cour carrée. Des animaux fous qu'il fallait neutraliser.

Tant pis ! Tirez !

Son geste fut moins rapide que son ordre mental. Le temps que son cerveau commande à son bras et qu'il l'abaisse, pour que la mort pleuve.

Les quatre portes de la cour carrée s'ouvrirent en même temps.

Quatre éclairs blancs surgirent dans la cour, aussi lumineux que joyeux.

Jean-D'arc, le bras figé en l'air, crut d'abord apercevoir des anges. Ou des fantômes.

Il mit quelques secondes à reconnaître les silhouettes blanches qui couraient de tous les côtés, pieds nus, longs cheveux au vent, corbeilles d'osier portées à la taille, d'où elles puisaient des pétales de fleurs qu'elles lançaient en pluie parfumée multicolore.

Les Lollygirls !

Jean-D'arc, le bras toujours levé, toussa et eut du mal à reprendre sa respiration.

Les Lollygirls !

Elles étaient une vingtaine, accompagnées de quelques garçons Savants ou Singes, toutes vêtues de leurs amples tuniques blanches. Elles se dispersèrent dans la cour carrée en un élégant ballet, apparemment désordonné, mais qui en réalité empêchait tout tir de flèches sur les guerriers sans qu'elles risquent d'être touchées.

Des boucliers ! pensa Jean-D'arc, les muscles du bras au bord de la crampe.

Des boucliers vivants.

Et dansants. Et chantants.

Dans la cour carrée, les enfants du tipi observaient, hébétés, cette stupéfiante apparition, se demandant si ces filles étaient réelles ou non. Aux fenêtres, les archers interrogeaient leur chef du regard, qui lui-même guettait les gestes d'Ogénor.

Tous pensaient la même chose.

Impossible de tirer ! Impossible sans risquer de blesser les Lollygirls.

La voix du conseiller assis sur son fauteuil roulant tonna au balcon.

— Poussez-vous, les filles ! Écartez-vous, vous allez...

— Coucou, Nonor, cria Saby en agitant la main. Coucou, Jeannot... Oh, Zaza, tu es là aussi ?

Isa-Lys se tenait en retrait, derrière une fenêtre, à gauche du balcon d'Ogénor.

Toutes les filles derrière Saby éclatèrent de rire. Les enfants du tipi s'étaient immobilisés, cherchant à comprendre la scène surréaliste qui se jouait.

— Tu sais quoi, Zaza ? continua Saby sur le même ton moqueur. On n'a pas retrouvé le tableau mais on a tout compris ! Les Sabines ont essayé d'arrêter la guerre en se plaçant entre les deux tribus voisines. S'ils voulaient s'entre-tuer, ils devaient les tuer aussi... Et tu sais quoi, Zaza ? Elles ont réussi !

Des cris de joie ponctuèrent la bravade de Saby, dans une nouvelle pluie de pétales roses, blancs et rouges. Le parfum de lavande et de vanille des filles emplissait la cour carrée.

— Petites gamines stupides ! pesta Ogénor.

Il se pencha encore et manqua de s'étrangler. Au milieu des Lollygirls, il venait de reconnaître Alixe, sans couronne, mais faisant voler fièrement sa longue robe immaculée.

Il y eut alors un moment de flottement. Une parenthèse étrange, comme si le temps s'était suspendu. Les pétales de fleurs s'échouaient doucement sur le pavé, le sol se teintait des mêmes nuances roses que le ciel du matin. Les bras accrochés aux arcs bandés se détendaient, les doigts se desserraient.

Les enfants du tipi s'interrogeaient. Akan fit signe aux enfants accrochés aux statues des façades de redescendre et de se regrouper au centre de la cour, près de la fontaine. Les Lollygirls poursuivaient leurs arabesques de ballerines, pour qu'aucun enfant de la cour ne puisse être pris pour cible.

— Alixe !

Le cri provenait d'un coin de la cour.

Alixe se retourna. Zyzo se leva d'un bond, abandonnant Chrysanthe. Peu importait de la laisser seule, pensa le garçon, maintenant que tout danger était écarté !

Alixe et Zyzo coururent l'un vers l'autre, comblant en quelques foulées l'espace qui les séparait. Zyzo accueillit sa reine au creux de ses bras et la fit tournoyer, pieds décollés. Alixe embrassa son petit prince sur les lèvres, un tout petit bisou de rien du tout, avant de rejeter sa tête en arrière et de regarder les autres murs et le ciel danser.

Les Lollygirls redoublèrent de cris de joie, tandis que tous les enfants du tipi regardaient les amoureux comme s'ils voyaient une fille et un garçon s'embrasser pour la première fois.

D'ailleurs, c'était le cas !

Au coin de la cour, Noam, l'enfant muet, était venu prendre la place de Zyzo auprès de Chrysanthe. La fille, les mains crispées sur sa poupée, ne lui adressa pas un regard, hypnotisée par la valse de la reine et du prince. Des larmes perlaient au coin de ses yeux.

Du haut de son balcon, Ogénor essayait d'analyser la situation. Il tentait d'enregistrer chaque détail, de calculer la position de chacun : les enfants du tipi, debout dans la cour, ne comprenant plus rien, laissant leurs armes pendre au bout de leurs mains comme autant d'objets trop lourds devenus soudain inutiles ; Jean-D'arc dont le bras faiblissait mais que plus aucun Soldat ne regardait ; les Lollygirls aux yeux pétillants ; les archers aux fenêtres qui n'avaient qu'une envie, rejoindre les filles et se mêler à la fête.

Après tout, pensait Ogénor, beau joueur, ces filles complètement dingues avaient obtenu avec leur culot ce qu'il avait cherché à obtenir par la ruse. Faire admettre à ces brutes du tipi que l'éducation du château, leur civilisation, valait mieux que leurs vies de petits sauvages.

Zyzo et Alixe se tenaient par la main, tout près de la fontaine. Lunella, Estive et Soutïm dispersaient en confettis les derniers pétales de fleurs. Saby avança tout sourire vers le garçon déguisé en tigre qui ressemblait à un gros nounours maladroit, avec sa drôle de lance en forme de serpentin trop grande pour lui.

— Tu n'as pas chaud là-dessous, mon Tigrou ?

Tout bascula très vite alors.

Saby sentit une arme tranchante se poser sur son cou. Elle se retourna, la corne s'enfonça dans sa chair, quelques gouttes de sang giclèrent.

— Ne bouge plus ! cria la sorcière à la cape noire. Ou je te saigne comme une poule !

Mordélia la menaçait de sa lance d'antilope. Un seul geste de la part de Saby, et elle enfonçait la pointe torsadée dans sa carotide.

— Regroupez-vous derrière les filles ! cria Bill. Regroupez-vous.

Les enfants du tipi obéirent sans forcément comprendre. Quelques guerriers, les derniers vêtus de fourrures d'animaux sauvages, s'étaient approchés des Lollygirls. Ils les attrapèrent violemment par la taille ou les cheveux et les forcèrent à se rassembler par groupe de trois ou de quatre pour former de petits cercles derrière lesquels les enfants du tipi pourraient se cacher.

Bill fit quelques pas rapides vers le centre de la cour, enjamba la fontaine, et abaissa sa lance dans le creux du dos d'Alixe.

— Si tu bouges, si l'une de vous bouge, je plante ma corne entre tes côtes.

Zyzo serra les poings, prêt à sauter à la gorge de l'enfant tigre.

— Maintenant, on peut négocier, annonça Bill, en levant les yeux vers le balcon.

Les enfants du tipi continuaient de se réfugier derrière les Lollygirls. Akan, le seul à ne pas s'être servi d'une des filles comme bouclier, avança à découvert vers le balcon d'Ogénor. Tous les guerriers admirèrent son courage.

— Ces filles sont venues en paix, cria Ogénor en se redressant autant qu'il le pouvait sur son fauteuil, et vous les prenez en otages !

Akan leva les yeux et haussa la voix.

— Ces filles appartiennent à votre château, et nous ne leur faisons pas confiance. Vous nous avez tendu un piège. Vous nous avez affamés en empoisonnant notre nourriture. Vous avez assassiné les enfants que nous avons envoyés dans la forêt. Vous nous traitez comme des animaux sauvages que vous aimeriez domestiquer. Nous refusons de finir notre vie dans une cage. Soit-elle aussi grande que notre tipi.

Ogénor se pencha cette fois sans crainte au balcon. Akan était désarmé.

— Tes accusations sont graves, l'ami.

— Elles sont fondées. Tu as vu toi aussi nos oiseaux tomber comme des pierres, le soir de la Veillée du Sanctuaire. Sans oiseaux, sans gibier, sans eau, nous mourrons.

— Nous n'y sommes pour rien ! affirma Ogénor. Nous-mêmes sommes inquiets. Nous avons envoyé une délégation en forêt pour nous aider à...

— Menteur, cria soudain Mordélia. Pas pour nous aider. Pour nous tuer ! Pour tuer ceux qui pourraient découvrir la vérité !

Comme enragée, Mordélia fit tournoyer la lance qu'elle pointait sur le cou de Saby, et pour la seconde fois, la projeta en direction du balcon.

Jean-D'arc se méfiait. Avant même qu'elle n'esquisse son geste, il avait bandé son arc et tiré.

La flèche siffla et se planta dans l'épaule gauche de Mordélia. La sorcière hurla de douleur, mais ne fléchit pas, et d'un geste plus rageur encore, l'arracha, cracha sur le sang qui dégoulinait de la pointe acérée et, sans réfléchir davantage, la planta dans l'épaule de Saby.

La Lollygirl tituba sous le choc et tomba à genoux, le visage déformé par la douleur.

La lance retomba sur le pavé de la cour, brisée en deux.

— Tuez-les toutes ! ordonna Mordélia.

Les Lollygirls hurlèrent de terreur. Les guerriers du tipi hésitaient. Jean-D'arc se tenait prêt à faire enfin pleuvoir la pluie de mort dans la cour, s'ils touchaient au moindre cheveu d'une des filles.

— Menteurs ! hurla encore Mordélia. Menteurs ! Vous voulez nous tuer comme vous avez tué les oiseaux.

Bill accentua la pression de sa lance dans le dos d'Alixe. Wain et Cheyenne, bras en sang, visages griffés, mais bien campés sur leurs jambes, approchèrent, l'un avec son pieu, l'autre avec son poignard, à quelques centimètres du dos d'Estive et du cœur de Lunella. Jean-D'arc ordonnerait de tirer dès le premier coup porté.

Qui serait le premier à provoquer l'escalade macabre ?

Qui serait le premier assassin ? Avant que tous ne se transforment en tueurs...

Plusieurs fenêtres du deuxième étage s'ouvrirent alors. De nouveaux enfants apparurent, presque tous étaient également vêtus de blanc.

Des blouses de Savants !

Valère, Osman, Liu, Moébia, et tous les autres enfants du pavillon des Savants posèrent sur le rebord de la fenêtre de petites cages d'osier, puis tirèrent sur un cordon qui libérait la grille. Chaque cage renfermait trois colombes, pigeons ou tourterelles. Les oiseaux s'envolèrent dans le même mouvement.

— Nous les avons sauvés, expliqua sobrement Liu à la fenêtre. Nous les avons recueillis lors de la Veillée du Sanctuaire, nous les avons étudiés, nous les avons soignés. Ils sont guéris. Ils peuvent voler.

Les enfants du tipi écoutèrent avec étonnement les paroles de ce drôle d'enfant aux yeux bridés derrière ses petites lunettes, mais surtout suivirent, entre ciel et toits, le vol joyeux des dizaines d'oiseaux.

— Ils les ont sauvés, répéta Mouk.

Noam lâcha la main de Chrysanthe pour applaudir.

Ainsi, pensa Alixe, *c'est ce que les enfants-Savants cachaient dans leur laboratoire.*

— Agnel aurait adoré voir ça, murmura Zyzo.

Des couples de colombes se posaient en équilibre sur les gouttières, alors que d'autres préféraient filer sous le nez et à la barbe des statues, ou voler en rase-mottes dans la cour carrée pour examiner ces drôles de pétales roses sur le sol.

— Nous sommes alliés, continua Liu. Tous alliés. Nous pouvons apprendre de vous autant que vous pouvez apprendre de nous.

Mordélia cria plus fort encore :

— C'est un piège, un nouveau piège ! Vous avez tué les enfants de la forêt. Vous les avez dévorés !

— Nous ne mangeons aucun animal, répondit Liu.

— Alors pourquoi tuez-vous les enfants ? Pour les abandonner aux loups ?

Tous les enfants dans la cour écoutaient la violente dispute, sans parvenir à détacher leurs yeux du vol gracieux des oiseaux. Aucun enfant n'avait remarqué que la plupart des archers avaient déserté les fenêtres, répondant à l'ordre discret de Jean-D'arc.

Le délégué des Soldats avait décidé très vite d'adopter une nouvelle stratégie. Le tigre et la sorcière étaient des fous impossibles à raisonner, et il avait compris qu'une partie des enfants du tipi les suivrait jusqu'au bout.

Impossible aussi de tirer des flèches des fenêtres sans risquer de blesser les Lollygirls. Il avait alors choisi de ne conserver que quelques archers aux étages et de faire descendre très vite le gros de ses troupes par les escaliers. Même avec leurs pierres et leurs piques, les enfants sauvages ne feraient pas le poids contre ses

Soldats d'élite entraînés depuis des années à manipuler leurs bôs.

— Vous ne nous éliminerez pas ! cria encore Mordélia.

Quatre autres portes volèrent d'un coup. Plus de trente enfants armés de bôs se précipitèrent dans la cour, sortant de chaque direction.

— Aux armes ! hurla Bill.

Des dizaines de combats s'engagèrent alors simultanément, transformant la cour carrée en un immense champ de bataille où les duels au corps à corps se multipliaient.

Akan se posta devant la porte sud, et de ses seules mains nues, bloqua Elios, Idriss et Jango, trois enfants-Soldats qui surgissaient bô en main. Les coups de bâton pleuvaient, mais Akan les encaissait comme s'il s'agissait de simples coups de polochon, les bloquait à la force de ses bras, et repoussait violemment chaque enfant qui essayait de s'approcher. Plusieurs enfants-Soldats rejoignirent les trois premiers, mais la puissance herculéenne du chef du tipi les obligeait tout de même à reculer.

Bill pointait toujours sa lance torsadée sur le dos d'Alixe. Dès qu'il aperçut les enfants-Soldats pénétrer dans la cour, son premier réflexe fut d'embrocher la fille qui tremblait devant lui comme un poulet, pour se défendre ensuite. Il assura sa prise sur le manche de sa lance pour mieux la transpercer, quand deux mains agrippèrent son arme.

Zyzo !

Ce traître ne fera pas longtemps le poids, pensa Bill. Mais l'avorton s'accrochait à sa lance avec l'énergie du désespoir pour protéger cette fille qu'il venait d'embrasser. Rien que d'y repenser, Bill enrageait plus encore sous sa fourrure de tigre. La fille avait reculé d'un pas.

— Attrapez !

Du deuxième étage, Valère et Osman se penchèrent à la fenêtre. Ils tenaient deux bâtons qu'ils lâchèrent.

Leurs bôs !

Alixe, d'un bond vif et souple, attrapa le premier. Elle serra ses mains avec une force animale sur son bô de bambou. Zyzo lâcha d'un coup la lance d'antilope pour saisir la seconde arme tombée sur les pavés : son bô de rosier ! Alixe et Zyzo échangèrent un bref regard complice et, unis dans une même énergie, les deux amoureux se mirent en position pour parer les assauts de Bill, qui maniait de façon désordonnée mais surpuissante sa lance de corne, avançant, suant, soufflant, désormais plus taureau que tigre.

Saby pleurait. À genoux. Blessée, désespérée, épuisée, elle tentait d'arracher la flèche plantée dans son épaule. Du sang inondait sa robe blanche, coulait sur sa poitrine, formant une fleur rouge sur son cœur.

Mordélia la regarda un instant avec mépris, puis attrapa à pleine main une touffe de ses longs cheveux et tira sa tête en arrière. Saby eut l'impression que son cou allait se briser. Elle supplia, mais, sans aucune pitié, Mordélia leva le morceau brisé de sa lance dont il ne restait plus qu'une corne tordue et tranchante, pour la planter dans la poitrine de la Lollygirl.

En plein cœur de sa fleur.

Un sourire déforma le visage de Mordélia alors qu'elle s'apprêtait à sacrifier cette diablesse. Saby hurla. Mordélia éclata de rire, puis baissa d'un geste rapide son poignard de corne.

Quelques centimètres avant qu'elle n'atteigne la poitrine de Saby, une furie se jeta sur son bras.

Lunella !

La jumelle, déchaînée, mordit à pleines dents le bras de la sorcière, qui à son tour hurla mais ne lâcha pas son poignard. Toutes les deux roulèrent dans la poussière du pavé.

La cour n'était plus que combats.

Dans un premier temps, les enfants-Soldats de Jean-D'arc, organisés et disciplinés, prirent rapidement l'avantage, profitant de l'effet de surprise et de leur science du combat. Les coups de bô s'abattaient en cadence sur les enfants du tipi, obligés d'abandonner en catastrophe les Lollygirls derrière lesquelles ils se protégeaient, pour répliquer.

Ils se retrouvèrent progressivement isolés en groupes de quatre ou cinq, les jambes fauchées par les bôs, les bras cinglés dès qu'ils voulaient porter un coup. La portée des bâtons des enfants-Soldats leur permettait de frapper sans être directement exposés.

Mais petit à petit, les enfants du tipi se rendirent compte que les coups de bô n'étaient pas mortels, tant que les enfants-Soldats n'osaient pas les frapper à la tête.

Si un enfant du tipi tombait, balayé par un bâton, il se relevait, les genoux simplement écorchés. Une bosse, une plaie, un hématome. Ça ne l'empêchait pas de pointer encore et encore son poignard de bois aiguisé. Quelques enfants du tipi parvinrent à toucher leur adversaire. Mouk planta sa dague de pin dans le bras de Florentine, qui se tordit de douleur. Nadir couché par terre, alors que Diana tentait de lui frapper le ventre avec son bâton de chêne, lacéra d'un coup de silex sa jambe, de la cheville au genou.

Les piques s'enfonçaient, les pierres coupaient, le sang coulait. Les enfants-Soldats comprirent qu'ils devaient cogner plus fort, entre les jambes, viser le cou, frapper au front... La peur se lisait dans les yeux des Soldats du château, elle les gagnait, leurs mains tremblaient, au fur et à mesure que les guerriers du tipi se muaient en animaux furieux et fiévreux.

Encerclé par six enfants-Soldats, Akan saisissait chaque bô qui tentait de le frapper et le cassait sur ses cuisses avant de le jeter derrière lui, comme s'il s'agissait d'une simple allumette. Plusieurs enfants-Soldats commencèrent à renoncer à l'attaquer et s'enfuirent, paniqués devant cet ogre invincible. Elios lui-même avait reculé, abandonnant bô, casquette et lunettes, et laissant Novak l'affronter seul.

Bill, du bout de sa lance torsadée, était parvenu plusieurs fois à toucher Zyzo à l'épaule, à la hanche, à la main, des éraflures, bien sûr, mais le coup fatal se rapprochait, alors que Zyzo fatiguait. Alixe continuait de se battre à ses côtés, mais Zyzo tentait à la fois de parer les coups de Bill et de la protéger, se plaçant devant elle, se gênant plus que se coordonnant.

Allongée tantôt sur Mordélia, tantôt sous elle, Lunella tenait bon, ses longs ongles enfoncés dans la chair de la sorcière. Elle était parvenue, d'un coup de pied, à éloigner d'elle et de Saby le poignard de corne, mais Mordélia à son tour se servait de ses dents pour tenter d'atteindre sa peau. Griffures, morsures, les deux filles continuaient de rouler l'une sur l'autre alors que, près d'elles, Saby tenait toujours la flèche à son épaule ensanglantée. Proche de l'évanouissement.

Jean-D'arc n'avait pu rester à l'étage sans réagir. Il avait dévalé l'escalier pour prêter main-forte à ses compagnons dans la cour. Il se plaça en rempart dans le coin nord-est, devant six Lollygirls terrorisées, serrées les unes contre les autres. Tout comme Akan, il devait faire face à six ennemis, six enfants du tipi armés de haches et de petites épées de silex, mais il maniait son bô avec une telle précision qu'aucun enfant guerrier ne pouvait s'approcher de lui et encore moins le toucher. Entre deux mouvements de bâton, le délégué prenait même le temps de lancer des hochements de tête aux Soldats restés en poste aux fenêtres.

Partout dans la cour, analysait Jean-D'arc, ses troupes reculaient. Mais il leur restait un avantage ! Les archers ! En réponse aux ordres imprécis de leur chef, quelques flèches furent tirées plus ou moins au hasard. Presque toutes se brisèrent sur les pavés, ou n'atteignirent que les statues du mur opposé, ricochant sur les hommes de pierre. Mais quelques-unes, tirs intentionnels ou flèches perdues, se dirigèrent vers les rares enfants à l'écart du combat, immobiles et faciles à viser, sans risque de toucher un élève du château.

Noam tenta de crier en apercevant la pointe de bois siffler vers eux. Son avertissement muet ne fut d'aucune utilité, et lui seul s'écarta. Chrysanthe n'avait rien vu venir. Elle n'esquissa aucun geste, ne poussa aucun cri, n'eut même pas le temps de comprendre le danger, lorsque la flèche tirée par un archer anonyme se planta dans son cœur.

Sur son balcon, Ogénor fut le seul à remarquer le drame, à repérer ce garçon qui hurlait avec des yeux épouvantés sans qu'aucun son sorte de sa bouche. Il comprit alors que c'était la seule solution. Les tirs de précision.

Partout dans la cour, les enfants du château cédaient du terrain. Jean-D'arc n'aurait pas dû faire descendre ses Soldats. La rage était du côté des sauvages. Lentement, Ogénor se pencha et tira de son fauteuil l'arme dont il avait jusqu'à présent refusé de se servir. Cette arme plus puissante, plus précise, plus silencieuse que les arcs. Une arme fatale, maniable d'une seule main.

Il posa l'arbalète sur ses genoux. Jamais, lorsqu'il avait secrètement demandé à Jean-D'arc de réparer cette vieille arme exposée dans le couloir des appartements de la reine, il n'aurait imaginé s'en servir pour tirer sur un enfant. Il positionna avec précaution le carreau d'arbalète dans l'arme, tout en s'interrogeant. Qui viserait-il en premier ?

Le chef noir venait de briser un nouveau bô, celui de Novak, d'une simple torsion de ses bras. Le colosse semblait impossible à stopper dans un corps à corps. Mais aussi fort soit-il, il ne survivrait pas à une flèche en pleine tête.

Ogénor disposait d'une vingtaine de carreaux. Il pourrait éliminer les meneurs un par un.

Avant le géant d'ébène, qui semblait plutôt raisonnable, ne devait-il pas abattre d'abord le tigre incontrôlable ? Ce fou furieux qui, d'ailleurs, d'un coup rageur de lance, venait de briser net le bô de Zyzo et s'apprêtait à le transpercer. Abattre le tigre, c'était sauver un enfant du tipi. Était-ce vraiment la priorité ? Ne valait-il mieux pas viser la sorcière ? Oui, cette fille en noir était assurément la plus dangereuse du lot, avait compris Ogénor. Sauf qu'elle continuait de rouler sur le pavé, accrochée à Lunella. Difficile de l'atteindre sans risquer de toucher la Lollygirl.

Son choix était fait. Ogénor leva son arbalète et, avec concentration, visa le cœur d'Akan. À cette distance, presque immobile, le géant était impossible à manquer.

Dans la cour, Mordélia parvint enfin à immobiliser Lunella et lui mordit l'oreille au sang. Alors que la Lollygirl se contorsionnait de douleur, Mordélia se leva, ramassa sa corne brisée et se précipita sur Saby, presque évanouie. Lunella, impuissante, hurla de peur, cette fois.

— Nooon !

Sa meilleure amie allait se faire poignarder, à deux mètres d'elle. Ses yeux exorbités s'embuaient déjà de larmes...

Un instant, tout se brouilla...

Puis, aussi incroyable que cela puisse paraître, le visage de Lunella s'illumina.

Sans même lever les yeux, elle avait senti la présence de celui qui, invisible et silencieux, venait les sauver.

— Lâche ton arme, ordonna une voix dans le dos d'Ogénor.

— Je t'en supplie Ogénor, ajouta une seconde voix.

Solario et Agnel avancèrent de quelques pas sur le balcon, chacun d'un côté du fauteuil roulant. Leurs cheveux étaient gris de cendres, la peau de leurs bras et de leurs jambes était couverte de suie, leurs vêtements, troués et calcinés, semblaient encore fumer, mais ils avaient essuyé leur visage, dont la blancheur tranchait avec le reste de leur silhouette noire, pour qu'on les reconnaisse d'un regard.

— Je ne suis pas mort ! cria Agnel à la foule.

Au-dessus de lui, les oiseaux tournoyèrent, soudain plus nombreux, plus audacieux, descendant dans la cour en piqué, rasant les combattants, puis remontant en flèche en frôlant le balcon.

— Nous avons réussi ! cria à son tour Solario. Nous avons trouvé l'origine du mal. Les animaux de la forêt sont sauvés !

En bas, le fracas des armes diminua.

Derrière Solario et Agnel, dix enfants avancèrent sur le balcon, main dans la main, château et tipi réunis, Brazza tenait la main de Suzette, Romania celle de Gulo... Une chaîne humaine d'enfants épuisés, qui paraissaient revenir de l'enfer pour apporter leur message de paix.

— Les enfants du château ne nous ont jamais empoisonnés, affirma Agnel d'une voix puissante et claire. C'est un accident !

— C'est la chute du soleil de fer qui a tout provoqué, enchaîna Solario en écho. Les enfants du tipi ne sont pas une menace, sans eux, jamais nous n'aurions survécu dans la forêt.

Dans la cour carrée, près de la fontaine, Wain, qui luttait pied à pied avec son pieu contre un enfant-Soldat armé d'un fin bô d'érable, cessa d'agiter sa lance. Il plissa les yeux sous son chapeau, dévisageant les filles et les garçons au balcon, puis interrogea Mordélia, à quelques mètres de lui.

— Je croyais qu'ils étaient tous morts ?

Mordélia ne répondit rien. Elle aussi fixait le balcon avec obstination, les yeux bloqués sur Agnel et les autres enfants, comme si elle refusait de croire à ce qu'elle voyait. Elle tenait toujours sa lance brisée dans son poing, mais Saby avait profité de la diversion pour ramper et s'éloigner.

— Je croyais qu'ils avaient tous été dévorés par les enfants du château ? demanda à son tour Cheyenne.

Et soudain, Cheyenne laissa tomber son poignard de silex sur le pavé tout en adressant un grand sourire aux enfants au balcon et un signe de la main à Suzette, l'amie avec qui elle avait partagé son lit de paille depuis qu'elle était née.

Wain lâcha son pieu. Une à une, les armes de pierre, de bois et de fer tombèrent. À leur tour, les enfants-Soldats lâchèrent leurs bôs.

— C'est un piège ! cria Mordélia.

Quelques regards se tournèrent vers elle, puis se détournèrent. Plus personne ne ferait attention à elle. Plus personne ne croirait à ce qu'elle racontait. Tous avaient failli tuer, être tués, pour un mensonge.

La peur était retombée, tous se sentaient si soulagés, si légers, une fois désarmés.

— Un piège, répéta Mordélia.

Seul Bill, dans son costume de tigre poussiéreux, écoutait encore la sorcière. Il se tenait debout, appuyé comme un vieillard à sa lance torsadée, le regard perdu, alors que tous les enfants commençaient à s'asseoir dans la cour carrée, par terre ou sur le rebord de la fontaine.

On s'inquiétait du sang qui coulait des jambes ou des bras. On épongeait avec des tissus déchirés à la hâte les blessures superficielles. On massait les muscles endoloris par les coups trop précis. On ramassait les armures d'écorce et les fourrures abandonnées, puis on les étalait pour allonger les plus fatigués.

Saby s'était réfugiée dans les bras de Lunella, qui avec une délicatesse de chirurgienne tentait d'extraire la flèche fichée dans son épaule.

Akan passait dire quelques mots à chaque groupe d'enfants du tipi, autant pour les rassurer que pour s'assurer qu'aucun ne gardait d'arme cachée. Jean-D'arc faisait de même avec les enfants-Soldats et, bientôt, le délégué et le chef se retrouvèrent face à face, regard contre regard.

Partout dans la cour, des conversations reprenaient. Quelques rires fusaient. Les Lollygirls se dispersaient et se remettaient à danser et chanter. Elles virent même apparaître à l'une des fenêtres du troisième étage le visage d'Isa-Lys. La déléguée les gratifia d'abord d'un regard sévère, avant d'esquisser ce qui pouvait presque apparaître comme un sourire, et finit par rapprocher ses deux mains, plusieurs fois, comme pour les applaudir.

Akan et Jean-D'arc firent un pas de plus l'un vers l'autre. Akan était plus grand, mais Jean-D'arc n'avait jamais paru aussi droit et raide. On aurait dit deux statues de pierre. Pendant quelques secondes encore, ils se défièrent, puis, sans qu'il soit possible de dire lequel des deux fut le premier à bouger, à tourner son épaule, à soulever son bras, à tendre ses doigts… ils se serrèrent la main.

Un tonnerre de cris de joie explosa dans la cour carrée !

La guerre était terminée, avant même d'avoir commencé.

D'avoir vraiment commencé.

À peine une bagarre, quelques plaies, quelques bosses.

Rien qui ne soit impardonnable, rien qui ne soit irréparable.

Aucune victime. Aucune blessure qui ne soit inguérissable.

— Elle est morte. Elle est morte, murmura une voix dans le dos de Zyzo.

Zyzo, dès la fin des combats, avait pris la main d'Alixe pour s'éloigner de la fontaine au centre de la cour. Il se retourna vers la voix.

Vanylle, le visage en larmes derrière ses longs cheveux blonds, était penchée avec Noam, l'enfant muet, sur le corps inanimé de Chrysanthe.

— Elle ne respire plus, répétait la petite voix. Elle est morte.

Zyzo lâcha Alixe, courut vers le cadavre, et découvrit avec horreur la flèche plantée dans la poitrine de Chrysanthe. Le corps de Zyzo fut parcouru de spasmes, une boule acide explosa dans son ventre et remonta jusqu'à sa gorge.

Chrysanthe ! Tuée d'une flèche en plein cœur !

Nooon, hurlait une voix dans sa tête. *Nooon… C'est impossible ! Pas elle !* Pas cette fille qu'il avait toujours considérée comme sa petite sœur… Qu'il avait toujours protégée… Qu'il…

— Elle est morte, répétait la petite voix. Ils l'ont assassinée.

Une voix tremblante et désespérée, une voix que Zyzo reconnaissait. Une voix… qui n'était pas celle de Vanylle.

Une voix qui était celle… de Chrysanthe !

Une nouvelle boule explosa dans son ventre. Une boule de feu ardent, cette fois, qui l'irradiait d'un espoir insensé. Zyzo poussa sans ménagement Vanylle et Noam sur le côté et se pencha pour mieux observer. Chrysanthe était recroquevillée sur elle-même, immobile, fixant du regard, sans y croire, la flèche qui avait transpercé le corps de paille de Laly.

La poupée, qu'elle pressait en permanence contre sa poitrine, lui avait sauvé la vie ! Mais Chrysanthe s'en fichait. Elle berçait maintenant son enfant en chantonnant.

— Maman ne t'abandonnera jamais, mon bébé. Maman ne t'abandonnera jamais.

Zyzo souffla. Les battements de son cœur, petit à petit, retrouvaient une vitesse normale. Il avait eu si peur ! Alixe vint le rejoindre et resta à côté de lui, regardant Chrysanthe, d'abord avec méfiance, avant de sourire.

La seule victime de la bataille de la cour carrée serait une poupée de paille !

Désormais, tous les enfants commençaient à sympathiser, parler, échanger, certains volubiles, d'autres timides. Seule Mordélia se tenait toujours debout, observant, incrédule, les groupes de garçons et de filles qui fraternisaient comme s'ils s'étaient toujours connus.

— Un piège, marmonnait-elle entre ses dents. Un piège. Je vous aurai prévenus.

Elle baissa les yeux vers les pavés, sous ses pieds. Dans son corps à corps avec Lunella, le sac qu'elle portait toujours en bandoulière avait glissé par terre, et deux livres s'en étaient échappés : le manuel à la croix verte et le récit de l'*Iliade*. Elle observa longtemps ce dernier, comme si elle cherchait à en mémoriser chaque mot, saisit son sac, vérifia que le troisième livre, celui que personne n'avait jamais vu, s'y trouvait, puis sans ramasser les deux autres, marcha lentement en direction du fleuve.

Personne ne dit un mot. Personne ne chercha à la retenir.

Elle n'eut pas un regard pour Akan, elle n'eut pas un regard pour Bill, mais quand elle passa sous le balcon, elle fixa longuement Ogénor.

Tous ceux qui observèrent la scène eurent l'impression que sans dire un mot, sans même bouger les lèvres, sans même ciller des paupières, Mordélia et Ogénor échangeaient des secrets, des secrets qu'aucun autre enfant sur cette terre n'était en mesure de comprendre.

Puis Mordélia, sans ralentir ni accélérer, sortit de la cour carrée par la porte sud, celle qui donnait directement sur le fleuve par le pont des Arts, ce petit pont dont on racontait qu'il avait été, il y a longtemps, celui des amoureux.

Mordélia n'était déjà plus qu'une petite silhouette qui se détachait dans la brume du fleuve quand des pas lourds résonnèrent derrière elle.

Bill avait attendu dans la cour carrée. Il avait espéré que quelqu'un d'autre se lève. Jamais il n'aurait pu imaginer que King-Bill soit le seul à faire preuve de loyauté. Puis, sans un mot, stupéfait de la lâcheté des enfants du tipi, il avait rabattu sur sa tête sa capuche de tigre, et s'était lui aussi dirigé vers la sortie sud.

Il marchait maintenant à pas rapides derrière Mordélia, comme un chien fidèle trottine pour rattraper sa maîtresse.

Du haut du balcon, Ogénor observait ce qu'il restait du champ de bataille. Le soleil venait juste de s'élever au-dessus des toits du château et ses rayons inondaient la cour, comme s'il avait attendu que les armes soient rangées pour s'y aventurer.

Les oiseaux, de plus en plus nombreux, survolaient les bâtiments, passaient d'une façade à l'autre, se posaient un instant sur les statues, avant de filer vers le fleuve, le Verger ou le tipi, ne laissant que quelques plumes qui, un moment, planaient, puis tombaient, aussi blanches que les robes des Lollygirls.

Lunella, avec d'infinies précautions, était parvenue à extraire la flèche plantée dans l'épaule de Saby et avait noué un foulard en écharpe entre son cou et son bras. La blessure n'était pas profonde, à peine une petite entaille, très douloureuse, mais bénigne. Connectée mentalement à son frère jumeau, toujours debout au balcon du troisième étage, Lunella rassura Solario.

Tout allait bien. Aucun enfant n'était grièvement blessé. Les plaies seraient vite refermées.

— Je crois que nous sommes arrivés juste à temps, murmura Solario en se penchant vers Ogénor. Une chance…

Ogénor eut un sourire étrange.

— La chance n'existe pas. Pas plus que les coïncidences. Il y a toujours une explication logique.

Solario et Agnel, de chaque côté du fauteuil roulant, se regardèrent sans comprendre. Ogénor était parfois si mystérieux.

— Agnel ! cria une voix dans la cour.

— Zyzo !

Les deux meilleurs amis du monde se retrouvaient enfin !

Agnel se pencha autant qu'il le put au-dessus de la balustrade du balcon, et adressa un immense sourire et un grand signe de la main à Zyzo. Alixe se tenait à ses côtés, assise sur le rebord de la fontaine avec Lunella et Saby.

— C'est vrai, fit Alixe, qu'il ressemble à un oiseau, ton fameux ami.

— Pas cap de t'envoler ! explosa soudain la voix enjouée de Saby.

La Lollygirl avait enfin repris des forces ! Elle se leva et observa les enfants occupés à compter leurs bobos, leurs bosses ou leurs boutons de pantalon arrachés.

— Hé oh, les chochottes, on a autre chose à faire que jouer aux infirmières !

Elle arracha le foulard qui enveloppait son épaule blessée et l'agita à toute force vers le deuxième étage.

— Valère ! Hé oh, mon chou, tu me vois ?

Au milieu des autres Savants, Liu, Osman et Moébia, la petite tête rouge et ronde de l'enfant historien apparut à la fenêtre.

— Remue-toi, fainéant ! Prends avec toi tous les Savants que tu trouveras, ouvrir vos cages aux oiseaux a pas dû vous épuiser, filez aux cantines et rapportez des caisses de Lollipops, surtout celles au cola, à la menthe sauvage et les Pimento. Et du jus de pomme pétillant aussi ! Et du raisin fermenté, et tout ce qu'il restera de chocolat, de noisettes et de caramel. Qu'on fasse la fête maintenant. Qu'on fasse la fête !

39

LES ENFANTS DU NOUVEAU MONDE

Minuit moins dix.

— Accélère, Agnel !
Quelques pigeons cachés sous la charpente s'envolèrent.

Agnel, au lieu d'obéir aux conseils de Solario, ralentit encore sa progression entre les poutres de la tour de Notre-Dame, de peur de déranger d'autres oiseaux ayant construit leurs nids dans le clocher.

— Pas de panique, Solario, on a le temps !

Les deux amis levèrent ensemble les yeux vers le sommet de la cathédrale. La cloche (Solario lui avait appris qu'elle s'appelait le « bourdon ») se trouvait quatre mètres au-dessus de leurs têtes, Agnel pouvait les atteindre de l'extérieur en s'accrochant aux gargouilles.

S'il était le moins sportif de tous les garçons, il ne craignait par contre aucun vertige. Il sortit par une lucarne et se suspendit aux pierres taillées, sans sembler remarquer le vide, soixante mètres au-dessous de lui.

— Fais gaffe quand même, Quasimodo ! souffla Solario.

— C'est plutôt toi qui m'inquiètes avec tes pétards et tes fusées ! Tu vas faire fuir jusqu'à la mer tous les oiseaux de Paris !

Solario se contenta de sourire. Avec Pastor, un enfant-Savant spécialiste de chimie, et Cheyenne, la fille du tipi réputée meilleure escaladeuse, ils avaient hissé puis installé le plus haut possible sur la tour trois caisses de feu d'artifice.

Ogénor prétendait les avoir trouvées par hasard, dans une salle sous la rotonde d'Apollon, et en avait immédiatement conclu que Marie-Lune les avait placées là, pour que, le jour où le soleil de fer serait tombé, les enfants puissent tout de même continuer à célébrer le Birth Day.

Peu importait qu'il s'agisse réellement d'un hasard, ou qu'Ogénor ait découvert ces caisses de feux d'artifice en fouillant les caves du château à la recherche du tombeau de Marie-Lune, l'essentiel était de continuer à fêter le jour le plus long de l'année, ce jour où chaque enfant sur terre était né.

Minuit moins sept.

Les enfants s'étaient installés un peu partout dans la ville pour assister au spectacle.

La plupart des enfants du tipi s'étaient assis sur les berges du fleuve, le long du Verger des Tuileries, entre la place de l'Aiguille et le château. Ils se trouvaient au premier rang face aux deux grandes tours carrées de la cathédrale, sur l'île de la Cité, comme les enfants du château l'appelaient, d'où le spectacle serait tiré. Jamais ils n'auraient vu le Birth Day d'aussi près !

À l'inverse, la majorité des enfants du château avaient choisi d'observer l'illumination de la ville le plus haut possible… dans le tipi ! Guidés par Akan, ils s'étaient installés au quatrième étage… la plus belle vue de Paris ! De là-haut, leur château leur semblait minuscule et vulnérable.

Une semaine après la bataille de la cour carrée, Alixe avait été réélue reine. Un véritable raz de marée ! Les votes étaient anonymes, mais l'écrasante majorité des voix qu'elle avait recueillies prouvait qu'elle avait reçu un soutien massif des enfants de chaque pavillon.

Alixe avait pris la décision de ne rien révéler, à part à Zyzo, des confidences d'Ogénor. Elle garda pour elle la façon dont il avait truqué deux ans de suite le tournoi de l'Étoile, ou livré le plan de l'accès au château aux enfants du tipi. Après tout, Ogénor avait agi pour les protéger.

Comme preuve de son pardon, elle l'avait choisi à nouveau comme conseiller, mais à condition de créer un nouveau conseil, plus important que celui du château : le gouvernement des enfants.

Outre les cinq membres habituels, le conseil était élargi à cinq enfants du tipi. Akan y siégerait, bien entendu, ainsi que quatre autres enfants que le tipi désignerait. Agnel et Zyzo faisaient partie des favoris, mais la perspective d'être ainsi élus ne semblait pas les enchanter !

Alixe avait aussi réussi à imposer quelques décisions importantes au conseil. Première mesure révolutionnaire, le conseil avait voté que, pendant les deux mois d'été, les plus chauds de l'année, il n'y aurait pas cours ! Même Isa-Lys avait voté pour ! Les deux mois d'été seraient consacrés à se reposer, jouer, se baigner, se balader, écouter de la musique, rêver, et surtout se mélanger avec les enfants du tipi : en matière de plongeons dans le fleuve, de fabrication de cabanes dans les arbres, de parties de Loup-pas-vu ou de Balle-d'autruche, même Ogénor avait admis que les enfants du tipi avaient des choses à leur apprendre !

Le conseil avait également proposé que, dès la fin de l'été, les enfants du tipi qui le voudraient puissent suivre des cours au château. Même si Isa-Lys, la seule du conseil, avait voté contre.

Minuit moins quatre.

Saby marchait sur la pointe des pieds, exécutant de gracieux mouvements de ballerine, en équilibre sur la berge du fleuve, accompagnée de Lunella et de quelques autres filles. Elles avaient troqué leur tunique blanche de Lollygirls contre des tenues plus exotiques.

Saby était habillée d'une jupe en peau de gazelle et d'un petit haut essentiellement constitué de plumes de perroquet.

Toutes les pièces de son costume avaient été récupérées par Valère, dans la galerie de l'évolution du Muséum, et assemblées par cette petite fille du tipi aux doigts de fée, Chrysanthe. En échange de sa tenue avant-gardiste (il fallait bien inventer une nouvelle mode !), Saby avait passé des heures avec les filles les plus douées de la galerie des Singes, Tiphaine et Coco, pour ressusciter la poupée de Chrysanthe et lui fabriquer un visage, des mains et des petits pieds de porcelaine.

— Mieux réparée que la *Victoire de Samothrace*, non ? avait commenté fièrement Saby en tendant Laly à une Chrysanthe émue aux larmes.

Saby, Lunella, Estive, suivies de Cheyenne et Suzette, continuaient de longer la Seine pour trouver la meilleure place avant minuit, sans cesser de jouer aux funambules au bord de l'eau.

— Vous voulez vous asseoir, les filles ? proposèrent galamment quelques garçons du château et du tipi, en se tassant sur la berge du fleuve.

Elle reconnut Novak, Elios, Mouk et Wain. Visiblement très complices ! Ce frimeur d'Elios portait sur sa tête le chapeau de Wain, qu'il avait échangé avec le rouquin contre sa casquette et ses lunettes noires. Mouk battait le rythme sur un petit tambour de peau, alors que Novak sifflait pour l'accompagner. Saby agita avec méfiance ses plumes de perroquet. La gazelle ne serait pas facile à apprivoiser.

— Ça dépend de ce que vous avez à boire et à manger, se contenta-t-elle de répondre.

Elle s'avança et grimaça devant les jus de menthe et les paniers de fruits des bois posés à leurs pieds.

Après la bataille de la cour carrée, dès ses premiers échanges avec des enfants du tipi, Saby s'était empressée de désobéir au deuxième commandement de Marie-Lune, et de goûter… de la viande !

Elle adorait !

Bien rouge et saignante !

Elle adorait plus encore narguer Isa-Lys, Ogénor, ou les autres délégués, dans les couloirs du château, en suçant désormais un os de poulet plutôt que le bâton d'une Lollipop. Aucun tabou ! C'était la nouvelle devise des Lollygirls. Une seule règle : prendre le meilleur de chaque tribu !

— Vous n'avez pas vu Alixe et Zyzo ? demanda Saby alors que le groupe de garçons se poussait pour leur faire de la place.

— Non, répondirent-ils d'une même voix.

— Ils vont tout rater, pesta Saby ! Où sont-ils encore passés, ces foutus amoureux ?

Et elle leva les yeux vers le clocher du Sanctuaire éclairé.

Mis en action par Agnel, le bourdon commençait à sonner.

Dong

Assis sur les marches du parvis de Montmartre, sous la basilique blanche, face à l'incroyable vue panoramique sur la ville, Alixe et Zyzo se tenaient la main.

— C'est Agnel ! s'écria Zyzo. C'est Agnel qui frappe le premier coup du bourdon.

— Je l'aime bien, ton ami, tu sais, fit Alixe en posant sa couronne de roses sur une marche, puis sa tête contre l'épaule de Zyzo.

— Toutes les filles l'aiment… mais lui préfère les garçons, je crois… Et les oiseaux !

Dong dong dong

— Tu te souviens ? continua Alixe. La première fois que nous nous sommes échappés jusqu'ici, toutes les questions qu'on se posait ?

— Oui ! Malgré tout ce qui nous est arrivé depuis, je crois qu'on n'a pas eu beaucoup de réponses… Est-ce qu'il y a d'autres enfants comme nous dans le monde ?

— Est-ce que nos parents s'aimaient ?

— Quel était le prix à payer pour confier son enfant à Marie-Lune, bien au chaud dans le château ?

Alixe lui tira la langue.

Dong dong dong dong

— Qui nous a aidés à survivre ? ajouta vite Zyzo. Qui nous a appris à chasser, à pêcher, à lire aussi ?

— Où se trouve la tombe de Marie-Lune ? continua la jeune reine en redevenant sérieuse.

Le garçon releva la tête.

— Où se trouvent Mordélia et Bill ? Est-ce qu'eux aussi, quelque part dans Paris, écoutent la cloche sonner en attendant le Birth Day ? Est-ce que cet étrange enfant, Luponéro, dans la forêt, écoute aussi ?

Dong dong

Zyzo observa avec attention la ville devant lui, à l'infini. Son regard pouvait aussi bien distinguer le tipi sur sa droite, que le château et le Verger des Tuileries, sur sa gauche, au bout de la place de l'Aiguille. Son regard se perdit jusqu'aux forêts, au-delà des limites de la ville.

— Qui a empoisonné les animaux, bien avant la Veillée du Sanctuaire, bien avant que ne tombe le soleil de fer ? Et que signifient ces trois lettres gravées à l'intérieur : N. É. O ?

— Tiens, tu parles comme Agnel ! Mais j'ai une question plus pratique. Comment survivrons-nous à l'hiver, s'il est plus froid que les autres, tous ensemble, sans l'énergie ancienne ?

Dong

Pour l'instant, la nuit était chaude, à peine une légère brise pour faire voler le pollen des fleurs qui poussaient devant eux, sur les pentes de la colline. Ils peinaient à croire que, dans quelques mois, la pluie puis la neige reviendraient. Qu'après ce jour de la naissance, pour eux, mais aussi pour tous les animaux, tout s'endormirait à nouveau.

Le douzième coup de minuit retentit !

Dong

Des cris de joie montèrent du fleuve, se mêlèrent à ceux qui descendaient du tipi, toute une vague de rires qui entraîna les rues silencieuses de la ville dans une folle farandole.

— Bon anniversaire, mon petit sauvage.

— Bon anniversaire, ma reine.

— On a treize ans ! On est grands, maintenant !

— Oui, tellement plus grands qu'il y a un an.

Et alors qu'ils s'embrassaient, tout doucement, le ciel de Paris s'illumina d'un immense feu d'artifice multicolore.

Visible de loin, très loin, du plus loin possible.

Comme pour prévenir, des kilomètres à la ronde, qu'ici se construisait un nouveau monde.

Retrouvez les aventuriers du tipi
et du château dans

N·É·O·

2 - LES DEUX
CHÂTEAUX

1

LE CAMP DE LA SORCIÈRE

Les trente Soldats continuèrent de progresser dans l'obscurité, en rampant parmi les sapins. Les épines éparpillées dans le sable leur piquaient les mains. Aucun n'avait pensé à prendre de gants. Ils s'en fichaient, serrant chacun leur bô entre leurs poings. Ils étaient entraînés à ne pas se plaindre à la première égratignure, même s'ils enviaient les archers restés debout derrière eux, à l'abri des troncs, flèches pointées en direction de la vingtaine de cabanes dont on voyait les toits de bois briller sous la lumière des torches.

Akan fut l'un des premiers à atteindre la lisière du désert. Il épousseta d'un revers de main les quelques épines restées collées à son bras ou ses cuisses. Pas de danger qu'elles le blessent, il avait la peau trop dure pour cela ! Depuis un an, il avait encore grandi et forci. À quatorze ans – même s'il n'aurait quatorze ans, comme tous les autres, qu'à minuit –, il mesurait près d'un mètre quatre-vingts et dépassait de loin n'importe quel autre ado du château ; même Jean-D'arc, le soldat qui dirigeait le commando et qui avait pris lui aussi dix bons centimètres en douze mois.

La troupe s'arrêta, silencieuse, invisible, sous l'ombre des derniers arbres. Elle était composée d'autant de garçons que de filles, mais surtout d'autant de Soldats du château que du tipi. Depuis la fin de la Trêve, presque tous les enfants du tipi avaient accepté de suivre des cours, et la plupart avaient choisi d'intégrer le pavillon des Soldats. Au point qu'on avait dû organiser des sélections et refuser les candidats les moins doués pour la course, le saut, le maniement du bô… et surtout les moins capables d'obéir sans discuter à une autorité.

Un grand feu au centre du camp éclairait la vingtaine de cabanes. La pleine lune, au-dessus du désert, colorait le sable d'un reflet orangé, comme si chaque grain avait été peint. Akan, toujours tapi dans la pénombre, reconnut dans les rangs des Soldats le chapeau de Wain, les franges de la veste indienne de Cheyenne, les lunettes noires relevées sur le front d'Elios. Novak se tenait en retrait, commandant la dizaine d'archers, tous en position de tir.

Devant eux, le camp était silencieux. Ils n'avaient plus que quelques minutes à attendre. L'attaque serait lancée au premier *dong* annonçant le début du Birth Day.

Si loin du château, ils n'entendraient pas la cloche du Sanctuaire mais Mouk, posté derrière les archers, frapperait son tambour dès que le ciel s'illuminerait. Le feu d'artifice serait tiré du dernier étage du tipi, pour qu'on l'aperçoive à des kilomètres de Paris.

Pour l'instant, tout était calme. Le village semblait presque vide. Sans doute la majorité des occupants l'avaient-ils abandonné, pour quelques heures, le temps de s'installer sur la plus grande dune et d'admirer le spectacle du ciel éclairé. Aucun ado, même s'il avait rejoint le camp de Bill et Mordélia, ne pouvait rester insensible à cette cérémonie d'anniversaire : c'était leur plus beau et leur plus ancien souvenir, du temps où le soleil de fer veillait encore sur eux, et illuminait la ville de ses éclairs.

Quand le conseil avait voté l'expédition contre le camp de Mordélia, le choix de la meilleure date pour l'attaque avait été discuté, et le soir du Birth Day s'était imposé comme une évidence, pour bénéficier de l'effet de surprise. « Il y aura ainsi le moins de victimes possible, avait affirmé le conseiller Ogénor pour convaincre les plus modérés. »

Le moins de victimes possible, répéta Akan dans sa tête. Quelques rares ombres, qu'il peinait à reconnaître, traînaient entre les cabanes. Dans moins d'un quart d'heure, le camp serait pris d'assaut par trente Soldats. Qu'en resterait-il ensuite ? Akan découvrait pour la première fois ce repaire que tout le monde, au château, appelait « *le camp de la sorcière* ». Il était impressionné par le travail accompli par Mordélia et Bill en un an.

Ce refuge aurait pu tout aussi bien s'appeler *le Ranch de la Sorcière*, ou *la Ferme*, *le Moulin, l'Oasis*... Selon les Savants, ce lieu choisi par Mordélia s'appelait la *Mer de Sable* : une curiosité géologique aux portes de Paris ; un petit désert de sable caché au milieu d'une vaste forêt.

Le camp était organisé en différents cercles, parfaitement identifiables malgré la faible luminosité. Mordélia avait dû en dessiner le plan avec précision. Le cercle le plus large était constitué d'un enclos de bois, où des animaux mi-domestiqués, mi-sauvages, cohabitaient : cochons, sangliers, biches, veaux, chèvres, moutons. Au milieu de l'enclos, une vingtaine de cabanes étaient posées sur le sable, toutes taillées dans les pins alentour. Un vaste espace central s'ouvrait entre les cabanes, occupé par le feu, un puits, un four de pierre et une éolienne perchée sur des poutres disposées en trépied. Elle devait fournir de l'électricité les jours de vent, à en croire les fils qui pendaient de l'édifice. Akan trouvait l'agencement du camp incroyablement ingénieux. Certes, il avait appris depuis un an, en fréquentant les Savants et en supervisant les travaux de modernisation du tipi, ce qu'était l'électricité et comment on la produisait avec du vent, de l'eau ou la simple force des bras et des jambes, mais il aurait été bien incapable de construire une dynamo, une turbine, ou même simplement de tresser un fil conducteur.

Mordélia, elle, en avait été capable, seule ou presque.

Jean-D'arc, comme les autres Soldats, guettait le ciel, impatient que soit tirée la première fusée du Birth Day… et que sifflent les premières flèches.

Seule ou presque, continuait de penser Akan. Il y a un an, après la bataille de la cour carrée, Bill, dans son ridicule costume de tigre, avait été le seul à suivre Mordélia. Pendant de longues semaines, aucun enfant n'avait eu de nouvelles d'eux, ni au château ni au tipi. Puis, petit à petit, la rumeur avait enflé. Mordélia n'était pas partie, elle habitait près de la ville, au milieu de la forêt. Elle construisait un nouveau village, pour accueillir tous ceux qui le voudraient. Par exemple les ados du tipi qui n'avaient pas envie d'être commandés par un chef incapable de se battre, ou par un garçon inconnu cloué dans un fauteuil roulant, ou par une reine portant des roses sur la tête. En résumé, elle était prête à offrir l'hospitalité à tous ceux qui ne voulaient pas finir enfermés sous une pyramide de verre et qui avaient compris qu'ils ne seraient jamais traités comme les égaux de ceux du château. Tous ceux, aussi, qui croyaient encore dans la magie de Mordélia. Et ils étaient nombreux…

Alors, un par un, certains ados l'avaient rejointe. Certains avaient fui après une dispute, parce qu'ils n'avaient pas supporté une punition votée par le conseil. Ils avaient préféré retrouver Mordélia dans la forêt plutôt que de passer quelques jours dans la prison de la Conciergerie. D'autres étaient tombés malades, un simple nez qui coule ou un mal de ventre, et comme ils ne croyaient pas aux discours compliqués des

Savants, toutes ces histoires de microbes invisibles ou de médecine par les plantes, ils s'étaient souvenus que Mordélia, sans un mot de trop, avait toujours été capable de les guérir avec ses pilules miraculeuses.

Plusieurs enfants du château avaient eux aussi décidé de tenter l'aventure, attirés par le mystère entourant la sorcière. Abou le musicien, Flabelle la spécialiste des herbes et des champignons, Fanfan la Savante passionnée de sciences occultes...

Ogénor avait trouvé un nom pour désigner ceux qui quittaient le tipi et le château pour rejoindre le camp de Mordélia : les *moineaux*. Il l'avait choisi parce que ces ados s'envolaient, bien sûr, et aussi parce qu'ils étaient souvent les plus faibles, les plus fragiles. Mais ce nom rappelait surtout que, quand on les croisait dans les rues de Paris, ces moineaux étaient tous vêtus de gris, comme des petits moines. Ils volaient de quoi survivre, ramassant tout ce qu'ils trouvaient, fruits, bois, fer, verre, puis filaient l'offrir à Mordélia au centre du camp.

Au pied de son totem.

Akan plissa les yeux pour mieux distinguer, dans les ombres dansantes du feu, les détails du plus grand monument planté dans le camp : une statue de femme de plus de dix mètres, qui s'élevait bien plus haut dans le ciel que l'éolienne. Elle rappelait à Akan la statue de la Liberté, sur l'île aux Cygnes, au pied du tipi. Akan avait du mal à repérer si le visage sculpté dans le bois ressemblait à celui de Mordélia, mais il reconnaissait en revanche parfaitement les autres symboles : le bras levé hissant le plus haut possible une longue-vue, alors que trois livres étaient coincés sous son bras gauche.

Qui avait sculpté cette œuvre gigantesque ? Mordélia ? Bill ? Tous les moineaux ? Nul doute en tout cas qu'elle devait impressionner les esprits les plus influençables, comme si les trois livres portés par Mordélia représentaient toute la connaissance du monde, et la longue-vue sa capacité de tout voir, partout, toujours.

Mordélia était crainte et vénérée. Une déesse, prétendaient ses fidèles.

Une sorcière, disait-on au conseil.

Les discussions avaient été longues. Le conseil avait longtemps considéré que Mordélia ne représentait aucun danger. Au total, à peine une vingtaine de moineaux l'avaient rejointe, dont moins d'une demi-douzaine d'enfants du château. Et, après tout, c'était son droit le plus strict de vivre en marge des autres, tant qu'elle cohabitait en paix…

« Quelle hypocrisie ! », avaient pesté Jean-D'arc et la plupart des Soldats. *Cohabiter en paix ?*

Depuis le début, personne n'y croyait. Tous savaient que Mordélia n'avait qu'une envie : se venger ! Et que plus on attendrait avant d'intervenir, plus il serait difficile de mettre fin à la nouvelle armée qu'elle rassemblait, ou pire, à la nouvelle religion qu'elle créait entourée de ses fidèles.

Akan observa à nouveau les reflets des flammes du bûcher courir le long du totem.

Une semaine plus tôt, le conseil avait décidé de trancher. Ils interviendraient le soir du Birth Day ! Quand Mordélia, Bill et les moineaux auraient les yeux levés.

Le chef du tipi entendait les Soldats allongés dans la pinède s'impatienter. Ils devaient en avoir assez de sentir leur peau labourée par les épines, que le sable leur chatouille leur nez, que les cendres du feu et les torches plantées devant les cabanes leur piquent les yeux. Le vent se levait et soufflait vers eux. Si l'on ne lançait pas l'assaut bientôt, l'un d'eux éternuerait. Peut-être Gulo-Gulo, qui ne cessait de s'agiter derrière Cheyenne. Il avait encore pris du poids en un an et, même s'il restait un bon chasseur, il avait du mal à tenir le rythme de l'entraînement de fer des Soldats. Derrière eux, les archers de Novak risquaient d'avoir des crampes à force de se tenir adossés aux troncs, un bras plié, l'autre tendu.

La mission confiée au commando dirigé par Jean-D'arc était claire. Alixe y avait mis toute son autorité de reine : pas de victimes, pas de violence, aucune dégradation. Les Soldats devaient se contenter d'une démonstration de force. L'objectif consistait à effrayer suffisamment les moineaux pour les faire revenir au nid, c'est-à-dire au château ou au tipi.

Un premier avertissement en quelque sorte. Lorsque la première fusée du Birth Day serait lancée du dernier étage du tipi…

Akan leva plus haut encore les yeux.

Le dernier étage du tipi… Il avait partagé cette minuscule plateforme de fer pendant des années avec Mordélia. Elle avait été sa conseillère. Elle avait toujours tout anticipé avant les autres enfants de leur clan. Sans elle, sans ses dons visionnaires, auraient-ils survécu aux famines ? Aux tempêtes ? Aux pires hivers ? Il l'avait vue se dévouer des nuits entières pour soigner Pépin, ou Suzy, ou tant d'autres malades, grâce à son livre à la croix verte.

Mais au fur et à mesure qu'ils grandissaient, il avait aussi découvert à quel point Mordélia était obsédée par sa haine contre ceux du château, à quel point elle était prisonnière de son deuxième livre, celui de la guerre.

Restait le troisième livre, celui que personne n'avait jamais vu. Était-ce celui qui expliquait le comportement incontrôlable de Mordélia ?

De quoi serait-elle capable, quand elle verrait les Soldats de Jean-D'arc encercler son camp ?

Akan avait donné son accord pour l'opération commando, mais il avait tenu à être présent. Personne ne connaissait Mordélia mieux que lui. Il devrait veiller à ce que l'assaut ne tourne pas au carnage, comme lors de la bataille de la cour carrée. C'était son rôle. Éviter un nouveau massacre. Il avait laissé à Jean-D'arc le titre de ministre de la Guerre, et avait été élu, par l'ensemble des ados des deux tribus, secrétaire général de la paix. Depuis un an, Akan avait beaucoup lu, beaucoup appris, beaucoup écouté les cours de Marie-Lune.

Il aimait sa philosophie, sa sagesse. Et même s'il était le plus fort de tous les ados du château et du tipi réunis, sa plus grande force résidait dans sa capacité à éviter, autant qu'il le pourrait, toute forme de violence.

La première fusée explosa dans le ciel !

Sur la vente de ce livre, l'auteur reversera 10 % de ses droits au Secours populaire de Paris pour aider son action humanitaire.

Le Secours populaire est une association à but non lucratif reconnue d'utilité publique qui s'est donné pour mission d'agir contre la pauvreté et l'exclusion en France et dans le monde, et de promouvoir la solidarité et ses valeurs.

Ouvrage composé par
PCA – 44400 Rezé

Imprimé en Allemagne
par GGP Media GmbH, Pößneck
en août 2020
Titre : S30621/01

PKJ. www.pocketjeunesse.fr
POCKET JEUNESSE

MIXTE
Papier issu de sources responsables
FSC® C003309
FSC www.fsc.org

Pocket Jeunesse, une marque d'Univers Poche,
est un éditeur qui s'engage pour
la préservation de l'environnement
et qui utilise du papier fabriqué à partir
de bois provenant de forêts gérées
de manière responsable.